SÉRIE DE LA MALÉDICTION DES IMMORTELS

LES LOIS DU SANG
DES LIENS INTERDITS
CŒUR DE SANG
LES LIENS DU SANG
LES LIENS DES ANGES

— Quelque chose ne va pas, mon ange ? demanda-t-il d'un ton faussement innocent.

Elle le fusilla de son regard bleu incendiaire.

— Je meure d'envie de te tirer dessus.

La menace était si inattendue et avait été énoncée avec tant de venin qu'il ne put s'empêcher de rire.

— J'adorerais assister à ta tentative.

— Ce sera bien plus qu'une tentative.

Elle avait l'air tellement sûre d'elle-même. Dommage qu'elle n'ait pas de la moindre chance.

— Hmm.

En réponse, il la maîtrisa avec le poids de son corps, étirant ses jambes le long des siennes avant de s'appuyer sur ses coudes de chaque côté de sa tête. Son instinct déclencha des signaux d'alertes dans son esprit alors même que son sang se réchauffait.

— Et ensuite ?

Le regard noir de la jeune femme se calma une fois tombé sur ses lèvres.

— Je prendrais la fuite.

Une partie de son assurance semblait avoir disparu. *Une femme fûtée.* Il commença à jouer avec la mèche de cheveux étendue près de sa main.

— Une bonne idée si on considère que tu n'as pas la moindre chance de m'atteindre et que je serais lancé à ta poursuite. Tu veux bien me rendre un petit service par contre ?

— Quoi ? demanda-t-elle en clignant des yeux.

— Essaye de ne pas tourner en rond. Ce serait beaucoup moins amusant pour moi.

DES LIENS INTERDITS

SÉRIE DE LA MALÉDICTION DES IMMORTELS

AUTEURE À SUCCÈS USA Today

LEXI C. FOSS

Ceci est une œuvre de fiction. Les noms, les personnages, les lieux et les événements sont soit le produit de l'imagination de l'auteur ou utilisés de façon fictive. Toute ressemblance avec une personne, vivante ou morte, un établissement commercial, un fait réel ou un événement local est le fruit d'une pure coïncidence.

Des liens interdits

Traduit de l'anglais par Well Read Translation

Couverture par : Manuela Serra Book Cover

Photo par : Wander Aguiar Photography

Modèles : Andrew et Evan

Publié par : Ninja Newt Publishing, LLC

Edition imprimée

eBook ISBN : 978-1-68530-018-0

Print ISBN: 978-1-68530-019-7

Pour Louise, mon capitaine, pour ton amitié, ton soutien, et ton humour inépuisable. Tu m'aides à tenir quand j'en ai le plus besoin. Merci.

Et pour Matt, qui comprend et soutient ma passion pour l'écriture. Je t'aime.

DES LIENS INTERDITS

INTERDITS

SÉRIE DE LA MALÉDICTION DES IMMORTELS

LIVRE DEUX

DES LIENS INTERDITS

L'exil ne lui avait jamais paru aussi attrayant…

Tom est un tireur d'élite, pas une nounou. Son travail consiste normalement à traquer et éliminer des immortels hors-la-loi, mais après avoir partagé des informations confidentielles avec une amie, il est banni dans un endroit reculé en compagnie de l'atout le plus précieux du FHC.

Deux âmes torturées peuvent-elles trouver du réconfort et de l'amour ensemble ?

Des secrets sont dévoilés alors que Tom entreprend une relation interdite avec sa nouvelle protégée. L'immortelle lui rappelle des souvenirs et des émotions qu'il a laissées derrière lui il y a bien longtemps, et le pousse à questionner tout ce qu'il a connu jusqu'à présent.

Des sacrifices doivent être faits.

Une décision imprudente les pousse à fuir pour sauver leurs vies alors que des ennemis immortels se lancent à leur poursuite.

Certains liens sont faits pour être rompus…

NOTE DE L'AUTEUR

Des liens interdits et le deuxième tome de la série « La malédiction des Immortels » et démarre à la suite des évènements des *Lois du Sang*. Il est fortement recommandé, bien que pas obligatoire, de lire les livres dans cet ordre. Pour ceux qui découvrent le monde des Immortels, j'ai inclus un lexique contenant des mots-clés et des définitions.

Au plaisir,
Lexi C. Foss

LA MALÉDICTION DES IMMORTELS LEXIQUE

ÊTRES SURNATURELS

Novice (nom) : L'enfant d'un homme Ichorien et d'une femme humaine, qui n'a pas encore été ressuscité en Hydraien. En général, ils ne possèdent pas de dons psychiques ou surnaturels jusqu'à leur résurrection en tant qu'immortels.

Hydraien (nom) : L'enfant immortel d'un homme Ichorien et d'une femme humaine qui possède deux dons surnaturels ou psychiques et qui n'a pas besoin de sang humain pour survivre.

Ichorien (nom) : Un être immortel d'ascendance inconnue, qui possède un don psychique ou surnaturel, et qui doit boire du sang humain pour survivre.

Immortel (nom) : Un terme général pour désigner un être qui ne vieillit pas et qui est immunisé contre les causes de décès naturelles.

Séraphin (nom) : Un être qui appartient aux plus hauts échelons de la hiérarchie des anges.

MOTS-CLÉS

Arcadia : Club Ichorien renommé situé à New York, qui sert aussi de lieu de rassemblement principal au gouvernement Ichorien.

Lois du sang : Une série de décrets créés par le gouvernement Ichorien en réaction au Traité de 1747.

Fondation humanitaire pour les catastrophes (FHC) : Une organisation d'aide humanitaire mondiale dont le siège social est situé à New York et qui possède une unité paramilitaire secrète conçue pour exterminer les êtres surnaturels hors-la-loi.

Conclave : Le gouvernement Ichorien.

Édit : Une loi ou une règle émise par le Conseil Supérieur des Séraphins.

Anciens : Les premiers Hydraiens, qui forment également le gouvernement Hydraien.

Lignées du destin : Les Séraphins qui peuvent prédire l'avenir.

Conseil Supérieur des Séraphins : Le gouvernement des Séraphins.

Nizares : Les assassins Ichoriens expérimentés qui chassent et tuent les novices.

Poison Nizarin : Une substance verte connue pour tuer les novices et empêcher leur résurrection.

Sentinelle : Un soldat de l'unité du FHC conçue pour supprimer les êtres immortels hors-la-loi.

Traité de 1747 : Un armistice signé par les Hydraiens et les Ichoriens pour cesser les combats et qui désigne les lieux de vie des deux lignées. Ceux qui choisissent de franchir les frontières le font à leur propre risque.

Un soldat est né

15 ans plus tôt...

Du sang.

La mort.

Une scène atroce.

Des nuances de rouge et de noir recouvraient les murs, les photos et les jouets, mais tout cela n'était rien comparé au spectacle macabre sur le lit de Tom. Les yeux vacants de sa mère étaient tournés dans sa direction alors qu'il se recroquevillait dans un coin. Il s'efforça de ne pas pleurer, mais des larmes le trahirent et roulèrent le long de ses joues, par-dessus ses lèvres tremblantes et jusqu'au sol souillé sous ses pieds.

— Viens ici, mon fils.

Son père l'enveloppa dans ses bras, le serrant fort contre lui tandis qu'ils continuaient tous les deux de pleurer en silence. Père et fils. Un lien forgé à la naissance et renforcé par la mort.

— Tu comprends maintenant notre but, murmura son père. La raison pour laquelle nous devons nous battre.

Tom acquiesça. Les monstres qui étaient responsables de ça étaient diaboliques. Ils méritaient de mourir.

— L'intensité de ton entraînement ne va pas aller en s'améliorant, continua son père d'une voix brisée. Il va être

1

brutal, et tu auras parfois du mal à le supporter, mais je veux que tu sois assez fort pour que cela ne t'arrive jamais. Je ne peux pas te perdre, fiston. Et il n'y a qu'une seule manière pour moi de te protéger.

En l'entraînant à devenir un soldat d'élite. Une arme ambulante destinée à tuer les immortels et à venger le meurtre brutal de sa mère. Mais aussi à protéger l'humanité des démons arpentant la Terre.

Tom n'avait jamais compris son rôle avant ceci, il n'avait jamais compris pour quelle raison son père le tenait à distance, mais la vision du cadavre mutilé de sa mère avait tout changé. Cela lui avait brisé le cœur et avait donné naissance à un sentiment de rage qui bouillonnait en lui. Il se servirait de cette émotion, l'aiguiserait jusqu'à en faire une arme redoutée par les immortels, et deviendrait un homme dont son père pourrait être fier.

— Je suis prêt, monsieur. Enseignez-moi tout ce que je dois savoir.

CHAPITRE UN

BIENVENUE À LA MAISON

TOM FITZGERALD DÉTESTAIT CET ENDROIT. L'atmosphère était chargée de souvenirs alors qu'il passait en revue les pièces à la recherche d'objets suspects. Il empoignait son arme tournée vers le sol de ses deux mains, prêt à tirer sur quoi que ce soit au moindre mouvement. Il subissait constamment des tentatives d'assassinat, l'un des aléas de son métier. Et son statut de novice n'arrangeait rien. Le téléphone dans sa poche se mit à vibrer. Il savait qui était à l'autre bout de la ligne sans consulter l'écran. Ce petit détour qu'il avait fait dans un magasin pour récupérer quelques produits de première nécessité n'était pas passé inaperçu. Putain de mouchard GPS.

Il rengaina son arme après avoir fini d'examiner la suite d'invités. Elle ne ressemblait en rien à la chambre de son enfance après toutes les rénovations qui avaient eu lieu suite au meurtre de sa mère. Sa tante passait chaque semaine pour entretenir la bâtisse, ce qui était une perte de temps colossale. Personne ne vivait ici. Tom était le propriétaire de la demeure familiale mais ne voulait pas en entendre parler. Trop d'émotions à l'état brut flottaient dans l'air ambiant, ce qu'aucune rénovation ne pourrait jamais changer. Si cela ne tenait qu'à lui, il aurait vendu cet endroit, mais son père le lui avait interdit.

Tom appuya sur le raccourci clavier de son téléphone alors qu'il se dirigeait vers l'entrée du chalet. Son père, qui était aussi son patron, décrocha à la première sonnerie et ne prit pas la peine de le saluer.

— Ton rapport est en retard.

Ce temps où Tom appréciait les appels brefs de son père était bien révolu. Une conséquence des derniers mois passés ensemble.

— Je n'avais pas réalisé que j'avais une échéance à respecter, répondit Tom d'une voix traînante. Tu aurais dû te montrer plus clair.

Il refoula le désir d'ajouter un *connard* à cette réponse.

— Mes directives étaient plus que claires, Sentinelle. L'Atout a-t-il été installé dans des quartiers appropriés ?

C'était évidemment l'information que son père souhaitait obtenir en priorité. Il était obsédé par l'*Atout*. Tom jeta un coup d'œil par la fenêtre à la berline garée dans l'allée en gravier.

L'Atout est maîtrisé et inconscient, monsieur.

— Est-ce ainsi que ça va se passer entre nous, désormais ? demanda Tom. Avec un contrôle de ta part toutes les dix minutes ? Parce que nous sommes tous les deux conscients que je suis plus que capable d'effectuer cette mission.

— De la même manière que tu as géré la situation avec Stas ?

Le rappel de la raison pour laquelle son père l'avait affecté à cette opération le fit grimacer. Tout ce que Tom avait souhaité, c'était d'exposer à Stas la vérité au sujet de sa sangsue de petit ami, mais son plan avait complètement foiré. Il doutait qu'elle lui fasse de nouveau confiance un jour, et il était désormais coincé au milieu de l'État de New

York pour une mission de babysitting. *Au moins* elle *sera en sécurité ici…*

— L'Atout et moi-même sommes sur les lieux. Avez-vous besoin d'une autre information, monsieur ?

Tom avait appris des années auparavant que la meilleure manière d'apaiser son père était de faire preuve de formalité. Et il ne désirait rien de plus que de mettre fin à cette conversation et de retourner vaquer à ses occupations. Plus vite il achèverait cette mission, plus vite il pourrait retourner se préparer à l'inéluctable.

— Est-ce que l'Atout est en sécurité ?

Tom observa le véhicule noir garé à l'extérieur.

— Oui.

Mais pas comme tu le souhaiterais. La jeune femme inanimée n'avait pas besoin d'être attachée, ce qui expliquait pourquoi il lui avait retiré ses menottes à la seconde où ils avaient quitté la ville de New York. Et au diable l'idée de la garder en cage comme le souhaitait son père. Cette mission se déroulerait selon les volontés de Tom, et cela n'incluait pas l'idée d'enfermer une jeune femme comme un animal.

— Pourquoi t'es-tu arrêté à la pharmacie ? questionna son père.

Ah, nous y voilà enfin, la raison de ton appel.

— J'avais besoin de quelques trucs.

— C'est à dire ?

Tom reconnut ce ton ferme. Le don inné de John Fitzgerald à tirer les vers du nez à quiconque lui faisait face ne fonctionnait qu'en personne, mais cela ne l'empêchait jamais de tenter sa chance au téléphone. *Bien essayé, papa.*

— Quoi, tu veux une liste ? Du dentifrice, du shampoing, un déodorant, et quelques antidouleurs en prévision du mal de tête qui va suivre notre conversation. Oh, et j'ai aussi acheté des céréales pour demain matin car je n'avais pas réalisé que Rosalie remplirait le réfrigérateur pour moi.

Il avait remarqué la quantité de vivres quand il avait examiné le coin cuisine. Cela l'avait brièvement fait sourire. Il n'avait pas vu sa tante depuis plus d'un an. Étant la seule relation de sa mère, elle se sentait obligée de s'occuper du chalet même s'il lui avait déjà indiqué que ce n'était pas nécessaire. Mais les membres de sa famille pouvaient se montrer insistants.

— Assure-toi qu'elle ne s'approche pas de l'Atout, Sentinelle.

Le *ou alors* lié à sa commande était tacite. Tom connaissait déjà sa punition s'il échouait : assassiner la civile. Peu importe que Rosalie fasse partie de la famille. Au contraire, il s'agirait à ses yeux de la réprimande idéale.

— Compris.

Tom n'avait aucune intention de laisser qui que ce soit rencontrer sa charge. Si sa tante insistait pour lui rendre visite, il la retrouverait en ville pour un repas. Il sortit de la maison et se dirigea vers la voiture.

— Autre chose, monsieur ?

— Pas pour le moment, mais j'attendrai ton rapport détaillé chaque soir jusqu'à nouvel ordre. Ah, et Anita te contactera probablement pour organiser une visite. Elle a besoin de plus d'échantillons.

Tom observa la jeune femme endormie sur la banquette arrière de sa berline. Il savait ce que son père entendait par *échantillons,* et son estomac se révolta. Cependant, cela ne le mènerait à rien de protester et sa relation avec son père était déjà plus que tendue ces derniers temps. Tom devrait faire profil bas et obéir aux ordres s'il voulait retrouver sa liberté.

— J'attendrai son appel, monsieur.

Quelques échantillons de sang ne la tuerait pas. De

plus, il serait présent pour contrôler la situation. Tout se passerait bien.

— Parfait. Fais en sorte de bien te tenir, fiston.

Il s'efforça de ne pas lever les yeux au ciel.

— Oui, monsieur.

Son père raccrocha sans le moindre au-revoir. *Comme d'habitude.* Tom empocha son téléphone et ouvrit la portière arrière. Les cheveux sombres d'Amelia cascadaient en boucles négligées sur son visage, et sa chemise élimée lui tombait à mi-cuisse. Pas de pantalon, de short, ou quoi que ce soit d'autre en dessous.

— Incroyable, putain, marmonna-t-il pour la énième fois depuis le début de ce cauchemar.

Il fut soulagé par le caractère reculé de leur localisation quand il souleva la jeune femme dans ses bras. Son père lui avait suggéré de la garder au sous-sol, mais Tom avait d'autres projets.

Il allongea le corps menu sur le lit double dans la chambre d'amis et sortit récupérer ses affaires dans la voiture. L'agent Stark lui avait dit qu'Amelia serait inconsciente pendant un moment mais avait omis de lui donner une idée plus précise de son réveil. Tom espérait qu'elle ne tarderait pas à se réveiller car cette nana avait sacrément besoin d'une douche. Son père préférait la laisser vivre dans sa crasse, mais ce genre de traitement était terminé. D'où son détour au magasin.

De retour à l'intérieur, il ouvrit sa valise dans la chambre principale et en tira un t-shirt et un short de sport. Il les souleva devant lui pour les examiner et fronça les sourcils. *Trop grands.* La jeune femme avait besoin de se remplumer. Il échangea le short contre un boxer et ajouta *lui acheter quelques vêtements* à la liste de tâches à accomplir logée dans un recoin de son esprit. Une fois la chemise et le sac plastique contenant les produits d'hygiène en main, il prit la direction de la chambre d'amis, puis se figea sur le seuil.

Elle avait disparu.

Il balança les objets sur le lit et vérifia la fenêtre. *Verrouillée.* À l'exception de quelques boîtes, le placard était vide. *C'est quoi ce bordel ?* Le petit chalet ne contenait que deux chambres et une salle de bain. Comment avait-elle réussi à s'échapper sans qu'il ne le remarque ? Il s'élança dans le couloir, remarqua que les toilettes étaient inoccupées et examina ensuite le salon. La porte d'entrée était entrouverte. Elle s'était non seulement levée sans qu'il ne l'entende, mais avait aussi réussi à sortir de la maison. Voilà ce qui arrivait quand il conduisait toute la nuit pour effectuer le trajet jusqu'ici d'une traite.

— Je n'ai pas la patience nécessaire pour ces conneries, marmonna-t-il en sortant.

Amelia n'avait ni vêtements ni chaussures adaptés et ne réussirait donc pas à aller bien loin dans les bois. Le voisin le plus proche habitait à près de cinq kilomètres, et la ville la plus proche se trouvait à une demi heure en voiture. *Isolé* était un véritable euphémisme pour décrire cet endroit. Les clés à la main, il se dirigea vers la voiture. Elle avait sûrement dû suivre l'allée en gravier en espérant trouver la route. Les cailloux sous la plante de ses pieds la ralentiraient. Et si elle marchait sur l'herbe, il la verrait depuis…

Tom perçut un mouvement du coin de l'œil et se figea à côté de la portière. Il plissa les yeux et fronça les sourcils. De fines mèches brunes dansaient sous l'effet de la brise chaude tandis que sa protégée tournoyait en rond près du lac, à environ cinquante mètres du chalet. Que comptait-elle faire, nager vers la liberté ? Elle ne mettrait pas longtemps à réaliser que le lac ne faisait que s'enfoncer un peu plus dans la nature sauvage.

Tom empocha ses clés et se dirigea vers elle. Elle ne sembla pas remarquer son approche, perdue comme elle l'était dans le plaisir que lui procuraient les rayons de soleil qui caressaient sa peau. Son sourire le fit hésiter. Il n'y avait pas de doute possible. Malgré son physique chétif, Amelia Wakefield était une femme sublime. Ses jambes interminables, ses courbes subtiles et son visage angélique lui procuraient un attrait mystique que la plupart des hommes apprécieraient. Il soupçonnait que c'était la raison pour laquelle son père lui avait refusé le privilège d'une douche et l'avait obligée à porter cette chemise immonde.

Toutes les Sentinelles étaient des hommes, ce qui posait problème à proximité d'une femme attirante. Surtout quand celle-ci était considérée comme l'Atout maître du FHC. Ça ne signifiait pas qu'un de ces hommes agirait forcément, mais il valait mieux se prémunir contre cette éventualité plutôt que de l'encourager. La jeune femme s'arrêta brusquement sur sa lancée pour contempler le ciel et rire. Ce son brisé, qui dénotait le peu d'occasions qu'avait eu sa captive de rire ces dernières années, le frappa de plein fouet. *Mais dans quel merdier me suis-je fourré ?*

AMELIA WAKEFIELD ADORAIT CE RÊVE. Il était complètement à l'opposé de ses habituelles explorations au cœur des ténèbres. Elle s'était d'abord réveillée dans un véritable lit, et se trouvait désormais à l'extérieur. *Fascinant.* Le soleil réchauffait ses cheveux et son visage, et semblait si réel. Cela devait être à cause des médicaments. L'agent Stark avait mentionné qu'ils étaient différents des pilules qu'il lui refourguait d'habitude en douce lors de son processus de guérison. Elle ne s'en était pas réellement souciée avant de les avaler. Elle aurait fait n'importe quoi pour atténuer sa douleur. *Et ensuite, cette fille étrange est entrée et a parlé de mon frère...* S'agissait-il d'une hallucination, tout comme celle qu'elle vivait en ce moment ? Elle retrouvait habituellement l'usage de ses facultés mentales à une vitesse hors norme, l'un des avantages de son existence d'immortelle, mais peut-être que les coups de Jonathan lui avaient cette fois-ci causé plus de dommages qu'elle ne l'avait cru.

Amelia secoua la tête et recommença à tournoyer. Elle ne désirait pas penser à ce que tout ceci pouvait signifier. Ce moment comptait trop à ses yeux. À quand remontait sa dernière expérience du monde extérieur ? Des années, peut-être ? Des décennies ? Le temps était un concept qui lui échappait dans sa prison de béton. Elle cessa de danser pour triturer une feuille. La texture si réaliste la fit sourire. *Magnifique.* Il faudrait qu'elle demande à Stark de lui donner ces pilules à nouveau. Son prochain passage à tabac en vaudrait ainsi la peine.

— Amelia.

Elle sursauta en entendant cette voix inattendue et fit volte-face. Tom Fitzgerald ne faisait pas partie de la liste de tous les hommes dont elle attendait la visite dans ce rêve. Mais cela ne la surprit pas complètement. Amelia pensait souvent à cet homme, simplement parce qu'il était le seul de son entourage à faire preuve de décence envers elle. Il lui apportait des choses pendant sa captivité, telles que de la nourriture et de l'eau. Elle était consciente qu'il jouait le rôle du gentil flic, un contraste frappant avec le pourri qu'était son père. Encore un nouveau jeu, sans aucun doute. Mais elle aimait y participer. Ce n'était pas comme si elle avait quoi que ce soit d'autre pour s'occuper.

— Bonjour, Tom.

Ses mots s'échappèrent d'un ton plus doux que ce à quoi elle s'attendait et la firent souffrir un peu. Comme si elle n'avait pas parlé depuis des jours. *Y avait-il un moyen de rendre ce rêve encore plus réaliste ?*

— Qu'est-ce que tu fais ?

— Je respire le grand air.

Elle tourbillonna, et regretta que sa chemise ne se transforme pas en petite robe estivale. Elle était déçue de constater qu'elle n'avait pas plus de contrôle sur ses songes. Peut-être pourrait-elle tenter d'allumer un feu de joie pour détruire l'étoffe qui l'offensait tant.

— À ton avis, quand est-ce que je vais me réveiller cette fois-ci ? demanda-t-elle à voix haute. Stark m'a prévenue que les médicaments étaient mélangés avec un sédatif. Peut-être que je vais dormir plus longtemps que prévu ?

Tom l'observait de ses yeux marrons si intenses, les mains dans les poches de son jean. *Ils ressemblent tellement à ceux de son père.* Mais la lueur cruelle tapie au fond des yeux de son père n'apparaissait pas dans ceux de Tom.

— Stark t'a donné des cachets ? demanda-t-il en haussant un sourcil.

— Mmm, murmura-t-elle en se tournant pour faire de nouveau face au soleil. Il me donne toujours quelque chose, mais celles-ci sont vraiment les meilleures. Ça semble si réel.

Elle s'agenouilla pour tremper une nouvelle fois ses mains dans le lac. L'eau était fraîche contre sa paume.

— J'aimerais rester ici pour toujours et ne jamais me réveiller.

Avec pour seule réponse le silence, elle se demanda si Tom avait disparu. Mais elle repéra finalement ses bottes du coin de l'œil, arrêtées au bord de l'eau. Il s'accroupit et posa ses avant-bras solides sur ses genoux. La chemise grise dont il était vêtu était étirée autour de son torse massif et de ses impressionnants biceps. S'il n'était pas le fils d'un monstre, elle l'aurait trouvé beau. En l'état actuel des choses, elle le tuerait — lui, et tous les autres — à la première occasion.

Elle toucha le collier en métal autour de son cou et grommela :

— Ce fichu truc me suit jusque dans mes rêves.

Si elle réussissait un jour à s'en défaire, elle s'assurerait de le faire avaler à Jonathan Fitzgerald.

— Amelia, répliqua-t-il dans un grondement, il ne s'agit pas d'un rêve.

— Quoi ?

— Tu ne rêves pas.

Elle sourit et secoua la tête. Bien sûr que si elle rêvait. De quoi d'autre pouvait-il bien s'agir ? Il y avait de l'eau, du soleil, et des arbres.

— J'aimerais que tu partes, maintenant.

Elle n'avait pas besoin qu'une séduisante Sentinelle vienne gâcher son répit temporaire.

— J'aimerais que ce soit possible, mais je suis bloqué ici pour le moment.

Tom se redressa de toute sa hauteur à côté d'elle et lui tendit la main.

— Retournons au chalet. Tu as besoin d'une douche, et moi j'ai besoin de dormir un peu.

Elle fronça les sourcils en étudiant ses longs doigts masculins. Il les agita brièvement, un geste impatient assorti au tic qui fit tressaillir sa mâchoire carrée. Quand elle se leva finalement, elle remarqua que le haut de sa tête atteignait à peine son menton. La chaleur qui irradiait de son torse semblait réelle, tellement qu'elle pinça sa propre cuisse pour tester les propos de Tom. La douleur qui s'élança jusqu'à son flanc en réponse lui fit écarquiller les yeux.

— Je ne rêve pas ?

Il lui offrit un petit sourire.

— Non, Amelia. Tu es bien éveillée.

Elle trébucha en arrière et manqua de perdre l'équilibre à cause d'un caillou au bord de la mare. *Qu'est-ce que c'est que ça ?* Une nouvelle illusion du FHC ? Un simulation d'un nouveau genre ? Elle examina ses environs à la recherche d'indices mais ne put rien déceler. Où se trouvaient tous les chercheurs et Sentinelles ?

— À quel jeu joue-t-on cette fois-ci ?

Parce qu'il s'agissait forcément d'un nouveau tour de Jonathan. Une manipulation censée lui faire perdre ses esprits. C'était son passe temps favori en ce moment. Ayant finalement réalisé qu'elle n'avait aucune intention d'accepter sa main tendue, il la laissa retomber contre son flanc. Cela attira l'attention d'Amelia sur le pistolet accroché à sa hanche.

— Ce n'est pas un jeu, Amelia. Juste un nouvel endroit.

Elle leva son regard vers le sien.

— Un nouvel endroit ?

Qu'est-ce que ça voulait dire ? Elle n'était plus retenue captive au sous-sol du FHC ? *Impossible.* Il saisit sa nuque dans le creux de sa main et souffla.

— Ouais, c'est une longue histoire, mais pour faire court, nous allons rester ici un moment.

— Au milieu des bois, ajouta-t-elle.

Où les tueurs en série traînaient leurs victimes pour se débarrasser de leurs dépouilles. Jonathan avait-il finalement obtenu ce qu'il voulait grâce à tous ses tests ? Ne leur était-elle donc plus d'aucune utilité ? *Suis-je ici pour mourir ?* Elle plongea les yeux dans le regard qui lui faisait face, complètement impassible. Tom ressemblait tellement à son père, même s'il était plus musclé et plus grand. Elle recula prudemment d'un pas, ce qui lui fit hausser un sourcil blond.

— Je n'ai pas l'intention de te faire de mal, Amelia.

Dit le loup à l'agneau. Elle avait fait confiance à Jonathan une fois, et il lui avait fait subir d'horribles supplices. Pourquoi Tom se conduirait-il autrement ? Ils étaient au milieu de nulle part, et personne ne pourrait entendre ses cris. Elle fit un autre pas en arrière tout en évaluant ses options. S'ils étaient bel et bien loin du FHC, cela signifiait qu'elle avait une chance de s'échapper. Il faudrait juste qu'elle maîtrise la Sentinelle qui lui faisait face. *Plus facile à dire qu'à faire.*

— Je peux voir ce que tu prévois et…

Elle n'attendit pas la fin de la phrase de Tom pour se précipiter dans les bois dans la direction opposée. Ses pieds nus subirent les assauts des cailloux et autres débris sur le terrain irrégulier, autour du lac, en direction de ce qui se cachait au détour des arbres qu'elle approchait. Elle esquiva les branches et perçut sur la brise les jurons étouffés de Tom alors qu'elle continuait d'errer dans la nature.

Sa proximité l'inquiétait et elle accéléra la cadence de ses pas. Ses poumons brûlaient d'obtenir plus d'oxygène mais elle continua sa course désespérée à travers les buissons aussi vite que le lui permettait son corps. Sa taille s'avérait être un avantage, lui permettant de se faufiler entre les arbres d'une manière impossible pour Tom. *Je m'échappe enfin. Peut-être qu'il s'agit finalement bien d'un rêve ? Pour quelle autre…* Cette dernière pensée fut interrompue quand elle heurta le tronc d'un arbre. Une paire de mains fermes interrompit sa chute avant qu'elle n'atterrisse au sol.

— Ouille, marmonna-t-elle en massant son nez douloureux.

Elle jeta un coup d'œil entre ses doigts et réalisa que ce n'était pas contre un tronc qu'elle s'était cognée, mais contre la poitrine musclée de Tom. Il avait trouvé le moyen de la devancer.

— C'est bon, tu as fini ? demanda-t-il d'une voix patiente.

Le souffle d'Amelia était saccadé après cette course effrénée dans les bois, alors que lui ne semblait pas du tout essoufflé. Il ne transpirait même pas. Ayant remarqué qu'elle se tenait bien trop près de lui, elle se recula en soufflant et trébucha quand il la relâcha.

— Ne... commença-t-elle avant de s'interrompre pour reprendre son souffle, puis de recommencer. Ne me touche pas.

— C'est toi qui m'a percuté, mon ange.

— Parce que tu... tu... tu t'es téléporté, ou quelque chose du genre.

Elle agita la main comme si cela expliquait tout.

— Tu tournais en rond autour d'un groupe d'arbres en particulier, Amelia. Pas besoin de se téléporter.

Son ton condescendant lui donna envie de frapper quelque chose. *Comme son visage, par exemple.* Elle décida qu'il s'agissait d'un solide plan de secours et se jeta sur lui. Si elle réussissait à attraper son arme, elle pourrait lui tirer dessus. Peu importait qu'elle n'ait jamais utilisé de flingue jusqu'à présent. Serait-ce si difficile ? Elle tenta de le gifler mais il captura ses deux poignets avec une main.

— Vraiment ? Qui t'a appris à te battre ? Les Trois Corniauds ?

Elle n'avait pas la moindre idée de qui il parlait mais avait compris qu'il s'agissait d'une raillerie. Elle souleva son genoux aussi fort que possible contre sa cuisse. Elle eut l'impression de heurter un mur en acier, mais le mouvement brusque des jambes de Tom qui cherchait à protéger ses parties intimes servit de distraction. Elle libéra un de ses poignets de la prise ferme du jeune homme et serra le poing avant de viser sa pommette saillante. Elle l'atteint avec un bruit sourd mais le choc envoya une vague de douleur dans tout son avant bras.

— Bon sang, Amelia !

Il l'attrapa de nouveau mais la pressa cette fois-ci contre le tronc d'un arbre avant d'encercler ses jambes avec les siennes et d'attraper une nouvelle fois ses deux mains avec l'une des siennes. Malgré cette prise agressive, il examina les phalanges meurtries d'Amelia avec des gestes doux. La douleur était minime comparée à ce que lui avait fait subir Jonathan au cours de ces dernières années, mais son ego était touché. Alors qu'elle se tenait là, ensanglantée, brisée, à bout de souffle, Tom ne semblait pas le moins du monde perturbé. Elle rêvait de s'enfoncer six pieds sous terre et d'y rester. *Je suis vraiment nulle.*

— Rien de cassé, apparemment, murmura-t-il après avoir fait bouger le pouce de sa main droite.

C'était celle qu'elle avait utilisé pour le frapper. *En vain.*

— La prochaine fois, enroule tes doigts de cette manière, et laisse ton pouce à l'extérieur.

Il lui fit une démonstration à l'aide de sa main libre.

— Si tu étais plus forte, tu aurais pu fouler ou casser ton pouce en faisant ça. Dis-moi, tu as fini ?

Elle lui jeta un regard noir. Ce n'était pas comme si elle pouvait bouger alors que son corps massif la maintenait pressée contre l'arbre. Quel autre choix avait-elle ?

— Écoute, même si tu réussis à m'échapper – ce qui ne risque pas d'arriver – ce collier en métal autour de ton cou est relié à un objet dans le chalet. Si tu t'éloignes de plus de trois kilomètres, il explosera. Et ne t'imagines pas que je vais te le retirer. C'est hors de question.

Il recula après ces dernières paroles et lâcha ses mains.

— Maintenant, tu préfères marcher ou que je te porte ?

Elle étudia une nouvelle fois le pistolet accroché à sa hanche, ce qui le fit sourire. Il croisa les bras et haussa un sourcil.

— Essaye. Tu verras bien ce qui se passe, mon ange.

— Arrête de m'appeler comme ça.

Tom s'esclaffa et se retourna en secouant la tête.

— Fais ce qui te chante, *Atout*. Je vais préparer le petit-déjeuner.

Elle observa son dos musclé alors qu'il s'avançait vers le chalet. Il était toujours dans son champ de vision, ce qui signifiait qu'elle n'avait pas couru aussi loin qu'elle l'avait imaginé. Un coup d'œil à ses pieds ensanglantés lui suffit à comprendre qu'il avait probablement raison de prétendre qu'elle avait tourné en rond. Est-ce que qui que ce soit pourrait lui en vouloir ? Elle avait servi de cobaye pendant Dieu sait combien de temps, dans une petite pièce sans fenêtre. L'exercice physique ne faisait pas partie de son régime quotidien.

Qu'est-ce que je fiche ici ? Pourquoi me déplacer maintenant ?

Elle se demanda si cela avait un quelconque rapport avec la blonde qui lui avait rendu visite dans sa cellule après la raclée de Jonathan. « *Il viendra te sauver. Même s'il doit raser cet endroit.* »

Ces paroles étaient-elles sincères ? Issac savait-il qu'elle était en vie ? Elle appuya sa paume contre son cœur lourd. Son frère allait-il finalement venir la sauver après tout ce temps ? Jonathan lui avait montré les articles et photos d'Issac pour lui prouver que son frère avait tourné la page et ne pleurait plus sa disparition. Cela l'avait tout d'abord blessée et remplie de rage et de désespoir, mais elle avait fini par comprendre. Tout le monde la croyait morte. Elle ne pouvait pas leur en vouloir d'avoir continué à vivre. Et si cette jeune femme n'était pas une hallucination ? Est-ce que son frère connaissait la vérité ? Pourrait-il la sortir de cet enfer ?

L'espoir qui naissait dans sa poitrine était douloureux. Elle refusait d'y croire. Mais pour quelle autre raison Jonathan l'aurait-il transférée si ce n'était pas pour la cacher ? Si elle était ici pour mourir, Tom l'aurait certainement déjà tuée. *À moins qu'il ne cherche d'abord à me faire souffrir...* Elle se lança à sa poursuite alors qu'il entrait dans le chalet. Il ne s'était pas retourné une seule fois. Peu importe son objectif, il était certain qu'elle le suivrait.

Ce putain de collier. Elle caressa le métal froid et étrange qui encerclait son cou avec ses doigts et soupira. Elle ne doutait pas une seconde de la véracité de sa seconde affirmation. La technologie du FHC était bien supérieure à tout ce qu'elle avait pu voir avant, et le simple collier de métal réprimait ses dons d'immortelle. Elle ne pourrait pas se transformer en le portant. Elle ne pourrait même pas transmettre sa sagesse.

Les larmes qui emplissaient ses yeux disparurent d'un battement de paupière. L'un des dons qu'elle devait à Jonathan était sa capacité à masquer ses émotions. Elle était devenue experte en subterfuge, un talent qui pourrait s'avérer utile dans cette situation. Tenter de lutter physiquement contre Tom ne la mènerait à rien, mais mentalement ? Elle se sentait prête à relever le défi. Et s'ils étaient réellement seuls ici, elle aurait un sacré avantage.

Issac est à ma recherche. Elle pouvait le sentir. Tout ce dont elle avait besoin, c'était d'obtenir la confiance de Tom et l'exploiter pour obtenir sa liberté. Les hommes étaient faciles à manipuler, surtout quand il s'agissait de sexe. Elle frissonna. La séduction était une arme qu'elle n'avait jamais envisagée pendant sa captivité, mais avec Tom ? Elle pouvait l'imaginer. Il était la seule chose sur cette planète qui comptait pour Jonathan, ce qui faisait de lui le candidat idéal. Elle se servirait de Tom pour s'échapper et obtenir un semblant de revanche contre l'homme qui avait détruit sa vie. Ce ne serait pas facile, et elle aurait du mal à le supporter, mais cela en vaudrait la peine pour s'échapper de ce purgatoire.

Elle leva son regard vers le ciel qui était caché par la cime des arbres et ferma les yeux. *Eli.* Il comprendrait ce sacrifice et lui pardonnerait ce péché. Il le fallait. Elle n'avait pas le choix. Elle pourrait ensuite le venger en assassinant Jonathan. Décidée, elle s'élança vers la maison mais se cogna le gros orteil contre un caillou. La douleur lui rappela qu'elle n'était pas vêtue de manière à séduire qui que ce soit dans cette vieille chemise usée et avec ses pieds en sang.

— Bon, je vais commencer avec une douche.

Elle fit la moue après avoir étudié ses jambes rachitiques et ses bras maigrichons. Si ses membres ressemblaient à ça, de quoi avait l'air son visage ? Elle n'avait pas fait face à un miroir depuis... eh bien, une éternité. Mais ses cheveux étaient emmêlés et rêches, et sa peau semblait sèche et gercée. C'était une bonne chose qu'ils soient bloqués ici un moment si elle se fiait aux indications de Tom, car elle aurait besoin d'un peu de temps pour se préparer à accomplir sa tâche. Pas seulement pour améliorer son apparence, mais aussi pour déterminer comment séduire la Sentinelle. Toute son expérience était liée à Eli, mais elle avait observé d'autres femmes à la conquête d'hommes divers. Cela ne pouvait pas être si dur, n'est-ce pas ?

Chapitre Deux

Une visite du médecin

Le petit mensonge de Tom concernant le collier d'Amelia fonctionna à merveille. Il ne contenait aucun explosif, seulement un mécanisme capable de neutraliser ses capacités psychiques. S'agissait-il d'un mensonge bénin ? Non, mais il préférait cette option plutôt que d'enfermer la jeune femme dans une pièce. Et cela mettrait fin à ses stupides tentatives d'évasion. Elle manquait sérieusement d'entraînement, et la dernière chose qu'il souhaitait était de la blesser.

Ils suivirent une routine calme lors de leur première semaine ensemble, ce qui convenait parfaitement à Tom. Il préférait travailler seul, et il soupçonnait qu'Amelia avait besoin d'un peu d'espace. Ils ne parlaient que lorsque c'était nécessaire, surtout lors des repas. Les premières fois où il lui avait offert à manger, elle l'avait observé attaquer son assiette avant d'attraper quelques petites bouchées dans la sienne. À partir du quatrième jour, elle se mit à manger comme une personne normale, et Tom en déduisit qu'elle commençait à se faire à sa nouvelle situation. Ce soir-là, elle avait choisi de dîner en sa compagnie sur le canapé devant un match de base-ball. Il ne savait pas quoi penser de cette entorse à la routine.

Au lieu de se précipiter dans sa chambre dès qu'elle eut fini de manger, comme elle en avait l'habitude, elle déposa ses couverts dans l'évier avant de le rejoindre dans le salon.

Il avait du mal à se concentrer sur le jeu, car son esprit lui jouait des tours à cause de la jeune femme vêtue de son t-shirt et d'un de ses boxers qui s'était installée à côté de lui. Sa chevelure sombre luisait bien plus sainement grâce à un régime de douches quotidiennes et à la brosse qu'il lui avait acheté, et elle l'avait laissée cascader par-dessus une épaule, en une séduisante masse ondulée. Il déglutit difficilement quand elle enroula la mèche qui caressait le côté de son sein autour d'un doigt. Le petit geste innocent provoqua un torrent d'idées déplacées et il regretta de ne pas l'avoir enfermée dans la chambre d'amis.

Cette mission ferait mieux de se terminer au plus vite. Et pas seulement à cause de la jeune femme attirante à ses côtés. Tom termina sa bière et prit la direction du réfrigérateur pour en attraper une autre. Il en avait offert une à Amelia lors de leur deuxième journée passée ensemble, mais elle lui avait adressé une expression si offensée en réponse qu'il ne prit pas la peine de lui en offrir à nouveau. Elle n'était apparemment pas fan de bière.

— Je ne comprends pas le but de ce sport, annonça-t-elle quand il rejoignit le canapé.

Il s'assit délibérément plus loin d'elle. Elle était peut-être séduisante, mais elle n'en restait pas moins un Atout, et dangereuse par-dessus le marché.

— Au moins, il y a deux mi-temps chronométrées dans un match de foot. Ce sport absurde continue encore et toujours sans la moindre action intéressante. Comment est-ce possible que tu ne t'ennuies pas à mourir ?

Son accent anglais était sexy, mais il ne pouvait pas en dire autant de ses paroles.

— Okay, pour commencer, ton foot s'appelle du soccer ici.

Il prit une gorgée de bière avant de continuer.

— Et ensuite, n'as-tu donc jamais entendu parler des Yankees ? Il n'y a rien de rasoir chez eux, mon ange.

Il grimaça en son for intérieur. *Pourquoi est-ce que je ne peux pas m'empêcher de l'appeler comme ça ?* Ce petit nom tendre lui échappait à chaque fois qu'elle pénétrait dans la même pièce que lui, et il semblait incapable de le retenir. Le regard qu'elle lui adressa indiquait clairement qu'elle l'appréciait autant que lui.

—Je t'ai déjà dit de ne pas m'appeler comme ça.

Oui, et je me suis moi aussi rappelé plus d'une fois de ne pas le faire, et tu vois ce que ça donne. Sa bouche avait manifestement sa propre volonté.

— Oui, madame, répondit Tom.

Il la salua d'un ton railleur à l'aide de sa bouteille pour détendre ses muscles contractés, avant de reporter son attention sur le match. Ou d'essayer, en tout cas. Il adorait le base-ball, mais la présence de la jeune femme capturait toute son attention. Sentant les yeux de l'intéressée posés sur lui, il l'observa du coin de l'œil.

— Oui ?

— Tu n'as pas répondu à ma question.

— À propos de ?

— Du fait que tu ne t'ennuies pas à en crever ? C'est abrutissant.

Il déposa sa bouteille sur le bout de canapé puis se tourna vers elle.

— Qu'aimerais-tu regarder à la place, Amelia ?

Même s'il n'avait pas l'intention de changer de chaîne. Le seul avantage de cette nouvelle mission était le temps libre dont il disposait, et il comptait en tirer parti au maximum.

— Hmm, voyons voir. Je n'ai pas eu la chance de regarder la télévision depuis, franchement, je ne sais pas combien de temps. Mais il doit forcément y avoir quelque chose de plus intéressant que ça.

— Tu réalises que tu es en train d'insulter l'une des plus grandes fiertés des new yorkais, n'est-ce pas ?

— Qu'est-ce que ça peut bien faire ?

Il pouffa. *C'est tellement plus sympa quand elle choisit de rester dans sa chambre.* Il fit mine de répondre mais fut interrompu par la vibration de son téléphone dans sa poche. C'était l'heure de faire un point avec son très cher père pour la soirée. Il attrapa la télécommande et coupa le son de la télévision avant de répondre à l'appel avec un *Ouais*.

— Très professionnel, fiston.

Tom sourit de toutes ses dents.

— Tu sais bien que je fais de mon mieux, papa. Vraiment.

Amelia se crispa à côté de lui, ses yeux bleus écarquillés rivés sur l'appareil qu'il tenait. Ouais, il pouvait comprendre son animosité envers son père. *Bienvenue au club, mon ange.*

— Que me vaut cet honneur, *monsieur* ?

Il ne put masquer son sarcasme plus longtemps en prononçant ce dernier mot. Ces conversations nocturnes quotidiennes semblaient accroître le gouffre qui les séparait. Son père l'appelait habituellement quand Tom avait fait quelque chose d'impressionnant à ses yeux, mais il ne le contactait désormais plus que pour lui rappeler à quel point il avait tout foutu en l'air. C'était douloureux, d'une certaine manière, mais cela l'énervait aussi. D'où son attitude. Plus vite son père se rapprocherait, plus vite il pourrait reprendre sa conversation avec Amelia. Elle avait bien besoin d'une leçon pour comprendre à quel point il était impoli de se moquer des Yankees.

— Est-ce que tu as bu ? demanda son père.

— Quoi, tu ne souhaites pas commencer avec mon rapport ? L'Atout va bien, au passage. Et oui, je profite d'une boisson adulte. Autre chose avant que je ne raccroche ?

Le silence à l'autre bout de la ligne lui indiqua clairement qu'il avait dépassé les bornes. Il visualisa l'expression de son père qui s'assombrissait de seconde en seconde. Ce masque familier qui le terrifiait ne faisait plus que l'irriter désormais.

Quand Tom avait quitté les Forces Spéciales pour rejoindre le FHC, son père avait été tellement fier et excité de lui montrer les ficelles du métier. Ils avaient formé une bonne équipe au début et avaient géré de concert l'unité Sentinelle tout en discutant de leurs plans d'avenir. Mais en creusant un peu plus dans les petits projets de son père et les secrets de l'organisation, le respect et l'admiration de Tom avaient fini par faiblir. Puis il avait découvert la présence d'Amelia dans le département des chercheurs, et tout avait changé.

Son lien de parenté avec son pire ennemi ne changeait rien au fait qu'il s'agissait d'une femme innocente retenue en captivité. Il avait clairement exprimé ses sentiments à ce sujet ce jour-là et s'était ouvertement opposé à son père pour la première fois de sa vie. Leur dispute houleuse avait fracturé leur lien père-fils, et leur relation ne s'en était toujours pas remise.

Son estomac se serra quand il se remémora cet événement alors que son sang ne faisait qu'un tour. La réponse vague de son père l'avait laissé incertain quant à sa réaction – rage ou culpabilité. Il avait passé sa vie à essayer de satisfaire les exigences de la seule personne dans sa vie qui l'aimait, tout ça pour le trahir à cause d'un désaccord. Mais en regardant Amelia à l'instant même, dont les yeux écarquillés étaient rivés sur son téléphone, il ne put réprimer une pointe de fierté pour l'avoir défendue. Non pas que ça ait servi à grand chose. Elle était après tout toujours prisonnière, malgré sa tenue différente, et attendait toujours de découvrir son sort.

Tom glissa ses doigts dans ses cheveux et souffla. *Il est temps de jouer le jeu*, songea-t-il. Si son père le retirait de cette mission sous l'effet de la colère, il l'enverrait dans un endroit encore plus terrible, et il ne souhaitait pas du tout découvrir dans quelle autre entourloupe celui-ci serait prêt à le fourrer. Tom comptait survivre, avec ou sans l'aide de son père, mais son plan de secours n'était pas encore prêt. Il avait besoin de sa liberté pour l'achever, ce qui signifiait qu'il devait obéir. Pour le moment.

— Je suis en train de regarder le match des Yankees, annonça-t-il sans la moindre note d'humour dans la voix. Et de boire une bière, c'est vrai. Désolé, monsieur.

— Je vois.

Son père resta silencieux trop longtemps. *Ça ne présage rien de bon.*

— Sache que le docteur Patel et son équipe seront là d'ici cinq minutes. Prépare l'Atout en attendant d'autres instructions.

La communication fut coupée. Tom regarda fixement son téléphone.

— Et merde.

Une heure de préavis aurait été fantastique.

— Ouais, il va falloir que tu me suives dans la chambre d'amis.

Les sourcils de la jeune femme se hissèrent.

— Pardon ?

— Le docteur Patel est en route pour venir prélever de nouveaux échantillons, et je doute qu'elle approuverait de te voir traîner avec moi dans le salon.

Le visage indigné d'Amelia blêmit aussitôt.

— Anita est en route ?

Sa voix basse ne ressemblait en rien au ton ferme utilisé par la jeune femme moins de dix minutes auparavant.

— Ouais, et elle sera là d'ici seulement quelques minutes, répliqua-t-il en l'encourageant vers le couloir d'un geste de la main. Viens. Il faut que je m'assure que la chambre d'amis paraisse inoccupée.

Un peu de couleur regagna ses joues alors qu'elle examinait visiblement sa réponse.

— Quoi ? Pourquoi ?

— Parce que je suis censé te garder en captivité dans une cage au sous-sol, marmonna-t-il en se dirigeant vers la chambre d'Amelia.

— Il y a un sous-sol ? demanda-t-elle en le suivant.

— C'est *ça* que tu as retenu de mon explication ? Vraiment ?

Il examina l'apparence immaculée de la chambre d'amis avant d'étudier chaque recoin à la recherche du moindre objet personnel. Leur arrangement vestimentaire était simple ; il laissait un t-shirt et un caleçon propres à Amelia dans la salle de bain et cette dernière retournait ses vêtements pliés à la place.

— Rien de suspect. Allez, assieds-toi sur le lit.

Il n'attendit pas de voir si elle obéissait à son instruction mais pénétra à la place dans la salle de bain pour dissimuler sous l'évier les produits féminins, comme sa brosse et son déodorant. Si les membres de l'équipe d'Anita les repéraient, il n'aurait qu'à prétendre qu'il s'agissait des biens de sa tante. Puis il suivrait l'exemple de son père et leur demanderait pour qui ils se prenaient à fouiller dans ses affaires. C'était parfois utile de rappeler aux employés du FHC la personne qu'il était destiné à devenir.

Il saisit le panier à linge et la serviette d'Amelia, puis se dirigea dans la chambre principale où il jeta son butin dans le placard. Le bruit révélateur des pneus sur le gravier l'accueillit quand il retourna dans le salon. Les allées caillouteuses étaient un excellent système d'alarme. Il éteignit la télévision, attrapa sa bouteille de bière, et s'adossa sereinement contre le mur, une cheville croisée par-dessus l'autre. Son arme préférée était accrochée à sa hanche, sa place habituelle, et il avait aussi un couteau dissimulé dans sa chaussette gauche. Juste au cas où. Il ne se désarmait que lorsqu'il était nu, et même dans ce cas là, il gardait une arme à portée de main.

L'agent Stark entra le premier, vêtu de son éternelle combinaison : jean et t-shirt.

— Merci d'avoir frappé, dit Tom d'une voix traînante.

Il aurait dû se douter que la Sentinelle préférée de son père dirigerait la garde rapprochée du docteur Patel.

— N'es-tu donc pas censé former Stas ?

C'était après tout le but de cette mission de babysitting. Tom gardait l'Atout tandis que Stark s'occupait de former la première femme Sentinelle du FHC. Une autre punition de son père, qui était conscient que Tom aurait voulu gérer l'entraînement de son amie. Il aimait la jeune femme comme s'il s'agissait de sa propre sœur et il souffrait de ne pas être présent pour l'aider.

— Je lui ai laissé sa soirée. Il faut bien qu'elle maintienne sa couverture auprès de Wakefield.

— Ah.

Tom prit une gorgée de bière pour masquer sa grimace. Issac Wakefield lui donnait envie de s'entraîner au tir avec son arme favorite.

— Et comment se passe l'entraînement ?

— Je ne suis pas venu ici pour bavarder, Fitzgerald. Où est l'Atout ?

Stark s'arrêta juste devant lui et haussa un sourcil blond. Il possédait une taille et une carrure similaires à celles de Tom, mais l'agent stoïque n'avait pas le moindre sens de l'humour. Quelque chose clochait vraiment chez cette Sentinelle, en dépit de son talent de guérisseur. Quoi qu'il en soit, ce n'était pas humain.

— À quoi doit-on cette visite tardive ? demanda Tom. Pourquoi ne pas avoir attendu jusqu'à demain ?

— Parce que j'étais en plein milieu d'une étude de cas quand votre père a décidé de transférer mon Atout, annonça Anita Patel depuis le seuil.

Cette petite femme se targuait d'aller droit au but. Tom supposait que c'était une attitude nécessaire pour diriger le département recherche du FHC. Elle gérait de multiples Atouts au siège, dont la plupart étaient des immortels hors-la-loi qui avaient commis des actes atroces. Amelia était une anomalie, une victime des circonstances.

— Docteur Patel.

Il salua la femme aux cheveux sombres d'un geste du menton. Deux chercheurs entrèrent derrière elle chargés de sacs et détournèrent aussitôt le regard. C'était un comportement typique de la part des employés du FHC. Tom n'était pas seulement une Sentinelle, mais il était aussi leur futur PDG.

— Bonsoir, Tom.

Le docteur inclina la tête en signe de respect, un geste qu'elle effectuait aussi envers son père.

— Où est mon cobaye ?

La main de Tom se resserra autour de la bouteille de bière – une réaction étrange à cette question innocente, tout comme le nœud qui serrait son estomac. Jouer le rôle de gardien de prison signifiait empêcher l'Atout de s'échapper ou d'être découvert. La protéger ne faisait pas partie de ses attributions. Mais ses doigts tressaillirent néanmoins, comme s'ils souhaitaient s'enrouler autour de son pistolet favori. *Ce n'est pas bon signe.*

— Qu'est-ce que vous comptez faire d'elle ?

Ce n'était pas dans ses habitudes de fourrer son nez partout, mais il ne put s'en empêcher. Anita croisa ses mains devant elle et pinça ses lèvres. Elle ne semblait pas apprécier sa curiosité.

Eh bien, c'est tant pis pour vous.

— Je vous demande simplement cela car ce chalet n'a pas été construit pour faciliter des recherches scientifiques élaborées, et je ne dispose pas non plus de beaucoup de fournitures.

Une lueur de compréhension éclaira le regard sombre du médecin et elle lui offrit un geste approbateur du menton.

— Je comprends. J'ai amené tout ce dont j'ai besoin pour conduire mes tests de routine et prélever quelques échantillons. Mais il est possible que cela me prenne plus de temps que d'habitude, donc j'aimerais commencer.

— Bien sûr.

Tom haussa les épaules pour les dénouer. Les propos du médecin semblaient légitimes, mais quelque chose dans cette situation le tracassait. Il choisit d'ignorer cette impression et indiqua le couloir derrière lui d'un geste de la main. Il serait préférable d'en finir avec tout ceci le plus tôt possible.

— Elle est dans la chambre d'amis, annonça-t-il. Je me suis dit que ce serait préférable au sous-sol, où l'éclairage est terrible, ajouta-t-il en notant le sourcil haussé d'Anita.

Il était doué pour faire avaler à ses interlocuteurs des semi-vérités après avoir grandi aux côtés d'un détecteur de mensonge ambulant. Le médecin hocha la tête, visiblement satisfaite.

— Parfait. Nous vous préviendrons si nous avons besoin de quoi que ce soit d'autre.

Elle claqua des doigts en direction des chercheurs et ces derniers la suivirent comme des petits chiens. Stark ne leur emboîta pas le pas, son expression vide de toute émotion. Tom étudia l'homme par-dessus sa bouteille en prenant une nouvelle gorgée. *Ouais, il n'était décidément pas humain.* Et ni Hydraien, ni Ichorien non plus. Il soupçonnait que Stark était le fruit d'une des expériences d'Anita. Cela expliquerait sa capacité à guérir par un simple contact physique, ainsi que son comportement étrange.

— Est-ce que tu sers de garde du corps au docteur Patel et à son équipe ? demanda Tom.

— Non.

Une réponse catégorique sans la moindre élaboration.

— Okay, d'accord.

Tom termina sa bière et jeta la bouteille dans la poubelle de la cuisine. Il s'arrêta près du couloir pour guetter des signes de lutte en provenance de la chambre d'Amelia mais ne détecta pas de bruit. Le docteur Patel s'était occupée de son examen médical l'année précédente et s'était comportée de manière professionnelle, mais quelque chose chez elle déclenchait des signaux d'alarme dans son esprit. Une lueur morbide de curiosité était tapie au fond des yeux de cette femme, ce qui semblait typique pour une chercheuse, mais qui le taraudait parfois. Et cette soirée-ci était l'une de ces occasions.

Son instinct le poussa une nouvelle fois à saisir son arme. Avec insistance.

— Tu as une idée du temps que ça va prendre ? demanda-t-il en s'efforçant d'ignorer sa pulsion.

Qu'est-ce qui cloche chez moi ?

— Pourquoi ? interrogea Stark, dont les yeux verts vacillèrent dans sa direction. Tu as quelque chose de prévu ?

Tom le regarda bouche bée.

— Est-ce que tu viens de faire une blague ?

— Certains prendraient plutôt ça pour une raillerie.

— Ou une blague.

Stark haussa les épaules.

— Peu importe. Je vais courir.

— Courir ?

— Oui. Ça risque de prendre un moment et le trajet s'est éternisé.

Il fit rouler son cou et ses épaules tout en s'expliquant.

— Et je m'ennuie.

Comme si c'était normal.

— Okay. Amuse-toi bien.

Ces yeux si étranges étudièrent Tom de la tête aux pieds.

— Tu connais ces bois mieux que moi. Fais-moi faire le tour du propriétaire et je te raconterai comment se passe l'entraînement de ton amie. Et nous pourrons peut-être discuter de ce que j'ai prévu.

Tom sursauta.

— Tu veux que je vienne courir avec toi ?

— C'est bien ce que j'ai dit, non ?

Si l'invitation venait d'une autre Sentinelle, Tom n'aurait pas sourcillé. Mais que Stark, le loup solitaire de l'équipe, l'ait invité à aller courir ? Il ne s'attendait pas du tout à ça. Peut-être s'ennuyait-il vraiment.

Où peut-être qu'il trame quelque chose.

Ses instincts étaient divisés. Il se sentait mal à l'aise à l'idée de laisser Amelia seule en compagnie des chercheurs, ce qui était ridicule. C'était son père qui prenait plaisir à la battre, pas les scientifiques. Elle était en sécurité ici, loin du

PDG taré et du FHC. Et il n'avait jusqu'à présent pas entendu quoi que ce soit depuis la chambre qui indique sa détresse.

Je me prends trop la tête. Un jogging lui ferait le plus grand bien, et il aimerait savoir ce que Stark avait prévu pour Stas. Elle était peut-être fâchée contre lui, mais cela ne signifiait pas qu'il ne se souciait plus de son bien-être.

— Ouais, okay.

Il aurait du mal à supporter les températures de juin dans son jean, mais il refusait de se changer en short si Stark ne le faisait pas. Une partie de leur conditionnement consistait à s'entraîner dans des circonstances inhabituelles. Apparemment, c'est ce qu'ils feraient ce soir-là. Ensemble. Il noua ses lacets et rejoignit Stark près de la porte.

— Après-vous, Agent.

Quelle garce sadique.

Quel que soit le nerf qu'Anita avait pincé dans le bras d'Amelia, cela l'avait entièrement paralysée et réduite au silence. Mais ça ne l'empêchait pas de ressentir chaque piqûre et chaque coup pendant qu'ils examinaient son corps nu à l'aide d'instruments métalliques froids. Le docteur adorait tester les limites de l'immortalité d'Amelia. Aucun effort n'était fait pendant ces sessions pour minimiser sa douleur. Le but était de voir jusqu'où les chercheurs pouvaient aller avant de la faire défaillir, ce qu'elle s'apprêtait à faire. D'où les sels qu'ils agitaient désormais sous son nez.

Elle perdit la notion du temps. *Que ce soit après des minutes, des heures, des jours…* Tout lui faisait mal.

La sensation de brûlure qui glissait le long de son échine la consumait et réduisait ses capacités cognitives au néant. Elle ne savait pas combien de temps encore elle pourrait tenir la démence à distance. Les ténèbres la menaçaient, prêts à l'attirer dans cet endroit où elle serait dénuée de tout sentiment. Elle l'avait imaginé afin de s'échapper dans ces moments où la douleur devenait insupportable.

Une drogue de sa propre création. Addictive. Satisfaisante.

Un jour, son esprit s'y échapperait pour ne jamais revenir.

Serait-ce si terrible ? se demanda-t-elle. *Oui… je ne peux pas laisser Jonathan gagner.*

La voix stricte d'Anita flottait au-dessus d'elle. Une question au sujet de récipients. Amelia ne pouvait pas en être certaine. Elle cria en son for intérieur quand quelqu'un inséra un couteau entre ses côtes. Des larmes coulèrent de leur propre gré depuis ses yeux vacants. C'était ce qu'Anita attendait, et le savoir lui retourna l'estomac. Un de ces jours, Amelia la tuerait.

Elle se demanda ce qu'Eli et Issac pourraient bien penser de ses fantasmes violents. La bonté et la politesse étaient des qualités appartenant à son passé. Ils ne reconnaîtraient pas la femme qu'elle était devenue au fil de cette épreuve.

Une sensation glaciale gagna sa poitrine, suivie de flammes dévorantes quand l'un des sbires planta une aiguille dans son cœur. Elle aspirait à cette partie de la procédure tout autant qu'elle la haïssait. Cela lui faisait un mal de chien, mais ça signifiait aussi que son tourment touchait à sa fin, et qu'elle pourrait bientôt passer à autre chose. Les vomissements suivraient, ainsi que l'inévitable compte-à-rebours dans un coin de son esprit, qui retentirait jusqu'à la prochaine séance. Elle avait cru que sa présence au chalet lui offrirait un répit de cette torture.

Mais non. C'était encore un faux espoir qui lui avait joué un tour. Dieu qu'elle détestait cette émotion qui la tourmentait.

— Trois, deux… énonça Anita en haussant le ton après chaque numéro. Un.

Amelia haleta, prenant une bouffée d'oxygène essentielle, puis frissonna contre la bâche en plastique glissée sous son corps.

— Là, là, ce n'était pas si terrible ma chère, n'est-ce pas ? demanda Anita, dont le sourire était absolument diabolique.

Une litanie de jurons gagna l'esprit d'Amelia, mais sa bouche refusa de les expulser. Si elle réussissait un jour à mettre la main sur ce médecin sadique, elle la paralyserait avant d'injecter de l'adrénaline droit dans son cœur histoire de lui faire partager son tourment. Une quinte de toux se fraya un chemin depuis ses poumons à vif jusqu'à sa gorge, et les chercheurs la glissèrent sur son flanc tandis que son dîner refaisait son apparition.

Aucun mortel ne pourrait survivre à ce traitement. Elle y parvenait à peine en tant qu'immortelle. Amelia détestait la capacité de son esprit à guérir en une fraction de seconde. Cela la maintenait à la lisière de la folie durant les sessions avec Anita, mais signifiait aussi qu'elle restait lucide durant celles-ci.

À moins que je ne m'aventure dans l'obscurité… Pas ce soir.

— Allez chercher l'agent Stark, ordonna Anita après quelques minutes insoutenables.

Cet ordre était inattendu. Elle sollicitait habituellement la présence de Stark plus tard dans la procédure. Peut-être avait-elle besoin qu'Amelia soit guérie avant une autre série de tests ?

— Madame, annonça Stark, dont la voix grave l'apaisa

profondément. Elle avait plus besoin de son toucher guérisseur que de respirer.

— Je suppose que vous avez distrait Tom ? demanda Anita.

— Oui, madame. Il est dehors, au téléphone avec Stas.

— Parfait. Emmenez l'Atout dans la salle de bain pour la laver. Nous nous occuperons de ce chantier.

Elle était tellement froide et indifférente. *Je la déteste.*

Un bras solide glissa sous ses genoux tandis qu'un autre s'enroulait autour de ses épaules. Elle ne le regarda pas tandis qu'il la portait dans la salle de bain, et ne croisa pas non plus son regard quand il la déposa dans la baignoire. Il claqua la porte derrière lui avant de s'agenouiller à côté d'elle, l'air impassible.

— Tiens.

Il lui tendit l'une de ses fameuses pilules et elle ouvrit la bouche sans hésitation. C'était leur routine habituelle, même si elle doutait qu'il soit censé lui offrir des anti-douleurs. C'était le cas pour beaucoup des actions de l'agent Stark. Comme de se vaporiser en brume. Cela s'était produit lors de leur dernière session de soins, à sa plus grande surprise. Ou bien s'agissait-il d'une hallucination ? Il saisit une tasse sur le comptoir, la remplit d'eau avant de la porter jusqu'aux lèvres asséchées d'Amelia.

— Bois.

Elle avala le liquide frais et la pilule avant de fermer les yeux. Ses gènes d'immortelle soignaient son esprit plus rapidement que son corps, mais le toucher de l'agent Stark viendrait aider ce dernier. Ce serait douloureux, mais elle savourerait son éventuel répit. À moins qu'Anita n'ait prévu de recommencer, auquel cas la nuit serait interminable.

Elle fut enveloppée de chaleur quand Stark pressa sa

main contre son épaule. Cet échange d'énergie commençait toujours par un fourmillement, avant de se transformer en brasier qui lui arrachait des cris en réponse. Il pressa sa main libre contre sa bouche pour étouffer ses cris alors qu'il la baignait de son pouvoir. Elle avait sombré dans le néant la dernière fois, mais ses blessures n'étaient pas aussi conséquentes cette fois-ci. Jonathan prenait plaisir à causer des dommages internes alors qu'Anita préférait que ses coups soient visibles. Elle prenait un malin plaisir à faire saigner Amelia.

— C'est presque fini, Amelia.

Sa voix grave la caressa, malgré l'absence d'inflexion. Elle ne parvenait pas à le cerner. Il agissait parfois d'une manière qui semblait contre-intuitive aux buts du FHC, comme par exemple la manière dont il avait laissé la jeune femme inconnue quitter la pièce sans encombre. Si cette conversation n'était pas le fruit de son imagination.

Elle était forcément réelle. « Issac va venir à ta rescousse… » La conversation dans sa cellule en béton avait été étrange, pour ainsi dire, et ce dès l'instant où Stark s'était volatilisé juste avant que la jeune blonde n'ouvre la porte. Et cette prétendue séduction de son frère à l'aide d'une danse ? Cela ne ressemblait pas au Issac qu'elle connaissait, même si les propos semblaient coller. Mais si la jeune femme était sincère en promettant de l'aider à s'évader du sous-sol du FHC, pourquoi Stark n'était-il pas intervenu ?

À moins que… Elle ouvrit grand les yeux et rencontra son regard vert luisant.

— Tu es…

Elle ne pouvait pas parler à cause de sa main. *C'est à cause de toi que je suis là*, l'accusa-t-elle du regard. Mais pourquoi la dissimuler dans ce chalet ? Il serait certainement plus simple de se débarrasser de la fille qui l'avait trouvée.

— Les choses ne sont pas toujours noires ou blanches, répondit-il de manière cryptique. Prends une douche dès que tu te sentiras capable de te lever. Je vais chercher des vêtements pour toi.

Il tira le rideau de la douche avant qu'elle ne puisse répliquer.

Chapitre Trois

Entraînement au tir

Tom mit fin à son appel quand les chercheurs quittèrent le chalet. Quelque chose semblait avoir provoqué leur hilarité, mais leurs sourires s'estompèrent quand ils remarquèrent sa présence. Il leva les yeux au ciel quand ils détournèrent le regard et détalèrent vers la voiture chargés d'un lot de boîtes. *Des échantillons de sang. Beurk.* Stark quitta le bâtiment après eux avec les sacs d'équipement. Ça n'avait pas échappé à l'attention de Tom qu'il avait fallu deux hommes pour transporter tout cela à leur arrivée. Les assistants n'étaient pas du genre costaud, mais ils n'étaient pas rachitiques non plus.

— L'Atout est sous la douche, lui annonça succinctement Stark en le contournant.

Il balança les sacs dans le coffre sans le moindre effort avant de s'adosser à la jeep, les bras croisés sur sa poitrine. L'agent baraqué avait changé de t-shirt. Il était arrivé vêtu d'un haut noir, et portait désormais un t-shirt rouge. *Pourquoi ?* Ils n'avaient pas transpiré tant que ça pendant leur circuit de huit kilomètres. Ses soupçons ainsi éveillés, Tom prit la direction du chalet mais se figea quand Anita en sortit. Cette lueur dérangée était de nouveau tapie au fond de ses yeux et lui retourna l'estomac.

— L'Atout est prêt à retourner dans sa cellule. Est-ce que ça vous gêne de reprendre la main ? Nous devons ramener ces échantillons au laboratoire, et l'heure tourne.

— Pas de soucis.

Il s'efforça de maintenir une posture décontractée alors que son esprit tournait à toute allure. La course avait à peine calmé son anxiété, même si sa conversation avec Stas lui avait offert un bref répit. Il détestait l'admettre, mais il ressentait une pointe d'admiration pour Stark. La Sentinelle stoïque avait créé un formidable régime d'entraînement dont Stas semblait satisfaite.

Il ne l'appelait pas souvent, mais cette situation méritait de faire le point verbalement. Elle croyait qu'il se trouvait en mission à l'étranger, ce dont il n'avait pas cherché à la dissuader. Sa colocataire s'était ensuite emparée du téléphone pour lui faire la leçon. Lizzie Watkins était une amie proche de sa famille et la fille d'un employé du FHC. Elle s'était lancée dans une tirade au sujet de l'embauche de Stas en tant que Sentinelle, ce qu'elle ne voyait pas d'un bon œil, avant de l'exhorter à faire attention à lui-même tant qu'il serait à l'étranger. Il avait raccroché en secouant la tête, arborant un large sourire. Elle n'avait aucune idée de l'existence des immortels, et il comptait bien s'assurer que cela continue.

— Fitzgerald, le salua Stark avec un geste du menton.

C'était sa version d'un au revoir.

— Stark.

Il lui retourna le geste puis l'équipe s'installa dans la jeep. Une vague de solitude le frappa alors que la lueur des phares disparaissait au bout de l'allée. Il envisagea d'appeler une nouvelle fois les filles pour avoir une conversation plus longue, mais s'y refusa finalement. Pour autant qu'elles tenaient à lui, elles ne le connaissaient pas réellement et n'en apprendraient probablement jamais plus à son sujet. Un homme au passé tel que le sien ne resterait pas dans les parages assez longtemps pour savourer ce genre de connexion. La mort l'attendait à chaque tournant et hantait chacun de ses rêves, chaque personne impliquée dans sa vie devenant sa responsabilité.

J'aurais dû rester au Moyen Orient. Au moins, il avait un but là-bas. Rien qu'un homme, son fusil, et sa cible. C'était paisible. Il soupira et pénétra dans le chalet. La salle de bain était vide et la porte de la chambre d'amis, fermée. Il frappa et attendit une réponse, en vain.

— Amelia ?

Il n'aimait pas le fait que la chair de poule avait recouvert la peau de ses bras. Des souvenirs violents planaient ici, et il soupçonnait qu'une nouvelle vague ait été créée ce soir-là. Sans réponse de la part d'Amelia, il frappa à nouveau avant d'entrouvrir la porte.

— Est-ce que tu vas bien ?

Il réalisa aussitôt la stupidité de sa question. Bien sûr que non, elle n'allait pas bien. La jeune femme était une prisonnière de guerre. Son père l'avait kidnappée pour se venger, mais plutôt que de l'utiliser pour obtenir justice contre leur véritable ennemi, il la gardait dans le département de recherche.

« *Tu vois bien qu'elle peut nous être utile, fiston* » *avait insisté son père après que Tom l'avait découverte pour la première fois.* « *Pense à tout ce que nous pourrions faire avec ses gènes à notre disposition.* »

« *C'est inapproprié* » *avait répliqué Tom.* « *Tu dois bien t'en rendre compte* »

Le FHC souhaitait dupliquer ses dons uniques. Leur débat houleux s'était achevé avec la promesse qu'Amelia était bien traitée, contrairement à ce que les apparences pouvaient prêter à imaginer. Ce mensonge s'était écroulé quand Tom l'avait trouvée rouée de coups plus tôt la semaine passée. Quand il avait confronté son père, celui-ci lui avait rappelé une nouvelle fois qu'il n'avait d'autre choix que de jouer le jeu.

« Et où comptes-tu aller, fiston ? Les Ichoriens veulent ta peau, et les Hydraiens ne te protégeront pas, pas après tout ce que tu as fait. La seule place pour toi est avec nous. Je te conseille de jouer le jeu. »

Il chassa ces abominables propos de son esprit et poussa la porte pour découvrir qu'Amelia s'était blottie dans un coin de la pièce, roulée en boule. Ses cheveux humides étaient éparpillés autour de sa silhouette frêle et collaient à son t-shirt. Il se demanda si Stark ou Anita avaient remarqué qu'elle portait ses vêtements. Si c'était le cas, il en entendrait probablement parler lors de sa prochaine conversation avec son père.

Une tache sur le sol, au pied du lit, lui fit froncer les sourcils. Il s'agenouilla pour l'observer de plus près et son cœur fit un bond dans sa poitrine. *Du sang frais.* Il alluma le plafonnier et examina la pièce minutieusement, notant la présence de sang sur les meubles et les murs. Les mouchetures étaient microscopiques au regard d'un novice, mais Tom n'éprouva pas la moindre difficulté à déterminer leur origine. *Il y en a même sur le plafond…*

— Qu'est-ce qu'ils t'ont fait, putain ?

Il n'avait pas eu la moindre chance de maîtriser la colère dans sa voix. Apercevoir du sang – dans cette pièce en particulier –lui donna le tournis.

Le corps mutilé de sa mère étalé sur son petit lit. Les hurlements qu'il avait poussés, ne comprenant que plus tard qu'il en avait été la source.

— Putain.

Il trébucha en arrière à travers la porte avant de s'écrouler contre le mur du couloir. Les mains sur les genoux, il inspira à plusieurs reprises pour calmer ces visions cauchemardesques. C'était la raison pour laquelle il refusait de venir ici. C'était un enfer sur Terre. Il tituba jusqu'à la cuisine pour attraper une bouteille d'eau dont il s'empressa d'avaler le contenu. Avec chaque gorgée, ses souvenirs s'estompèrent et la réalité reprit le dessus.

Un ami lui avait un jour dit qu'il avait de nombreux bagages liés au décès prématuré de sa mère.

Non, sans blague.

Il y avait une raison pour laquelle il pourchassait des Ichoriens hors-la-loi, mais son père refusait de le laisser s'occuper du véritable coupable. Issac Wakefield était bien plus utile en vie, plutôt que mort, et son père s'était donc contenté de capturer Amelia à la place. Il semblait injuste de punir la jeune femme pour les péchés de son frères, d'où leur situation actuelle.

Il échangea sa bouteille vide contre une nouvelle et prit la direction de la chambre d'amis, maintenant qu'il avait retrouvé sa motivation. Sa charge n'avait pas quitté le coin de la pièce, mais ses yeux bleus semblaient briller de curiosité quand il pénétra de nouveau dans la pièce.

Il s'assit à côté d'elle et lui tendit la bouteille d'eau en silence. Elle l'accepta avec un air méfiant et examina le sceau du bouchon. S'étant assuré qu'il était intact, elle l'ouvrit et prit une gorgée. Il laissa tomber sa tête contre le mur et ferma les yeux. La journée lui avait paru interminable et il était épuisé.

— Pour ce que ça vaut, je suis désolé, annonça-t-il, n'ayant rien trouvé d'autre à lui dire.

Qui savait quelles horreurs cette femme avait endurées sous le joug de son père ?

Tom l'avait idolâtré avant tout cela, mais il ne savait désormais plus quoi penser. L'homme qu'il avait aimé et admiré en grandissant commettait des actes terribles en coulisse sans fournir la moindre explication. Comme battre une otage par exemple. Son père n'avait jamais offert de justifications pour ses choix et avait à la place assigné à Tom la mission de garder Amelia. S'agissait-il d'un test de sa loyauté ? D'une punition pour avoir désobéi aux ordres ? Seul son père connaissait la réponse.

Amelia réajusta sa position à côté de lui. Sa jambe effleura la sienne, et il nota qu'il était conscient à l'excès du moindre de ses gestes. Il discerna son plan avant même qu'elle ne bouge. Les yeux toujours fermés, il saisit le poignet de la jeune femme alors qu'elle s'apprêtait à saisir son arme.

— Même si tu réussissais à l'attraper, est-ce que tu saurais t'en servir ?

— Peut-être.

Ça veut dire non. Il entrouvrit un œil pour l'observer.

— La première règle de sécurité des armes à feu : assure-toi de savoir te servir d'une arme avant de jouer avec.

Son front plissé était adorable. Une ride se creusa entre ses sourcils et lui donna un air innocent très attrayant.

— Ça ne peut pas être si difficile, si ?

Il retira le pistolet de sa ceinture et le lui tendit. *Je vais le regretter.* Mais cela lui offrirait une distraction amusante. Peut-être.

— Montre-moi ce que tu ferais avec.

L'air incrédule qui recouvrit son visage en réponse exprimait clairement ce qu'elle pensait de sa santé mentale. *Un constat assez juste.* Il n'avait pas la moindre idée de ce qui le poussait à lui montrer ça, mais il avait l'impression que c'était le moins qu'il puisse faire au vu de leur situation.

— Allez. Montre-moi.

— Tu plaisantes ?

— Non, c'est pas une blague. Montre-moi comment tu t'en servirais.

— Tu n'as pas peur que je te tire dessus avec ?

— Je sais que ce ne sera pas le cas.

Et même si elle y parvenait comme par miracle, cela n'aurait aucune importance. Ses gènes immortels prendraient le dessus une fois mort, et il se réveillerait le lendemain en Hydraien. Elle devait bien le savoir.

De long doigts fins s'enroulèrent autour du châssis en métal dans sa main alors qu'elle saisissait ce qu'il lui offrait avec précaution. Il ne fit pas le moindre geste pour l'arrêter, même quand elle recula puis pointa l'arme dans sa direction. Selon ses calculs, si elle appuyait sur la gâchette, la balle frôlerait son oreille avant de s'enfoncer dans le mur. Et encore, seulement si elle parvenait à maintenir l'arme en position sans trembler, ce qui n'était pas le cas.

— Et ensuite ? demanda-t-il.

— Tu me dis où se trouve l'appareil qui contrôle mon collier.

Il lui sourit.

— Non.

— Alors je vais devoir te tirer dessus.

— Ça me va.

Il appuya de nouveau sa tête contre le mur avant de fermer une nouvelle fois les yeux.

— Préviens-moi quand tu auras fini de jouer, mon ange.

Encore ce mot. Il s'agissait juste d'un lapsus. Il n'avait jamais appelé qui que ce soit *mon ange*, mais cela lui allait bien. Du métal froid vint s'enfoncer contre sa tempe.

— Je t'ai déjà dit de ne *pas* m'appeler comme ça.

— Et voilà ta première erreur, répliqua-t-il.

— Pardon ?

Il saisit son poignet d'une main et le canon du flingue de l'autre avant de la désarmer d'un geste rapide, tout ça les yeux fermés. *Un jeu d'enfant.*

— Ne te place jamais à portée de main d'un adversaire qui sait se servir d'une arme, surtout quand tu es toi-même ignorante de son fonctionnement.

Il lui offrit l'arme sur la paume de sa main.

— Essaye encore.

Elle la lui arracha puis décampa loin de lui. Il étira ses jambes et les croisa au niveau des chevilles. C'était un excellent moyen de se distraire des souvenirs qui menaçaient de le submerger dans cette pièce un peu plus tôt. Il l'entendit essayer d'appuyer sur la gâchette et sourit de toutes ses dents.

— Comme je te l'ai dit, tu ferais mieux de savoir te servir d'une arme avant d'essayer de t'en emparer. Ce qui, malheureusement, serait une deuxième erreur de ta part. Car j'aurais le temps de te désarmer pendant que tu essayes de trouver le moyen de la faire fonctionner.

Il s'interrompit un instant pour laisser échapper un bâillement exagéré.

— Oh, et même si tu réussissais à me tirer dessus, tu ne serais pas plus avancée pour retirer ton collier.

Même s'il n'y avait pas le moindre appareil la retenant ici.

— Ce qui signifie que tu devrais attendre mon réveil le lendemain, et je ne serais probablement pas enchanté par ta compagnie.

Un bruit sourd s'échappa de la gorge d'Amelia et le poussa à l'observer du coin de l'œil.

— Est-ce que tu viens de me grogner dessus ?

Il ne s'était pas du tout attendu au geste qu'elle esquissa ensuite. Au lieu de pointer une nouvelle fois l'arme dans sa direction, elle la lui jeta au visage. Il l'attrapa par réflexe d'une main et la regarda, bouche bée.

— Bien joué.

— Oh, laisse-moi deviner, *erreur numéro trois*, annonça-t-elle dans une pauvre imitation de sa voix. Rendre son arme au prédateur. Tu es un vrai trou du cul, tu sais ?

— Un vrai… ?

Gagné par l'hilarité, il s'interrompit. Elle avait l'air si indignée, en le fusillant du regard de cette manière. Quelle paire ils faisaient tous les deux, assis dans une pièce qui avait été témoin des pires atrocités, où elle avait subi Dieu sait quoi ces dernières heures. Il secoua la tête et rangea son jouet favori dans son étui.

— Pour info, le fait de me jeter le flingue a été ton choix le plus judicieux car c'est celui auquel je m'attendais le moins. Et comme tu n'étais pas capable de t'en servir de manière conventionnelle, tu avais tout intérêt à trouver un moyen de l'utiliser de manière offensive. On va dire qu'il s'agit d'une leçon réussie.

Il se releva et se dirigea vers la porte. Puis il se figea et croisa ses yeux bleus par-dessus son épaule.

— Tout le monde devrait savoir se servir d'une arme. Si ça t'intéresse, je te montrerai demain.

Ce n'était probablement pas la décision la plus sensée de sa part, mais à quoi bon s'en soucier ? Cette mission était ridicule. Il avait tout intérêt à trouver un moyen de s'amuser un peu. Et s'il mourrait au passage, eh bien, ce ne serait pas la fin du monde. Il ressusciterait en immortel le lendemain.

Amelia étudia la jeune femme dans le miroir. L'ossature était la même, juste un peu trop saillante, mais les yeux lui étaient totalement étrangers. Ils paraissaient hantés et plus sombres. Elle acheva de peigner ses cheveux humides et se servit d'un élastique qu'elle avait trouvé pour les attacher en queue de cheval. C'était agréable de ne plus les avoir dans le dos. Les chercheurs lui coupaient occasionnellement les cheveux, mais ils n'étaient pas des experts de la coiffure.

Elle enfila le t-shirt et le short que Tom avait laissés pour elle sur l'évier puis étudia les chaussettes et les chaussures. Elles étaient neuves. S'attendait-il à ce qu'elle le rejoigne dehors ? Elle se remémora son offre de la veille et fronça les sourcils. Était-il sérieux quand il avait annoncé qu'il lui apprendrait à se servir d'une arme ? Pourquoi ferait-il une chose pareille ?

Les Anciens ne l'avaient jamais laissée s'approcher de l'armurerie d'Hydraia, et elle n'était pas autorisée à toucher aux armes d'Eli dans la maison. Non, ce n'était pas tout à fait ça. Ils l'auraient laissée faire si elle l'avait demandé, mais elle n'en avait jamais eu besoin. Elle était entourée par certains des immortels les plus redoutables de la planète. Pourquoi aurait-elle appris à se battre ? Personne ne s'attendait à ce qu'un ami proche de la famille ne les trahisse, et encore moins Amelia.

Elle enfila les chaussettes et les chaussures, et fut surprise de découvrir qu'elles étaient à sa taille. Les tennis n'appartenaient certainement pas à Tom. Il n'y avait aucune chance pour qu'un homme de cette carrure réussisse à rentrer ses pieds dans ces chaussures minuscules. Elle fit un petit bond et sourit à moitié. Les chaussures à talons avaient été son choix de prédilection par le passé, mais elle pourrait s'habituer à celles-ci. Même si elles paraissaient un peu usées.

Elle sortit dans le couloir et se dirigea vers le salon où elle percevait de la musique. Un air assez grunge avec des voix graves et une ligne de basse entêtante. Ce n'était pas ce qu'elle préférait. Elle avait prévu d'attraper un encas et une bouteille d'eau dans le frigo mais se figea en apercevant Tom, qui était torse nu dans la pièce principale.

Oh, waouh...

Elle n'avait pas la moindre idée qu'un corps pouvait bouger ainsi. Il s'agissait d'une variation étrange de pompes qui consistait à frapper des mains derrière le dos et bouger d'un côté puis de l'autre de manière rapide. Quand il se redressa brusquement, elle crut que c'était parce qu'il avait détecté sa présence. Elle avait tort. Il saisit une barre accrochée au-dessus du seuil et souleva facilement le poids de son corps pour faire une traction. Amelia était hypnotisée par les muscles qui se contractaient le long de son dos.

Eli avait été un véritable régal pour les yeux, mais il possédait une carrure plus robuste. Le physique athlétique de Tom était plus élancé, plus raffiné. *Une arme humaine.* Il se réinstalla au sol pour attaquer une autre série d'exercices qui la laissèrent perplexe. Elle avait du mal à suivre ses répétitions et ses positions, mais elle appréciait la manière dont son corps se mouvait. Ce n'était pas surprenant qu'il ait réussi à la désarmer si facilement. Ses réflexes n'étaient pas humains.

Après une dernière série sur la barre, Tom coupa la musique et attrapa sa bouteille d'eau. Il se tourna dans sa direction et se figea à mi-gorgée. Une expression surprise recouvrit brièvement ses traits lorsqu'il aperçut son public. Elle tenta de détourner le regard, mais les muscles saillants de son abdomen étaient encore plus impressionnants que ceux de son dos. Sa gorge s'assécha quand il déglutit. Oh, elle était dans le pétrin.

Tu ne peux pas être attirée par lui. Jamais. Mais quelle femme saine d'esprit ne craquerait pas pour un homme bâti comme Tom ? *Une femme retenue contre son gré.* Eh bien, oui, il ne fallait pas perdre cela de vue. Elle aurait bien attribué son manque de jugement aux médicaments que lui avait donnés. Stark la veille, mais ceux-ci ne faisaient plus effet depuis des heures.

Elle reprit ses esprits et se força à prendre la direction de la cuisine. Elle saisit une bouteille d'eau de manière automatique et remarqua les sandwichs dans le réfrigérateur. Une assiette chacun. Elle choisit la plus proche et fit mine de retourner dans sa chambre, mais Tom se tenait juste derrière elle, à moitié nu. Sa peau luisait sous une fine couche de sueur et elle se lécha les lèvres.

Okay, non. Non, non, non. Elle refusait d'être attirée par lui. Il était peut-être sublime, mais il s'agissait du fils de Jonathan. Et de son geôlier, bon sang. *Je refuse d'être tentée par ce... ce... dieu vivant.* Et surtout pas moins de vingt-quatre heures après la session de torture qu'elle avait subie aux mains d'Anita. *C'est tellement inapproprié.*

— Je vois que les chaussures te vont.

— Hm ?

Elle suivit son regard jusqu'à ses pieds.

— Oh, oui. Merci.

Il haussa les épaules et tendit un bras derrière elle pour ouvrir le frigo.

— Je crois qu'elles sont à Rosalie. Elle fait à peu près ta taille et vient ici de temps en temps.

Son bras effleura celui d'Amelia quand il attrapa l'autre assiette.

— Rosalie ? répéta-t-elle en ignorant les papillons dans son ventre.

— Ouais, elle s'occupe du chalet pour moi, répondit-il en fermant le frigo. C'est à elle que nous devons les provisions, mais je vais devoir me rendre en ville pour refaire le plein, continua-t-il avant de s'interrompre pour l'étudier. Si tu me donnes tes mensurations, je pourrais aussi te ramener des vêtements.

— Mes mensurations ?

Le regard de Tom tomba sur ses seins.

— Ouais, pour ce que tu veux.

Il hésita un instant de trop puis se retourna.

— Dis-moi juste ce dont tu as besoin.

Elle le suivit jusqu'au canapé.

— Es-tu en train d'offrir de m'acheter les basiques ?

— Les basiques ? répéta-t-il en s'asseyant. S'agit-il d'un terme poli pour parler de sous-vêtements ? Comme des culottes ?

Amelia avait une préférence pour la soie avant tout ceci mais elle doutait que cela lui plairait désormais. Ce serait trop doux.

Le regard de Tom s'assombrit alors qu'il la détaillait une nouvelle fois de la tête aux pieds.

— Ce serait peut-être plus simple de te laisser faire les boutiques en ligne et de faire livrer tes paquets en ville.

Il se concentra sur son déjeuner alors qu'elle réfléchissait à son offre. *Acheter en ligne ?* Qu'est-ce que ça voulait dire ? Elle avait déjà fait les magasins, mais jamais en ligne.

— Tu parles du World Wide Web ? demanda-t-elle après quelques bouchées de son propre sandwich.

Il était à la dinde et au fromage, et bien plus satisfaisant que tout ce que le FHC lui avait jamais offert.

— Euh, ouais. Internet.

— On peut acheter des vêtements en ligne ?

Le regard qu'il lui lança était à la fois empli de pitié et de choc.

— Oui.

— Mais comment est-ce qu'on les essaye ?

— Ce n'est pas possible. Il faut les acheter en fonction de sa taille.

— Par taille, tu veux dire mensurations, demanda-t-elle en indiquant sa poitrine par réflexe, ce qui le fit s'étouffer sur sa bouchée.

Il prit une gorgée d'eau et leva les yeux vers le plafond.

— Oui.

— Je n'ai pas la moindre idée de ce que ma taille peut-être en mesures américaines, et je doute que mes mensurations anglaises soient toujours exactes.

Elle étudia son corps chétif en fronçant les sourcils. Ses courbes naturelles lui manquaient.

— De l'exercice.

Amelia cligna des yeux.

— Pardon ?

— Nous allons faire de l'exercice ensemble. Ça t'aidera à reprendre un peu de poids et tu te sentiras mieux, lui suggéra-t-il comme s'il s'agissait d'une évidence. Quant à ta taille, je suis sûr qu'on a un mètre qui traîne dans le chalet. Tu pourras t'en servir et commander quelques fringues.

— Avec un ordinateur.

Il termina son sandwich et lui jeta un coup d'œil en biais.

— Oui, à côté de moi.

Elle manqua de rire. Il était fou s'il imaginait qu'elle serait capable de contacter qui que ce soit en se servant de son appareil. Elle savait à peine taper.

— Tu vas devoir me montrer comment ça marche, l'avertit-elle.

— Pas de soucis. Mais d'abord, je vais t'apprendre à te servir d'une arme à feu.

Il saisit leurs assiettes vides et les emmena dans la

cuisine. Amelia termina le reste de son sandwich en marchant sur ses talons.

— Tu veux dire que tu étais sérieux quand tu as proposé de m'apprendre à me servir de ton arme ?

— Oui.

Il termina de remplir le lave-vaisselle et attrapa une autre bouteille d'eau. Amelia supposa qu'il en avait bien besoin après sa séance d'exercice.

— Je ne veux pas paraître ingrate, mais pourquoi ferais-tu ça ?

Cela semblait contre intuitif puisqu'il la gardait prisonnière ici. Même si elle ne pouvait pas l'attaquer tant qu'il ne lui avait pas retiré l'appareil. Était-ce la raison de son assurance ? Il haussa les épaules.

— Parce que nous n'avons rien de mieux à faire, et peut-être que je me sens prêt à relever le défi. De plus, ce n'est pas comme si tu avais la moindre chance de me tirer dessus, n'est-ce pas ?

Connard prétentieux.

— Tu te sens prêt à tester cette théorie ?

Son sourire arrogant indiquait clairement qu'il n'était pas inquiet.

— Quand tu veux, mon ange.

— Maintenant, ça me va.

— Alors je ferais mieux de t'apprendre à tirer histoire d'égaliser un peu les chances.

Amelia plissa les yeux. Si son talent Hydraien qui consistait à transmettre des connaissances fonctionnait de manière opposée, elle s'assurerait de piquer à Tom toutes ses connaissances concernant l'utilisation d'armes pour s'en servir contre lui. Oh, et en tant que métamorphe, elle se transformerait en homme costaud et lui botterait les fesses. Ce serait génial.

Même si c'était possible, il faudrait d'abord que tu te débarrasses du collier, lui rappela une petite voix peu serviable dans un coin de son esprit. *Et n'oublie pas non plus le petit obstacle que représente ton incapacité actuelle à te transformer.* Ce jour où Anita était parvenue à entraver sa capacité à se transformer sans se servir du collier hanterait à jamais Amelia. *Non. Je refuse de penser à cela pour le moment. Un jour... Non.*

— Allons-y avant que je change d'avis, dit Tom en interrompant sa gymnastique mentale.

Oui, très bonne alternative. Heureuse de bénéficier d'une telle distraction, Amelia hocha la tête. Elle n'avait aucune intention de le freiner s'il souhaitait lui apprendre à se défendre. Même si elle trouvait cette décision quelque peu étrange.

Tom attrapa son t-shirt sur le dossier d'un fauteuil et l'enfila avant d'attraper un sac près de la porte et de l'escorter dehors. Distraite par les muscles exposés à son regard, elle n'avait pas remarqué le flingue accroché à son flanc. *Lui arrivait-il de s'en passer ?*

— Nous allons commencer avec les bases, lui dit-il alors qu'ils marchaient. La sécurité.

— Règle numéro un : savoir se servir d'une arme avant de la manipuler, récita-t-elle bêtement.

C'était ce qu'il lui avait dit la veille. Le rire chaleureux de Tom la fit frissonner. *Oh, c'est... agréable.*

— C'est juste, mais ce n'est pas ce que je voulais dire.

Il s'arrêta à l'ombre d'un arbre, laissa tomber son sac à dos, puis retira son arme de son étui.

— Te souviens-tu de la manière dont tu as tenté d'appuyer sur la gâchette, en vain ?

Le rouge monta aux joues d'Amelia à ce souvenir. Ses yeux étaient clos quand elle avait essayé d'utiliser l'arme, donc il ne savait pas qu'elle avait détourné le pistolet de lui avant de tenter de tirer.

— Ouais, ça n'a pas fonctionné du tout.

— Exact. Parce que la sécurité était enclenchée. Regarde, tu vois ça ?

Il lui indiquait ce qui ressemblait approximativement à un interrupteur miniature situé en haut de la poignée.

— Quand elle est dans cette position, ça veut dire qu'elle est enclenchée. Dans l'autre position, l'arme est en état de fonctionnement.

— Ce que tu es en train de dire, c'est que j'aurais pu te tuer si je l'avais débloquée.

— Oui. Si tu avais réussi à viser.

Elle croisa les bras.

— J'étais à moins d'un mètre de toi.

— Oui, et tu tenais l'arme d'une seule main tremblante. Si tu m'avais touché, la blessure n'aurait pas été fatale. Mais elle m'aurait fait un mal de chien.

Ce petit salaud prétentieux lui donnait envie d'essayer de l'atteindre. Et elle s'assurerait de bien viser sa cible cette fois-ci.

— Continue.

— On va d'abord s'assurer que tu maîtrises la première règle, répondit-il en lui tendant l'arme. Retire la sécurité avant de l'enclencher à nouveau.

Elle s'exécuta avec précaution et s'assura de pointer le canon loin d'eux.

— Ensuite.

— Règle numéro deux : vise toujours le sol avec ton arme à moins d'être prête à tirer sur quelque chose, annonça-t-il avec un large sourire.

— C'est mieux ? demanda -t-elle en haussant un sourcil après avoir dirigé l'arme vers le sol.

— Oui. Parlons posture. Est-ce que tu vois ce tronc là-bas, celui avec une cible ?

Elle suivit son regard jusqu'aux cercles en question. Il

s'était apparemment préparé à l'entraîner tandis qu'elle dormait. Intéressant.

— Oui.

— Okay, j'aimerais que tu avances ton pied gauche, les orteils pointés vers la lisière du champ de tir ou, dans le cas présent, vers cet arbre. Bien. Maintenant, rapproche ton pied droit et tourne-le légèrement. Euh non, pas tant que ça.

Il s'agenouilla pour attraper sa cheville et la guider dans la bonne position.

— Est-ce que la position est stable pour toi ?

Elle déglutit en croisant son regard. La sincérité tapie dans les profondeurs brunes de ses yeux la déconcerta. Comment le détester quand il la regardait ainsi ? Cela lui donnait le tournis mais elle hocha quand même la tête pour valider la position.

— Oui.

Il se redressa et étudia sa posture.

— Euh, ouais. Ce serait plus simple si je pouvais guider tes bras. Est-ce que ça te gêne ?

Il me demande la permission pour me toucher ? Elle ne se souvenait pas de la dernière fois qu'on lui avait laissé le choix. Son cœur tressaillit en réponse et elle hocha la tête. *D'accord.*

Un parfum boisé assaillit ses sens quand il enroula ses bras autour d'elle par derrière et saisit ses poignets. Ce n'était ni l'odeur ni le parfum qu'elle attendait d'un homme qui venait de faire de l'exercice et qui n'avait pas pris de douche. Ces notes naturelles étaient d'ailleurs plutôt plaisantes, même si elles gênaient sa concentration.

— L'arme dans la main droite. Bien. Maintenant, bloque ton bras droit ainsi.

Il lui expliqua ce qu'il voulait dire en l'encourageant à tendre son bras avant de bloquer son coude.

— Baisse un peu la tête afin que ton champ de vision soit concentré sur la cible.

Il glissa une main sur le biceps de son autre bras.

— Ne contracte pas autant ton bras gauche. Il faut que ton coude reste un peu lâche. C'est ton bras droit qui contrôlera le recul.

— Le recul ? répéta-t-elle alors qu'il se pressait contre le dos d'Amelia.

Pourquoi est-ce que c'est si bon ?

— Tu vas comprendre dans une minute.

Il enroula le doigt d'Amelia autour de la gâchette puis l'encouragea à tourner un peu ses hanches vers la droite.

— Est-ce que tu vois la cible, là ? Au bout du canon ?

Son souffle était chaud contre l'oreille d'Amelia et la fit frissonner. Cela lui demanda plus d'efforts que ça n'aurait dû de se concentrer sur le centre de la cible.

— Oui.

L'atteindre serait une autre paire de manches.

— Okay. Ne bouge pas.

Il la lâcha et se pencha pour attraper quelque chose dans le sac.

— Règle numéro trois : protection auditive.

Elle nota le cache-oreille en périphérie de son champ de vision quand il le glissa sur sa tête. Elle ne savait pas s'il en avait lui aussi enfilé un car il s'était à nouveau enroulé autour d'elle. Ses doigts agiles firent sauter la sécurité avant de glisser sur ses mains pour l'aider à réajuster sa position.

— Concentre-toi sur la cible et oublie tout le reste, dit-il, sa voix atténuée par le cache oreille. Quand tu es prête, prends une inspiration profonde, retiens ton souffle pendant une seconde, et appuie sur la détente.

Amelia n'arrivait pas à croire qu'elle s'apprêtait à faire ça, et avec Tom de surcroît. Elle s'efforça de ne pas penser au sentiment de sécurité qu'elle ressentait dans ses bras. Ce n'était ni approprié ni pertinent. Tout ce qui comptait était le centre de la cible et d'apprendre à se servir de cette arme. Car ce serait lui qui se trouverait un jour au bout du canon, et elle aurait besoin de savoir viser.

Elle prit plusieurs inspirations en se préparant à l'inévitable, et appuya enfin sur la gâchette.

CHAPITRE QUATRE

DES ÉMOTIONS INDÉSIRABLES

QUAND AMELIA SE RÉVEILLA, le chalet était vide. Elle n'y prêta pas énormément d'attention au début. Tom partait courir tôt chaque jour, avant le petit-déjeuner, et elle ne s'attendait pas à ce que cette journée soit différente. Mais quand l'horloge indiqua que la matinée s'était transformée en après-midi, un sentiment de malaise s'empara d'elle et elle jeta finalement un coup d'œil dehors. C'est à ce moment-là qu'elle remarqua l'absence de la voiture. *Tom n'est plus là.* Un frisson glacial lui parcourut l'échine. Quand il était parti faire les courses la semaine précédente, il lui avait rappelé de ne pas tenter d'évasion à cause de son collier. Mais il ne lui avait pas mentionné son départ cette fois-ci. *Pourquoi ?*

L'avait-il abandonnée pour de bon ? Le FHC s'apprêtait-il à entamer la prochaine phase de ce nouveau jeu ? Selon ses estimations, ils avaient passé trois semaines ensemble dans ce chalet, et Jonathan tenait à ses divertissements. Cela lui ressemblerait tellement d'avoir changé les règles après l'avoir laissée s'adapter à son nouvel environnement. C'était en partie la raison pour laquelle elle dormait sur le sol tous les soirs au lieu d'utiliser le lit.

Elle refusait de s'autoriser ce confort quand il serait si facile de le lui arracher.

Elle examina la bâtisse à la recherche de caméras qui permettraient l'observation de ses réactions. Elle ne remarqua rien en évidence. Peut-être que le remplaçant de Tom était en chemin ? Ils savaient qu'elle ne pouvait pas s'échapper à cause du collier d'explosifs qui encerclait son cou. Elle fit courir la pulpe de son doigt sur le métal et fronça les sourcils. L'appareil qui le contrôlait se trouvait quelque part dans ce chalet. Elle avait envisagé de le chercher la dernière fois que Tom l'avait laissée seule mais avait craint d'être prise en flagrant délit.

Et s'il ne revenait pas cette fois-ci ? Si elle trouvait l'appareil avant que son remplaçant n'arrive, elle pourrait s'échapper. *Pour aller où ? Ce n'était qu'un détail.*

Elle se mit en quête de quoi que ce soit qui ressemble à une télécommande dans le salon. Mis à part les deux qui contrôlaient la télévision, elle ne trouva rien de tel. À part quelques couteaux, elle ne trouva rien d'utile dans la cuisine. Elle contourna la salle de bain et s'arrêta devant la porte de Tom. Son estomac fit un petit saut étrange à l'idée de pénétrer dans son espace privé. Elle ignora la sensation inhabituelle et tourna la poignée avant de se figer sur le seuil.

La chambre était décorée d'audacieuses couleurs masculines, et le doux parfum de cèdre qu'elle associait à Tom embaumait l'air. La couverture marron foncé avait été jetée n'importe comment sur le lit, comme si Tom était parti de manière précipitée. Et l'une de ses commodes était ouverte. Elle jeta un coup d'œil à l'intérieur et fronça les sourcils en découvrant qu'elle était vide. Elle tira brusquement la porte du placard juste à côté et découvrit plusieurs cartons de déménagement. Aucun vêtement. Son cœur fit un bond dans sa poitrine. Cela confirmait ses soupçons. *Tom est parti.*

Une panique terrifiante s'empara d'elle et la poussa à passer à l'action. Il fallait qu'elle trouve cette télécommande avant que la prochaine étape de ce merdier ne démarre. Les cartons étaient tous scellés avec du scotch, ce qui l'empêcha de les fouiller, et elle examina tous les tiroirs à la place, se figeant après avoir ouvert le chevet. Un flingue.

Elle promena ses doigts le long du métal froid. Ce n'était pas ce qu'elle espérait trouver, mais c'était mieux que rien. Elle le porta avec elle jusqu'à la cuisine pour chercher un couteau. Elle comptait bien ouvrir ces cartons scellés. Sa main se trouvait sur la poignée du tiroir quand la porte d'entrée s'ouvrit. Le mur de la cuisine la dissimulait aux regards et lui donna juste assez de temps pour s'appuyer sur le comptoir et dissimuler sa possession illégale dans son dos. Tom pénétra dans la cuisine chargé de deux sacs en papier et lui offrit un sourire bancal.

— Désolé, ça m'a pris plus longtemps que prévu de faire les courses et la lessive. Mais nous avions besoin de vivres.

— Euh, okay.

Elle s'efforça de chasser le chat dans sa gorge et échoua. *Il est revenu.* Pourquoi se sentait-elle si légère, en sécurité, à cause de ça ?

— Oui, j'essayais de trouver quelque chose pour déjeuner.

C'était un véritable mensonge, mais cela expliquerait sa présence dans la cuisine. Désormais, elle avait juste besoin qu'il s'éloigne pour qu'elle puisse filer et cacher l'arme. *Est-ce que j'ai bien fermé sa porte ?* Son sombre regard chocolat l'étudia brièvement et lui donna envie de gigoter.

Elle retint son souffle quand il s'arrêta sur ses hanches, puis sur ses seins.

— J'ai d'autres trucs à décharger de la voiture.

Était-ce son imagination ou bien sa voix était-elle descendue d'une octave ? Et qu'était-il arrivait à son sourire charmant ?

— Okay.

Il l'observa sommairement une dernière fois et recula hors de la cuisine. À la seconde où la porte d'entrée fut fermée derrière lui, elle se précipita vers les chambres. Elle ferma tous les tiroirs et le placard en priorité, et s'occupa enfin de sa porte. Elle était en route pour la cuisine quand elle se rappela qu'elle était toujours en possession de son pistolet. Tom réapparut avec une panière de linge avant qu'elle n'ait pu régler le problème, ce qui l'obligea à glisser le flingue dans son dos. *Je suis dans la merde.* Le sourire qu'elle s'efforça d'afficher lui semblait tellement faux.

— Euh, les vêtements que tu as commandés sont enfin arrivés.

Son regard perspicace remarqua sa main libre, puis son autre bras. Une lueur amusée brillait dans ses yeux sombres quand il croisa de nouveau son regard. Peut-être la croyait-il folle ? Elle se comportait certainement comme une tarée.

— Je les ai directement lavés avec mes fringues dans la lavomatique en ville. Tiens, dit-il en lui tendant la panière. J'espère qu'ils t'iront.

Elle étudia le panier de linge puis son sourire taquin.

— Est-ce que tu te fiches de moi ?

— Moi ? répliqua-t-il avec un air trop innocent pour être honnête. Jamais.

— Non, je crois bien que tu te moques.

— Ou alors, j'espère sincèrement qu'ils te vont pour ne

pas avoir à répéter notre expérience de shopping une nouvelle fois.

Cette réponse la fit grimacer.

— Ce n'est pas de ma faute s'ils rendent ça aussi compliqué que possible.

— Tu dois bien être la seule femme que j'ai jamais rencontrée qui trouve le shopping en ligne compliqué, surtout avec la carte de crédit de quelqu'un d'autre à disposition.

Elle croisa les bras et lui jeta un regard noir.

— Je n'ai ni demandé de vêtements ni cherché à les commander en ligne. C'était ton idée, Sentinelle.

— Oui, et j'ai cru que tu l'apprécierais, *Atout*, mais j'ai bien appris la leçon. Avec de la chance, ces vêtements t'iront et nous n'aurons pas besoin de recommencer.

Ils avaient passé plusieurs heures la semaine précédente à essayer de commander des tenues. La technologie et Amelia n'étaient pas de grandes amies. Il avait été plus facile pour elle de tirer au pistolet que de faire les boutiques sur internet. Elle fronça les sourcils en direction de l'objet du délit qu'il tenait en main. Une panière pleine de shorts et de débardeurs. Si Eli pouvait la voir aujourd'hui, il en ferait une crise cardiaque. Sa petite fleur précieuse vêtue d'une simple tenue de ville ? Jamais. Sauf que quand elle avait eu le choix d'acheter ce qu'elle voulait, c'étaient ces tenues qu'elle avait choisies. L'Amelia qui adorait s'apprêter n'était plus de ce monde.

— Très bien.

Elle lui indiqua sa chambre d'un geste de la main d'une manière qui suggérait *après toi* et il haussa un sourcil blond en réponse.

— Est-ce ta manière polie de me demander d'installer ça dans ta chambre ?

— Si tu t'attends à un *s'il te plaît* et un *merci*, fais-moi confiance quand je te dis que tu risques de patienter un moment.

— Aïe. Je le mérite peut-être, mais aïe, répliqua-t-il en secouant sa chevelure magnifique alors même qu'il lui offrait un sourire ravageur révélant ses fossettes. Après toi, mon ange.

— Quoi ?

— Passe devant.

— Oh, euh, okay.

Elle fit mine de tourner puis se figea. *Le flingue. Merde.* Elle fit un petit bond maladroit sur le côté pour garder son dos tourné vers le mur et sentit le métal glisser dans sa main moite. *Okay, évite de sauter si tu ne veux pas voir la preuve de ta fouille tomber à tes pieds.*

Tom haussa un sourcil face à son comportement étrange mais ne dit rien pendant qu'elle longeait le couloir en direction de sa chambre. Elle continua de lui faire face en tournant la poignée et pénétra en marche arrière dans la pièce. La chaleur lui monta au visage quand elle heurta le lit derrière elle. Tom déposa la panière sur le sol à côté de la porte et la choqua en la fermant d'un coup de pied.

— Dois-je y aller en douceur ou employer la manière forte ? C'est ton choix.

Son pouls s'emballa. Elle dut s'éclaircir deux fois la gorge avant de parler.

— Pardon ?

Il ne pouvait pas avoir compris...

— Bien, ce sera la manière forte.

Il s'avança et attrapa sa hanche avant qu'elle ne puisse se ruer sur le côté.

— Qu'est-ce que...

Les mots restèrent logés dans sa gorge quand son autre main se glissa dans son dos et atteignit l'objet incriminant qu'elle tenait. Il siffla

— J'en connais une qui est entrée dans ma chambre. Tu as trouvé des choses intéressantes en fouillant ?

Elle se hérissa en entendant cela.

— Je n'étais pas en train de fouiller.

Menteuse.

— Ah, non ?

Il lui retira l'arme et la jeta sur le lit. Au lieu de s'éloigner, il fit glisser sa main dans le bas de son dos et l'attira contre lui. Les paumes d'Amelia vinrent se poser sur son torse pour maintenir une légère distance entre eux. Ça ne calma en rien le tremblement dans son bas ventre ou la chaleur qui avait gagné sa nuque.

— Donc le flingue installé dans ma table de chevet est apparu comme par magie derrière ton dos ? C'est un sacré tour, mon ange.

— Arrête de m'appeler comme ça.

Elle détestait la manière dont ce petit nom faisait battre son cœur. Il était déjà bien assez difficile de sentir son corps pressé contre le sien. Avait-il besoin d'être aussi ferme ? Eli avait un physique corpulent mais musclé, tandis que la carrure athlétique de Tom apparaissait plus ciselée, encore plus létale.

— Qu'as-tu trouvé d'autre, Amelia ?

— Rien.

Parce que j'ai perdu trop de temps ce matin à attendre que tu rentres de ton jogging. Une erreur qu'elle ne comptait pas répéter à l'avenir. Toute trace d'hilarité disparut quand il plissa les yeux.

— As-tu fouillé dans les cartons ?

— Est-ce là-dedans que tu as caché la télécommande ?

Elle se fustigea aussitôt pour la pointe d'espoir qu'elle avait laissé paraître dans sa voix. Si c'était bien là qu'il avait caché la télécommande, il la changerait forcément de cachette. Son rire vibra à travers ses mains et l'atteignit en plein ventre. Pourquoi trouvait-elle ce son si charmant ?

— Donc c'était quoi ton plan ? Tu me tires dessus, et ensuite, quoi ? Je me réveille en colère et immortel dès demain et tu me demandes de te donner la télécommande ?

Elle cilla. Tirer sur Tom n'avait pas du tout fait partie de son plan. Soupçonnait-elle qu'elle y serait forcée un jour ? Oui. Mais pas aujourd'hui.

— J'ai cru que Jonathan attaquait la prochaine étape de son jeu et envoyait un remplaçant.

Il la toisa avec des yeux marron intenses si semblables à ceux de son père, et pourtant si différents. Le regard insipide de Jonathan était dénué d'âme alors que les yeux de Tom étaient d'un marron plus riche et emplis de franchise.

— Donc tu comptais tirer sur mon remplaçant ? demanda-t-il.

— Je comptais me défendre.

— Avec mon deuxième Smith & Wesson préféré. Génial.

Elle n'avait pas la moindre idée concernant l'identité de ce Smith mais supposa qu'il parlait de l'objet qu'elle avait trouvé dans son tiroir.

— Non, je comptais me défendre avec l'arme que j'ai trouvée dans ta chambre *vide*, le corrigea-t-elle.

La main dans son dos la brûlait comme un fer rouge à travers son t-shirt. Elle se demanda s'il réalisait que son pouce traçait la lisière de son short ou bien même s'il était conscient de leur proximité. La chaleur qui irradiait de son torse musclé semblait se fondre dans ses veines, provoquant toutes sortes de sensations étranges à travers son corps. Peut-être était-il temps de réévaluer le plan de séduction auquel elle avait songé plus tôt ? Si elle réussissait à lui faire avouer la cachette de la télécommande, elle pourrait utiliser l'information pour se libérer.

Et comment feras-tu pour lui échapper ? Une chose à la fois.

— Ma chambre n'est pas vide, riposta Tom. Il y a des cartons, un lit et une commode, mais tu le sais bien puisque tu as fouillé dans mes affaires.

— Tes vêtements n'étaient plus là.

— Parce que je les ai emmenés au lavomatique.

— Oui, eh bien, je ne le savais pas.

— Et puis tu as volé le flingue pour tirer sur mon remplaçant, continua-t-il avant de secouer la tête et de siffler une nouvelle fois. Il va falloir qu'on améliore tes capacités d'organisation, mon ange.

— Ma parole, tu tiens vraiment à te faire frapper.

Cette réplique lui échappa dans un grondement, ce qui ne fit qu'accroître son hilarité à en juger par le sourire que Tom lui adressa en réponse. *Et voilà de nouveau ces fossettes…*

— Tu as déjà tenté ça et échoué, répondit-il près de son oreille. Mais n'hésite pas à retenter ta chance, chuchota-t-il.

Sale connard railleur. Elle réajusta sa position pour croiser son regard et atterrit bien trop près de son visage car il n'avait pas encore relevé la tête. Sa réplique resta logée dans sa gorge. Son souffle caressa les lèvres entrouvertes d'Amelia et la fit frissonner. Elle posa de nouveau ses paumes contre son torse et les fit glisser jusqu'à ses épaules solides. Que ferait-il si elle décidait de réduire l'écart qui les séparait ? Pouvait-elle le faire ? Le séduire jusqu'à ce qu'il accepte de l'aider à s'enfuir, et puis le tuer ? *Oui.* Elle ferait n'importe quoi pour survivre, même si cela signifiait...

Tom fit un pas en arrière et les mains d'Amelia retombèrent contre ses flancs. Une vague de froid s'empara d'elle suite à son geste inattendu. Il lui fallut un moment pour comprendre que la différence de température était liée au fait qu'il l'avait relâchée en reculant. Elle préférait sa chaleur naturelle à l'air frais de la pièce.

— Okay.

Il s'éclaircit la gorge et se frotta la nuque avec la paume de la main.

— Je, euh, je dois aller ranger les courses. Tu devrais les essayer pour t'assurer que c'est la bonne taille.

La pointe d'humour qui logeait plus tôt dans sa voix était cette fois-ci totalement absente quand il lui indiqua la panière d'un geste de la main. Il ne cherchait manifestement pas à se montrer taquin. La langue d'Amelia lui semblait pâteuse, coupant court à toute tentative de répondre. Elle lui offrit un hochement de tête tremblant en réponse à la place. *J'ai failli l'embrasser.* Pourquoi s'était-il éloigné ?

— Okay.

Il fit volte-face pour quitter la pièce mais s'arrêta à côté de la porte. Sa main puissante était toujours enroulée à l'arrière de son cou et fit tressaillir les doigts d'Amelia. Elle souhaitait le toucher à nouveau, finir ce qu'elle avait commencé. *Qu'est-ce qui m'arrive ?*

— Si tu décides de l'utiliser contre moi, je te le ferai regretter.

Il n'y avait rien de drôle dans sa voix ou dans le regard sombre qui la clouait sur place. Une menace subsistait entre eux, une menace mêlée de défi.

— Tu vas me laisser garder le flingue ?

C'était le seul objet dans la pièce dont il pouvait bien vouloir parler, et il l'avait laissé sur le lit.

— Pour le moment.

Il quitta sa chambre et la laissa bouche bée sur le seuil.

Qu'est ce qui ne va pas chez moi ? Le père de Tom le tuerait s'il découvrait ceci. Il avait laissé l'Atout garder un Smith & Wesson de calibre 38. Peu importe l'âge de cette arme en particulier, car elle était chargée et pouvait être utilisée contre lui à n'importe quel moment. Mais il n'avait pas pu se résoudre à avancer jusqu'au lit pour l'attraper, pas quand elle se trouvait si près de lui.

Il souffrait manifestement de pulsions suicidaires. Ou peut-être désirait-il simplement un challenge, ou quelque chose à faire, ou un moyen d'oublier la passion qui régnait entre eux. Quoi qu'il en soit, il s'agissait d'une idée stupide. Surtout quand il songeait à la manière dont sa visée s'était améliorée au cours des deux dernières semaines d'entraînement. Il était aussi empli de fierté qu'il était perturbé en la regardant tirer.

Son frère a brutalement assassiné ta mère. C'est vrai, mais en quoi est-ce sa faute ?

Tu joues à un jeu dangereux en lui apprenant à tirer, en l'encourageant à s'entraîner, et en lui donnant une arme...

— J'ai officiellement perdu la tête, se marmonna-t-il à lui-même dans la cuisine.

Il n'avait pas seulement offert à sa charge un jouet létal, mais il l'avait aussi quasiment embrassée. Les deux instances étaient inappropriées. Amelia était sa pupille. Elle n'aurait pas d'autre choix que de répondre, et il n'y avait aucune chance pour que Tom prenne quelque chose qui n'était pas volontairement offert. John Fitzgerald l'avait peut-être élevé avec des mœurs peu scrupuleuses, mais il ne forcerait jamais une femme à céder à ses avances. Jamais.

— Putain.

Il agrippa le plan de travail entre le réfrigérateur et la gazinière en tentant de reprendre le contrôle. Cela ne lui ressemblait pas. Il n'était pas du genre à brûler de désir pour des femmes qu'il ne pouvait pas toucher. Mais Amelia était loin d'être une femme comme les autres. Trois semaines de repos équilibrés et d'activité physique régulière lui avaient donné bonne mine. Sans oublier qu'elle avait retrouvé toutes ses courbes naturelles. Il ne suivait pas vraiment les nuances scientifiques liées aux gènes immortels, mais il comprenait les nombreux avantages liés au statut d'Hydraien ou d'Ichorien. Une capacité de guérison contre nature, une immunité face aux maladies, et une régénération rapide du corps. Car Amelia avait finalement perdu cet aspect émacié, et devenait de jour en jour une femme en bonne santé aux courbes létales.

Faire les courses lui donnait trop l'impression de simuler une vie de couple. Il ne cessait de se demander quels aliments lui feraient plaisir et quels plats il pourrait lui préparer. Elle ne semblait pas difficile pour ce qui était de la nourriture, mais il soupçonnait que c'était dû à ses six années de captivité. Il souhaitait lui préparer quelque chose de spécial, ce qui était complètement tordu au vu de leur situation. Ils ne sortaient pas ensemble. Et Tom n'avait pas l'habitude de faire la cour aux femmes. Son milieu aisé et son physique lui offraient un éventail de partenaires sexuelles. Les mots *Forces Spéciales* les faisaient craquer, ce dont il était parfaitement conscient. Curieusement, il soupçonnait que ces deux mots n'auraient aucun effet sur Amelia.

Stop. Ça n'arrivera jamais.

Il chassa ses pensées rebelles de son esprit et se concentra sur les courses qu'il devait ranger avant qu'elles ne tournent. Une fois cette tâche accomplie, bien trop rapidement à son goût, il saisit de quoi préparer des sandwichs et arrangea quelque chose pour le déjeuner. Amelia pénétra dans la pièce dès qu'il eut terminé, et il en resta bouche bée. Elle était sexy dans ses vêtements, mais là ? *Oh putain.*

— On dirait que c'est la bonne taille, parvint il à prononcer malgré sa bouche asséchée.

Comment la jeune femme réussissait-elle à être aussi canon en étant simplement vêtue d'un short et d'un débardeur ? Ses cheveux sombres étaient tirés en une queue de cheval désordonnée qui tombait sous ses épaules exposées. Ce n'était pas le genre de tenue qui devrait attirer les regards, mais avec ses courbes subtiles et ses jolies jambes ? Oh, elle avait bel et bien attiré son attention. *J'ai besoin de tirer un coup.* Amelia fronça les sourcils en observant ses nouvelles tennis.

— Je suppose, mais ça me paraît étrange de porter de véritables vêtements.

Son ton lui décocha une flèche en plein cœur. *C'est tellement injuste.* Il aurait dû se battre pour elle plus qu'il ne l'avait fait quand il l'avait découverte pour la première fois dans le sous-sol du FHC, mais même aujourd'hui, il était conscient qu'il ne pouvait rien faire d'autre que de se montrer décent envers elle. Car l'aider à s'échapper signerait son arrêt de mort. Personne ne l'aiderait, et tout le monde se lancerait à ses trousses. Et ses plans de secours n'étaient pas encore assez solides.

— Je t'ai préparé un sandwich.

Ouais, il n'avait vraiment pas trouvé mieux pour s'excuser d'avoir détruit sa vie.

— Merci.

L'air perplexe d'Amelia lui fit hausser un sourcil.

— Tu n'es pas fan du mélange dinde et fromage ?

La plupart de leurs repas étaient rapides à cause de son absence de talents culinaires, mais c'était la première fois qu'elle étudiait le résultat de ses efforts avec confusion. Elle fit cligner ses jolis yeux bleus dans sa direction.

— Non, en fait, j'aime assez tes sandwichs. J'étais juste en train de me souvenir du fait que j'adorais être en cuisine, mais j'ai beau chercher, je n'arrive pas à me souvenir pourquoi, répondit-elle tandis que ses doigts glissaient de la gazinière jusqu'au plan de travail.

— Je ne ressens pas du tout l'envie de cuisiner. N'est-ce pas étrange ?

Tom s'esclaffa.

— Je ne crois pas, mais en même temps il y a bien une raison pour laquelle notre frigo est plein de repas faciles à préparer.

Mis à part les ingrédients qu'il avait achetés pour préparer des lasagnes. Il ne savait pas ce qui lui était passé par la tête. Il supposait que ça faisait partie de son objectif de faire plaisir à Amelia. Comme si c'était possible dans cette situation. Amelia saisit son sandwich et lui offrit un petit sourire.

— Merci

Son adorable accent anglais le fit sourire. Il était rarement aussi prononcé, comme si elle côtoyait des américains depuis trop longtemps. Peut-être était-ce dû à son âge ? Si il se fiait à son apparence, Amelia devait se trouver au milieu de sa vingtaine quand elle était devenue Hydraienne. Sa véritable date de naissance restait un mystère pour Tom, mais elle avait au minimum eu lieu trois siècles auparavant. Peut-être plus près de quatre. Ce genre de chose choquerait la majorité des humains, mais être le fils d'un immortel de plus de mille ans avait amorti l'impact pour lui.

Amelia ouvrit la voie vers le salon et s'installa délicatement sur le canapé. Tous ces traits élégants et élancés étaient bien trop tentants exposés ainsi par des vêtements ajustés, et Tom laissa un peu d'espace entre eux avant de s'asseoir et de se concentrer sur son sandwich.

Il se rendit compte une fois son repas terminé que la télévision était éteinte et qu'ils avaient mangé ensemble dans un silence cordial. La plupart des femmes ressentaient le besoin de meubler un silence, mais pas Amelia. Il se demanda si elle avait toujours préféré le calme ou si ses années passées avec le FHC y étaient pour quelque chose. Son éducation au sein d'une académie militaire ainsi que son expérience de sniper l'avaient altéré de manière fondamentale. Le garçon que sa mère avait aimé était devenu un homme qu'elle n'aurait jamais reconnu. Ou peut-être que si. Adulte, il était devenu une autre version de son père, mais avec une conscience.

— Tom ?

Amelia se tourna vers lui, une lueur déterminée au fond des yeux qui le rendit nerveux. Rien de bien ne découlait d'une telle expression sur le visage d'une femme. Il posa son assiette vide sur la table et haussa un sourcil en guise de question.

— Tu veux bien…

La sonnerie du téléphone de Tom l'interrompit. Il le sortit de sa poche et s'efforça de retenir un grognement. C'était évidemment son père qui l'appelait. *Putain* de GPS. Sa prochaine mission avait intérêt à être à l'étranger, ou il risquerait de tuer son géniteur.

— Salut, papa. N'a-t-on pas déjà discuté hier soir ?

Comme tous les soirs d'ailleurs.

— Je ne savais pas que je te manquais tant. On pourrait peut-être se retrouver pour dîner cette semaine ?

Son ton mielleux fit grimacer Amelia. Cela faisait deux semaines qu'il jouait au soldat obéissant, et pourtant son père ne cessait d'épier ses faits et gestes. Tom en avait plus qu'assez de ce jeu, ce que son ton exprimait clairement.

— Pourquoi as-tu laissé l'Atout sans surveillance ?

— Parce que j'avais besoin de nourriture, et tu m'as

clairement dit de ne pas encourager les visites de Rosalie. Donc je suis sorti faire des courses, tout comme la semaine dernière et la semaine d'avant.

— Et ton détour par la poste ?

Tom ne se laissa pas démonter.

— Je voulais t'envoyer une carte, mais il n'en avait aucune avec le message que je cherchais. Apparemment, *Va te faire* n'est pas un modèle très populaire. Qui l'eût cru ?

Son sarcasme fut accueilli par un silence prolongé. Cela aurait dû l'inquiéter, mais il n'avait plus la moindre patience pour ces conneries. Que ferait donc son père ? Le déshériter pour s'être montré impertinent ? C'était peu probable. Ses menaces répétées trop fréquemment n'avaient plus le même impact. Mourrait-il sans la protection de son père ? Peut-être, peut-être pas. Toutes ces années d'entraînements avaient payé et Tom savait comment prendre soin de lui-même. Au moins pendant un moment.

— Écoute, c'est tout ce pourquoi tu appelais ? continua-t-il, n'ayant pas reçu de réponse de son père. Je fais mon boulot, tout comme je l'ai fait ces derniers vingt-et-un, presque vingt-deux jours. Ces comptes-rendus quotidiens sont inutiles. Si j'ai quelque chose d'important à rapporter, je le ferai, mais je préférerais ne pas te parler jusque là, si tu veux bien ?

— Serais-tu en train de me congédier ?

— Non, je te suggère de faire un meilleur usage de ton temps. Tu n'as pas besoin de superviser le superviseur. Je sais ce que je fais, et si tu ne me fais pas confiance, alors envoie quelqu'un d'autre pour me remplacer.

Il ne le pensait pas sincèrement. L'idée qu'une autre Sentinelle surveille Amelia lui hérissait le poil.

— Je n'ai pas besoin de tes conseils pour gérer mon

emploi du temps. Je continuerai de garder un œil sur la situation comme ça me chante.

— Très bien. Donc j'attendrai ton appel dans cinq heures environ, à moins qu'il n'y ait quelque chose d'autre dont nous devons discuter ?

— J'aimerais des nouvelles de l'état de l'Atout.

Tom jeta un coup d'œil à la jeune femme en question. Son état actuel ? *Sublime.*

— Elle est enfermée, annonça-t-il à la place.

— Bien.

La tonalité résonna aussitôt dans ses oreilles et Tom leva les yeux au ciel.

— Au revoir à toi aussi, papa.

Il empocha le téléphone et se retourna vers Amelia.

— Pardon, de quoi parlions-nous juste avant ?

Les sourcils d'Amelia se froncèrent tandis qu'elle l'étudiait.

— Ta relation avec Jonathan est étrange. Je pensais que vous étiez proches.

C'était le cas, avant.

— Je n'ai pas envie de parler de lui. Que voulais-tu savoir ?

— Oh.

Elle se tordit les mains sur les genoux et humecta ses lèvres.

— Je, euh, je me demandais si tu pouvais me montrer comment tu as fait ce truc avec le flingue. Tu sais, quand tu me l'as pris après... ?

Sa voix s'estompa, mais il avait compris ce qu'elle voulait dire. *Après la visite d'Anita.* C'était la seule fois où il l'avait désarmée, mis à part leur altercation plus tôt qui ne comptait pas.

— Tu veux que je t'apprenne à désarmer quelqu'un, murmura-t-il.

Il aurait aussi vite fait de jouer au funambule sur le fil du rasoir. *Oh, comme si tu n'avais pas déjà franchi cette limite.* Son subconscient était un connard. Amelia se mordit la lèvre et acquiesça.

— Je ne compte pas m'en servir contre toi. Je suis juste… curieuse.

La jeune femme faisait une piètre menteuse. La culpabilité dilatait ses pupilles et raidissait ses épaules. À quoi joues-tu, *petit Atout* ? Pourquoi l'idée d'égaliser les chances entre eux lui paraissait-elle si amusante ? Il désirait presque qu'elle l'attaque, juste pour voir jusqu'où elle irait. Dommage qu'il soit impossible d'accéder à sa requête en une seule leçon.

— D'accord, donne-moi ta main.

Elle s'exécuta sans la moindre hésitation. Une preuve de sa confiance ? Tom plaça ses doigts contre un point de pression juste au-dessus de son pouce.

— Okay, tu vois ce qui se passe quand j'appuie ?

— Ça oblige ma main à bouger.

— Exactement. Si je tire comme ça, tu es obligée de bouger.

Il lui en fit la démonstration en l'attirant plus près de lui. Elle se hissa sur ses genoux à côté de lui et observa sa main avec fascination.

— Je peux désormais te contrôler à l'aide de deux doigts.

— C'est génial.

Son enthousiasme était manifeste et le fit sourire.

— Oui. Il y a plusieurs points de pression répartis sur le corps humain. Chacun d'eux peut être utilisé aux dépens de ta victime.

— Et tu peux t'en servir pour désarmer quelqu'un ?

— C'est possible, ou tu peux t'en servir comme simple moyen de défense. Les points de pression peuvent t'aider à faire flancher des hommes deux fois plus imposants que toi, si tu t'en sers correctement.

Il lui montra plusieurs autres points, chacun d'entre eux la faisant sourire un peu plus. Elle s'entraîna sur lui à plusieurs reprises et chacune de ses touches le frappa en plein ventre. À la fin de la démonstration, elle le regardait avec une révérence qui le désarçonna. Simplement parce que tout ce contact physique avait chamboulé ses hormones. Tout ce dont il avait envie, c'était de l'allonger sur la banquette et de lui faire découvrir des points qui lui procuraient bien plus de plaisir.

— Okay, mais rien de tout ça ne m'explique comment retirer son flingue à quelqu'un, murmura-t-elle une fois les explications de Tom terminées.

— Non, car il y a une variété de facteurs à prendre en compte pour désarmer quelqu'un. Leur poids, leur taille, l'angle, leur force, le type d'arme, la manière dont elle est agrippée, et d'autres choses encore. Je ne peux pas t'apprendre tout ça en un jour – *ou même un mois*, songea-t-il – donc j'ai commencé avec les bases de l'auto-défense.

— Oh.

Ses mains retombèrent sur ses genoux, à seulement quelques centimètres de Tom. Comment avaient-ils fait pour se rapprocher autant ? Il aurait juré qu'il s'efforçait de maintenir une distance entre eux, mais leurs corps semblaient graviter l'un vers l'autre. Elle aspira sa généreuse lèvre inférieure entre ses dents et la mordilla. Amelia Wakefield était une femme sublime, mais ses petits gestes innocents la rendaient encore plus attrayante.

Il faut que je parte d'ici avant de faire une bêtise. Car l'embrasser serait inapproprié à bien des égards. Tom se leva et recula d'un pas pour s'éloigner de la petite brune hypnotique. Il pouvait s'occuper de nettoyer leur vaisselle, mais ce dont il avait vraiment besoin, c'était de prendre l'air.

— Je vais aller courir.

Encore. Il y était déjà allé ce matin avant le lever du jour. Il profiterait peut-être aussi d'une séance de tir. Ainsi que des exercices de musculation. Cela devrait l'occuper quelques heures et chasser les pulsions sexuelles de son esprit. Avec un peu de chance.

— Oh, donc on en a fini avec les bases de l'auto-défense ?

Ces candides yeux bleus finiraient par provoquer sa perte.

— Je pourrais te montrer quelques trucs utiles demain.

Il avait déjà dépassé les limites de sa mission, alors pourquoi ne pas enfreindre les règles un peu plus ?

— Dehors, ajouta-t-il.

Parce que l'intérieur offrait trop de distractions, et le parfum floral de la jeune femme était déjà bien assez entêtant. Au moins il aurait d'autres scènes et d'autres sons pour se distraire à l'extérieur.

— Okay. Je serai de retour rapidement.

Il ne prit pas la peine de se changer. Son jean, ses boots et son t-shirt n'étaient pas des plus confortables pour courir. Mais ça ne serait pas pire que d'avoir une femme sexy et inaccessible à porter de mains sans pouvoir la toucher.

CHAPITRE CINQ

UNE VISITE INOPPORTUNE

— OKAY, chevauche-moi encore fois.

Elle va finir par m'achever, songea Tom. Les premiers jours d'entraînements avaient été un jeu d'enfant car ils avaient évité le contact physique au maximum. Il avait appris à Amelia les points sensibles du tibia, la bonne manière de former son poing, et des méthodes d'auto-défense de base. Aujourd'hui, ils étaient passés au corps à corps.

Pourquoi est-ce que je m'inflige ça ? se demanda-t-il pour la énième fois tout en chevauchant les hanches d'Amelia. Il avait laissé les pulsions suicidaires derrière lui pour s'aventurer sur le terrain de la torture. Ce qui avait commencé comme une manière amusante de faire passer le temps s'était transformée en une activité risquée qui nécessitait trop de contact peau contre peau.

— Retiens-moi comme si tu cherchais vraiment à me maîtriser, le réprimanda Amelia quand il posa délicatement ses mains sur les épaules de la jeune femme. N'y va pas en douceur avec moi.

Et si tu décidais plutôt d'y aller en douceur avec moi, hein ?

— Tu seras incapable de me repousser si je ne maîtrise pas ma force.

Son front se plissa.

— Alors, à quoi ça sert ?

En effet, à quoi ça sert... ?

— À t'apprendre comment échapper à un adversaire normal. Ce qui est loin d'être mon cas.

— Tu n'as qu'à m'enlever ce collier pour rendre les choses plus équitables.

Bien tenté.

— À toi de jouer, mon ange.

Il avait délibérément utilisé le surnom qu'elle détestait pour la pousser à l'action, et cela avait parfaitement fonctionné. Elle glissa son bras droit entre leurs corps, crocheta la cheville de Tom avec sa jambe, et fit pivoter son corps pour tenter de le déloger de sa position sur elle. Cette médiocre tentative de défense aurait peut-être une chance de déloger un agresseur si elle utilisait assez de force, mais Tom était capable de l'anticiper. Vraiment. Il suivit son mouvement sans se débattre et se servit de leur élan pour leur faire faire un cercle complet afin qu'elle se trouve de nouveau plaquée sur le dos sous son corps. Le grognement qu'elle lâcha en réponse attira l'attention de son membre. *Okay, ce n'était peut-être pas une bonne idée.* Mais c'était tellement amusant.

— Quelque chose ne va pas, mon ange ? demanda-t-il d'un ton faussement innocent.

Elle le fusilla de son regard bleu incendiaire.

— Je meure d'envie de te tirer dessus.

La menace était si inattendue et avait été énoncée avec tant de venin qu'il ne put s'empêcher de rire.

— J'adorerais assister à ta tentative.

— Ce sera bien plus qu'une tentative.

Elle avait l'air tellement sûre d'elle-même. Dommage qu'elle n'ait pas de la moindre chance.

— Hmm.

En réponse, il la maîtrisa avec le poids de son corps, étirant ses jambes le long des siennes avant de s'appuyer sur ses coudes de chaque côté de sa tête. Son instinct déclencha des signaux d'alertes dans son esprit alors même que son sang se réchauffait.

— Et ensuite ?

Le regard noir de la jeune femme se calma une fois tombé sur ses lèvres.

— Je prendrais la fuite.

Une partie de son assurance semblait avoir disparu. *Une femme fûtée.* Il commença à jouer avec la mèche de cheveux étendue près de sa main.

— Une bonne idée si on considère que tu n'as pas la moindre chance de m'atteindre et que je serais lancé à ta poursuite. Tu veux bien me rendre un petit service par contre ?

— Quoi ? demanda-t-elle en clignant des yeux.

— Essaye de ne pas tourner en rond. Ce serait beaucoup moins amusant pour moi.

— Salaud .

Il ressentit à peine la claque qu'elle lui infligea à l'épaule. Il appréciait trop la sentir sous son corps pour y prêter attention. Il aimait particulièrement les femmes douces et dociles mais avec du caractère. Dommage qu'il ne puisse pas avoir celle-ci. Baiser lui ferait peut-être du bien, mais il n'avait pas vraiment envie de se rendre en ville pour un coup d'un soir. Il avait donc donné la priorité à son entraînement physique ainsi qu'à la formation d'Amelia. Il espérait secrètement qu'elle aurait un jour la chance d'utiliser ses nouvelles compétences contre son père. Pas pour le tuer, mais juste pour le blesser un peu. Tom paierait cher pour apercevoir l'expression du vieil homme après un coup d'Amelia.

Y'a vraiment quelque chose qui cloche chez moi.

— Okay, apprends-moi à m'extirper d'une telle position.

Amelia se mit à gesticuler sous lui, et il dut admettre que son choix de s'allonger sur elle était une erreur. Si elle continuait ainsi, son sexe ne lui pardonnerait jamais. *Du calme, mon grand.*

— Il faut que tu prennes le dessus, parvint-il à répondre.

Même s'il n'avait pas la moindre envie de l'aider à faire ça. Il aimait assez être aux commandes et la dominer.

— Et comment suis-je censée faire ça ?

— Qu'est-ce que je te répète tout le temps concernant l'effet de surprise ?

— Ah oui.

Sa lèvre inférieure pulpeuse disparut entre ses dents. Il brûlait d'envie de réduire l'écart qui les séparait et de la mordiller à son tour, mais cela serait inapproprié.

Ouais, parce que tu n'as pas franchi cette limite depuis des lustres...

Des mains chaudes glissèrent le long de son dos jusqu'à sa nuque et le firent frissonner. L'expression d'Amelia ne laissait rien paraître alors qu'elle emmêlait ses doigts dans les cheveux de Tom. Un petit coup l'encouragea à baisser la tête vers elle, tout ça pour être brusquement tiré en arrière par son poing.

Putain. En tant que méthode de défense, c'était efficace, mais la douleur était une vieille amie de Tom. Il enroula ses mains autour des poignets d'Amelia et les poussa contre le sol de chaque côté de sa tête. Elle reprit ses gesticulations en réponse, ce qui attira de nouveau l'attention de son entrejambe. Si cela continuait, il risquait de faire quelque chose qu'ils regretteraient tous les deux.

— Bon sang. Je n'ai ni l'usage de mes bras, ni celui de

mes jambes, et il m'est impossible de bouger ton corps massif. Je fais quoi maintenant ?

— Tout est une question de surprise, mon ange. Dans ce genre de situation, tu dois composer avec les actions de ton agresseur et chercher une faille. Plus il sera à l'aise avec toi, moins il sera prudent. C'est à ce moment-là qu'il faut attaquer.

— Mais tu ne baisses jamais la garde.

— Eh bien je suppose que tu vas devoir me supporter.

Il lui offrit un large sourire, parfaitement conscient de son arrogance, puis se releva. Une fois debout, il lui offrit une main pour l'aider. Elle l'accepta avec une grimace.

— Ça pourrait être pire, marmonna-t-elle en essuyant l'herbe de son short en jean et de ses jambes.

Il soupçonnait qu'il ne s'agissait pas vraiment d'un compliment.

—Je pense que c'est assez pour aujourd'hui.

Parce qu'il ne pourrait pas en supporter plus. Il avait décidé d'occuper son après-midi avec une longue course, suivie d'une séance de musculation et d'une douche froide. Tom prit la direction de la maison mais se figea quand quelque chose de dur vint heurter le centre de son dos. Un coup d'œil au sol près de ses pieds lui indiqua le coupable.

— M'as-tu réellement jeté un caillou ?

— Surpris ? répliqua-t-elle d'un ton narquois.

Il fit volte-face et étudia ses mains vides et sa posture franche. *J'en connais une qui est d'humeur joueuse. Okay.*

— La prochaine fois, sers-toi d'une plus petite pierre que tu pourras jeter correctement.

Les sourcils d'Amelia se hissèrent aussitôt.

— Pardon ? Je t'ai touché dans le dos.

— Et ça m'a fait autant d'effet qu'une goutte d'eau.

Ce n'était pas vrai, mais cela eut l'effet désiré. Ses yeux

d'un bleu limpide s'embrasèrent, et un léger fard gagna son joli minois. Il s'inclina contre l'arbre à côté de lui et croisa une cheville par-dessus tout en gardant ses bras libres le long de ses flancs.

— Vas-y, essaye encore.

— Je préférerais me servir de ta tête comme cible pendant un exercice de tir.

— Eh bien, tu es en possession de mon Smith & Wesson.

Même si ça va à l'encontre de ma raison.

— Smith et… ? Oh, ça. Tu parles du flingue. je ne l'ai pas sur moi.

— Ça, c'est *ton* problème, répliqua-t-il en caressant l'arme accrochée à sa hanche. J'en ai toujours une sur moi.

Elle leva les yeux au ciel.

— On sait tous les deux que tu me la confisquerais.

Tom lui retourna un sourire satisfait.

— Oh, je ferais bien plus que de le confisquer, mon ange.

— Espèce de trou du cul.

— Espèce d'Atout.

Le regard noir qu'elle lui lança inspira une multitude de pensées sordides. Oh, comme il aimerait embrasser cette petite bouche jusqu'à obtenir sa soumission. Se chamailler avec Amelia était devenu son petit plaisir coupable. Son attitude calme de la première semaine avait disparu depuis belle lurette et ne lui manquait absolument pas. Son côté fougueux était bien plus attirant et amusant. Il lui fit un clin d'œil et reprit son chemin vers le chalet.

— Un de ces jours, je vais te faire regretter de m'avoir tourné le dos, marmonna Amelia.

Ça promet d'être amusant fut la seule réponse de ce crétin alors qu'il continuait son chemin d'un air assuré à travers les bois. Les muscles élancés de son corps étaient une fichue distraction. Il était incroyablement craquant quand il la chevauchait ; c'était d'ailleurs la raison pour laquelle elle l'avait encouragé à recommencer. Elle devait apprendre à maîtriser cette attraction ridicule si elle voulait avoir la moindre chance de réussir à s'échapper. Dommage qu'il ait rendu les choses plus difficiles encore en s'allongeant sur elle à la manière d'un dangereux félin un peu paresseux.

Elle aurait dû tenter de le séduire alors qu'il la maintenait clouée au sol, mais son cerveau dépourvu d'oxygène refusait de fonctionner. C'était ce qui arrivait quand on oubliait de respirer, ce qui semblait se produire chez Amelia à chaque fois que Tom la touchait. Cela la dérangeait profondément, la dernière personne à avoir eu cet effet sur elle étant Eli, quand ils s'étaient rencontrés pour la première fois des siècles auparavant. Un seul regard de sa part et le reste du monde avait disparu à ses yeux. Elle ne s'était jamais attendue à ressentir cela à nouveau. Et surtout pas pour le fils de son ennemi.

Peut-être que je suis au bord de la crise de nerfs. Jonathan apprécierait ça, n'est-ce pas ? Un petit rire hystérique enfla dans sa poitrine avant de mourir dans un souffle quand Tom la plaqua brusquement contre un arbre. Il avait bougé si rapidement qu'elle ne s'était rendu compte de sa présence qu'une fois le dos collé à l'écorce dentelée, les mains de Tom sur ses épaules.

— S'agit-il d'une nouvelle leçon concernant l'effet de surprise ? demanda-t-elle en soufflant rudement.

Car ce serait injuste. Il lui avait indiqué que l'entraînement était terminé pour la journée et n'avait pas semblé particulièrement décontenancé par sa tentative avec le caillou. Amelia ouvrit la bouche pour en dire plus mais se figea en remarquant la panique qui habitait son regard sombre. Il ne s'agissait pas d'un nouveau cours.

— Qu'est-ce qui ne va pas ?

— Il y a quelqu'un dans l'allée.

Un vague glacée l'engloutit et l'atteignit en plein cœur.

— Anita ?

Elle avait l'impression qu'une éternité s'était écoulée depuis sa dernière visite. Il était probablement temps pour une autre batterie de tests. Cela l'ennuya plus que ça n'aurait dû, et elle se rendit compte qu'elle s'était acclimatée trop facilement à sa situation actuelle. S'agissait-il du plan de Jonathan depuis le début ? Que Tom obtienne sa confiance avant de la trahir ? L'homme en question lui jeta un coup d'œil inquiet, comme s'il pouvait lire dans ses pensées. Mais elle savait pertinemment que la télépathie n'était pas dans son adn.

— Non, c'est Rosalie. Ma tante.

Quoi ?

— Ta tante ?

Il avait mentionné une Rosalie par le passé mais n'avait jamais mentionné de lien familial.

— Oui, c'est elle qui s'occupe du chalet en mon absence.

Amelia digéra ses propos. *Oh…*

— Tu veux parler de la sœur d'Anna.

Car Jonathan n'avait ni frères, ni sœurs. Aucun qui ne soit en vie, du moins. Ce qui faisait de cette femme une tante du côté de la mère de Tom. Celui-ci fronça les sourcils.

— Tu connaissais ma mère ?

— Pas très bien, mais oui. Nous nous sommes rencontrées une fois, il y a quelques décennies.

Tom avait indiqué la date à Amelia la semaine

précédente. Six années en captivité lui avaient semblé durer six siècles.

— Tu as rencontré maman ?

Tom sembla dérangé par cette idée. Eh bien, dommage. Elle ne pouvait rien changer de son passé, pas plus que lui.

— Elle est venue dîner une fois en compagnie de Jonathan avant ta naissance.

À l'époque où je lui faisais confiance et où je le considérais comme un ami.

— C'était une femme charmante.

En tout cas, elle en avait tout l'air. Issac la connaissait mieux qu'Amelia et n'avait que des choses positives à dire à son sujet. Tom semblait souhaiter lui poser une question, mais changea finalement de sujet.

— Okay, je sais que tu ne me dois rien et que c'est beaucoup demander. Mais pourrais-tu rester ici pendant que je m'arrange pour faire partir Rosalie ?

Quelle requête étrange, presque comme s'il...

— Tu ne veux pas qu'elle me voie.

Au cas où Rosalie tenterait de l'aider ? Ou déciderait de contacter la police ? Ou bien transmettrait pour Amelia un message à quelqu'un ?

— Non, tes pensées se lisent sur ton visage. S'il te plaît, je suis prêt à te supplier si nécessaire. J'ai besoin que tu restes ici.

Oh, ceci lui plaisait. Quel casse-tête pour lui, en effet.

— Et si je décide de ne pas t'écouter ?

Son lourd soupir engloutit les épaules d'Amelia sous une vague de tristesse.

— Si Rosalie découvre ta présence, je serais obligé de la tuer. Mon père me l'ordonnera.

Okay, la situation n'était peut-être pas si amusante qu'elle l'avait imaginé.

— Qu'est-ce que tu veux dire par « mon père me l'ordonnera » ?

Avait-il oublié le concept du libre arbitre ?

— Il considérera cela comme ma punition pour avoir foiré.

— Et si tu refuses ?

— Je ne peux pas.

À l'entendre, cela semblait si simple. Noir ou blanc. Pas la moindre nuance de gris.

— Tout le monde a le choix.

— Pas moi. Je suis un novice dépourvu du moindre allié, mais qui a des centaines d'ennemis.

Il jeta un coup d'œil autour de l'arbre et fit la grimace.

— Écoute, elle vient de rentrer dans le chalet. Il faut vraiment que tu restes ici. Je vais l'éloigner en l'invitant à dîner en ville, et comme ça tu pourras rentrer. S'il te plaît. je t'en supplie Amelia. Ne me force pas à la tuer.

Amelia aurait souhaité contester son dernier argument concernant sa responsabilité. C'était Jonathan le coupable, mais elle comprenait néanmoins le sous-entendu. À en croire ses propos, si elle provoquait un esclandre, il n'aurait pas d'autre choix. Et d'après les informations qu'elle avait pu glaner, la liberté dont elle bénéficiait avec lui n'était pas au programme officiel. Elle avait surpris plusieurs conversations avec son père au cours desquelles ils avaient parlé de *l'Atout au sous-sol*. Peut-être s'agissait-il d'une combine pour gagner sa confiance, mais Jonathan n'était pas du genre à apprécier les scénarios à long-terme. Il s'en serait déjà lassé si c'était le cas. Et pourquoi Tom lui aurait-il appris à se défendre ?

— Amelia.

L'urgence dans la voix de Tom la rappela à la réalité.

— Elle est de nouveau sortie. S'il te plaît, est-ce que tu veux bien rester ici ?

Elle croisa son regard implorant et sentit son cœur se fissurer en remarquant le désespoir qui le hantait. Elle n'était peut-être pas la seule prisonnière ici… Un rebondissement intéressant dans leur situation.

— Très bien, acquiesça-t-elle. Je vais rester ici jusqu'à votre départ.

Tom sembla percevoir la sincérité dans sa voix car le soulagement recouvrit aussitôt son visage séduisant, faisant palpiter son cœur. Elle lui avait fait plaisir. Pourquoi cette idée lui réchauffait-elle autant le cœur ?

— Merci, murmura-t-il en pressant son front contre le sien. Je serai vite de retour. Promis.

Un mot dangereux qui provoqua un frisson le long de son échine.

— Très bien, chuchota-t-elle, n'ayant pas d'autre réponse à lui offrir.

Ce moment intense s'acheva brusquement quand Tom se recula et se précipita le long du chemin jusqu'au chalet. Amelia jeta un coup d'œil furtif derrière l'arbre et l'observa étreindre sa tante sur l'allée de gravier. Le dos de Rosalie était tourné vers Amelia — certainement un geste délibéré de la part de Tom — alors qu'ils discutaient. Il ne lui fallut pas longtemps pour escorter sa tante jusqu'à la voiture de celle-ci. Il disparut ensuite brièvement dans la maison avant de réapparaître avec ce qui semblait être ses clés, puisqu'il fit démarrer son véhicule et suivit Rosalie dans l'allée.

Amelia patienta quelques minutes avant de se diriger vers le chalet, prenant le temps de réfléchir aux commentaires de Tom. *Je suis un novice dépourvu du moindre allié, mais qui a des centaines d'ennemis.* Comment pouvait-il croire une chose pareille ? Lucian et les Anciens l'accepteraient forcément sur Hydra. Les novices étaient si rares à cause des Nizari, si tristement célèbres pour s'être spécialisés dans le massacre de la progéniture des Ichoriens. Elle ne pouvait pas se souvenir du dernier novice qu'elle avait rencontré. Il y a plus de cent ans, peut-être ? C'était la raison pour laquelle son frère et les Anciens avaient aidé Jonathan à protéger Tom pendant sa jeunesse.

Comment pouvait-il croire que les Anciens refuseraient aujourd'hui de l'aider ? À cause de ses liens de parenté ? Il ne paierait jamais pour les péchés de son père. Lucian était un leader juste. Il reconnaîtrait l'innocence de Tom. De plus, c'était Jonathan qui méritait leurs représailles pour le meurtre d'Eli et sa capture, et non Tom.

Elle marmonna un juron dans sa barbe et éclata de rire, car elle se sentait ridicule. La jeune femme qu'elle avait été se recroquevilla en son for intérieur face à tant de vulgarité. Amelia ne jurait jamais. En tout cas, pas dans sa vie antérieure. Mais cette nouvelle version d'elle-même appréciait chacun de ces gros mots. D'où le petit nom qu'elle avait donné à Tom. La sonorité de *trou du cul* la faisait sourire et l'expression convenait parfaitement au personnage. Pour la seule et unique raison qu'elle faisait référence à son derrière particulièrement charmant, se dit-elle avec un sourire en entrant dans sa chambre.

Pourquoi ne prendrait-elle pas une douche bien chaude tout en contemplant l'énigme que représentait son geôlier ? Il était un puzzle qu'elle avait l'intention de résoudre, et elle n'avait de toute façon rien de mieux à faire. *C'est faux*, marmonna son subconscient. Elle pourrait saisir cette opportunité pour chercher l'appareil qui contrôlait son collier. *En fouillant dans les cartons dans la chambre de Tom…*

C'était la première chose sur laquelle il l'avait interrogée l'autre jour. Amelia fronça les sourcils. Pouvait-elle se permettre de fouiner à nouveau ? Cela lui paraissait étrangement déplacé de violer ainsi son intimité, surtout quand elle était parfaitement consciente qu'il ne voulait pas d'elle dans son placard. Et s'il s'agissait de sa seule chance de gagner sa liberté ? *Et où iras-tu ensuite ?* C'était une excellente question, mais elle n'y réléchirait qu'une fois sa cavale amorcée.

Ses pieds bougèrent de leur propre accord, mais elle se figea devant sa porte. Son estomac se souleva à l'idée qu'elle s'aventure plus loin. *Pourquoi ?* C'était ce dont elle avait envie. S'échapper. Pourquoi se sentait-elle désormais déboussolée à l'idée de s'enfuir ? *Parce que tu ne verras plus jamais Tom.* En quoi cela serait-il si terrible ? Il était juste un moyen pour elle de parvenir à ses fins. Il comprenait sûrement cela aussi bien qu'elle. Il lui avait certes appris quelques mouvements d'auto-défense, mais il était temps pour elle de rentrer à la maison.

Et où est-ce que c'est, exactement « la maison » ?

— Je suis vraiment au bord de la crise de nerfs, décida-t-elle.

Autant aggraver son cas. Elle poussa la porte et savoura la subtile effluve de pin qui flottait dans l'air. Soit Tom portait un parfum boisé, soit ses courses fréquentes en extérieur l'avaient doté d'un éternel parfum chypré. Son nez approuvait. Elle se dirigea immédiatement vers le placard et le trouva dans le même état qu'elle l'avait laissé l'autre jour. Vide, à l'exception de quelques cartons scellés.

— C'est un endroit étrange pour cacher un appareil, mais voyons-voir.

Elle souleva le premier et le porta jusqu'au lit. Il était plus léger que ce à quoi elle s'attendait, mais tout de même scotché. Après un bref détour dans la cuisine, elle revint armée d'un couteau et l'ouvrit. Le contenu la surprit complètement.

— Oh.

De petits soldats lui faisaient face. Elle saisit un autre carton. Encore des mémentos d'enfance. Ce n'est que dans la dernière boîte qu'elle mit la main sur quelque chose de plus intéressant. Des photos, des bijoux, et une collection d'écharpes délicates. Un cliché attira son attention, représentant Tom enfant qui s'accrochait aux jambes d'Anna. Cela lui réchauffa le cœur de manière inappropriée, mais elle ne put s'en empêcher. L'amour et l'affection manifestes sur le visage de la jeune femme rappelait à Amelia sa propre mère. Elle tourna la photo à la recherche d'une date et se figea aussitôt. Le dos était moucheté de taches brunes.

— Non…

Elle reconnut facilement le sang séché. Et remarqua qu'il ornait tous les objets entourant les photos. Cette boîte était hantée de cauchemars. Elle la ferma sur un coup de tête avant de la fourrer dans le placard. Mais c'était déjà trop tard. Des araignées invisibles grimpèrent le long de ses jambes, de son échine et de ses bras. La mort logeait ici. Dans ce chalet. Était-ce ici que sa mère était morte ? Elle ne réussissait pas à s'en souvenir. Issac en avait parlé une fois, lui indiquant qu'ils n'étaient pas arrivés à temps pour la sauver. Mais elle n'avait jamais cherché à obtenir plus de détails. L'Amelia courtoise ne s'était jamais intéressée aux affaires dérangeantes. C'était le rôle des hommes de sa vie. Mais elle souhaitait désormais savoir. Qu'était-il arrivé à Anna Fitzgerald ?

Un bruit dehors l'interrompit dans son examen de la chambre de Tom. Était-ce bien une portière qu'elle venait d'entendre ? Le soleil qui disparaissait à travers les rideaux la surprit. Elle ne pouvait pas avoir passé tant de temps que ça à fouiller dans ses effets personnels, si ? Quoi qu'elle subissait fréquemment des moments d'absence. Elle attrapa les boîtes de jouets sur le lit et les balança dans le placard. Même si ça ne servirait à rien. Il remarquerait forcément que les scotchs avaient été arrachés. Il faudrait qu'elle essaye de s'introduire ici en douce un peu plus tard pour essayer d'arranger cela si elle ne voulait pas subir les conséquences. Tom ne serait pas heureux, mais il ne s'en prendrait pas physiquement à elle. Pas comme Jonathan en tout cas.

Tu lui fais confiance. Son subconscient lui tapait vraiment sur les nerfs, mais elle n'avait pas de temps pour riposter. Quelqu'un était présent, et il ne pouvait que s'agir de Tom. Amelia glissa le couteau de cuisine dans la ceinture à l'arrière de son short alors que la porte d'entrée s'ouvrait. S'efforçant d'afficher un air innocent, elle prit la direction du salon et s'immobilisa aussitôt. Aucun des intrus n'était Tom.

— Eh bien. Il semblerait que j'ai un sacré rapport à faire à Jonathan en rentrant.

La voix d'Anita Patel fit à Amelia le même effet que le crissement d'ongles sur un tableau, mais c'était son sourire dérangé qui lui donna envie de s'enfoncer dans un trou sans jamais en sortir. *Oh, ça va faire tellement mal.* Son sang ne fit qu'un tour quand elle remarqua les sacs d'Anita Patel. La première réaction d'Amelia fut de se soumettre, mais le froid de la lame lui suggérait une alternative. *Bats-toi*, suggérait le couteau.

— Je te demanderais bien si tu as réussi à t'échapper, mais tes vêtements propres et ta bonne santé indiquent autre chose.

Le regard d'Anita glissa sur Amelia d'une effroyable manière et son cœur s'emballa. Le médecin pinça les lèvres.

— J'avais placé tellement d'espoirs sur Tom, mais il semblerait qu'il soit esclave de sa bite comme tous les hommes. Son père va être tellement déçu. Peut-être qu'il me laissera prendre la relève de Tom ?

Si Amelia doutait encore du fait que la situation au

chalet soit un tour de Jonathan, cette menace l'éclaira complètement sur le sujet. Il n'y avait pas la moindre chance qu'il dissimule ses projets à Anita. Ils aimaient trop jouer ensemble pour qu'une telle mascarade fonctionne. Ce qui signifiait que Tom lui avait appris à se défendre parce qu'il le souhaitait, et non pour assurer le rôle de gentil flic. *Mais pourquoi ?*

— Bon, je m'occuperai de fournir ce rapport plus tard. J'ai besoin de quelques échantillons. Ensuite je demanderai à John de me laisser prendre les rênes ici. Cela entravera un peu mes autres recherches, mais je suis sûre que nous nous amuserons bien ensemble.

T'amuser. Oui. C'est exactement ce que tu vas faire. Une petite flamme apparut dans la poitrine d'Amelia, irradiant un peu de chaleur dans ses membres glacés par l'effroi. L'idée de passer la moindre seconde seule avec cette femme sadique, sans supervision et sans les dons de guérison de Stark, était loin de la tenter. Amelia se demanda si le guérisseur notoire montait la garde dehors.

— Et si nous allions dans la chambre ? continua Anita. Je m'en voudrais d'endommager le mobilier dans le salon.

Elle invita ses sbires à bouger d'un geste de la main. Amelia fit un pas en arrière pour dissimuler le couteau à leur regard et marcha en crabe jusqu'à la chambre d'amis. Le docteur était si préoccupé par ses intrigues pour remarquer son attitude étrange. Amelia pouvait lire dans le regard perçant du médecin lilliputien les plans que celle-ci élaborait à partir de ses méthodes de tortures favorites.

Pas cette fois, murmura une petite voix. Si elle réussissait à atteindre le flingue dissimulé entre ses deux matelas, elle pourrait mettre fin à tout ça. *À moins qu'une Sentinelle ne se tienne dehors.* Mais cela comptait-il vraiment ? Le docteur Patel serait morte avant que le soldat ne puisse l'atteindre. Amelia fit marche arrière jusqu'à atteindre l'autre côté du lit pour laisser de la place aux chercheurs. Ils ouvrirent leurs sacs, et celui aux épaules frêles et au crâne dégarni en sortit une bâche. S'il l'installait sur le lit avant qu'elle n'atteigne l'arme, son plan serait fichu.

— Allez, déshabille-toi, lui ordonna Anita avec dédain en installant les seringues dont elle avait besoin sur le chevet.

Amelia adressa un regard obéissant au médecin et fit mine de se pencher pour défaire ses lacets. Mais au lieu de les dénouer, elle inséra sa main entre les matelas et enroula ses doigts autour de la poignée en métal du pistolet. Elle s'assurait de sa présence quotidiennement et savait donc qu'il serait à sa place, car son geôlier avait décidé de le lui laisser, qu'elle qu'en soit la raison. Et il était chargé. Elle le tira de sa cachette et le tint lâchement contre son flanc en contemplant ses options.

Tout est une question de surprise. La voix grave de Tom traversa son esprit et la fit frissonner. *Assure-toi qu'ils se sentent à l'aise. Qu'ils baissent la garde. Et attaque.*

Ils semblaient tranquilles pour le moment, et surtout occupés. Comme s'ils ne soupçonnaient pas un instant qu'elle puisse riposter. Car la vieille Amelia n'aura jamais osé. Elle n'aurait pas su comment faire. Pendant des années, elle avait obéi à chacun de leurs ordres et les avait laissés commettre nombre d'atrocités à son encontre à cause de son désespoir et parce qu'elle n'avait pas d'autre choix. Mais le métal qu'elle empoignait lui offrait une opportunité dont elle n'avait jamais été bénéficiaire auparavant.

C'est maintenant ou jamais, mon ange. Elle aurait juré que la voix de Tom avait pris un air narquois pour la pousser à passer à l'action. Même si elle n'était pas réelle. Cette voix suave qui résonnait dans sa tête était le produit de son imagination. *Parce que je perds la tête.* Et Amelia n'avait aucun doute que cette tarée de docteur serait responsable d'une rupture psychique totale si elle devenait sa geôlière. Elle refusait d'attendre que cela se produise sans se battre.

Anita sortit un à un ses instruments de torture tandis que les chercheurs terminaient de recouvrir le lit avec la bâche. L'estomac d'Amelia se révolta quand elle remarqua la scie à os. Sa dernière confrontation avec cet outil s'était mal terminée. Anita s'en était servi pour ouvrir sa cage thoracique, en plein centre de son sternum. La douleur l'avait propulsée tout droit dans un gouffre obscur, si près de la mort qu'elle s'était demandé si elle réouvrirait un jour les yeux. C'était malheureusement le cas.

Je ne peux pas supporter ça une nouvelle fois. Pas ici.

Tu peux le faire, Amelia.

La voix chaleureuse de Tom submergea son corps d'une assurance dont elle ne pensait pas être capable.

Maintenant, tire avant qu'ils ne te remarquent.

Amelia souleva le flingue et visa la tête du chercheur le plus proche, fit sauter la sécurité, et tira.

Chapitre Six

Le code des Sentinelles

— Tu es vraiment comme ton père, tu sais, dit Rosalie en secouant la tête.

Tom s'efforça de sourire.

— Je ne suis pas certain qu'il s'agisse d'un compliment, répliqua-t-il d'un ton léger, même s'il pensait chacun de ces mots en son for intérieur.

Il aimait entendre qu'il ressemblait à John Fitzgerald avant tout ceci. Il l'avait idolâtré en grandissant et avait souhaité lui ressembler en tout point pendant la grande majorité de sa vie. Il ne savait désormais plus où se mettre. *Je ne veux plus lui ressembler.* Toutes ces menaces subtiles qu'il avait entendues jeune, sur l'absence du moindre asile pour lui, ne l'avaient pas perturbé quand il était enfant car le seul endroit où il souhaitait se trouver était aux côtés de son père. Tout son entraînement, son expérience militaire, et sa formation universitaire avaient pris sens quand il avait commencé son travail de Sentinelle.

Son père avait élevé un soldat à sa solde, un homme dont il attendait une obéissance totale lors de missions. Un homme qui serait à jamais loyal. Tom n'était visiblement pas cet homme. Est-ce que cela le rendait similaire à son père ? Il n'en était pas certain, mais il espérait valoir mieux que lui.

Le rire de Rosalie le frappa en plein cœur. Il était si semblable à celui de sa mère. Il était difficile de supporter sa présence, ce qui le poussait à l'éviter. Ils se voyaient environ une fois par an, et encore. Sa petite taille et ses cheveux sombres presque noirs offraient un contraste saisissant avec le physique élancé et le carré blond de sa mère, mais ses yeux en amande étaient de la même couleur que les siens. Son estomac se soulevait à chaque fois qu'il croisait le regard de sa tante. Trop de souvenirs hantaient ses profondeurs brunes.

— Tu sais bien qu'il s'agit d'un compliment, le réprimanda-t-elle, le rappelant ainsi à la réalité. Ton père est un homme accompli, et puissant.

Pas besoin de me le rappeler.

— Je suis sûr qu'il serait ravi de te voir.

Un mensonge éhonté. Son père n'était pas du tout intéressé par la famille de son épouse. Bon sang, même à elle, il n'avait pas témoigné un grand intérêt.

« Elle est venue dîner une fois en compagnie de Jonathan avant ta naissance. »

Les propos d'Amelia ne collaient pas à ses souvenirs de la relation de ses parents. Le John qu'il connaissait avait laissé son fils avec Anna dans ce chalet pendant une décennie, ne venant à la rencontre de son futur petit soldat qu'une fois tous les quatre matins. Cela n'apparaissait pas aux yeux de Tom comme le comportement d'un homme qui se souciait assez de sa femme pour l'emmener à un dîner. Le seul repas de famille qu'ils avaient partagé avait eu lieu lors de son dixième anniversaire, quand son père était passé à l'improviste leur annoncer une nouvelle surprenante. Une inscription à l'école militaire. C'était le dernier jour où il avait vu sa mère vivante.

Tom termina sa bière et envisagea d'en commander une autre. Si Amelia ne l'attendait pas au chalet, il l'aurait probablement fait, mais en l'état actuel des choses, il devrait conduire jusqu'au chalet. Sobre. Ou bien il risquerait de faire quelque chose de stupide quand il arriverait. Sans compter le fait qu'il n'était pas du genre à conduire bourré.

— Tu m'as manqué, dit Rosalie avec une voix mélancolique. Tu réalises que tu es la seule famille qu'il me reste et avec qui je m'entends bien, n'est-ce pas ?

Tom s'esclaffa en pensant à la famille élargie de sa mère. Ses grands-parents étaient décédés depuis longtemps de ce côté-là, mais il avait des cousins toujours en vie.

—Je vais essayer de passer te voir plus souvent.

Il se retint de lui en faire la promesse car il savait qu'il y manquerait. Putain, vu la tournure que prenait la situation, il avait de grande chance de finir en cavale d'ici peu. C'était peut-être la dernière fois qu'ils se voyaient. Il était embêté à l'idée de ne pas être dans les parages pour la protéger, mais elle était loin d'être sur le radar de son père. Sa tante n'avait aucune ascendence immortelle. Elle était infirmière, et complètement humaine.

— C'est faux, lui répondit-elle tristement, mais avec un sourire. Tu oublies que je te connais, Tom. Tu es bien trop occupé pour te soucier d'une vieille femme comme moi.

— Tu es loin d'être vieille, tante Rosalie.

— Oh, ne te laisse pas berner par ma chevelure, fiston. J'ai un excellent coiffeur qui s'occupe de dissimuler tous mes cheveux gris.

Tom leva les yeux au ciel.

— Tu n'as que quarante-sept ans.

Sa mère en aurait eu cinquante-deux si elle était toujours en vie.

— Ouais, j'ai déjà un pied dans la tombe.

— N'importe quoi. Cesse de raconter des conneries.

— J'essaye juste de te faire comprendre que je vieillis et que tu dois me rendre visite plus souvent.

— Je t'ai dit que je le ferai.

— Mouais. C'est aussi ce que tu m'as dit il y a deux ans, c'est-à-dire la dernière fois que je t'ai vu. Et la seule raison pour laquelle je te vois aujourd'hui, c'est parce que je t'ai traqué jusqu'à ton chalet. Combien de semaines comptais-tu attendre avant de me contacter ?

Euh, beaucoup.

— J'étais occupé.

Elle plissa les yeux en réponse, ce qui le mit mal à l'aise. Sa mère le regardait ainsi juste avant de le réprimander quand il était enfant. Il était parfois perturbé par sa ressemblance avec Rosalie, mais elles étaient sœurs après tout.

— Je sais ce que tu vas dire, reprit-il avant d'être interrompu par la vibration de son téléphone sur le comptoir du bar.

Un coup d'œil suffit à lui glacer le sang. *Oh, merde.*

— Je dois y aller, dit-il en se levant.

Le code qui s'affichait sur l'écran était un signal de détresse Sentinelle, et les coordonnées gps correspondaient à son chalet. *Putain.*

AMELIA ÉTUDIA le sang oxydé qui recouvrait ses mains. *Qu'est-ce que j'ai fait ?* Le sifflement dans ses oreilles provoqué par les coups de feu continuait de résonner. Ce n'était pas surprenant que Tom ait insisté pour qu'elle porte un cache oreille lors de leurs entraînements. Elle était sûre que le monde entier avait perçu les coups tirés dans la petite chambre.

— Il... va... te... tuer.

La menace d'Anita flotta d'un ton rauque depuis le sol. Amelia avait presque oublié la femme à ses pieds. Elle avait été trop préoccupée par le sang qui s'écoulait de ses doigts. Le couteau de cuisine était inerte dans la paume de sa main. Une fois les coups tirés, Anita s'était jetée sur elle et avait fait voler le flingue de ses mains. Mais pas avant qu'Amelia n'ait réussi à tirer une balle dans l'estomac du médecin. Le coup l'avait fait tomber à genoux, alors que les deux autres chercheurs gisaient morts de l'autre côté de la pièce.

Cinq coups en tout, dont deux ratés. En tout cas, c'est ce dont se souvenait Amelia. Tout s'était passé si vite, avant même que son cerveau ait pu traiter les répercussions de ses actions. Elle s'était installée à cheval sur le docteur Patel, sa lame pressée contre sa gorge, prête à l'achever, quand elle avait réalisé qu'elle avait besoin de la garder en vie. Pour le moment.

— Désactivez mon collier, ordonna une nouvelle fois Amelia.

Être à la place du bourreau était une expérience nouvelle pour elle. Des années de souffrances en tant que victime lui avaient imparti quelques notions, mais elle n'en appréciait pas le rôle pour autant. Elle avait cru que le fait de tuer ses agresseurs l'aiderait à se sentir soulagée ou lui offrirait justice, mais elle se sentait simplement vidée en observant la femme tremblant à ses pieds.

Amelia appuya la pointe du couteau contre la chair tendre sous l'œil d'Anita et répéta sa question une troisième fois. Aucune Sentinelle ne s'était présentée pour enquêter sur l'origine des coups de feu tonitruants, ce qui signifiait que le trio était arrivé seul. Mais elle savait grâce au docteur que quelques-unes d'entre elles étaient en route. Elle lui avait parlé des renforts avec un de ses sourires malfaisants, une lueur victorieuse au fond des yeux. Amelia s'en fichait car elle comptait bien se trouver loin d'ici à leur arrivée, mais pour cela, elle avait besoin que quelqu'un désactive le collier autour de son cou.

— Est-ce que vous vous rappelez de cette fois où vous m'avez retiré les yeux pour voir combien de temps ils mettaient à se régénérer ? Je me demande ce qui pourrait bien se produire si j'en faisais de même avec vous. Je parie que je peux y parvenir avant l'arrivée des Sentinelles. Vous voulez voir ?

Amelia haïssait chaque mot qui s'échappait de sa bouche, mais elle avait besoin de la coopération de son ennemie. Et mentionner l'une des pires journées de toute son existence sous la surveillance de cette femme cruelle la conforta dans son choix. Si une personne méritait ce traitement, c'était le monstre étendu sous son corps.

— Retire cet appareil de mon cou, ou dis au revoir à ton œil droit.

Elle enfonça la pointe juste assez pour l'écorcher.

— Arrête ! hurla Anita en tournant violemment la tête sur le côté.

Une réaction stupide considérant sa position. La lame pénétra la peau de sa joue et potentiellement quelque chose de plus grave, arrachant un cri de douleur au docteur. Amelia eut un mouvement de recul et manqua de lâcher le couteau, mais la voix de Tom dans sa tête lui permit de garder ses esprits. Amelia avait le dessus à cet instant ; il ne tenait qu'à elle d'en finir.

Une main ensanglantée vint recouvrir l'œil blessé. Il restait peu de temps à Anita avant qu'elle ne se vide de son sang sur le sol. La balle qui avait touché son abdomen avait manifestement causé une blessure fatale, à en juger par la quantité de sang. Amelia n'éprouva aucun regret malgré ses efforts. Anita Patel méritait son sort, et bien plus encore. Amelia entreprit une nouvelle fois de la taillader mais le docteur poussa un petit cri.

— Je n-e pe-eux pas ! Putain, j'ne peux pas !

Cette réponse sembla lui demander un effort surhumain et elle souffla, abattue.

— Alors comment dois-je désactiver l'explosif ? demanda Amelia, en s'interrogeant elle-même plus qu'Anita.

Si elle ne parvenait pas à retirer le collier, Amelia était une femme morte. La décapitation était une méthode d'exécution permanente efficace contre un immortel, ce qui expliquait la mesure de sécurité installée par Jonathan. Amelia n'était pas prête à s'avouer vaincue. Pas quand elle était si près d'obtenir sa liberté.

— L' e-explosif ?

Le docteur semblait incapable de décider quelle blessure elle souhaitait protéger, sa paume alternant entre la plaie sous son œil et la blessure ouverte de son estomac. L'autre bras d'Anita gisait inerte au sol.

— Qu-quel explosif ?

Sa question tremblante désarçonna Amelia.

C'est moi qui lui ai fait ça. Et j'ai tué deux personnes.

Comment était-ce possible ?

Qui suis-je ? La lame chancela dans sa main. *Je ne souhaite pas être cette personne.*

La torture ne lui allait pas. Elle appréciait le sentiment d'assurance qu'elle ressentait à l'idée de pouvoir se servir d'une arme à feu mais n'avait pas apprécié s'en servir pour blesser quelqu'un. Elle se sentait aussi enhardie qu'affaiblie par l'action. Elle s'attendait à ce que la vengeance la libère, lui offre une expérience cathartique, mais elle ne ressentit rien de cela. Au contraire, elle avait l'impression d'être aussi malfaisante qu'Anita et Jonathan.

Je ne peux pas faire ça.

Amelia posa le couteau sur le lit et se redressa sur des jambes chancelantes. Peu importe que cette femme le mérite, Amelia n'était pas la bonne personne pour lui rendre la monnaie de sa pièce.

— P-Pas.

Anita leva brièvement sa seule main valide avant de la presser une nouvelle fois sur son abdomen.

— J-Je p'pas. E-explosif ?

Son ton légèrement haussé était inattendu. Pourquoi semblait-elle si confuse ?

— Oui, dans mon collier, expliqua Amelia en indiquant du doigt son cou. Tom a dit qu'il était relié à un appareil dans le chalet. Est-ce que vous savez à quoi il ressemble ?

Anita cligna d'un œil dans sa direction et grimaça. Ou peut-être s'agissait-il d'un rire ? Amelia n'était pas certaine de pouvoir les distinguer à travers la brume sanglante de ce carnage qui l'engourdissait. *Étais-je vraiment sur le point de lui retirer un œil ?*

— C-C'est pour ça, dit le docteur, la voix éraillée.

Un étrange son étouffé provint de sa gorge, suivi d'une quinte de toux brutale. Du sang suintait de la commissure de ses lèvres. Amelia avait souvent soupçonné que le médecin menait des expériences sur elle-même avec du sang immortel. Si c'était le cas, ces expériences ne menaient à rien. *Elle va mourir.*

— Quoi ?

— Pourquoi… p-pas couru… menace.

Quelques mots furent interrompus par une terrible quinte et Amelia recula d'un pas.

— Je ne comprends pas.

La poitrine d'Anita gonfla avant de retomber rapidement à plusieurs reprises tandis que son œil non amoché s'affaissait.

— T-Tom, murmura-t-elle. M-menti. Pas d'ex…

Le silence qui s'ensuivit fut assourdissant. Il sembla s'éterniser, encore et encore.

Sa poitrine ne bouge plus. Parce qu'elle est morte. Et c'est moi qui l'ai tuée.

Amelia fut brutalement prise de vertige et trébucha en arrière, heurtant le mur à côté du lit. Elle avait finalement réussi.

— Anita est morte, chuchota-t-elle dans la quiétude de la pièce.

Pourquoi ne se sentait-elle pas folle de joie ? Victorieuse ? Libre ?

Tom a menti au sujet de l'explosif. Elle pouvait décamper…

Ou alors, s'agissait-il d'une dernière forme de torture de la part d'Anita ? Pousser Amelia à tout questionner et débattre de la meilleure option, s'échapper ou attendre quelqu'un qui pourrait lui retirer le collier. Quelle terrible dilemme. Mais l'expression du docteur avait paru sincèrement choquée quand Amelia avait mentionné l'explosif, suivi d'une étrange forme de compréhension respectueuse, comme si elle avait été amusée par la plaisanterie. Tom lui avait-il menti pour la décourager de s'enfuir ? D'après ce qu'elle avait appris de lui, cela ressemblait à quelque chose qu'il pourrait faire. Une manière de s'assurer de sa docilité sans l'enfermer.

— Bon sang.

Amelia n'arrivait pas à croire qu'elle était tombée dans le panneau. Ce petit salaud rusé l'avait bien eue. Elle était impatiente de lui dire ses quatres vérités dès que possible. Ou peut-être pas. Il n'y avait aucune chance pour qu'il approuve les événements ayant pris place dans cette pièce.

Des traces de sang, des trous de balle, et trois employés du FHC irrévocablement décédés. Il n'aurait pas d'autre choix que de rapporter la scène, et devrait ensuite la tuer, ou pire. Rien que cet après-midi, il avait mentionné le fait qu'il était obligé d'obéir à n'importe quel ordre de son père, ce qui signifiait qu'il exécuterait les ordres qu'il recevrait en réponse, quels qu'ils soient. Et le châtiment de Jonathan serait loin d'être plaisant.

— Il faut que je file d'ici.

Amelia retira tous ses vêtements encrassés et se nettoya autant que possible grâce à une douche rapide, avant d'enfiler un short et un débardeur propres. Ses chaussures étaient tachetées de sang, mais elle n'y pouvait rien pour le moment. Elles étaient sa seule option, et elle en aurait besoin pour s'échapper. *J'aurais peut-être aussi besoin de ça,* songea-t-elle en attrapant le pistolet. Il lui paraissait peser plus lourd qu'il ne devrait. *J'ai tué trois personnes à l'aide de ce petit truc.*

Ne pense pas à ça pour le moment.

Elle pourrait se perdre dans les émotions qui fusaient dans son esprit plus tard. Pour le moment, elle devait se préoccuper des Sentinelles, et cela n'aurait pas de sens de se passer d'une arme. Le couteau pouvait rester à sa place sur le lit. Amelia enclencha la sécurité puis glissa l'arme dans la ceinture de son jean contre son dos et prit la direction de la sortie. C'est à cet instant qu'elle remarqua la voiture. Rien ne serait plus rapide pour assurer sa fuite.

Est-ce si difficile de conduire une voiture ? Il n'y avait pas de voitures sur Hydria et Eli conduisait toujours lors de leurs voyages. Mais elle trouverait forcément comment s'en servir. Tout ce dont elle avait besoin, c'étaient les clés.

Elle retourna sur la scène du carnage et fouilla toutes les dépouilles, mettant la main sur l'objet de ses recherches dans la poche de la veste de laboratoire d'Anita. Amelia empocha les clés et se dirigea une nouvelle fois vers le salon mais se figea en entendant le bruit de boots sur le gravier. Elle avait bien fait de laisser la porte d'entrée ouverte ou elle aurait pu manquer de les entendre jusqu'à ce qu'il soit trop tard. Elle se précipita dans la chambre de Tom et déverrouilla la fenêtre qui donnait sur l'arrière. Elle était juste assez grande pour lui permettre de se faufiler à travers et elle ne prit pas la peine de la fermer derrière elle. Pas le temps pour ça.

Amelia contourna en douce l'angle de la maison, espérant voler la voiture alors que les nouveaux arrivants se trouvaient à l'intérieur, et manqua de heurter une Sentinelle.

CHAPITRE SEPT

LA TRAHISON D'UNE SENTINELLE

— Tiens, tiens.

La Sentinelle Blake la toisait de haut, ses larges épaules au moins deux fois plus larges que celles d'Amelia. Comme si ce n'était pas assez intimidant, il était armé et visait la tête de la jeune femme avec son arme. Amelia déglutit.

— Euh, bonjour.

Qu'y avait-il d'autre à dire ?

— Tu n'es pas censée être ici, Atout Sept.

Elle détestait entendre ce nom. Comme si elle était un objet, et non une personne. Même si Tom semblait s'en servir comme d'un petit nom, de la même manière qu'elle l'avait traité de trou du cul en blaguant. *Ce n'est pas le moment de penser à lui.* En effet. Surtout pas quand une arme était pointée dans sa direction.

— Et où suis-je censée être ? demanda-t-elle, faisant mine d'être confuse.

Si elle réussissait à lui faire baisser la garde, elle parviendrait peut-être à lui tirer dessus comme elle l'avait fait avec les chercheurs. Il se tenait assez près pour qu'elle ne rate pas son coup, mais son entraînement était semblable à celui de Tom, et il était peu probable qu'elle prenne le dessus sur lui avec un seul tir. Et selon ses observations de Blake depuis sa cellule du FHC, il n'était pas du genre à se laisser distraire.

— Comment es-tu sortie ?

Il la dévisagea de ses yeux bleus argentés, une lueur amusée luisant dans son regard, mais sa visée n'en fut pas pour autant perturbée.

— Et où as-tu trouvé ces fringues ?

Amelia tritura l'ourlet de son débardeur. Ferait-elle mieux de répondre honnêtement ou de mentir ?

— Je les ai trouvées.

En ligne, poursuivit-elle dans sa tête. *Là. Il ne s'agissait pas d'un mensonge.* Il s'esclaffa.

— Mais bien sûr. Hé, Scott ! Je l'ai trouvée !

Un frisson glacial roula le long de son échine en entendant ce prénom familier. La Sentinelle Scott avait tendance à l'observer de manière bien trop familière lors de ses tours de garde. Elle ne connaissait pas aussi bien Blake, mais il s'efforçait toujours de faire en sorte que leurs brefs échanges restent professionnels. *Même si cette lueur actuelle dans son regard n'est pas tellement convenable...*

Un homme robuste les rejoignit en courant et vint s'arrêter à côté de son collègue bien plus élancé. Blake dut se sentir rassuré, car il rangea son arme dans son étui et croisa ses bras costauds sur sa poitrine. *La bonne nouvelle c'est qu'il n'y a plus de balles pointées dans ma direction. La mauvaise, c'est que je suis désormais en compagnie de deux Sentinelles très énervées.*

— Anita est morte, annonça le nouvel arrivant trapu en guise de salutation.

Blake le dépassait d'une tête, mais Scott avait deux fois plus de muscles.

— Sérieux ? répliqua Blake en fronçant les sourcils. Putain, où est Fitzgerald ?

— Aucun signe de lui. As-tu fouillé l'Atout ?

Scott étudia l'expression curieuse de son collègue et pouffa.

— J'en déduis que non.

Son regard anthracite se posa directement sur Amelia, la poussant à reculer d'un pas contre la façade du chalet. Elle n'avait aucune chance de brandir son arme à temps et de les toucher tous les deux. Pas sans finir blessée elle-même, ou pire.

Blake la mit une nouvelle fois en joue alors que son collègue l'approchait. Il la fouilla de ses mains crasseuses, commençant par sa taille avant de descendre et de remonter le long de ses jambes avant de se poser sur ses hanches pour la forcer à se retourner. Elle se recroquevilla en entendant son sifflement. Elle savait qu'il trouverait l'arme, mais elle se sentit néanmoins abattue quand il la confisqua. Sa fuite, aussi brève fut elle, lui avait semblé tellement rafraîchissante. Elle était passée à côté de sa chance. Amelia aurait mieux fait de ne pas y croire.

Scott glissa le pistolet dans la ceinture de son jean et continua sa fouille. La bile lui monta à la gorge quand il s'attarda sur ses seins. La sensation ne fit qu'empirer quand il glissa ses doigts sous la ceinture de son short pour tripoter la lisière de sa culotte.

— Je doute qu'elle cache quoi que ce soit à cet endroit, dit Blake d'un ton monotone.

— On n'est jamais trop prudent, surtout après ce que j'ai vu.

Son collègue siffla en réponse.

— C'était si terrible que ça ?

— Ils sont tous les trois morts, et il y avait des incisions étranges sur le visage d'Anita, expliqua Scott en continuant sa fouille, à l'extérieur de son short en jean cette fois-ci.

L'estomac d'Amelia se révolta quand la paume de la Sentinelle glissa entre ses cuisses et appuya contre ses parties les plus intimes. C'était une bonne chose qu'elle n'ait rien avalé depuis un moment, ou le contenu de son estomac serait réapparu.

— Tu vois, mec, je t'avais dit qu'on aurait dû rester ici plutôt que de filer chercher un truc à manger. C'était une mauvaise idée compte tenu de l'absence de la voiture de Fitzgerald.

— Anita nous a dit de partir.

Ces doigts épais filèrent une nouvelle fois vers ses fesses, explorant chaque centimètre recouvert par le jean, avant de remonter le long de son dos par-dessus le tissu de son débardeur. Le sang lui monta au visage, le besoin de se cacher que ressentait Amelia encore plus dévorant qu'avant. Quand on ajoutait à cela la nausée qui la tiraillait, Amelia était surprise de tenir debout.

— Nous aurions dû l'ignorer, et mec, je crois que tu as trouvé sa seule arme. C'est pas comme si sa tenue laissait beaucoup de place à l'imagination.

— Oh, je sais. Je profite juste de ses nouvelles courbes.

Il lui mit une fessée et Amelia glapit en réponse. Les mains brutales de Scott la retournèrent jusqu'à ce que le dos d'Amelia soit de nouveau tourné vers le chalet.

— T'es dégueulasse.

Blake rangea à nouveau son arme et haussa un sourcil.

— Qu'est-ce qu'on va faire d'elle ?

— J'ai quelques idées en tête, répliqua-t-il de manière licencieuse en approchant son visage un peu trop près de celui d'Amelia. Comment es-tu parvenue à tous les tuer, Atout ?

Le vrombissement d'une voiture qui remontait l'allée lui offrit un répit. Scott enroula son bras autour de sa taille et l'attira devant lui. Un canon en métal apparut dans son champ de vision alors qu'il l'installait comme bouclier pour se protéger du nouvel intrus. *Quelle galanterie.* Il invita son partenaire à enquêter d'un geste du menton.

Ça ne peut pas empirer, n'est-ce pas ? Sa réponse tourna d'un pas nonchalant à l'angle du bâtiment dans la minute qui suivit, un Blake grimaçant sur les talons. *Apparemment si.*

— Je pars trois heures et vous trouvez le moyen de tout foutre en l'air comme des boulets. Comment ?

Tom semblait furieux en s'adressant aux deux Sentinelles. Les deux pieds écartés, bras croisés sur son torse, il fusilla du regard l'homme qui la retenait. L'arme disparut de son champ de vision et Scott la rengaina.

— Expliquez-vous. Maintenant.

Le ton autoritaire de Tom rappelait tellement à Amelia celui de Jonathan.

Ça c'était l'homme élevé par Jonathan pour prendre les rênes du FHC. S'était-elle trompée à son sujet ? Tom avait-il fait mine de se montrer compatissant pour la mettre à l'aise ? L'entraînement qu'il lui avait fourni était-il simplement un moyen de gagner sa confiance ? À en croire la douleur qui irradiait depuis son cœur, cela avait fonctionné à merveille. Car le voir ainsi avait brisé quelque chose en elle. Elle avait ressenti de l'espoir pour la première fois en six ans, et il le lui avait arraché en un instant. Occupée à se morfondre, son souffle devint saccadé. Elle était assez intelligente pour ne pas lui faire confiance – vraiment – mais d'une manière ou d'une autre, il avait trouvé le moyen de l'atteindre.

— L'un de vous ferait mieux de commencer.

Son regard noir fila vers le plus grand des deux comparses, celui qui la maintenait contre lui n'ayant pas prononcé un seul mot. Blake frotta son crâne chauve et gratta sa mâchoire.

— Eh bien, tu vois, Anita nous a dit qu'on avait pas

besoin de monter la garde vu qu'on est au milieu de nulle part, donc nous sommes partis chercher de quoi dîner...

Il s'éclaircit la gorge avant de hausser un sourcil en direction de l'homme qui retenait Amelia captive.

— Bien, euh, Amelia a déclenché le signal de détresse, et nous sommes revenus, dit Scott, son bras costaud fermement enroulé autour de la taille d'Amelia.

Il continua son explication en détaillant chacune de leurs actions depuis leur retour au chalet, n'oubliant pas d'inclure au passage une vague description de la scène de crime à l'intérieur. Ce fut assez pour la faire frémir. *J'ai tué trois personnes.* Le fait de se faire prendre par les Sentinelles lui semblait être un châtiment approprié. Aucune démonstration de cruauté ne justifiait sa réaction. Les chercheurs n'avaient fait qu'obéir à des ordres. Ils ne méritaient pas de mourir. La mort d'Anita était plus ou moins légitime, mais la torture...

Elle frissonna. Non. Personne ne méritait d'être torturé.

Ces chercheurs n'ont pas hésité à te faire subir ces supplices, eux, lui rappela son subconscient. *Ils ont eu ce qu'ils méritaient.*

À quel prix ? se demanda-t-elle. *Peut-être que je ne souhaite pas être cette femme.*

Peut-être que tu l'es déjà.

— Avez-vous fouillé l'Atout ? demanda Tom, interrompant ainsi le fil de ses pensées.

— Oui, répondit Scott avant de la relâcher assez longtemps pour offrir à Tom l'objet qu'il avait confisqué un peu plus tôt.

Scott enroula aussitôt son bras autour d'elle. Quand il l'attira plus fermement contre lui, les fesses d'Amelia furent plaquées contre son aine, et il pressa son entrejambe contre elle. Amelia le ressentit alors, ce désir qu'il avait de faire plus que de la peloter. Elle remercia une nouvelle fois le ciel d'avoir sauté le déjeuner quand la bile remonta dans sa gorge.

Serait-ce cela, sa punition ? Jonathan lui avait fait subir de nombreux sévices, mais jamais le viol. Tous les autres coups étaient permis, mais cette dégradation était hors limite. Elle n'avait jamais compris pourquoi. Il autorisait la pratique de toutes sortes d'atrocités à l'encontre d'Amelia, mais jamais ceci. Avait-il reservé le viol pour un moment comme celui-ci ? Elle préférerait mourir plutôt que de subir ce destin.

— Et où est Stark ? demanda Tom en glissant le pistolet dans la ceinture de son jean.

Il examina la lisière des bois, comme s'il s'attendait à ce que la Sentinelle blonde débarque de nulle part. Cela ne surprendrait pas Amelia. Le guérisseur inhumain avait fait cela plus d'une fois dans sa cellule.

— Il est occupé avec Stas, répliqua Scott, l'air agacé. Pourquoi c'est lui qui est chargé d'entraîner la Sentinelle sexy ?

Tom lui lança un regard amusé et changea de sujet.

— Avez-vous déjà fait votre rapport ?

Blake secoua la tête.

— Pas encore. Nous n'avons pas terminé d'évaluer la scène, et nous étions en train de maîtriser l'Atout quand tu es arrivé.

Ces yeux marrons foncés rencontrèrent enfin ceux d'Amelia pendant un bref instant.

— Oui, je vois ça. Avez-vous déjà fait appel à des renforts ?

— Pas besoin. Le siège a été alerté quand Anita a appuyé sur le bouton d'urgence de sa montre.

Le résumé de Blake éclaircit le commentaire qu'avait fait le médecin à propos des renforts. Amelia n'avait pas douté d'elle mais s'était quand même demandé comment elle pouvait le savoir. Tom hocha la tête et tourna son regard furieux dans sa direction. Elle aurait reculé d'un pas si un solide mur masculin ne se trouvait pas dans son dos.

— Vous l'avez fouillée minutieusement ?

— Eh bien, je ne l'ai pas forcée à se déshabiller si c'est ta question.

Le ton suffisant de Scott provoqua son malaise..

— Mais oui, j'ai été rigoureux.

Il écarta sa main sur son abdomen en parlant, son pouce glissant le long de l'armature de son soutien-gorge.

— Je vois. Tu ne m'en voudras pas si j'en fais de même ?

Le sourire narquois de Tom associé à sa requête lui serra le cœur. *Ça y est. La mascarade est terminée.* Pourquoi lui avait-elle fait confiance ? C'était incroyable de voir l'effet qu'un peu de gentillesse pouvait avoir sur une femme dans sa situation. Elle pourrait avoir foi en un chèvre à ce stade.

— J'aurais pu prendre ça comme une insulte, mais je ne peux pas t'en vouloir de souhaiter fouiller cette nana par toi-même. C'est un petit bout canon.

La paume de Scott glissa de son abdomen jusqu'à son sein alors-même qu'il répondait. Il le serra fermement avant de la remettre aux bons soins de Tom.

— Blake, pourquoi ne passerais-tu pas un coup de fil pour leur donner des nouvelles ? Je suis sûr que Scott peut assurer mes arrières.

Des mains familières saisirent ses hanches et la poussèrent contre le mur.

— Ça marche, patron, répondit Blake en attrapant ce qui était probablement son téléphone.

Sa vision était obscurcie par la Sentinelle furieuse qui lui faisait face.

— Garde les jambes écartées, les bras au-dessus de la tête.

Le ton impérieux de Tom lui donna la chair de poule, et pas dans le bon sens. Elle croisa son regard froid et leva les bras comme il l'avait demandé. Sa trahison la peinait, mais elle refusait de lui faire plaisir et de le lui montrer.

Une vague de chaleur irradia son flanc quand Tom promena ses mains depuis la taille d'Amelia jusqu'aux côtés de ses seins. Contrairement à Scott, il ne prit pas de libertés, gardant un contact léger et professionnel. Ses doigts glissèrent du centre de son sternum jusqu'à son abdomen avant de descendre sur le devant de ses cuisses.

Elle frémit quand il lui ordonna de faire face au mur. La chaleur du corps de Tom embrouillait les sens de la jeune femme, tout comme la séduisante fragrance de pin qui taquinait ses narines. *Je ne peux pas être attirée par lui. Pas après tout ça.*

— Tu te souviens de ce que je t'ai dit ? demanda-t-il dans un souffle près de son oreille, si bas qu'elle parvint à peine à l'entendre. L'effet de surprise, mon ange.

Les yeux d'Amelia s'écarquillèrent. *Il a décidé de m'aider ? Ou est-ce un tour de plus ?*

La ceinture de Tom caressa les fesses d'Amelia alors qu'il envahissait son espace personnel. Des doigts fermes s'enroulèrent autour de ses poignets et guidèrent ses mains contre le mur au-dessus de sa tête, avant de suivre la ligne de ses bras jusqu'à ses épaules, et plus bas encore. Quand il s'arrêta dans le bas de son dos, Amelia fut prise de tremblements.

Que fait-il ?

Elle la sentit enfin. La sensation subtile du métal qui glissait contre son échine alors qu'il lui rendait son arme. Elle n'aurait jamais imaginé que Tom ferait ce choix, et Dieu sait qu'elle avait considéré de nombreuses alternatives.

— C'est dur de s'arrêter, hein ?

La voix de Scott lui laissa un goût amer. Amelia ressentit la tension de Tom jusque dans son corps un bref instant avant qu'il ne la chasse avec un éclat de rire. Ce son lui faisait penser à du chocolat chaud, dangereusement tentant.

Prends une gorgée trop rapidement, et tu finis brûlée.

— Oh, tu n'as pas la moindre idée de ce que j'ai envie de faire.

Le pouls d'Amelia s'emballa en percevant la pointe d'humour noir dans sa voix. Ses gestes semblaient probablement indécents à la Sentinelle qui les observait, et pourtant, les mains de Tom ne dépassaient jamais les bornes.

Il essaye de les mettre à l'aise.

— Je crois bien que si, répliqua Scott.

Tom saisit ses hanches et la retourna avant de glisser sa cuisse entre les jambes d'Amelia. Celle-ci attrapa ses épaules et plongea les yeux dans le brûlant regard chocolat du jeune homme.

C'est ce qui s'appelle fusiller du regard…

« Ne bouge pas » fut le simple avertissement qu'il lui offrit avant de passer à l'action.

Elle avait cru que les événements de la chambre s'étaient déroulés rapidement, mais ce n'était rien comparé à la scène actuelle.

Un simple coup de feu fit ployer Scott, qui atterrit sur ses genoux en hurlant, tandis qu'un deuxième poussa Blake à lâcher son téléphone et dégainer son propre pistolet. Mais la grande Sentinelle ne fut pas assez rapide. Tom heurta le côté du crâne de Scott avec la crosse de son arme avant d'attraper le bras de Blake et de le tordre à un angle peu confortable à l'aide d'une main, pour lui confisquer son arme à feu. Il la jeta aux pieds d'Amelia, suivi de la lame qu'il tira de la ceinture de la Sentinelle, tout comme un autre objet métallique.

— Qu'est-ce que tu fous ? siffla Blake entre ses dents serrées.

Scott était immobile au sol. Il était soit mort, soit inconscient. Amelia n'était pas en mesure de vérifier.

— J'évite de te tuer, répliqua Tom tout en contrant la tentative de lutte de Blake. Écoute, je n'ai pas touché d'organe vital, donc tu ne vas pas y rester. Mais si tu continues de te débattre, tu perdras le seul bras valide qu'il te reste.

Ah oui. C'est vrai que l'autre épaule avait reçu une balle. Du sang s'écoulait de la blessure, tachant le t-shirt de la Sentinelle. Amelia les observait bouche bée. La carrure musclée et élancée de Blake l'aurait poussée à parier sur lui dans ce duel, mais Tom avait maîtrisé son adversaire plus corpulent d'une simple main autour du poignet.

Fascinant.

— C'est quoi ce bordel, mec ? Qu'est-ce qui cloche chez toi ?

— TELLEMENT DE CHOSES, répliqua Tom. Suis-moi.

— Mec, elle t'a retourné le cerveau. Réfléchis à ce que tu es en train de faire.

Tom grogna. *Oh, crois-moi, je ne fais que penser en ce moment.*

— Allons-y.

Il exploita la prise qu'il avait sur le bras de Blake pour guider son ami vers l'avant de la maison. Il se sentait marginalement plus détendu après avoir envoyé une balle à travers la rotule de Scott et l'avoir assommé à coup de crosses. Peut-être que ça mettrait un peu de plomb dans le crâne de ce connard. Tom avait dû user de toute sa volonté pour ne pas cribler ce connard de balles quand il avait tourné à l'angle de la maison. Des années d'entraînement lui avaient permis de se maîtriser jusqu'au moment propice. Et maintenant qu'il avait appuyé sur la gâchette, il n'avait plus d'autre choix que d'aller au bout de sa démarche.

— Sérieusement, mec, je te connais. Ça ne te ressemble pas.

La voix grave de Blake avait pris le ton étudié d'un négociateur. Dommage pour lui que Tom connaisse toutes les ficelles du métier.

— Peut-être, peut-être pas.

Il s'arrêta au niveau du coffre de sa berline et se servit de la clé électronique dans sa poche pour l'ouvrir.

— As-tu la moindre idée de la raison pour laquelle je n'ai pas été averti de cette visite ? demanda-t-il en saisissant une corde à pleine main.

Après avoir reçu l'alerte, Tom avait tenté de contacter le siège, mais personne n'avait répondu. Il avait alors compris que son père l'avait dupé. Pour quelle autre raison aurait-il envoyé la cavalerie sans le prévenir ? *Pour le tester.* Un test auquel il avait incontestablement échoué. Qui sait quel rapport Anita avait fait en découvrant Amelia en liberté dans le chalet ?

— Je ne sais pas, mec. J'ai juste suivi les ordres.

— C'est précisément la raison pour laquelle je ne vais pas te tuer.

Tom poussa le grand gaillard vers l'autre berline garée dans l'allée.

— Où sont tes clés ?

— Putain, mec. Qu'est-ce qui ne va pas chez toi ?

Ce n'était pas une réponse, et il n'avait aucune envie de fouiller les poches de son prisonnier.

Très bien, ce sera à l'intérieur, alors. C'était probablement un endroit plus sûr que le coffre, et s'il attachait les cordes correctement, Blake serait capable de se libérer. Il l'obligea à pénétrer dans le salon et l'attacha au seul fauteuil de la pièce. Pendant tout ce temps, Blake n'avait cessé de supplier Tom de *se réveiller*. Il aimerait que ce soit possible. Tout cela ressemblait à un cauchemar devenu réalité.

Pendant vingt-sept ans, Tom avait attendu le jour où son père le prendrait sous son aile et lui en apprendrait plus au sujet de l'héritage familial. Oh, il avait toujours su que le département humanitaire du FHC n'était qu'une façade destinée à dissimuler la chasse et l'exécution des immortels hors-la-loi. Et il approuvait cet objectif car il était bien placé pour savoir ce dont ces êtres étaient capables. Mais Amelia ? Elle n'aurait pas fait de mal à une mouche. Il n'avait jamais accepté sa captivité, mais la trouver rouée de coups n'avait fait qu'accroître son dégoût. Quel genre d'homme agissait ainsi envers une femme sans défense ? Surtout une femme aussi belle et charmante qu'Amelia Wakefield ?

John Fitzgerald n'était pas un héros. C'était un bâtard manipulateur aux principes égoïstes et qui ne servait que ses propres intérêts, en s'attendant à ce que Tom lui obéisse aveuglément. Ce qu'il avait fait durant un temps, car c'était ainsi qu'il avait été élevé. Mais il avait finalement commencé à remettre les choses en questions, et les disputes avaient alors commencé. La plus récente, à propos de Stas, l'avait obligé à passer à l'action dans le dos de son père, ce qui n'avait fait qu'augmenter la distance qui s'était installée entre eux. Et maintenant, après tout ce qu'il avait appris au sujet d'Amelia ? Il n'avait plus le moindre respect pour son père.

Envoyer Anita au chalet à son insu dénotait un niveau de méfiance que rien ne pourrait apaiser. Son père adorait jouer, mais il le faisait rarement aux dépens de Tom. Pas comme ça. Il avait manifestement souhaité offrir un peu d'intimité à Anita, ce qui signifiait qu'il avait donné son accord pour ce qu'elle avait prévu de faire. Et ça ne pouvait qu'être terrible si cela avait poussé Amelia à tuer trois personnes.

Leur lien père-fils était officiellement rompu. Et la moindre possibilité d'y remédier avait volé en éclat lorsque Tom avait tiré sur ses propres hommes. Il avait choisi Amelia et sa propre liberté au dépens des Sentinelles. Il n'y aurait pas de retour en arrière possible.

Alors je n'ai plus qu'à me frayer mon propre chemin. Il disposait des ressources nécessaires pour assurer sa survie, du moins pendant un certain temps.

— Transmets un message à mon père de ma part, tu veux bien ? dit Tom en nouant le dernier nœud autour des chevilles de Blake.

La Sentinelle ne devrait pas avoir besoin de plus de vingt minutes pour démanteler cette combinaison stratégique. Peut-être même quinze s'il réussissait à passer outre la douleur dans son bras. La balle avait déchiré un de ses tendons. C'était une nécessité afin d'affaiblir Blake qui était un excellent tireur. Ses coups de feu étaient létaux.

— Que tu as complètement perdu la boule ? supposa-t-il d'un ton monotone.

Tom pouffa.

— Dis-lui que je démissionne.

Blake secoua la tête.

— Tu débloques, mec.

Tom tapota l'épaule valide de son camarade.

— Rien que deux mots. « Je démissionne ». Compris ?

Tom n'attendit pas sa réponse. Il n'avait pas le temps pour ça. Selon ses calculs, les renforts seraient là d'ici trente minutes, peut-être même plus tôt, et Scott se réveillerait d'un instant à l'autre. La Sentinelle ne serait pas très utile avec sa rotule explosée, à moins de ramper. *Ce qui était probable*. Tom aurait mieux fait de le désarmer, mais Blake représentait une plus grande menace.

Il est temps de filer.

Tom attrapa son sac d'urgence dans sa chambre et s'arrêta devant la porte de la chambre d'Amelia. La scène sanglante lui souleva l'estomac. Il n'était pas gêné par les dépouilles, mais seulement par le sang dans cette pièce en particulier. Une vague d'effroyables souvenirs menaça de l'assaillir, mais il les chassa de son esprit et se concentra sur le cadavre d'Anita Patel. La cause de la mort semblait être une blessure par balle à l'estomac. Trop facile. Si les soupçons qu'il entretenait au sujet du médecin étaient fondés, alors elle méritait bien pire. Ses assistants avaient écopé d'un sort encore plus clément, puisque l'un d'eux était décédé instantanément des suites d'une balle dans le crâne.

Bien visé. Son cœur se réchauffa. Amelia s'était défendue grâce aux outils qu'il lui avait offerts. Apparemment, ses leçons s'étaient avérées utiles après tout. Il prit finalement la direction de la sortie après avoir jeté son sac par-dessus son épaule, et rejoignit Amelia dans l'allée, la jeune femme l'attendant avec une expression perplexe sur le visage. Enfin, elle devait bien avoir cerné la situation après tout ça.

— Nous devons y aller.

Amelia cligna ses jolies yeux dans sa direction.

— Pardon ?

— Nous avons au mieux trente minutes devant nous avant l'arrivée des renforts, donc nous devons filer.

Il se dirigea vers la voiture pour souligner ses propos et elle lui emboîta le pas.

— Pour aller où ?

Tom déposa son sac dans le coffre avant de répondre :

— Écoute, je viens juste d'assommer une Sentinelle et d'en ligoter une autre dans le salon, et d'après ce que j'ai compris, tu as tué la scientifique préférée de mon père. Nous n'avons pas le temps de discuter. Tu as le choix de me faire confiance, ou pas. Ça ne dépend que de toi, mais je ne peux pas patienter indéfiniment. Si tu as besoin de quoi que ce soit dans ta chambre, je te suggère de te dépêcher.

Tom retira un couteau de poche de son jean et s'agenouilla pour s'occuper du localisateur GPS. Il était conscient que son père s'en était servi pour le localiser un peu plus tôt. Une fois qu'il avait déterminé la position de Tom, il avait envoyé une équipe évaluer Amelia. Ce qui signifiait qu'il suspectait un coup tordu. *Je n'aurais peut-être pas dû le provoquer autant au téléphone.* Même s'il ne pouvait plus rien y changer.

— Je ne comprends pas, dit Amelia au moment même où il mettait la main sur le traqueur.

— Je ne vois pas comment je pourrais être plus clair, marmonna-t-il.

La fichue puce refusait d'être arrachée à la voiture.

— Nous devons fuir.

— Fuir qui ?

— Mon père et le FHC.

— Mais pourquoi ?

Tom soupira et se tourna vers elle.

— Écoute, cet endroit grouillera de Sentinelles d'ici peu, et je n'ai ni les munitions ni la foi nécessaires pour m'occuper d'eux. Donne-moi une seconde pour m'occuper du GPS et nous pourrons y aller.

Il reporta son attention sur sa tâche. *J'y suis presque.*

— Oh, mais quel trou du cul !

Elle donna un coup de pied aussi brutal que possible dans sa chaussure et Tom tressaillit.

— Anita m'a tout dit pour ton mensonge. Il n'y a aucun explosif.

Il interrompit ses mouvements pour hausser un sourcil dans sa direction.

— T'es sérieuse ? C'est de *ça* que tu souhaites parler à cet instant ? Un petit mensonge qui m'a permis de ne pas t'enfermer ?

— J'aurais pu m'échapper il y a des semaines de ça !

— Pour aller où, Amelia ? Dans les bois ? Ou peut-être pour une baignade dans le lac ?

Il s'esclaffa et termina de retirer l'appareil de la voiture.

— Là n'est pas la question.

— Bien au contraire, riposta-t-il en se levant et en essuyant ses mains sur son jean. Écoute, il faut vraiment que tu réfléchisses à ce que tu veux faire. Venir avec moi ou rester ici. Ça ne dépend que de toi, mais je compte bien me tirer d'ici avec ou sans toi. Et franchement, ce serait bien plus simple de disparaître sans toi.

Il avait ajouté cette dernière partie pour la provoquer. S'il l'énervait assez, peut-être qu'elle cesserait de tergiverser et prendrait enfin une décision logique, en décidant bien entendu de le suivre. Amelia poussa un petit cri de surprise.

— Oh ! Espèce de… de… de… trou du cul !

Tom lui adressa un sourire narquois et déposa le GPS sur la voiture devant lui. Il se retourna juste à temps pour intercepter son coup de poing.

— J'essaye de t'aider, lui rappela-t-il en abaissant son bras.

Elle siffla en réponse.

— Pourquoi est-ce que je te croirais ?

Pourquoi donc, en effet ?

— Que dirais-tu d'un gage de ma bonne foi ?

La rage de la jeune femme s'atténua légèrement

123

alors, une lueur suspicieuse brillant au fond de ses yeux à la place.

— Qu'est-ce que tu veux dire ?

— Regarde.

Il exposa ses paumes à son regard avant d'attraper doucement son cou et de presser son pouce droit contre le côté de son collier en métal. Les pupilles d'Amelia se dilatèrent et un léger fard gagna ses joues. Tom n'était pas certain de comprendre ce que signifiait sa réaction. Excitation ou peur ? C'était certainement cette dernière, donc il lui expliqua son geste.

— Le collier a été génétiquement trafiqué pour ne s'ouvrir qu'en réponse à des données biométriques préenregistrées.

Tom avait effectué des recherches au sujet de l'appareil après avoir découvert la présence d'Amelia au sous-sol. La technologie l'avait intrigué, et son côté prudent l'avait incité à découvrir son fonctionnement au cas où il se trouverait lui aussi un jour forcé à en porter un. Aucun des techniciens n'avait bronché lorsque Tom leur avait demandé d'enregistrer ses propres références aux données biométriques habilitées. L'un des avantages à être le fils unique de Jonathan Fitzgerald.

Le ras-de-cou s'ouvrit avec un sifflement subtil et Amelia se raidit. Il retira prudemment le collier de son cou et le lui tendit. Une légère ligne rouge marquait sa peau, l'unique trace laissée par l'appareil. Il soupçonnait que la marque aurait disparu d'ici quelques minutes, compte tenu de ses gènes immortels.

— Tu es libre, Amelia. le choix t'appartient.

— Pourquoi ? murmura Amelia en étudiant l'objet dans ses mains.

Il s'attendait à ce qu'elle le jette ou qu'elle tente de le détruire, mais elle n'en fit rien.

— Pourquoi est-ce que tu m'aides ?

— Peut-être que c'est à moi-même que je rends service.

Peut-être m'as-tu simplement offert la motivation dont j'avais besoin pour me libérer. Il y avait pensé à de multiples reprises ces derniers mois. L'idée tenace logée dans un coin de son esprit de s'enfuir et de tout laisser derrière lui, mais il n'avait aucune idée de l'endroit où se rendre. *Eh bien, il va falloir que je me décide.*

— Nous savons tous les deux que je suis ton meilleur espoir pour réussir à t'enfuir d'ici.

Il glissa une mèche de cheveux soyeuse derrière l'oreille d'Amelia avant de prendre sa joue dans le creux de sa main.

— Mais je ne vais pas te forcer à me suivre.

Un flot d'émotions envahit ces iris bleus profonds, chacun d'eux lui crevant un peu plus le cœur. Il avait tout abandonné aujourd'hui pour une femme qu'il connaissait à peine, une femme qui détestait même jusqu'à sa simple existence. Et pourtant, même en sachant qu'elle ne lui ferait jamais confiance et ne ressentirait pas pour lui la moindre affection, il ne regrettait pas son choix. C'était la seule chose à faire. Elle méritait son sacrifice, et bien plus encore.

— Si tu tiens à ce que nos chemins se séparent, je te conseille de prendre l'une des voitures, car tu n'auras pas la moindre chance de t'en sortir à pied dans ces bois. Comme ça, tu pourras rejoindre la ville, larguer la voiture, et te transformer pour te fondre avec la population locale. C'est le meilleur conseil que je puisse t'offrir.

Après un dernier regard inquisiteur en direction d'Amelia, Tom soupira.

— Bonne chance, Amelia.

Il laissa tomber sa main et monta dans la voiture.

— Attends.

Elle saisit la portière avant qu'il ne puisse la fermer. Sa lèvre inférieure avait disparu entre ses dents, mais elle la laissa partir en soufflant et jeta le collier au sol.

— Très bien, je vais venir avec toi, annonça-t-elle simplement.

Aucune explication ni même un ultimatum. Mais il pouvait lire dans ses yeux qu'elle avait un plan. Ou du moins les prémices d'un stratagème. Quelque chose lui disait qu'elle tenterait de se retourner contre lui d'une manière ou d'une autre.

Oh, ça va être amusant. C'est parti, mon ange.

CHAPITRE HUIT

DISTRACTIONS

— Qu'est-ce que tu fais ? demanda Amelia, perplexe.

Ils se tenaient au milieu du parking d'un cinéma après avoir abandonné leur propre véhicule à côté d'un restaurant à quelques pâtés de maison de là. Tom grogna.

— Qu'est-ce que j'ai l'air de faire ?

— Tu joues avec des câbles ? supposa-t-elle.

— Pour être exact, je vole une voiture, mon ange.

Une vague de chaleur grimpa le long de sa nuque en entendant ce petit nom devenu familier. *J'y suis bien trop attachée*. Et si elle était honnête, elle l'avait toujours apprécié. Les mots doux étaient une banalité dans son ancienne vie, mais pas dans celle-ci. Seul Tom l'appelait *mon ange*, et Amelia se sentait toujours chérie et un petit peu gamine quand ce surnom s'échappait de la bouche du jeune homme. Elle ne s'était pas attendue à ressentir cela à nouveau. Peut-être que toute sa personnalité n'avait pas été altérée par les tourments qu'elle avait subis ces six dernières années.

Quand il lui avait retiré le collier… Non. Elle refusait de repenser à la manière dont elle avait savourer son toucher et la brûlure si délicieuse de sa peau contre la sienne. C'était complètement inapproprié et ne devrait pas se reproduire. Tom était un moyen d'atteindre son but. Elle se servirait de lui jusqu'à ce qu'une occasion se présente pour prendre la fuite. Pour de bon. Amelia s'éclaircit la gorge et fit la moue.

— Cela semble bien trop compliqué. Pourquoi ne pas te servir d'une clé ou bien même récupérer la voiture que tu as laissé sur l'autre parc de stationnement ?

Il tourna ses yeux chocolat vers elle.

— Tout d'abord, je n'ai pas de clé. Ensuite, on utilise « parking » de nos jours. Et pour finir, nous devons changer de véhicule.

Amelia fronça les sourcils.

— Pourquoi ? Ta voiture est en parfait état.

— Oui, et c'est aussi la propriété du FHC. Ce qui signifie qu'ils se serviront de tous leurs outils de surveillance disponibles de ce côté du continent pour...

Tom plissa les yeux, son regard rivé sur sa poitrine, avant de les écarquiller.

— À terre ! cria-t-il en bondissant de la voiture pour la plaquer au sol.

Un douleur vive gagna sa colonne vertébrale, lui donnant le tournis et des fourmis dans tout le corps. *Mais qu'est-ce qui a bien pu se passer ?* Elle cligna des yeux contre l'épaule de Tom. Il la tenait serrée contre lui sous son corps, sa paume protégeant l'arrière du crâne d'Amelia. Elle ne pouvait rien voir depuis cet angle, mais son ouïe fonctionnait parfaitement. Son plaquage au sol avait été suivi d'un bruit de verre brisé et d'un coup sourd contre la voiture, juste à côté d'eux. La poitrine de Tom vibra avec son grognement tandis qu'il se mouvait au-dessus d'elle. Il l'examina brièvement et de manière efficace.

— Tu vas bien ?

Son ton soucieux fit palpiter son cœur.

Personne ne s'était ainsi adressé à elle depuis des

années. Amelia déglutit et hocha promptement la tête. Son derrière était douloureux, mais au-delà de ça, elle n'avait rien.

— Garde la tête baissée, lui conseilla-t-il en levant son bras.

Un craquement circonspect retentit quand Tom détruisit l'ampoule la plus proche de leur position à l'aide d'une balle. La pénombre les enveloppa quand il en détruisit deux de plus. Amelia fronça les sourcils quand il rengaina son arme. Les coups de feu n'avaient en rien ressemblé à ceux qu'elle avait entendus plus tôt. Ces coups étaient quasiment étouffés. Était-elle passée à côté d'un bruit assourdissant car elle avait perdu l'ouïe ?

— Ton haut blanc est bien trop voyant.

Tom s'agenouilla et retira sa veste en cuir. Il la secoua pour éliminer les morceaux de verre et la lui tendit.

— Enfile ça.

Son ton autoritaire provoqua un frisson le long de son échine. Elle l'aimait assez. C'était un ton manifestement assuré et elle se sentait protégée en l'entendant. Ce qui était dément étant donné que quelqu'un leur avait tiré dessus. Elle eut du mal à enfiler la veste quand la position de Tom au-dessus d'elle entravait ses mouvements, mais elle y parvint. Tom épousseta le sac qui gisait à côté d'eux et le fit glisser sur ses épaules.

— Il va vraiment falloir que tu m'écoutes.

Amelia n'hésita pas une seconde.

— D'accord.

Tom s'accroupit à côté d'elle et lui indiqua d'en faire de même.

— Le sniper a sans doute des lunettes de vision nocturne, donc il va falloir qu'on se montre malins, mais aussi qu'on prie qu'aucune Sentinelle ne rôde à pied dans les parages.

Il détailla un chemin, lui indiquant du doigt les voitures qui créaient un itinéraire sécurisé jusqu'aux portes du cinéma. Le plan lui paraissait étrange, mais il avait eu raison à propos de beaucoup de choses jusqu'à présent.

— Je veux que tu reste à ma gauche, compris ?

Il s'interrompit et attendit sa réponse avant de reprendre.

— S'ils me tirent dessus, continue d'avancer. Ignore tout le reste. Rejoins juste le cinéma, transforme-toi, et mélange-toi à la foule. D'accord ?

Plus facile à dire qu'à faire. Mais elle garda ça pour elle. Il ne comprendrait pas.

— Okay, répéta-t-elle.

Tom retira le pistolet de son étui et hocha la tête dans sa direction.

— À mon signal. Trois, deux, un.

Il s'élança.

Elle le suivit aussitôt, rasant le sol tout comme Tom tout en imitant sa démarche assurée. Du verre vola en éclat dans son sillage et quelque chose frôla son épaule de trop près, mais elle ne se laissa pas distancer par Tom, lui faisant confiance pour ouvrir la voie.

Ils atteignirent le cinéma au moment même où un groupe en sortait, et Amelia se figea en réponse jusqu'à ce que Tom enroule un bras autour de sa taille pour l'attirer au milieu de la foule. Elle remarqua sa main vide ainsi que l'étui absent de sa ceinture et plissa le front. Où avait-il caché son arme ? Il n'avait pas retiré le sac de son dos lors de leur course, et son t-shirt en coton gris était quasiment plaqué contre son torse et son abdomen musclés. S'était-il entraîné à devenir invisible ?

Elle n'eut pas le temps de l'interroger qu'il les avait déjà manœuvrés devant la caissière pour acheter des billets. Son sourire charmant fit rougir la jeune blonde.

Amelia luttait pour calmer son rythme cardiaque et sa respiration alors que Tom paraissait complètement insouciant. Comment y parvenait-il ?

L'hôtesse, dont le visage rouge trahissait la gêne, échangea les billets de Tom contre des tickets sans même jeter un coup d'œil à Amelia. *Ce n'est pas plus mal, comme je dois ressembler à un zombie.*

— Chut.

Tom déposa un léger baiser sur sa tempe comme s'il s'agissait d'un rencard, faisant naître des papillons dans le ventre d'Amelia.

— Mélange-toi à la foule, Amelia. Respire.

Les mots parvinrent à son oreille dans un souffle pendant qu'il la guidait vers un endroit désert du cinéma et à travers une porte arborant un panneau « réservé au personnel ». Il alluma la lumière de ce qui semblait être une réserve et verrouilla la porte. Il fit glisser le sac à dos de ses épaules et fouilla dedans pour en sortir un petit appareil électronique.

— C'est un brouilleur de fréquences, expliqua-t-il en appuyant sur l'interrupteur avant de le glisser dans sa poche. Ça va nous offrir un peu de répit et me laisser le temps de trouver l'émetteur qu'ils ont dû installer sur toi.

Amelia haussa les sourcils.

— Quoi ? Comme celui que tu as retiré de la voiture ?

— Exactement, sauf qu'il doit être plus petit.

Il sortit son couteau-suisse et le lui tendit.

— Il devrait se trouver près de la surface de ta peau, et si nous avons de la chance, être juste assez saillant pour que je puisse le sentir. Retire la veste.

Elle s'exécuta et fut surprise par le poids du vêtement. Tom tira l'étui et le flingue de l'une des poches et les accrocha à sa taille avant de laisser tomber le blouson en cuir sur le sac à dos. Ah, et bien cela expliquait pourquoi il avait enroulé un bras autour de sa taille. Quel homme futé.

— Okay, je n'avais pas réalisé que le FHC marquait ses Atouts. As-tu la moindre idée de l'endroit où ils ont pu loger le mouchard avant que je ne commence la fouille ? demanda-t-il en étudiant ses bras et ses jambes exposés de manière clinique.

Amelia déglutit avant de secouer la tête.

— Il pourrait être n'importe où.

— Très bien.

Tom s'agenouilla et commença par la cheville gauche d'Amelia. La pulpe de ses doigts glissait sur sa peau de manière tendre mais assurée, tout le long de ses jambes jusqu'à la lisière de son short en jean. Amelia fut gagnée par la chair de poule alors qu'un brasier prenait vie dans son bas-ventre. Cela faisait longtemps qu'un homme ne l'avait pas touchée avec autant de soin. Les mains fortes de Tom étaient si différentes des douces caresses que lui offrait Eli. Il avait toujours eu peur de lui faire du mal, un effet secondaire dû à son don lui permettant de tuer d'un simple toucher. Eli ne pouvait jamais perdre le contrôle avec elle, au risque de lui ôter la vie.

Tom n'avait pas ce problème. Il avait confiance en lui et ne semblait pas avoir peur de la heurter. Amelia se demanda ce que cette assurance donnerait au lit. Lui permettrait-il de l'explorer ? De le lécher ? Elle avait toujours brûlé d'envie de faire ça avec Eli, mais son talent nécessitait qu'il maintienne un contrôle absolu, et il ne lui avait jamais permis de le toucher comme elle en avait envie. Serait-ce ainsi avec Tom, ou bien la contrôlerait-il d'une autre manière ?

Le rouge lui monta aux joues. Elle n'aurait pas pu se montrer plus inappropriée. Des hommes étaient à ses trousses dehors et cherchaient à la tuer, ou pire encore, à la capturer. Et ils étaient entourés de produits d'hygiène pour les toilettes. Rien dans cette situation ne pouvait être qualifié de sexy, ou même d'affriolant, à part les mains qui glissaient le long de ses flancs. Tom était toujours à genoux devant elle et souleva l'ourlet de son t-shirt pour explorer le bas de son ventre. Il les fit glisser jusqu'à ses hanches, puis l'encouragea à se retourner pour répéter ses gestes sur le bas de son dos.

Des sensations étranges montèrent en puissance entre ses cuisses et lui donnèrent envie de remuer. Sa fouille minutieuse fit naître en elle des choses qu'elle n'avait pas senties depuis une éternité, des choses qu'elle n'avait pas cru ressentir un jour à nouveau. *Je suis visiblement prête à perdre la tête.*

Tom se redressa derrière elle et glissa son t-shirt vers le haut pour examiner la colonne vertébrale d'Amelia puis ses omoplates. S'apprêtait-il ensuite à tripoter ses seins ? Les papillons dans son ventre la firent rougir de plus belle. Les mains puissantes de Tom longèrent les lignes de ses bras et vinrent se poser à la base de son cuir chevelu. Son pouce appuya sur quelque chose qui la fit frémir en réponse.

— J'aurais dû commencer par le haut.

Il lui tendit la main pour réclamer le couteau et Amelia le lui offrit.

— Ça va piquer.

Le léger hochement de tête qu'il reçut en guise de réponse l'encouragea à continuer. Une petite entaille n'était rien comparé à la version d'Anita. Tom enroula ses doigts autour de l'avant de son cou et expira un souffle qui vint caresser ses épaules exposées. La pointe aiguisée du couteau entama la peau tendre à la lisière de ses cheveux puis disparut plus vite que ce à quoi elle s'attendait. Tom souffla sur l'égratignure, comme pour faire disparaître sa douleur.

— Je t'offrirais bien un pansement, mais je sais que tu seras guérie d'ici une minute.

La paume qui encerclait sa gorge lui offrit une légère pression tendre avant qu'il ne la relâche. Amelia lui fit face alors qu'il enfilait la veste ainsi qu'une casquette de base-ball qu'il avait attrapée dans le sac. Il avait dû glisser le mouchard dans l'une des poches de son jean.

— Est-ce que tu peux changer tes vêtements, ou euh, juste de peau ? demanda-t-il en passant le sac à dos sur son épaule.

— D'apparence humanoïde, le corrigea-t-elle. Et non, les vêtements ne font pas partie du processus.

— Okay.

Tom frotta l'arrière de sa nuque et étudia ses chaussures.

— Okay, la présence du sniper indique qu'une unité complète est en approche mais pas encore présente. À mon avis, Greg a agi prématurément, car c'est le seul que je connais qui est incapable de se servir d'un fusil. Ce qui signifie qu'on est sur le point d'être encerclés. Donc on va glisser le mouchard sur quelqu'un d'autre et attendre que ça se tasse. Il vont peut-être anticiper cela, mais ils vont surtout s'attendre à ce qu'on décampe. Rester ici est la pire des idées, et par conséquent, c'est celle-ci qu'ils refuseront d'envisager.

Amelia déduisit de son ton familier qu'il se parlait à lui-même et garda donc le silence.

— Okay. Allons choisir un film à regarder.

Il lui tendit la main et elle l'observa avec curiosité.

— Il s'agit d'un rencard, mon ange. Joue le jeu.

Tom s'attendait à ce qu'Amelia change d'apparence à la première occasion et le laisse se débrouiller seul avec les Sentinelles. Il ne lui en tiendrait pas rigueur. C'est ce qu'il ferait à sa place. Mais elle était restée à ses côtés, lui tenant la main, et l'avait suivi dans la salle la plus proche sans le moindre commentaire. Il la laissa là avec son sac et prit la direction du hall d'entrée bondé pour s'occuper du localisateur.

Les soirées de week-end au cinéma étaient toujours chargées de monde, ce qu'il utilisa à son avantage en identifiant une cible appropriée. Quelqu'un dont la silhouette était similaire à celle d'Amelia, mais entourée de nombreuses personnes. Il ne souhaitait pas que sa cible soit blessée et savait que les Sentinelles n'attaqueraient pas une foule. Surtout un large groupe de jeunes femmes.

Juste là, une petite brune à la taille minuscule et aux jolies jambes. Elle ferait l'affaire et semblait participer à une soirée filles. Leur proximité avec les toilettes situées près de la sortie indiquait de surcroît qu'elles s'apprêtaient à partir. *Génial.* Tom observa le hall à la recherche de visages familiers, et n'en ayant pas remarqué, s'approcha de sa cible.

— Carol ?

Il tapota l'épaule de la jeune femme et fit mine d'être désolé quand elle se retourna. Le sac de la jeune femme heurta sa jambe et il saisit sa chance pour glisser le mouchard à l'intérieur.

— Oh, je suis désolé. J'ai cru que vous étiez cette fille avec qui je sortais à la fac, ce qui n'est pas gênant du tout, n'est-ce pas ?

Il émit ce petit rire qui faisait si bien craquer les femmes et secoua la tête.

— Désolé de vous avoir interrompues, mesdames.

Son sourire fut accueilli par une vague de gloussements

et quelques visages rouges. Avec un dernier sourire charmant, il tourna les talons avant que qui que ce soit ne puisse entamer une conversation. Une fois dans le couloir, il éteignit le brouilleur de fréquences et examina ses alentours en quête de Sentinelles tapies dans l'ombre. *Toujours seul.* Cela confirmait sa supposition que Greg avait agi sans réfléchir. Tom n'aurait jamais imaginé être reconnaissant des ambitions professionnelles de l'imbécile. Ses supérieurs hiérarchiques seraient furieux en découvrant ses actions. *Pauvre con.*

Tom ouvrit la porte de la salle et retrouva Amelia où il l'avait laissée, au troisième rang depuis l'arrière. *Pourquoi ne s'est-elle pas encore changée ?* C'était selon lui le mécanisme de défense le plus raisonnable et cela l'aiderait à se cacher. Le FHC ne pourrait jamais la retrouver sans le mouchard. Il se glissa dans le fauteuil à la droite de la jeune femme – une position qui lui offrait un excellent point de vue sur la porte – et rangea le brouilleur dans le sac à dos. Il contenait tous ses jouets favoris et était toujours prêt. Un homme dans sa position ne savait jamais quand le besoin de fuir se présenterait, comme cela avait été le cas le jour même. Mais il ne les aiderait que quelques jours, c'était la raison pour laquelle ils avaient besoin d'un véhicule.

Il glissa un bras autour des épaules d'Amelia et approcha ses lèvres de ses oreilles.

— Je me suis débarrassé du traqueur et je n'ai pas remarqué d'assaillant. Comment est le film ?

Il s'agissait apparemment d'une comédie romantique, mais son pseudo rencard n'apparaissait pas franchement amusée.

—J'étais trop occupée à me demander si tu reviendrais pour me concentrer dessus.

Il sourit de toutes ses dents contre la joue de la jeune femme.

— Ooh, tu étais inquiète pour moi. C'est adorable.

— Trou du cul.

Elle lui donna un coup de coude dans les côtes, mais sa veste en cuir le protégea et amortit le choc. Une partie de la tension qui l'habitait sembla disparaître avec le petit coup taquin, et elle se détendit un peu dans son fauteuil.

— Et maintenant ? chuchota-t-elle.

— On patiente et on prie pour que ce film dure au moins soixante minutes de plus ou presque.

Autrement, ils devraient changer de salle, et cela paraîtrait suspect sur les vidéos de surveillance. Les casquettes de base-ball n'étaient pas le déguisement idéal ; même si celle-ci représentait une équipe qu'il préférerait crever plutôt que de supporter. Et sa veste en cuir semblait inappropriée dans cette chaleur estivale, mais il avait besoin de dissimuler son arme à feu. Au moins, Amelia pouvait changer son apparence physique. Il doutait que son short en jean et son débardeur blanc les fassent hésiter.

Un rai de lumière s'infiltra depuis le couloir quand quelqu'un poussa la porte et pénétra dans la salle. Un homme seul sans rencard dans cette salle de ciné en particulier ne passait pas inaperçu. C'était pour cette raison que Tom avait choisi ce film, afin de détecter la présence d'un intrus le plus rapidement possible.

— Il faut que tu te changes, Amelia. Tout de suite.

Il aurait dû lui demander de le faire à la seconde où il s'était assis. Merde, il aurait même dû le lui recommander dès leur entrée dans le cinéma. Amelia cligna des yeux.

— Quoi ?

— Change tes cheveux, ou quelque chose. Tout de suite.

— Je... Je... Pourquoi ?

Le Sentinelle à l'arrière de la salle s'avança, examinant

le public du regard. *Putain*. Tom n'avait pas le temps de s'expliquer ou d'insister. Il fit la seule chose qui lui vint à l'esprit et l'embrassa. Passionnément.

Amelia tenta de se dégager, mais il raffermit sa prise sur ses épaules et empoigna sa chevelure pour la maintenir en place. La moindre scène les ferait repérer et Tom n'avait pas l'intention de laisser cela se produire. Il enroula sa main libre autour d'un des poignets de la jeune femme et le guida vers son biceps. Quand il fit mine d'attraper l'autre, il fut surpris lorsqu'Amelia le pressa contre son estomac sous son blouson. Si son but était de trouver son arme à feu et de lui tirer dessus avec, elle n'avait pas choisi le bon côté. Mais il la laisserait découvrir son erreur par elle-même.

Il inclina sa tête afin d'améliorer sa vue de l'allée. Le nouvel arrivant, de grande taille − définitivement une Sentinelle − se trouvait quelques rangs devant eux. *Parfait*. Les démonstrations publiques d'affection mettaient généralement leur public mal à l'aise. Les gens ne souhaitaient pas être surpris en train d'observer, et détournaient donc généralement naturellement leur regard d'un couple en pleine étreinte. Dans leur cas, cela fonctionna à merveille. Tom s'assura de paraître détendu et de garder les yeux presque fermés, tout en restant vigilant. Toutefois, Amelia lui rendit son baiser et fit voler son plan en éclats.

Les lèvres de la jeune femme s'assouplirent sous les siennes tandis qu'un petit gémissement s'échappait de sa bouche. Bon sang, ça devait être le bruit le plus sexy qu'il ait jamais entendu. Putain. Si c'était ainsi qu'elle jouait le jeu, elle allait devoir se calmer un peu, car Tom n'arrivait plus à se concentrer face à une telle réaction. Elle fit flancher sa détermination en promenant ses mains le long de ses bras jusqu'à l'arrière de sa nuque. Il avait été bien assez difficile d'explorer le corps d'Amelia dans la réserve sans déraper. Alors, ses caresses pendant leur baiser ? Tom se considérait comme un type bien, mais il fallait bien admettre que cela pousserait un saint à pécher.

La paume posée contre son abdomen glissa vers sa hanche quand Amelia se rapprocha. Il aurait dû faire descendre l'accoudoir entre leurs fauteuils avant de glisser son bras autour d'elle un peu plus tôt. Mais il n'aurait jamais pu anticiper qu'elle réagirait de cette manière. Sa poitrine était délicieuse plaquée ainsi contre son torse, et sa main se trouvait bien trop près de son entrejambe. *Merde.* Il fallait qu'il retrouve le contrôle de la situation, car si elle se rapprochait encore, elle finirait par le chevaucher, et Tom ne répondrait plus de ses actes.

Il avait saisi les épaules d'Amelia pour l'encourager à se reculer quand elle glissa sa langue entre ses lèvres. *Si timide et douce...* Il avait juste assez gardé ses esprits pour examiner une nouvelle fois l'allée, au moment même où la Sentinelle quittait la salle. *Dieu soit loué.* Avec le peu de retenue qu'il lui restait, il s'éloigna infiniment et manqua d'avaler sa langue. Le désir manifeste dans les yeux d'Amelia le heurta de plein fouet et acheva de le faire durcir. C'était forcément un effet de lumière dans la salle. Il n'y avait aucune chance qu'elle le désire. Pas après tout ce qu'elle avait subi.

— La, euh, Sentinelle est partie, parvint-il à chuchoter.

— La Sentinelle ? répéta-t-elle.

— Ouais, il est parti.

Elle cligna à nouveau des yeux.

— Oh. C'est pour ça que… ?

— Ouais, désolé. Tu ne t'es pas changée, alors je, euh, ouais.

Tom s'éclaircit la gorge. Dans le genre embarrassant.

— Désolé, répéta-t-il en détournant le regard.

— Je ne comprends pas.

Bien. Cela lui avait semblé naturel comme

réaction, mais ce ne serait sûrement pas le cas pour une personne sans entraînement. Il approcha ses lèvres de l'oreille d'Amelia et lui expliqua à voix basse pour éviter d'attirer l'attention :

— La plupart des gens évitent les démonstrations d'affection publiques pour éviter d'être surpris à épier. Je t'ai embrassée pour éviter qu'il nous observe assez longtemps pour nous reconnaître.

N'ayant pas reçu de réponse, il se recula pour examiner son expression. Un visage vide de toute expression lui faisait désormais face à la place de ses traits précédemment excités, ce qui le conforta dans son idée qu'il s'agissait d'une illusion d'optique. *Mince.*

— Alors je me transformerai la prochaine fois.

— Super. Ça serait plus simple.

Et bien bien moins alléchant. Elle lui offrit un hochement de tête rigide en guise de réponse et reporta son attention sur l'écran.

— Bien. Préviens-moi dès que nous pourrons partir.

Son ton monotone lui donna mauvaise conscience. Il l'avait visiblement blessée. Parce qu'il l'avait embrassée ? Il n'aurait pas dû le faire, mais de quel autre choix disposait-il ? Il avait au moins maîtrisé ses pulsions. Il ressentait toujours le besoin de la prendre, alors que seul son bras restait en contact avec elle, glissé derrière ses épaules. Son sang réchauffé courait dans ses veines alors même qu'un besoin dévorant prenait vie dans son bas-ventre. Son désir pour elle n'avait fait que croître au lieu de disparaître, et il savait parfaitement qu'il ne la méritait pas. Pas après toutes les épreuves qu'elle avait traversées.

Il fit le serment de la mener en sécurité, quitte à y rester, car il lui devait bien ça. Il avait eu tort de permettre à son père de continuer à la retenir captive après avoir découvert sa présence. Il aurait dû y mettre fin, mais il avait ignoré ses instincts. Et il l'avait maintenant embrassée. *Je suis un véritable salaud.* Elle ne voudrait pas de lui, pas après tout ça, et il s'était pratiquement jeté sur elle. De simples excuses ne suffiraient pas.

Tom frotta son visage avec une main et tenta de se concentrer sur le film, en vain. Seul tirer sur quelque chose lui permettrait de se changer les idées. Peut-être devrait-il sortir jouer avec quelques Sentinelles. Mais non, il s'agissait de ses collègues. Ou plutôt, de ses anciens amis. Il ne pouvait pas leur tirer dessus dans le but de les descendre sans motif valable. Pour la plupart d'entre eux, il ne s'agissait que d'un job. Même Scott, même si Tom soutenait toujours qu'il méritait parfaitement le coup de crosse qu'il avait reçu.

Je suis vraiment une loque.

C'était peu dire. Peu importe. Il garderait ses esprits assez longtemps pour conduire Amelia à Hydria. Il laisserait le destin reprendre les rênes après ça. Le film continua de défiler dans un brouillard dont aucun d'eux ne sembla profiter. L'un des aléas de savoir pertinemment ce qui les attendait dehors. Quand le film s'acheva enfin, Tom avait monté un plan. Il estimait disposer d'une chance de succès de cinquante pour cent, et cela dépendrait de surcroît de la décision des Sentinelles de se séparer ou non pour traquer le mouchard.

— Nous allons suivre ce groupe, chuchota-t-il en indiquant la foule qui s'était amassée au milieu de l'allée pour quitter la salle. Et se serait génial si tu pouvais au moins changer de couleur de cheveux.

Amelia le fusilla du regard.

— Ce n'est pas aussi simple que d'appuyer sur un interrupteur, tu sais.

Ah bon ? Le talent de son père fonctionnait de manière automatique. Amelia devrait elle aussi posséder la capacité de se métamorphoser à la demande, mais peut-être que cela lui demandait plus d'effort ?

— Okay, est-ce que tu peux au moins faire un chignon avec, ou quelque chose du genre ?

Ses mouvements étaient rigides quand elle s'exécuta et réajusta sa queue de cheval en un amas de boucles débraillé. Curieusement, elle était d'autant plus séduisante ainsi, et ne passait pas le moins du monde inaperçue.

— Ce serait mieux si tu devenais blonde.

Ou une couleur plus terne. Sa luxuriante chevelure sombre et ondulée était bien trop inoubliable. Amelia plissa les yeux.

— Je ne vais pas me changer sur tes ordres simplement parce que tu as une préférence pour les cheveux blonds.

Quelle petite entêtée. Il préférait ses cheveux à elle, mais là n'était pas la question. Le groupe qui les dépassait signifiait qu'ils n'avaient pas le temps de débattre. Il enroula un bras autour de ses épaules pour la faire avancer sans un mot.

— Détends-toi, chuchota-t-il contre sa tempe.

Il avait l'impression de déambuler avec un robot, alors qu'ils devaient donner l'illusion d'un couple en plein rencard. Mais ses mots la poussèrent au contraire à se raidir un peu plus. Ça n'allait pas fonctionner. Ils feraient tache dans une foule telle que celle-ci, hors sa beauté la faisait déjà nettement sortir de l'ordinaire. Il l'attira avec lui en atteignant l'entrée de la salle suivante et remercia le ciel en remarquant l'absence de public. Les lumières étaient tamisées, mais n'étaient pas éteintes, et des publicités défilaient silencieusement sur l'écran. Compte tenu de l'heure tardive, il doutait qu'un nouveau film soit lancé dans cette salle.

— Amelia, il faut que tu te calmes, ou nous ne réussirons jamais à sortir d'ici.

Il allait déjà devoir formuler un nouveau plan car le

groupe avait dû quitter le cinéma depuis bien longtemps maintenant. Peut-être pouvaient-ils attendre qu'une autre salle se vide d'ici quelques minutes ? La porte de sortie d'urgence à l'arrière serait leur dernier recours. Il ne savait pas si son ouverture déclencherait une alarme, ni si des Sentinelles les attendraient derrière. C'était le premier endroit où il installerait un homme pour faire le guet.

— Parle-moi, murmura-t-il quand il n'obtint pas de réponse. Qu'est-ce qui ne va pas ?

— Je ne peux pas me métamorphoser.

Elle croisa son regard avec ses grands yeux bleus, et ce qu'il y lut manqua de lui briser le cœur. De la terreur mêlée à quelque chose de bien plus sombre était tapie au fond de ces profondeurs océaniques, et une sensation de malaise lui retourna l'estomac.

— Qu'est-ce que tu veux dire ?

— Je… La dernière fois… Je ne pouvais pas.

Elle mordilla sa lèvre et laissa tomber ses yeux au sol.

— Anita, chuchota-t-elle. Elle a fait quelque chose pour entraver toute transformation, et ça a fonctionné.

Ses mains se contractèrent le long de ses flancs et le besoin de frapper quelqu'un prit le pas sur sa raison. Son père avait-il donné son accord pour ce genre d'expériences ? Un moyen de bloquer les gènes Hydraiens et Ichoriens autre que le collier en métal ? Mais qu'est-ce qui avait bien pu lui passer par la tête ? Il devait bien se douter que ça finirait par jouer des tours à tout le monde, lui y compris. *Est-ce qu'ils m'ont fait quoi que ce soit sans que j'en sois conscient ?* Il n'avait pas le temps de penser à ça pour le moment. L'important, c'était Amelia.

— Est-ce que c'est permanent ?

Il s'assura de parler à voix basse pour masquer la fureur qui bouillait sous la surface.

— Je ne sais pas, mais j'ai peur d'essayer.

Son ton doux, complètement abattu brisa quelque chose en lui. Comment avait-il pu laisser ceci se produire ?

— Depuis combien de temps ? demanda-t-il.

Combien de temps est-ce que ça avait duré ?

— Qu'est-ce que tu veux dire ?

La tristesse avait été remplacée par la confusion dans son regard.

— Les expériences. Depuis combien de temps est-ce que ça dure ?

Elle cligna des yeux.

— Depuis le début.

— Pourquoi n'as-tu rien dit ?

La question lui échappa sans réfléchir. Même si elle lui avait dit quoi que ce soit, qu'aurait-il pu faire ? Son père l'aurait envoyé promener après un petit rappel à l'ordre. C'était un miracle que Tom ait réussi à le convaincre de laisser Amelia se rendre au chalet, et même là, c'était l'opinion de Stark qui avait fini par le faire fléchir.

— Rien dit ? répéta-t-elle, les sourcils froncés. Je ne comptais pas offrir à Jonathan la moindre réponse en guise de satisfaction. Il s'en serait servi à mes dépens.

— Que t'a fait Anita au chalet ? demanda-t-il, regrettant aussitôt sa question quand il aperçut la terreur qui regagnait l'expression de la jeune femme.

Rien de bon.

— En fait, ne réponds pas. Nous n'avons pas le temps et il faut qu'on file d'ici. Est-ce que tu peux te détendre un peu et suivre mon exemple ?

Sa peur sembla s'estomper alors qu'elle examinait Tom avec une intensité qui embrasa son âme. Il préférait tellement cette expression à son air blessé. Il pouvait voir les rouages tourner derrière ces yeux saphirs tandis qu'elle concoctait son plan. Il fut intrigué par ses manigances.

Qu'es-tu donc en train de comploter, mon ange ? Il était du genre à apprécier un challenge, et il avait le sentiment qu'Amelia se préparait à lui en offrir un.

— D'accord, chuchota-t-elle. Dis-moi ce que je dois faire.

Avec plaisir.

CHAPITRE NEUF

DÉMISSION OFFICIELLE

LE CŒUR d'Amelia battait la chamade. Elle n'arrivait pas à croire qu'elle avait admis devant Tom son incapacité à se métamorphoser. La dernière fois qu'elle avait essayé, son échec avait laissé un vide en elle, comme si une partie essentielle de son être avait disparu. Elle ne survivrait pas à un nouvel échec. Avoir un tel don pendant des siècles pour se le faire arracher, c'était comme d'oublier comment respirer.

Le bras de Tom était solide autour de ses épaules alors qu'il la guidait dans le couloir bondé. Il avait patienté jusqu'à ce que les portes de la salle voisine s'ouvrent avant de se mêler à la foule. La présence de Tom l'encourageait à aller de l'avant. Il semblait si sûr de lui qu'elle ne pouvait s'empêcher d'avoir confiance en lui dans cette situation.

Seule, elle ne tiendrait pas une journée. Elle n'avait ni téléphone, ni papiers d'identité, ni argent, et aucun moyen d'entrer en contact avec qui que ce soit. Sur Hydria, elle se servait de ressources surnaturelles pour contacter ses amis et sa famille. Si elle souhaitait voir son frère ou son père, elle demandait simplement à Jacque de la téléporter à leurs côtés. Mais désormais, elle ne disposait d'aucun moyen de les contacter car elle ne connaissait pas leurs numéros. Et elle ne pourrait même pas indiquer sa position à Jacque, car elle ne la connaissait pas.

Elle ne s'était jamais sentie aussi idiote et désespérée de toute sa vie. Elle avait enfin la chance de s'enfuir, mais n'avait ni les moyens, ni les ressources nécessaires pour le faire. Pouvait-on faire plus gamine que ça ? Plus qu'une immortelle aux siècles d'existence, mais incapable de se débrouiller toute seule ? Tom lui avait enseigné plus de méthodes d'autodéfense ces dernières semaines que sa famille et ses amis ne l'avaient fait de toute sa vie. La jeune femme très comme il faut qu'elle avait été n'avait pas ressenti le besoin d'apprendre ce genre de choses. Amelia brûlait d'envie de mettre un peu de plomb dans la cervelle de la demoiselle qu'elle était auparavant. *Petite imbécile, comment as-tu pu avancer ainsi avec de telles lunettes roses ?*

— Par là.

Les lèvres de Tom près de son oreille provoquèrent un frisson le long de son échine. Il l'avait embrassée avec cette bouche et l'avait fait complètement fondre. Dommage que ça n'ait rien signifié pour lui. Juste un moyen de détourner l'attention. Elle aurait bien voulu le remercier, mais elle mourrait d'envie de lui en coller une.

Ce baiser l'avait complètement défaite. Eli ne l'avait jamais touchée de cette manière. Il la traitait comme un vase fragile qu'il risquait de briser, alors que Tom l'avait dévorée. Il l'avait traitée avec l'assurance d'un homme qui était habitué à prendre ce qu'il voulait quand il le voulait. Découvrir que tout cela n'avait été qu'un simple numéro l'avait tout autant énervée qu'intriguée. Si ses caresses maîtrisées lui faisaient cet effet, que ressentirait-elle s'il l'embrassait vraiment ?

Elle trembla en songeant à cela. Il valait mieux qu'elle n'en sache rien, ou elle ne réussirait jamais à mener à bien ses plans. Il fallait qu'elle continue de le considérer comme un moyen de parvenir à ses fins, ou elle risquait de ne jamais rentrer à la maison. Car elle avait le sentiment que la femme qu'elle deviendrait n'aurait pas sa place là-bas. Qu'elle serait faite pour vivre à ses côtés.

La foule commença à se dissiper autour d'eux quand ils atteignirent le parking. Tom les guida vers la gauche en compagnie de deux autres couples tout en affichant un sourire nonchalant qui la réchauffait de l'intérieur. Si son sourire venait éclairer son regard, elle serait dans de sales draps. Ils s'arrêtèrent quand l'un des deux couples s'arrêta pour se dire au revoir. Amelia trouvait étrange l'idée d'être tapis à cet endroit, mais elle apprécia la manière dont Tom l'attira dans un étreinte et déposa un baiser sur sa tempe. Il massa doucement l'arrière de sa nuque et promena ses lèvres jusqu'à sa joue avant de remonter vers son oreille.

— Ne crie pas, chuchota-t-il.

Elle ne savait pas ce qu'il avait prévu jusqu'à ce qu'il laisse voler sa main vers le cou de l'inconnu devant eux. Amelia se couvrit la bouche d'une main pour étouffer le petit cri de surprise qui lui échappa. Heureusement, il avait été trop sourd pour être perçu par la compagne du jeune homme ; celle-ci avait disparu de leur champ de vision. Le type trébucha en arrière et Tom l'attrapa avec son bras libre pour amortir sa chute au sol.

— Il se réveillera un peu plus tard avec un mal de crâne, mais rien de plus grave, chuchota-t-il en récupérant un trousseau de clés dans une des poches du jean de sa victime. Désolé, mec.

Il appuya sur l'un des boutons de la clé et sourit quand la voiture juste à côté d'eux s'éclaira.

— Okay, j'ai un peu moins de remords en sachant qu'il n'a pas pris la peine de reconduire son rencard jusqu'à sa voiture. C'est pas terrible, petit.

Amelia le regarda bouche bée.

— T'es sérieux ?

— Quoi ? Je sais comment être galant quand je le veux.

Amelia bredouilla.

— Tu comptes vraiment faire la leçon à un type que tu as assommé pour piquer sa voiture ?

Il haussa ses larges épaules et déposa son sac sur la banquette arrière.

— Il fallait bien que quelqu'un s'en charge. Grimpe, mon ange. Je vais même m'occuper de ta portière.

Amelia observa l'intérieur bordélique du véhicule et plissa le nez. L'Amelia d'avant n'aurait jamais accepté d'obéir. La nouvelle, en revanche, était consciente qu'ils ne disposaient pas de beaucoup d'options. Elle épousseta quelques miettes du siège et grimpa, puis observa Tom dans le rétroviseur alors qu'il traînait le gamin jusqu'au trottoir près du bâtiment. Il le déposa avec une tendresse à laquelle elle ne s'était pas attendue et tourna les talons pour la rejoindre au pas de course avant de s'arrêter au niveau d'une voiture stationnée sur l'allée précédente. Avait-il déjà oublié dans quel véhicule il l'avait laissée ?

Elle agrippa la poignée mais se figea quand du verre vola en éclat à côté de Tom. *Oh, mon Dieu.* Ses yeux volèrent vers la gauche, là où il se trouvait à l'instant. Mais il avait disparu.

Tom savait bien que leur évasion avait été trop facile. Il avait senti des yeux sur lui dès l'instant où ils avaient atteint le trottoir. Le seul bon côté, c'était que leurs observateurs ne semblaient pas avoir repéré la voiture où il avait laissé Amelia. Il lui serait quasiment impossible de la protéger tout en essayant de ne pas tuer ses anciens collègues. Au moins, de cette manière, elle serait en sécurité quand il s'occuperait des trois – non, en fait, quatre – Sentinelles.

Ses instincts s'étaient déclenchés une seconde avant que le verre ne se brise à côté de lui. Le tir avait à peine râté son épaule quand il s'était baissé. Il saisit la douille et grogna. Apparemment, la directive était de tirer sans poser de questions. Son père savait que sa mort ne serait pas permanente, mais ce n'était pas le cas de ses coéquipiers. Tom avait caché son statut de novice à la majorité de son unité, mais peut-être que son père avait décidé de cracher le morceau. Ou bien ses coéquipiers souhaitaient l'assassiner pour avoir trahi la cause. Dans tous les cas, ça ne présageait rien de bon.

Tom roula sur le côté pour se glisser entre les rangées de voiture et ramper vers des véhicules plus éloignés de la position d'Amelia entre lesquels se cacher. Il espérait de tout son être qu'elle resterait dans la voiture. Si elle en sortait, cela partirait rapidement en vrille. Pistolet à la main, il rampa en avant et s'avança, accroupi, autour du capot pour se rapprocher à nouveau du trottoir. Le quatuor essayait certainement d'encercler sa dernière position, ce qui signifiait qu'il devait s'extraire de ce périmètre.

Un mouvement subtil près du van garé à sa droite lui fit marquer un temps d'arrêt. Les épaules massives de Blake apparurent alors que celui-ci fondait droit sur la position originelle de Tom. Celui qui lui avait tiré dessus pensait probablement l'avoir touché et avait envoyé le géant pour vérifier. Ou alors, connaissant Blake, il s'était proposé pour la mission. Ce bâtard devrait être à l'hôpital en train de récupérer, et non en pleine mission de reconnaissance avec une épaule invalide. *Quelle tête de mule.*

Tom se glissa de l'autre côté du véhicule massif et tendit la jambe pour crocheter celle de son opposant baraqué et le faire tomber. Blake chuta avec un grognement surpris mais se releva aussitôt, prêt à en découdre. Tom avait anticipé sa réaction et l'attrapa par derrière pour le maîtriser au sol avec une prise d'étranglement. Il emprisonna la taille de la Sentinelle à l'aide de ses jambes pour le maintenir immobile et le serra très fort dans ses bras.

— Désolé, mec, murmura-t-il tandis que Blake tentait futilement de le déloger.

Tom encaissa quelques coups de coude dans les côtes, mais sa résistance à la douleur lui permit ne pas flancher. Ses côtes seraient couvertes de bleus plus tard, ce qu'il méritait bien. Son ami tenta un dernier coup, mais son exécution manquait de passion. Ce fut son dernier geste avant de s'évanouir. Tom vérifia son pouls, le sentit ralentir, et relâcha sa prise.

Il attrapa la paire de menottes accrochée à la ceinture de son pote inconscient et encercla un de ses poignets avec un anneau avant de verrouiller le deuxième autour de la cheville de sa jambe opposée. Cela l'occuperait un moment une fois réveillé. Mais juste au cas où, Tom lui piqua ses flingues et son couteau et les ajouta à sa collection personnelle. Il en aurait peut-être besoin pour s'occuper des trois autres. Pour finir, il déroba à Blake son oreillette et son micro.

— Messieurs, salua Tom après avoir assemblé l'unité de communication. Blake vous transmet ses amitiés. À qui le tour cette fois-ci ?

Conscient que ses paroles révéleraient sa position, il s'avança plus loin de l'autre côté du parking par rapport au trottoir et à Amelia. Il espérait sincèrement qu'elle se soit montrée assez maligne pour rester cachée dans le véhicule au lieu de tenter de le trouver.

— Bonsoir, fiston, répondit son père. Tu veux bien me dire ce que tu fous ?

Le langage inapproprié de John Fitzgerald fit sourire Tom. Il avait assez énervé le PDG du FHC pour lui faire perdre son calme à travers les canaux de communication. Génial. Jusqu'où pourrait-il le pousser ?

— Là, tout de suite ? demanda Tom à voix basse. Je suis en train de neutraliser ton unité. Où bien s'agissait-il d'une question générale ?

Une lueur métallique attira son attention. La Sentinelle Charlie était en position, accroupie à dix mètres de lui sur la gauche et lui tournait le dos. Tom secoua la tête. Combien de fois lui avait-il répété de surveiller ses arrières ? *Imbécile.* Tom fit un détour derrière quelques voitures pour se faufiler derrière son ancien équipier tandis que John s'exprimait :

— L'Atout t'a retourné le cerveau, fiston. Il faut que tu te rendes pour qu'on règle le problème.

Tom réprima un grognement face à ce plan. *Régler le problème* signifiait probablement des séances de torture et une mort certaine liée aux techniques d'endoctrinement. Car Tom avait été entraîné à ne pas craquer, et son père le savait mieux que quiconque. Il abattit sa crosse contre l'arrière du crâne de Charlie et soupira alors que celui-ci s'écroulait.

— Eh bien, celui-ci n'était même pas amusant, dit-il. Tu ferais vraiment bien de renvoyer Charlie à l'entraînement, John. Il ne maîtrise toujours pas la filature.

Il avait délibérément utilisé le prénom de son père au lieu de papa ou monsieur car il savait que cela le rendrait furieux. Le silence prolongé au bout de la ligne lui indiqua que son petit jeu avait porté ses fruits. Il visualisa son vieux assis derrière son bureau massif au siège, en train de pincer l'arête de son nez tout en inspirant pour se calmer. Toutes ces années passées à construire cette mascarade de père-fils dévoués pour rien. *Pas de bol.*

— Réfléchis un peu à ce que tu fais, Thomas.

— Oh, crois-moi, je ne fais que ça.

Il perçut la démarche traînante dans son dos juste à temps pour bloquer le coup de poing volant vers son crâne.

— Bon sang, Justin. Tire-moi dessus la prochaine fois.

Car il aurait ainsi pu descendre Tom, mais au lieu de ça, le jeune homme avait laissé ses émotions le pousser à s'engager dans un combat à mains nues qu'il ne gagnerait jamais. La jeune Sentinelle tenta ensuite un coup de pied. Tom attrapa le pied d'une main et le tordit brutalement vers la gauche pour exposer le dos de son camarade. Il donna un coup violent avec sa paume au milieu de la colonne du gamin et donna un coup de genou dans le visage de Justin qui s'était plié en deux. Il le tenait par le cou dans la seconde qui suivit.

— Connard, siffla Justin en s'accrochant à l'avant-bras qui encerclait son cou.

— Moi aussi je t'aime, mec, murmura Tom alors que sa victime perdait connaissance.

Il le menotta de la même manière que Blake et soupira.

— As-tu laissé tous les bleus au cinéma, John ? Dois-je m'attendre à affronter Stas maintenant ?

Il ne manquerait plus que ça. Il n'avait pas la moindre idée de ce que raconterait son père au sujet de tout ceci à la jeune femme Sentinelle. *Et Lizzie…*

Oh, merde. Il n'avait même pas songé à la jeune femme qu'il aimait comme une sœur. Tom frotta sa poitrine par réflexe. Ses décisions aujourd'hui avaient été si précipitées qu'il n'avait même pas songé aux répercussions que ses choix auraient sur sa famille et ses amis. Que leur dirait John ? Que Tom était mort à l'étranger lors d'une mission d'aide humanitaire ? Oh, il apprécierait sans aucun doute de récolter les fruits qui découleraient d'une telle annonce. Des bourses et cérémonies commémoratives seraient organisées en mémoire de son fils, lui offrant un accès illimité à de l'argent dont il n'avait pas besoin.

Tom secoua la tête et commença sa traque de la quatrième Sentinelle. Il était sûr d'en avoir au moins quatre aux trousses, car il les avait repérées en sortant du cinéma. Leurs regards avaient semblé glisser sur lui, ou du moins, c'était ce qu'il avait cru. Évidemment, l'un d'eux l'avait reconnu puisque l'unité s'était déplacée vers le parking. Ce qui signifiait qu'il y avait peut-être un cinquième individu à sa poursuite. Avait-il aperçu Amelia ? Si c'était le cas, ils l'auraient déjà capturée dans la voiture, et connaissant John, il n'aurait pas pu s'empêcher de le mentionner. Donc elle devait toujours se trouver en sécurité. Pour le moment. Dommage que la télépathie ne fasse pas partie de ses talents.

Un nouvelle poussée de rage déferla dans son système et enflamma son sang quand il se remémora les talents d'immortelle d'Amelia et la manière dont Anita lui avait arraché son don de métamorphe. Il se mordit la langue pour se retenir de dire quoi que ce soit à l'homme qui avait sans aucun doute donné son aval à cette expérience. Son père était-il au courant des résultats ? Si oui, alors il savait qu'Amelia ne pouvait pas modifier son apparence. Mais il avait tout de même envoyé certains de ces hommes sur les traces du mouchard, ce qui dénotait une certaine incertitude. Peut-être que l'expérience n'était pas permanente ?

Le bruit d'une balle à quelques mètres de sa position le fit plonger au sol par réflexe. Deux coups supplémentaires suivirent rapidement tandis que la voix grave de Greg vibrait sur la ligne.

— L'Atout Sept est à terre.

Le cœur de Tom fit un bond. Non. *Non*. Il l'avait laissée en sécurité. Pourquoi diable avait-elle bougé ? Mais qu'est-ce qui lui était passé par la tête ? L'origine des coups de feu n'avait pas le moindre sens compte tenu de leur position. Courir vers la foule et le cinéma aurait eu plus de sens que de rejoindre le fond du parking près de la route. Elle aurait été une cible facile là-bas, même avec son habitude de tourner en rond.

Tom fronça les sourcils. *En rond*. Ces semaines passées ensemble lui avaient appris quelques trucs au sujet d'Amelia, et plus particulièrement au sujet de ses mouvements. Elle ne se serait pas dirigée dans cette direction. Il avait la certitude qu'elle aurait rejoint la rangée opposée de véhicules, et prit la direction du nord, et non du sud. Mais les Sentinelles ne pouvaient pas le savoir. Ils ne pouvaient que deviner où Tom avait bien pu la laisser, et dans le cas présent, ils s'étaient plantés. Il avait délibérément choisi un véhicule proche de celui d'Amelia, conscient que ses anciens équipiers supposeraient qu'il avait filé dans la direction opposée de la sienne pour assurer sa sécurité. D'où la position qu'ils avaient choisi pour *tirer* sur elle. Malin.

— Elle a intérêt à être en vie, grogna-t-il en faisant mine de tomber dans le piège de son père.

S'ils croyaient que Tom était en route vers la scène de crime, cela lui laisserait la voie libre pour rejoindre Amelia. En admettant qu'elle soit toujours dans la voiture.

— Ne me dis pas qu'elle compte pour toi et que c'est la raison derrière tout ce chantier.

Son père semblait tellement déçu. Ce ton atteignait Tom en plein cœur avant tous ces événements. Désormais, elle ne faisait que l'agacer. Il n'arrivait pas à comprendre comment il avait pu admirer cet homme.

— Dis-moi, John. Est-ce que tes Sentinelles sont tous

au courant que tu mènes des expériences sur eux pour enrichir leurs gènes ? Ou bien se sont-ils tous portés volontaires pour ça ?

Il connaissait la réponse mais souhaitait ébranler un peu son vieux.

—Je ne vois pas de quoi tu veux parler .

— Ah non ? As-tu besoin que je t'aide à retrouver la mémoire, alors ?

Il s'approcha de la voiture dans laquelle il avait laissé Amelia et fut soulagé quand son regard bleu croisa le sien à travers la vitre. Elle s'était glissée entre la boîte à gant et le siège passager. Petite maline. Il pressa un doigt contre ses lèvres tout en se glissant dans le siège conducteur et lui indiqua d'un geste de la main de rester à sa place. Si l'une des Sentinelles remarquait son départ, il ne souhaitait pas que la présence d'Amelia soit détectée.

— Tous ces vaccins que tu imposes à tout le monde. Certains d'entre eux sont des amplificateurs génétiques, n'est-ce pas ? Des substances élaborées par tes petits rats de laboratoires à l'aide d'ADN Hydraien et Ichorien. J'en déduis par ton silence que cela t'évoque quelque chose, ou peut-être que tu es choqué que je sois au courant. Tu sais, il y a de nombreux avantages à être le fils de John Fitzgerald. Tu serais surpris d'apprendre ce dont les techniciens discutaient volontiers en ma présence.

Même s'ils n'avaient jamais offert de réponse quand il avait demandé à être mis au courant des traitements imposés à Lizzie Watkins, un sujet qu'il avait souhaité éclaircir avant de présenter sa démission. Apparemment, ça ne serait pas possible. Venir en aide à son amie d'enfance serait sa priorité une fois qu'il en aurait fini avec Amelia. D'après le peu d'informations dont il disposait concernant l'implication de Lizzie avec le FHC, elle était importante à leurs yeux et ils n'avaient pas la moindre intention de lui faire du mal. Pour le moment.

Il appuya sur un bouton pour couper son micro. Que son père ressasse tout ça pendant que Tom prenait la fuite. Il jeta sa casquette sur la banquette arrière avec sa veste en cuir et fouilla à la recherche d'un déguisement potentiel. Lunettes de soleil, non. Ce qui semblait être des restes vieux de quelques jours, beurk. Enfin, il repéra un bonnet. Il eut mal rien qu'à l'idée de l'enfiler car Dieu seul sait où il avait traîné, mais l'apparence d'un hipster lui serait utile. Il y associa les fausses lunettes épaisses qu'il avait trouvées dans le porte-gobelet de la portière. À en juger par l'expression d'Amelia, il devait avoir l'air d'un imbécile. Parfait. Il réactiva la ligne juste assez longtemps pour interroger son père avant de démarrer la voiture :

— As-tu perdu la parole, John ?

— Est-ce la raison pour laquelle tu agis ainsi ? À cause du discours d'un technicien ? Je suis déçu. Je nous croyais plus complices que ça.

Tom s'esclaffa. *C'est ça*. Il était un simple pion dans le jeu de son père, un petit soldat qui avait développé une conscience et commencé à faire des bêtises. Leur lien était désormais irréversiblement endommagé.

— Allez, fiston. Si tu te rends maintenant, nous pourrons en discuter ensemble et éclaircir le moindre malentendu qui subsiste entre nous. Je n'aurais pas dû t'assigner cette mission de baby sitting. J'en suis bien conscient et je m'excuse.

Tom enclencha le micro et demanda :

— Ah ouais, et en ce qui concerne Amelia ? Pourquoi l'as-tu tuée ?

Le ronronnement du moteur était assez sourd pour ne pas être capté par ses interlocuteurs à travers le micro quand il parlait, mais il était forcé de le couper le reste du temps. Ce qu'il fit une fois sa question terminée. Tom quitta la place de stationnement de manière désinvolte et prit la direction de la sortie. Il y aurait sans aucun doute des Sentinelles en position, mais la plupart d'entre eux devraient être en train de patienter à proximité du piège. Tom avait délibérément approfondi sa voix en mentionnant l'assassinat supposé d'Amelia pour indiquer son courroux. Ils n'avaient plus qu'à espérer que la supercherie fonctionne et qu'ils le croient en route pour enquêter et se venger.

— Ils ont utilisé des balles normales et non des projectiles incendiaires. Elle va bien, mais ton inquiétude superflue pour son bien être est déconcertante, fiston. As-tu oublié notre passif avec les Wakefield ?

Elle n'est pas comme son frère, aurait souhaité répondre Tom. Mais il devait se concentrer sur leur évasion afin de quitter le parking sans être remarqués. Il repoussa les lunettes qui avaient glissées sur son nez et s'affala dans le siège baquet. Il saisit une cigarette dans le paquet abandonné sur le tableau de bord et l'installa entre ses lèvres sans l'allumer, guidant la voiture d'une main. Le grognement de dégoût d'Amelia le fit sourire. Il était rassurant de savoir qu'elle approuvait son déguisement.

— J'espère que ton silence signifie que tu as décidé de réévaluer toute idée stupide que tu as planifiée, continua son père. Nous savons tous les deux que le FHC est ton foyer. Où pourrais-tu te rendre autrement ?

Tom resserra sa prise sur le volant. Ce raisonnement stupide le hantait depuis son enfance. Enfant, il avait crû chacun de ces mots et avait fait des cauchemars effroyables au cours desquels il était pourchassé par des méchants. Mais son père le sauvait à chaque fois car il l'aimait plus que tout et jurait à chaque fois de le protéger contre tous les fléaux sur terre. Personne d'autre ne voudrait de lui à cause de ses gènes Ichoriens.

Si il y avait bien une personne dotée de génie pour ce qui était du lavage de cerveau, c'était John Fitzgerald. Et dans une certaine mesure, son emprise sur Tom perdurait à ce jour. Car il savait au fond de lui-même qu'Hydria le rejetterait et que le Conclave l'exécuterait à vue. Il n'avait nulle part où aller, mais cela ne signifiait pas pour autant que le FHC était sa maison. Tom quitta le parking sans souci et garda un œil rivé sur le rétroviseur pour s'assurer que personne ne les suivait. *Jusqu'ici, tout va bien.*

— Si elle t'a dit que tu serais le bienvenu sur Hydria, elle t'a menti, ajouta John après un silence succinct. Lucian t'exécutera sur le champ pour ton rôle de Sentinelle, et s'il ne t'atteint pas en premier, l'un des Anciens s'en chargera pour lui. Tu ne seras pas accepté là-bas.

Tom appuya une nouvelle fois sur le micro et chuchota :

— Je ne suis pas si naïf, John. Amelia ne m'a rien promis.

— Donc tu es d'accord que nous avons besoin de discuter ensemble et que ce que tu as eu tort d'agir comme tu l'as fait.

— Non, malheureusement, nous ne sommes pas sur la même longueur d'ondes, John. Loin de là. Mais tu sais, quelque chose m'embête tout de même. Ça te gêne si on parle de ça à la place ?

— Non.

Oh, une réponse monosyllabique. John Fitzgerald devait être au bord de la crise de nerfs. Tom se demanda s'il était assis dans son bureau, au siège, ou bien dans une voiture en route pour le cinéma. Dans tous les cas, il était sûr que son père ne se trouvait pas sur le parking. Il y aurait eu plus de

Sentinelles si ç'avait été le cas. Et des éléments bien plus expérimentés de surcroît, tels que Stark.

— Greg, tu as mentionné que l'Atout était à terre. Je suis juste curieux de savoir à quoi elle ressemble. Parce que j'ai installé Amelia dans un bus à destination de l'aéroport il y a deux heures de ça, donc je crois que tu t'es planté de nana. Tu ferais peut-être mieux de vérifier.

Qu'ils ressassent un peu cette idée. Bien sûr, une fois qu'ils auraient mis la main sur les vidéos de surveillance du cinéma, ils comprendraient qu'il s'agissait d'un mensonge. Mais cela leur ferait gagner quelques heures d'avance, et d'ici là, il en aurait fini avec ce véhicule.

— Oh, Je suis désolé, continua-t-il après un moment de silence. Vous deviez me croire en route pour examiner la scène en personne. Autant pour moi. Je n'avais pas vraiment envie de m'éterniser. Mais cette conversation s'est avérée très instructive, les mecs. Je crois que ça va me manquer un peu. Ou peut-être pas.

Tom fit glisser la vitre vers le bas alors qu'il s'insérait sur l'autoroute et décrocha l'unité de communication de son oreille.

— Oh, hé, *papa*, encore une chose, annonça-t-il dans le micro. Je ne sais pas si Blake t'a transmis mon message ou non, donc autant que je te le répète en personne. Considère ceci comme ma déclaration officielle.

Tom balança l'équipement par la fenêtre et sourit.

—Je démissionne.

CHAPITRE DIX

CRISE DE LARMES

— ON VA VRAIMENT DORMIR ICI ?

Amelia ne se souciait guère de l'ameublement sommaire de la chambre d'hôtel ou de la moquette douteuse, son attention rivée sur l'unique lit. Comment réussirait-elle à justifier sa préférence pour le sol ?

— Je sais que c'est un taudis, mais les endroits plus sympas exigent une carte de crédit, et celles dont je dispose pour le moment sont toutes surveillées, répondit Tom.

Il laissa tomber sa veste en cuir et le sac sur un vieux fauteuil et étira ses bras au-dessus de sa tête. L'ourlet de son t-shirt gris se souleva juste assez pour offrir un aperçu de son abdomen musclé. Amelia s'efforça de ne pas l'observer fixement mais elle ne put résister. Son corps était une œuvre d'art. Et elle allait devoir partager une chambre avec lui. Au moins, elle savait déjà que cette attirance n'était pas réciproque. Il l'avait embrassé plus tôt par simple diversion, et non parce qu'il en avait envie.

Pourquoi est-ce que je me focalise là-dessus ? Il n'y avait pas d'avenir possible entre eux. Pendant six ans, elle avait désiré sa liberté et des retrouvailles avec sa famille. C'était de cela qu'elle devait se soucier, et non de ce que pouvait ressentir Tom ou de ce qui était arrivé au cinéma. *Il est juste un moyen de parvenir à mes fins.*

Continue à te voiler la face.

— Tiens.

Tom sortit un t-shirt de son sac ainsi qu'un boxer et les déposa sur le lit.

— Nous récupérerons d'autres vêtements et provisions demain. Pour le moment, on a besoin de repos.

L'horloge lui donna raison. Était-ce seulement ce matin qu'ils s'étaient entraînés près du lac ? Cela lui semblait si lointain. *J'ai tué trois personnes il y a moins de vingt-quatre heures.* Un froid glacial s'insinua dans ses veines. Elle avait été si préoccupée par l'idée de fuir qu'elle avait chassé de son esprit les événements de l'après-midi. Maintenant qu'ils se posaient enfin, ses émotions réapparurent avec une telle force qu'elle en eut la nausée.

Amelia attrapa les vêtements sur le lit et prit la direction de la salle de bain sans un mot. Son estomac se souleva tandis qu'elle fermait la porte. Elle eut juste le temps de faire couler l'eau dans la douche pour masquer le bruit avant de se vider l'estomac dans les toilettes. Une douleur sourde prit place dans ses entrailles tandis qu'elle se laissait tomber au sol contre le mur derrière elle. Maintenant que sa montée d'adrénaline était passée, elle fut percutée d'un coup par les événements de la journée.

Pendant des années, elle avait rêvé de tuer Anita Patel. Cette femme lui avait fait subir les pires sévices. Il n'y avait aucun doute qu'elle méritait son sort. Mais le fait d'appuyer sur la gâchette aujourd'hui avait altéré Amelia de manière fondamentale. La jeune femme qu'elle avait été détestait les armes et avait reproché à Eli l'affection qu'il leur portait à maintes reprises. Et pourtant, elle s'en était servi aujourd'hui pour tuer non pas une personne, mais trois.

— Qui suis-je ? chuchota-t-elle.

Peut-être Jonathan avait-il finalement réussi à la briser après tout, car la femme qu'elle avait été ne reconnaîtrait pas la personne qu'elle était devenue. Une tueuse. Son estomac se rebella une nouvelle fois, mais il ne lui restait rien à régurgiter. Elle se pencha par-dessus la paroi de la baignoire pour baisser la température de l'eau avant de se déshabiller au sol. Une partie d'elle était consciente de la crasse qui l'entourait, mais c'était le sort qu'elle méritait. Amelia rampa dans la baignoire et se roula en boule alors que les gouttes d'eau glacées la heurtaient comme des plombs. Cela ne fit rien pour apaiser sa peau surchauffée mais calma tout de même sa nausée.

Pour la énième fois, elle s'interrogea sur sa santé mentale. Comment avait-elle pu en arriver là ? La liberté était si douce et pourtant si amère. Son retour à la maison lui apparaissait comme un rêve insaisissable. Tout le monde s'attendrait à retrouver l'ancienne Amelia, et non cette nouvelle version hideuse d'elle-même. Que penserait Issac ? Lucian ? Son cœur se serra à l'idée d'affronter leur désapprobation. Ils haïraient ses choix.

Amelia, la meurtrière, murmura son subconscient. C'est ainsi qu'ils l'appelleraient. Un mélange de pitié et de dégoût recouvrirait leurs visages et détruirait les fragments qui restaient de son cœur. Prise de tremblements, elle hoqueta. Ses larmes refusaient de cesser, et la douleur qui logeait en elle consumait tout son être. Un trou noir apparut au-dessus d'elle, l'engloutit, et refusa de la relâcher. Peu lui importait. Ça devait bien finir par arriver. Pourquoi pas maintenant ?

La réalité se mélangea à un autre degré d'existence. Elle était tombée sur cet endroit il y a bien longtemps, lors d'une des visites les plus mémorables d'Anita. Cela lui permettait de plonger dans les tréfonds de son âme, là où rien ni personne ne pouvait lui faire de mal et où la douleur n'existait pas. Elle y était enveloppée par la pénombre, mais elle avait choisi d'y adhérer. Et même de l'embrasser.

Elle se sentait engourdie par ce néant. Seule. Intrépide.

Amelia se blottit un peu plus dans son hâvre, décidée à y rester cachée pour toujours. *Enfin.*

Les plombs glacés furent remplacés par une marque au fer rouge sur son épaule et Amelia trembla de désarroi. La chaleur n'existait pas ici, ou ne devrait pas en tout cas. Les contours de son hâvre glacé semblaient dégivrer alors que des éclats lumineux menaçaient d'envahir les recoins de sa conscience.

Non.

Elle s'accrocha férocement à son refuge ténébreux, suppliant qu'on lui permette d'y rester.

Je ne suis pas encore prête à le quitter.

La possibilité de ne rien sentir après des années de douleur effroyable...

Je ne peux pas y retourner. Je ne veux pas ressentir quoi que ce soit.

— Amelia.

Son prénom allait et venait au milieu de ses pensées.

— Tout va bien, la rassura cette voix grave.

Oh, elle aimait cette voix. Elle la trouvait apaisante. Elle s'enfonça un peu plus au sein de son hâvre alors qu'il continuait de parler, lui répétant sans cesse que tout irait bien.

Tu es en sécurité, répéta-t-il. *Je suis là.*

Eli ? se demanda-t-elle. Non. Cela ne semblait pas juste.

Tom...

Amelia fut enveloppée de chaleur et d'un parfum boisé apaisant qu'elle aimait beaucoup. Elle se nicha contre cette source de chaleur et sentit des bandes solides se resserrer autour d'elle. Gagnée par un sentiment de sécurité, elle soupira. Encore un rêve, sans aucun doute. Elle en faisait beaucoup mais retrouvait toujours les horreurs qui faisaient sa vie au réveil. sauf que cette fois-ci, elle ne se souvenait pas s'être endormie. Son front se plissa. Elle ne se souvenait pas non plus s'être couchée au lit, ce qui expliquait peut-être le carrelage dur sous son corps. Mais pas l'eau qui coulait.

— Amelia, chuchota la voix grave. Allez, mon ange. Parle-moi.

Des doigts glissèrent dans ses cheveux, continuant leur chemin le long de son échine nue avant de remonter en suivant la ligne de son bras. Quand la paume épousa la forme de sa joue, elle s'enfonça contre la chaleur rassurante de ce membre. Cela faisait si longtemps qu'on ne l'avait pas touchée aussi délicatement qu'Amelia ne put faire autrement que de saisir l'occasion.

Eli l'avait traitée comme une figurine en porcelaine fragile tandis que les autres hommes de sa vie l'avait placée sur ce piédestal invisible qu'elle n'avait jamais compris. L'homme qui l'étreignait dans la baignoire l'agrippait avec une intensité inédite qui lui procurait un sentiment de sécurité et la sensation d'être chérie.

Elle cligna des yeux quand l'absurdité de ses pensées la frappa et qu'elle se retrouva face à un t-shirt gris. Une main chaude à l'arrière de la tête l'encourageait à reposer sa tête sur une poitrine solide alors qu'un jean trempé gisait sous son corps. L'eau s'était réchauffée et cascadait sur eux, chassant le froid qui s'était insinué jusque dans ses os. Elle se détendit dans le creux rassurant des bras de Tom jusqu'à ce que la compréhension n'emballe son rythme cardiaque. *Je suis nue.*

— Chut, l'apaisa Tom en déposant un baiser sur sa

tempe avant de resserrer sa prise autour d'elle quand elle tenta de bondir hors de la baignoire. Je ne suis pas là pour te faire du mal, mon ange. Mais tu m'as fichu une sacrée frousse.

Ses membres se contractèrent au niveau des genoux pour tenter de dissimuler ses parties intimes, mais il avait déjà dû en prendre plein les yeux. Sans compter qu'il n'était pas la première Sentinelle à la voir nue. *Douches supervisées.* Elle claqua la porte sur ces souvenirs et enfouit sa tête dans le cou de Tom. Ses mains recommencèrent à caresser son dos, son toucher étrangement apaisant. Elle se laissa fondre contre lui et accepta son soutien.

Ne me lâche pas…

— Parle-moi, murmura-t-il.

Amelia déglutit et tressaillit aussitôt en réponse. Avait-elle crié ? Ou la douleur dans sa gorge était-elle due à ses vomissements ? Elle n'arrivait pas à s'en souvenir, et un frisson d'effroi courut le long de sa colonne. Cela lui était déjà arrivé à plusieurs reprises, généralement quand les traumatismes psychologiques infligés par Anita devenaient trop durs à maîtriser. Mais personne ne l'avait blessée cette fois-ci, donc pourquoi avait-elle atterri dans sa cachette sombre ?

—Je…

Elle s'interrompit pour laisser tomber un peu d'eau dans sa bouche afin d'apaiser sa gorge à vif.

Tom enroula sa main à l'arrière de sa nuque et massa la zone sensible sous son oreille à l'aide de son pouce. Toute la tension fuit son corps et elle se laissa aller contre ses mains magiques. L'épuisement prit le dessus et ses paupières s'affaissèrent tandis que ses membres devenaient lourds. Elle n'avait pas la moindre envie de bouger, mais Tom ne semblait pas partager son opinion puisqu'il tendit le bras pour couper l'eau et l'enveloppa ensuite dans une serviette.

Tout cela alors qu'elle restait dans un état second. Elle remarqua à peine qu'il l'avait soulevée pour la porter jusqu'au lit mais elle reconnut sa chaleur familière quand il la rejoignit. Il avait troqué ses vêtements mouillés contre un t-shirt sec et un boxer. Elle roula vers lui d'instinct et soupira quand il l'enveloppa de ses bras.

— Je suis bon pour l'enfer, marmonna-t-il.

— J'apprécierai ta compagnie, répliqua-t-elle en bâillant.

L'enfer avait été son quotidien au cours des six dernières années. S'il souhaitait l'y rejoindre, elle ne refuserait certainement pas sa compagnie. Tom pouffa.

— Repose-toi un peu, Amelia.

Pour la première fois depuis longtemps, l'idée de dormir lui parut agréable. Il serait peut-être bon d'y succomber un temps pour échapper aux tortures que lui infligeait son esprit. Entourée par la force rassurante de Tom, elle ferma les yeux et se laissa emporter par la fatigue.

IL NE S'ÉTAIT jamais senti aussi mal en se réveillant aux côtés d'une femme nue. L'une des jambes d'Amelia chevauchait la cuisse de Tom, et ses seins exposés étaient fermement pressés contre son flanc. Mais ce n'était pas le pire. Sa paume était installée comme une invitation contre son bas-ventre. Il suffirait que ses doigts glissent d'à peine un centimètre pour caresser l'extrémité de son sexe. Et c'est à ce moment que tout partirait en vrille.

Tom avait héroïquement gagné son insigne de saint la nuit passée en calinant une femme sublime dans la douche, puis au lit, sans le moindre geste inaproprié. Mais si sa main glissait plus bas, sa deuxième tête prendrait les devants et viendrait tout gâcher. Le sexe devait bien être la dernière chose à laquelle elle pensait en ce moment, surtout après ce qui s'était produit dans cette salle de bain.

Il l'avait entendue vomir à travers les parois fines et avait hésité à intervenir. Mais une fois la crise d'hystérie entamée, il n'avait pas eu le choix. L'agonie qui perçait dans sa voix alors qu'elle criait lui avait brisé le cœur et il s'était précipité dans l'autre pièce. Son sang n'avait fait qu'un tour quand il avait enfin compris la scène qui se déroulait devant lui. Sa peau avait viré au bleu sous le jet d'eau glacée qui cascadait sur son corps. Il n'avait pas hésité à la réchauffer, mais elle était ensuite devenue catatonique dans ses bras, ce qui lui avait fichu les jetons.

S'il avait eu besoin d'une preuve qu'elle avait subi des traumatismes aux mains de son père, il n'aurait désormais plus le moindre doute. Elle souffrait manifestement d'un symptôme de stress post-traumatique, et il avait réagi de la seule manière qu'il connaissait. Il lui avait offert du réconfort et de la chaleur, et à en juger par son attitude détendue, cela semblait avoir fonctionné. Pour le moment.

Mais quelque chose avait déclenché sa crise la nuit précédente, et il était déterminé à trouver ce dont il s'agissait. C'était peut-être lié à son incapacité à se métamorphoser. Les Ichoriens et les Hydraiens se servaient naturellement de leurs talents, de la même manière qu'un humain pourrait agiter une main ou cligner des yeux. Qu'on lui ait arraché quelque chose de ce genre… Eh bien, il ne pouvait pas imaginer ce qu'elle avait ressenti, mais *dévastée* était le seul mot qui lui venait à l'esprit.

Amelia s'agita à côté de lui puis se détendit après un gémissement qui l'avait frappé droit à l'entrejambe. *Bon sang. Tu parles que l'esprit triomphe toujours sur le corps.*

Son esprit aurait dû se montrer plus avisé, mais son corps avait réagi comme par instinct à la présence du corps chaud et accomodant de la jeune femme allongée à côté de lui. Et il aurait pu jurer que sa fichue main avait glissé d'un centimètre plus au sud. Bon sang, elle serait furieuse si elle se réveillait la main enroulée autour de son sexe. Cela sonnerait le glas de la moindre confiance qui s'était installée entre eux.

S'il réajustait un peu sa position, il pourrait atteindre la serviette qu'elle avait perdue pendant la nuit pour la couvrir. Son regard serait certes occulté, mais ses courbes fantastiques resteraient néanmoins gravées à jamais dans sa mémoire. Ce à quoi il pourrait penser plus tard, seul dans la douche. Même s'il doutait que la moindre quantité de branlette s'avère utile dans cette situation. L'attirance qu'il éprouvait envers elle avait atteint des proportions létales au cours des dernières vingt-quatre heures, et pas seulement physiquement.

Les femmes hystériques l'avaient toujours terrifié et poussé à s'enfuir dans la direction opposée. Mais quand il avait entendu les cris d'Amelia, il s'était précipité auprès d'elle sans même y réfléchir. Il était incapable de se souvenir d'un seul autre moment de sa vie où il avait réagi de cette manière. Même les larmes de Lizzie le poussaient à décamper comme un animal terrifié, et il adorait la jeune femme comme s'ils partageaint le même sang.

La douleur d'Amelia avait résonné en lui de manière fondamentale, et il avait réagi sans réfléchir. la tenir dans ses bras lui semblait si juste, trop peut-être. Ce lien qui se tissait entre eux était malsain. Il ne pourrait pas la garder avec lui. Sa place était sur Hydria, et celle de Tom en enfer. Ils étaient loin de faire la paire.

La compagnie de Tom constituait un rappel permanent de ce que le FHC lui avait fait subir. Peu importe l'aide qu'il apporterait à Amelia ou même le nombre de fois où il la sauverait, rien ne viendrait effacer leur passé commun. Il n'était peut-être pas responsable de ses blessures, mais sa présence lui rappellerait à jamais le coupable. *Mon père.*

Une vibration contre son poignet le fit tressaillir. Il avait complètement oublié le réveil qu'il avait programmé, et bien entendu, la montre était attachée au poignet du bras enroulé autour d'Amelia. Elle se réveilla en sursaut et se redressa brusquement, paniquée. Génial. Il avait cru que la sensation de ses seins collés contre lui était affriolante. Mais la c'était pire — bien pire. Car ils étaient désormais complètement exposés à son regard, pour son plus grand plaisir. Les statistiques de base-ball ne lui seraient plus d'aucune aide.

La perfection. C'était le terme idéal pour décrire Amelia. La jeune femme étai dotée d'un corps de déesse, et méritait d'être vénérée. *Mais pas par moi.* Il s'éclaircit la gorge et se servit du peu de discipline qu'il lui restait pour se glisser hors du lit.

— Bonjour. Je vais prendre une douche.

Une putain de douche froide.

Il n'attendit pas sa réponse — c'était impossible, sinon il retournerait aussitôt au lit, Amelia allongée sous lui. Ses mains tremblaient tant il la désirait quand il retira son t-shirt et son boxer avant de grimper dans la baignoire. Les gouttes froides qui martelaient sa peau ne réussirent pas à dissiper la vapeur émanant de son corps au souvenir des seins d'Amelia pressés contre lui.

Il s'adossa contre le mur carrelé et réprima l'envie de caresser son sexe. L'embrasser la veille — aussi platonique que ça avait été — avait attisé le feu qui couvait dans ses veines jusqu'à en faire un véritable brasier. Il avait besoin d'elle plus que d'air dans ses poumons, et savoir que cette relation était interdite ne faisait qu'aggraver la situation. *C'est tellement déplacé.*

La dernière fois qu'il s'était tenu ici, elle avait été nue et catatonique dans ses bras. Mais les images qui défilaient dans sa tête décrivaient toutes une femme enjouée aux lèvres faites pour pécher, et oh, mais qu'est-ce qu'il désirait sentir cette bouche autour de sa bite.

— Putain, marmonna-t-il avant de se retourner et de cogner sa tête contre le mur.

Son bon sens avait suivi l'eau dans les tuyaux d'évacuation au même titre que sa dignité. Quel mal pouvait-il y avoir à fantasmer un peu ? Elle n'en saurait jamais rien, et il se sentirait bien mieux après coup. Le soulagement qu'il ressentirait l'aiderait à supporter son sentiment de culpabilité. Les yeux bleus d'Amelia vacillèrent dans son esprit, et il se remémora le regard vacant qu'elle arborait la nuit passée. La jeune femme avait déjà bien assez souffert. Elle ne méritait pas en plus d'être la cible de ses pensées lubriques.

Il serra un poing le long de son flanc et ravala un juron. Plus vite il la ramènerait à Hydria, mieux cela vaudrait. Il pourrait alors soulager la douleur lancinante logée dans ses bourses. En attendant, il se tiendrait à carreau. Quitte à en crever. Son jean n'avait pas complètement séché pendant la nuit, mais il l'enfila quand même. C'était ça ou rester en boxer, et il ne pouvait pas se passer de pantalon. Il se servit du t-shirt dans lequel il avait dormi pour essorer ses cheveux. Il aurait besoin d'une autre douche plus tard quand il aurait mis la main sur du savon et du shampoing, mais celle-ci ferait l'affaire en attendant.

Amelia l'attendait, assise sur le lit, ses cheveux emmêlés et le drap tiré sur sa poitrine. Cette image manqua de peu de le renvoyer dans la salle de bain pour s'occuper de son problème. Il fallait qu'il se débarrasse d'elle, et vite.

— La salle de bain est libre si tu en as besoin.

Il se racla la gorge.

— Nous, euh, nous irons acheter quelques vêtements cet après-midi.

Ils avaient besoin de faire un petit détour avant ça et aussi de se débarrasser de la voiture volée dans un restaurant à proximité. Ou peut-être qu'ils laisseraient la voiture ici et qu'ils partiraient à pied. Son plan de secours ne se trouvait pas très loin d'ici, d'où son choix de motel. Tom se dirigea vers la fenêtre pour examiner le parking. Rien qui ne sorte de l'ordinaire. Il semblerait que ses techniques d'évasion aient réussi à duper le FHC. Elles ne fonctionneraient pas à tout jamais, et il était certain que les Sentinelles envahiraient ce petit village d'ici la tombée du jour, si ce n'est plus tôt.

La porte de la salle de bain se ferma avec un léger clic, lui indiquant qu'Amelia avait quitté le lit ; Il espérait qu'elle garderait ses esprits cette fois-ci car il n'était pas certain que son cœur survivrait à une deuxième crise, surtout quand il ne connaissait pas la cause de la première. Pour autant qu'il aimerait savoir ce qui s'était passé, il ne comptait pas la pousser à s'expliquer. Si elle se confiait à lui, ce serait parce qu'elle en avait envie, et non parce qu'il l'y avait poussé.

Ses cheveux étaient tirés en une queue de cheval humide quand elle quitta la salle de bain vêtue de la même combinaison short-débardeur que la veille. Ses lèvres pulpeuses étaient plissées en une moue triste qui lui serra le cœur. Il préférait la version curieuse d'Amelia plutôt que cette triste copie, mais il n'était pas sûr de savoir comment arranger la situation.

Il enfila sa veste et glissa le sac à dos sur ses épaules puis se dirigea vers la porte et l'ouvrit pour la laisser passer. Elle se précipita sous son bras et se figea sur le trottoir.

Ouais, ça n'allait pas fonctionner si elle continuait ainsi aujourd'hui. Il avait besoin d'une partenaire assurée pour réussir, et cette version docile ne ferait pas l'affaire.

— J'espère que tu es prête à courir, car nous allons laisser la voiture ici.

Rien de tel qu'une petite compétition pour activer la circulation. Le regard d'Amelia vola aussitôt vers les siens.

— Quoi ?

— Tu m'as bien entendu. C'est parti pour une petite course.

Une partie de son incertitude laissa la place à l'incrédulité.

— Maintenant ?

— Ouais, pourquoi pas ?

Son corps avait certainement bien besoin de l'exercice physique. Peut-être qu'il réussirait ainsi à rediriger le flot de sang ailleurs que dans son entrejambe. Elle observa leurs alentours en fronçant les sourcils.

— Nous sommes au milieu de nulle part.

Ce n'était pas tout à fait vrai. Le chalet où ils étaient restés était plus isolé que cet endroit, même si la population de ce village ne dépassait pas les mille habitants. C'était l'endroit idéal où acheter une unité de stockage à l'aide d'une fausse identité pour y dissimuler des outils utiles à une cavale qui ne feraient sourciller personne. Le parc national à proximité attirait beaucoup de touristes, surtout en provenance de la ville, ce qui signifiait que les citoyens étaient habitués à côtoyer des nouveaux venus, d'où la raison pour laquelle il avait choisi cet endroit trois mois auparavant.

Tom attacha sa veste. La course ne leur ferait pas du bien par cette chaleur, mais il préférait une distraction pénible au désir lancinant qui faisait palpiter son bas ventre.

— Prête ?

Les derniers vestiges de sa méfiance disparurent quand elle le regarda, bouche bée.

— Tu es sérieux.

— Toujours.

— Et apparement, tu dérailles complètement.

Après tout ce qui s'était produit la veille ?

— C'est une possibilité, en effet.

Il souffrait au minimum de pulsions suicidaires.

— On y va ?

— Est-ce que j'ai le choix ?

Techniquement, oui, mais il préférait une Amelia agacée plutôt que déprimée. Alors...

— Non. Allons-y.

Il se balança sur la plante de ses pieds puis s'élança à un rythme qu'elle serait capable de tenir.

— Trou du cul, grogna-t-elle en s'efforçant de le rattraper.

— Atout, répliqua-t-il avec un sourire qu'elle jugerait sans doute suffisant.

Elle tenterait probablement de l'achever après leur course de cinq kilomètres, mais si cela lui permettait de garder ses esprits, il considérerait cela comme une victoire. Ils arrivèrent au box de stockage quarante minutes plus tard, ce qui devait pour lui battre des records de lenteur. Mais il n'en toucha pas un mot à Amelia. Il avait passé la moitié de la course à l'envers pour la narguer afin qu'elle le suive. Le bleu incendiaire de ses yeux était aussi amusant qu'aguicheur. Elle avait menacé de lui tirer dessus à plusieurs reprises, mais c'était lui qui détenait toutes les armes. C'était certainement une bonne chose, car il soupçonnait qu'elle était sérieuse cette fois-ci. Elle se pencha en avant, les bras sur les genoux, devant la porte du garage, bredouillant une liste de jurons. *Trou du cul* revenant fréquemment, il savait que la litanie lui était destinée.

— Et…

Elle avala une grande bouffée d'air et souffla pour dégager une mèche de cheveux de ses yeux.

— Tu ne… transpires… même pas.

C'était vrai. La course avait toute l'apparence d'une simple balade à pied à ses yeux. Ce n'était pas plus mal considérant la veste en cuir et le sac qu'ils portaient. Sans compter son jean humide.

— C'est ma raison de vivre, lui dit-il en glissant le sac de son dos.

La clé dont il avait besoin se trouvait dans la poche extérieure. Il l'attrapa et se dirigea vers l'unité louée avec son alias, une Amelia essoufflée sur les talons. Il se demandait à quel point elle serait épuisée par une nuit passée au lit avec lui. Compte tenu du désir dévorant qu'il éprouvait pour elle, il ne pourrait s'empêcher de la laisser à bout de souffle et satisfaite, encore et encore.

— Quel est cet endroit ? demanda Amelia alors qu'il déverrouillait le cadenas.

Ses joues rosies et ses lèvres entrouvertes narguaient son côté perfide. Elle avait l'air fraîchement baisée, mais pas dans le genre qui lui plaisait. À quoi bon avoir couru pour calmer son excitation. Au contraire, elle n'était que plus intense. *Il faut que je m'éloigne d'elle aussi rapidement que possible.* Ce qui signifiait accélérer ses plans. Ce ne serait pas un problème. Il souleva la porte pour révéler un local d'une dizaine de mètres carrés. Ayant remarqué l'expression d'Amelia, il réalisa qu'il n'avait pas répondu à sa question. Ses fonctions cérébrales avaient momentanément été distraites par le membre logé dans son pantalon.

— Ça faisait plusieurs mois que je soupçonne que ce

choix soit inévitable, expliqua-t-il en allumant le plafonnier. Bien sûr, je ne m'attendais pas à ce que mon exil soit aussi rapidement nécessaire, donc je n'avais pas fini de tout mettre en place, mais je dispose d'assez d'outils pour commencer.

Différentes armes jonchaient les murs, le sol étant quant à lui couvert de cartons. Mais c'était le coffre-fort installé dans un coin vers lequel il se dirigea en premier. Il fit tourner la molette pour entrer son code et la porte s'ouvrit.

Deux passeports se trouvaient à l'intérieur, un américain et un canadien. Les deux étaient des alias dont le FHC n'avait pas connaissance. En dessous se trouvait un portefeuille rempli de cartes de crédits liées à des comptes bancaires qu'il avait, là aussi, ouverts avec ses fausses identités, ainsi que de nombreuses liasses de billets dans différentes devises. Toutes ces missions humanitaires à travers le monde lui avaient facilement permis de récupérer des monnaies étrangères. Cela lui avait aussi permis de transférer son héritage à travers divers comptes sans que son père ne s'en aperçoive. Tom aurait disparu depuis bien longtemps et se servirait d'une nouvelle identité de l'autre côté de la planète avant même que les analystes de son père ne puissent suivre la piste de son argent. C'était en tout cas le plan.

Il déposa les passeports et l'argent sur le coffre puis se pencha pour attraper des vêtements secs dans un carton à ses pieds. Il savait bien qu'ils lui seraient utiles un jour. Il laissa tomber son sac et sa veste puis retira son t-shirt sale qu'il jeta aussitôt au sol. Un petit cri provenant de l'autre côté du box lui rappela qu'il n'était pas seul. Ah oui. les yeux écarquillés de la jeune femme étaient rivés sur son torse quand il se retourna.

—J'ai besoin de changer de jean.

Le tissu humide irritait son entrejambe, qui était déjà bien assez douloureux. Il posa sa main sur le bouton, et le regard d'Amelia en fit de même.

— Tu ferais peut-être mieux de te tourner car je compte aussi changer de boxer.

Amelia lécha ses lèvres et lui jeta un regard étrange, comme si elle souhaitait lui dire quelque chose. Elle avait dû changer d'avis car elle fit volte-face pour examiner son fusil de sniper à la place. Dommage qu'il ne puisse pas l'emmener. Il n'aurait qu'à revenir le chercher plus tard.

Il quitta ses chaussures, son jean et son boxer humide puis enfila les vêtements secs avant de remettre ses boots. Tom glissa ensuite les passeports dans une poche et le portefeuille dans l'autre avant de verrouiller le coffre fort. Un portable prépayé dans son emballage était posé sur l'une des étagères. Il le mit dans la poche de sa veste puis échangea certains des objets rangés dans son sac. Il aurait besoin de certaines armes compte tenu de leur destination, certainement pas de l'équipement standard qui s'y trouvait pour le moment. Amelia, se retourna et l'observa avec une expression curieuse après avoir réalisé qu'il avait fini de s'habiller.

Une fois qu'il eut terminé, Tom quitta le garage pour rejoindre le box d'en face et se servit de la même clé pour l'ouvrir. Son jouet favori se trouvait à l'intérieur. Il l'avait acheté deux mois auparavant et ne l'avait conduit qu'une seule fois. Jusqu'ici. Il allait enfin pouvoir s'amuser un peu avec.

— Vas-tu encore devoir trafiquer les câbles ?

L'irritation manifeste dans sa voix le fit rire. Elle n'avait apparemment pas apprécié leur dernier larcin.

— Ne t'inquiète pas. Les clés sont à l'intérieur.

Tom déverrouilla le véhicule et ouvrit le coffre. Il y déposa d'abord son sac, suivi de quelques armes supplémentaires et, pour finir, un carton de vêtements. Il faudrait qu'il récupère une valise pour leurs affaires afin que le personnel de l'hôtel ne se pose pas trop de questions. C'était juste un petit détail. Après avoir verrouillé la première unité, il rejoignit la portière côté passager.

— Les dames d'abord.

— Quelle galanterie.

Elle n'avait pas l'air franchement impressionnée par son numéro.

— Tu préférerais rester ici ?

Ses yeux sublimes se plissèrent.

— Vas-tu encore m'obliger à courir ?

— Probablement.

Elle s'esclaffa.

— Trou du cul.

— Atout.

Le large sourire qu'elle lui rendit valait bien toutes les boutades de la journée. Il voyait bien qu'elle aurait souhaité réprimer son hilarité mais n'avait pas réussi. Et il adorait ça. Il l'avait rendue heureuse, même si c'était d'une manière détournée et un peu foireuse.

— Dis-moi d'abord où on va.

— Je pourrais tout aussi bien t'abandonner ici, répliqua-t-il en souriant.

Même s'il n'en avait nullement l'intention. Elle n'en était pas consciente, mais il lui avait fait un serment la nuit dernière après qu'elle s'était endormie. Et il comptait bien s'y tenir, quitte à y rester.

— C'est vrai, ou tu pourrais aussi agir comme un *gentleman* et me le dire.

Oh, il adorait vraiment ça. Qu'elle se serve de ses mots contre lui.

— Okay, mon ange.

Tom croisa les bras sur le dessus de la portière ouverte

et se pencha vers elle comme pour partager un secret. Elle se rapprocha, manifestement curieuse. Il adorait cette expression sur son visage et était impatient à l'idée qu'elle se transforme en choc.

— Nous rentrons à New York.

Il ne fut pas déçu. Ses lèvres pulpeuses s'ouvrirent pour pousser un petit cri alors que ses sourcils se hissaient sur son front.

— Quoi ? Pourquoi diable est-ce qu'on ferait ça ?

— Parce que c'est le dernier endroit auquel ils penseront.

CHAPITRE ONZE

UN INSTANT D'HÉSITATION

AMELIA n'en croyait pas ses yeux. De tous les hôtels de New York où passer la nuit, Tom avait choisi le Pierre. Le Traité de 1747 l'avait empêchée d'y séjourner, ainsi que dans n'importe quel autre hébergement de la ville, mais elle avait entendu son frère parler de cet endroit. Il adorait cet hôtel.

Elle se demanda s'il était loin du siège de Wakefield Pharmaceuticals. Jonathan lui avait dit qu'Issac participait de manière plus active à la gestion de la compagnie depuis son décès supposé. Il s'en était servi comme preuve que son frère avait tourné la page et ne viendrait pas à sa rescousse. Elle n'avait pas laissé cette information la démoraliser, ou, en tout cas, pas entièrement. Car elle savait au plus profond d'elle-même que même si son frère la croyait morte, il ne l'oublierait pas pour autant.

— On y va, ma chère ? demanda Tom avec l'accent traînant du sud.

Il avait l'air ridicule, vêtu d'un polo rose, d'un pantalon chino, de lunettes et d'une casquette anglaise. Non pas qu'elle puisse se moquer, avec sa robe d'été et sa capeline. Leurs tenues étaient adéquates pour une partie de croquet, et non un hôtel chic de New York, mais Tom avait insisté pour qu'ils se déguisent. Amelia glissa son bras ganté sur celui que Tom lui tendait et le suivit. Elle n'avait pas réussi à cacher son accent anglais sous une intonation sudiste et restait donc silencieuse à ses côtés alors qu'il discutait avec le porteur dans l'ascenseur.

Leur chambre située au trente-huitième étage offrait une vue nocturne magnifique de Manhattan. Amelia fut presque attristée à l'idée de ne pas rester assez longtemps pour en profiter. Elle n'avait pas d'autre choix que de fuir, étant désormais si proche de son frère et de la liberté, mais elle avait d'abord besoin de soutirer quelques effets à Tom. *De l'argent et une arme.*

Son estomac se révolta à l'idée même de toucher une nouvelle fois à un pistolet, mais elle était consciente qu'il s'agissait d'un mal nécessaire qui lui serait utile. Les Hydraiens comme elle n'étaient pas les bienvenus dans la ville, et des Ichoriens rôdaient à chaque coin de rue. Étant la fille d'un des aînés de l'espèce, Amelia serait facilement reconnue par la plupart des immortels, surtout les plus dangereux. Elle serait abattue sur place si quelqu'un la reconnaissait. Heureusement, elle était présumée morte aux yeux du monde immortel.

— Amelia ? l'appela Tom depuis le salon.

Elle avait vagabondé jusque dans la chambre de leur suite pendant qu'il terminait sa conversation avec l'employé. L'usage de son intonation habituelle lui indiqua que ce dernier était parti. Elle se détourna de la fenêtre pour le rejoindre. Tom était debout à côté du canapé, un livret à la main.

— Qu'est-ce qui te ferait plaisir pour dîner ? l'interrogea-t-il en poursuivant sa lecture.

Dîner était la dernière de ses préoccupations, mais son estomac gronda en réponse à sa question. Un petit repas rapide avant de filer n'était peut-être pas une mauvaise idée. Celui-ci lui fournirait de l'énergie, ce dont elle aurait certainement besoin. Elle jeta un coup d'œil au menu par-dessus son épaule et pointa son doigt au hasard sur une salade au poulet. Tom pouffa et se tourna pour lui faire face.

— Nous n'avons rien mangé depuis notre encas merdique au centre commercial, et ce n'est pas comme si les repas précédents étaient bien meilleurs. Tu as besoin de plus qu'une salade.

Amelia croisa les bras et haussa un sourcil dans sa direction.

— Eh bien, si tu sais mieux que moi ce que je devrais manger, pourquoi ne commandes-tu pas à ma place ?

— Tu sais quoi, c'est une bonne idée.

Il attrapa le téléphone tout en maintenant son regard.

— Bonsoir, ma chère. Ma fiancée et moi sommes affamés. Mmh mmh, ouais. Okay, eh bien, nous souhaiterions commencer avec les crevettes, ainsi que deux bols de bisque de homard. Et en plat principal, deux filets mignon accompagnés de pommes de terre au four et de haricots verts.

La réponse de son interlocutrice le fit sourire.

— Oui, madame, ce sera parfait. Et, euh, à point pour la viande. Pour le dessert, le bar à sundaes accompagné de toutes les garnitures disponibles, ainsi que des cookies aux pépites de chocolat encore tièdes devraient faire l'affaire. Merci beaucoup, ma chère. Vous aussi.

— J'espère que tu as faim, parce que ça fait beaucoup de nourriture pour deux, *mon cher*, lui dit-elle avec un horrible accent.

Cet accent était peut-être sexy dans la bouche de Tom, mais Amelia était ridicule quand elle tentait de l'imiter. Au moins, ce n'était pas elle qui portait cette casquette anglaise ridicule. *Même si je dois admettre que ce trou du cul la porte plutôt bien.* Ce type serait capable de rendre un sac poubelle séduisant.

L'attirance qu'elle ressentait pour lui n'avait fait qu'empirer au cours des dernières vingt-quatre heures. S'endormir dans ses bras après qu'il l'avait sauvée de l'obscurité avait été revigorant. Elle ne voyait pas quel autre terme utiliser pour qualifier l'expérience. Une fois passée la surprise de s'être réveillée nue à ses côtés, elle avait réalisé que c'était la meilleure nuit de sommeil dont elle avait profité depuis une éternité. Une partie d'elle aurait souhaité en attribuer la responsabilité au lit, un luxe dont elle n'avait pas bénéficié au cours des six dernières années, mais cela aurait été un mensonge. Elle s'était sentie en sécurité, ce qui l'avait terrifiée. Si elle continuait ainsi, elle courrait droit aux ennuis.

C'était pour cette raison qu'elle devait partir. Elle envisagea de demander à Tom de la relâcher, mais elle ne savait pas comment il réagirait. Prendre la fuite lui paraissait plus facile. *Une démarche de couard*, lui reprocha sa conscience. *Peut-être*. Mais si elle ne filait pas ce soir, elle risquait d'y laisser son cœur. Amelia refusait de laisser une nouvelle fois quelqu'un s'occuper d'elle et la protéger. Pas après ce qui s'était produit la dernière fois qu'elle était tombée dans ce piège. Amelia se devait à elle-même de poursuivre son plan d'origine, de fuir pour retrouver son frère. Elle le délesterait d'un peu d'argent et d'un flingue avant de demander au concierge de l'hôtel de l'envoyer au siège de Wakefield Pharmaceuticals. Issac ne travaillerait certainement plus à cette heure tardive, mais elle trouverait quelqu'un capable de le contacter.

— Qu'est-ce qui te fait gamberger ainsi, Amelia ? demanda Tom, dont les yeux plissés dénotaient sa méfiance.

Oups. Amelia tenta de se souvenir du sujet de leur conversation, mais en vain.

— Je ne sais plus.

Ce n'était pas vraiment un mensonge car elle ne se souvenait pas de leur conversation.

— Mmh mmh.

Tom croisa les bras et pencha la tête sur le côté.

— Eh bien, le dîner sera prêt d'ici trente minutes. Pourquoi ne pas te rafraîchir en attendant et retirer ce chapeau hideux ? Tes nouveaux vêtements sont dans la valise.

Elle ignora son geste de la main en direction des sacs posés près du seuil de la chambre.

— Tu tiens vraiment à parler de mon chapeau hideux ? Tu t'es regardé dans une glace ?

Il répondit avec un large sourire effronté.

— Débarrasse-toi vraiment du chapeau, mon ange.

— T'es vraiment un trou du cul.

— On est d'accord là-dessus, petit Atout, chuchota-t-il avec un clin d'œil. je vais regarder les infos pendant que tu te changes.

Il se laissa tomber sur le canapé, posa ses pieds sur la table basse, et alluma la télévision.

Elle aurait bien voulu tenir bon face à sa requête, mais la vérité, c'était qu'elle était impatiente de quitter cette robe et ce chapeau. La jeune femme d'avant adorait ce genre de tenues, mais la nouvelle Amelia préférait le jean et les débardeurs. Et aussi les pantalons de pyjama. Elle en avait acheté un sur un coup de tête et décida que ce serait parfait pour dîner. *Le repas qu'il a commandé pour toi*. C'était de ça qu'ils parlaient avant qu'elle ne perde le fil de la conversation.

— Et si je n'avais pas envie de viande ? demanda-t-elle, les bras toujours croisés sous sa poitrine.

Il lui retourna un sourire narquois.

— Eh bien je suppose que ça fera deux filets mignon pour moi, et oui, je sais. Je suis un trou du cul. Va te changer.

Il méritait une gifle. Ou pire. Un baiser. Un léger tremblement gagna son bas-ventre à cette idée. Que ferait-il si elle s'asseyait sur ses genoux, enroulait ses bras autour de son cou, et pressait ses lèvres contre les siennes ? *Il te repousserait*, lui rappela sa conscience. Tout comme il l'avait fait ce matin quand elle s'était réveillée nue à côté de lui. Il avait bougé aussi vite que si la peau d'Amelia l'avait brûlé. Ce n'était pas la réaction d'un homme intéressé. La gifle était donc la meilleure de ses deux options. Dommage qu'il soit capable de saisir son poignet avant qu'elle n'atteigne sa joue.

Amelia souffla puis attrapa la valise qu'elle fit ensuite rouler dans la chambre. S'il tenait tant à ce qu'elle se change, elle s'exécuterait et en profiterait pour prendre une douche. Autant se rafraîchir avant son départ plus tard dans la soirée. La salle de bain en marbre était équipée d'une baignoire et d'une douche. Après s'être éternisée sous le jet d'eau chaude, Amelia enfila une culotte, un pantalon de pyjama en flanelle gris et un débardeur crème. Elle avait fait abstraction d'un soutien-gorge, car après tout, pourquoi se l'infliger ? Tom l'avait déjà vue nue, et d'après sa réaction, il n'était visiblement pas impressionné. Autant se mettre à l'aise dans ce cas-là. Elle peigna ses cheveux fraîchement lavés et les laissa détachés pour qu'ils sèchent, puis rejoignit Tom dans le salon.

Ses narines frémirent en percevant les effluves délicieux qui emplissaient la pièce. Tom était installé à une petite table qui pouvait accueillir deux couverts et semblait l'attendre. Cette fichue casquette avait atterri au sol, tout comme son polo et son pantalon chino. À la place, il portait désormais un pantalon de jogging et un t-shirt blanc qui épousait ses biceps. Amelia manqua de s'étouffer avec sa langue et oublia le commentaire plein d'esprit qu'elle avait préparé. Les yeux de Tom s'assombrirent visiblement une fois tombés sur sa poitrine et Amelia se demanda si elle s'était trompée au sujet de ce qu'il ressentait pour elle. Puis son regard vola vers le plateau de la table et la tension soudaine se dissipa. Bien sûr que non, il ne voulait pas d'elle. Et elle ne devrait pas non plus le désirer. Il s'éclaircit la gorge et lui indiqua la chaise qui lui faisait face d'un geste de la main.

— Et si on dînait.

À en juger par le gargouillement de son estomac, celui-ci était bien d'accord avec la suggestion de Tom, et Amelia s'installa donc pour dévorer son repas. Jamais un filet mignon n'avait été aussi délicieux, et la bisque était un véritable régal pour ses papilles. Elle se sentait bel et bien gâtée une fois le repas terminé, et son coeur se serra. Malgré les circonstances, Tom s'était montré généreux à son égard, mais elle n'avait pas d'autre choix que de le trahir. Si elle avait appris une chose au cours de la décennie qui s'était écoulée, c'était de prendre soin d'elle-même avant toute chose. Et rester avec lui plus longtemps compromettrait non seulement sa santé mentale, mais aussi son équilibre émotionnel. Elle ne pouvait pas risquer de s'égarer un peu plus.

— Euh, tu peux prendre le lit, annonça Tom une fois qu'il eut débarrassé leurs couverts dans le couloir. Je vais dormir sur le canapé.

—Je peux prendre le sofa, répondit-elle sans réfléchir.

Face à son expression spéculative, elle fit machine arrière pour mieux s'expliquer.

— Je veux dire, tu devrais prendre le lit comme tu as payé pour la chambre.

Et j'aimerais être plus près de la porte. Tom secoua la tête.

—Je vais prendre le canapé et toi le lit. Il n'y a pas lieu d'en discuter.

Son ton dédaigneux lui hérissa le poil.

— Et pourquoi pas ? Et si je souhaitais dormir sur le sofa ?

— Nous sommes au milieu du territoire des Ichoriens et des Sentinelles, Amelia. Je pense que nous avons réussi à tromper les caméras, mais un simple regard déplacé suffirait pour que l'on soit détectés par les logiciels de reconnaissance faciale. Et tu ferais bien d'accepter que mon père se sert de tous les moyens à sa disposition pour nous retrouver. Donc si ça ne te gêne pas, j'aimerais dormir sur le canapé pour monter la garde pendant que tu dors dans la chambre.

Amelia cligna des yeux. Très bien. Il n'y avait aucun moyen de disputer sa logique.

— Bon, je vais dormir dans l'autre pièce, alors.

— Super, souffla-t-il. Sers-toi de la salle de bain en premier. Préviens-moi juste dès que tu auras fini.

Ce qui sous-entendait qu'il en aurait besoin après elle, mais pour combien de temps ? S'il prenait une douche, Amelia aurait assez de temps pour piquer une arme dans son sac ainsi qu'un peu d'argent. Mais elle doutait que ce soit dans ses plans. Ça pourrait néanmoins fonctionner si elle se dépêchait. *Je vais pouvoir m'échapper.* Son pouls s'emballa un peu avant de faire un bond quand elle comprit que cela signifiait aussi qu'elle ne reverrait jamais Tom. *Il n'est qu'un moyen de parvenir à mes fins.* Mais était-elle prête à en finir maintenant ?

— Tu vas bien ? demanda-t-il, les sourcils froncés. Ton teint est assez pâle.

Amelia déglutit. Difficilement.

— Oui, j'ai juste… j'ai juste besoin d'un peu de repos.

C'était un mensonge. Grâce à la nuit précédente, elle se sentait parfaitement requinquée. Pourquoi se sentait-elle aussi minable ?

— D'accord.

Il frotta l'arrière de sa nuque avec sa main, visiblement inquiet à en croire son front plissé.

— Tu sais que je suis là si tu as besoin de moi.

C'était comme de recevoir une flèche en plein cœur. Il avait cru que son inquiétude était due aux souvenirs de la nuit dernière, qu'elle avait réussi à esquiver toute la journée, grâce à son impertinence et son attitude autoritaire. Courir était bien la dernière chose dont elle avait eu envie ce matin, mais il fallait admettre que cela l'avait empêchée de broyer du noir.

— Tu es vraiment un homme bien, lâcha-t-elle.

Était-ce vraiment tout ce qu'elle avait trouvé pour le saluer et le remercier ? Tom grogna.

— Ouais, j'en suis pas si sûr.

— Mais si. Tu n'es pas du tout comme Jonathan.

Même s'il ressemblait à une version plus jeune de son père. Les yeux de Tom s'assombrirent jusqu'à atteindre un brun succulent. Elle adorait quand il la couvrait ainsi du regard. Les muscles de son bas-ventre se contractaient toujours d'une manière qu'elle n'avait pas connue depuis si longtemps.

— Merci, murmura-t-il avant de s'éclaircir la gorge. Je vais, euh, je vais aller préparer le canapé.

— Très bien.

Amelia hocha la tête et se dirigea vers la salle de bains pour faire ses ablutions. Elle n'aurait pas le temps de se changer si elle filait pendant qu'il se trouvait dans la salle de bain, et Amelia enfila donc un soutien-gorge avant de glisser une paire de chaussettes dans sa poche. Elle attraperait ses chaussures en sortant et les enfilerait dans l'ascenseur. Elle attacha ses cheveux en queue de cheval, se brossa les dents, et s'observa sévèrement dans le miroir. *Tu vas y arriver*, se répéta-t-elle comme un mantra en retournant dans le salon. Mais elle se figea sur le seuil en remarquant ce qui s'y trouvait.

— Mais qu'est-ce qui t'a pris, bon sang ? demanda-t-elle, choquée.

Tom releva la tête depuis sa position sur le lit de fortune qu'il avait installé au sol. Ses bras musclés étaient croisés derrière sa tête et ses pieds nus au niveau des chevilles.

— Comme je l'ai mentionné plus tôt, nous sommes sur le territoire des Ichoriens et Sentinelles.

— Donc tu as poussé le canapé contre la porte ?

— Oui.

Une réponse brève. Aucune explication.

— Et tu as déplacé les coussins au sol parce que... ?

— Parce que si quelqu'un vient nous chercher et tente d'ouvrir la porte, c'est ici qu'ils tireront en premier.

Il lui indiqua du doigt l'assise du canapé.

— Et je préférerais éviter ça.

— D'accord.

L'hystérie commença à la gagner. Pourquoi ses tentatives de fuite continuaient-elles d'échouer à chaque putain de fois qu'elle goûtait à la liberté ? Quelqu'un là-haut devait trouver sa détresse hilarante. Tom se leva aussi agilement qu'à son habitude et lui adressa un geste du menton.

— Je reviens.

— D'accord, répéta-t-elle, les yeux rivés sur l'obstacle.

Il n'y avait aucune chance qu'elle puisse le bouger sans créer un vacarme qui attirerait son attention. Sans compter le peu de temps dont elle disposait. *Ok, plan B. Et de quoi s'agit-il ?*

— Oh, j'ai failli oublier.

Tom se tenait sur le seuil, un flingue à la main. Cette vision lui retourna l'estomac.

— Je vais le laisser dans la table de chevet, juste au cas où. Essaye de ne pas me tirer dessus avec, d'accord ?

Il n'attendit pas sa réponse, ce qui valait mieux puisqu'elle n'en avait pas. Ses membres s'engourdirent alors que ses entrailles s'affaissaient. *Qu'est-ce que je vais bien pouvoir faire maintenant ?* Elle disposait d'une arme, ce qui ne l'avançait pas vraiment vu qu'elle ne pouvait pas partir. *À moins que je m'en serve pour le neutraliser...* Non. Il n'y avait aucune chance qu'elle envisage de le blesser ainsi. Tuer Anita était une chose, mais Tom ? Cela la briserait d'une toute autre manière.

Mais il se réveillera en parfaite santé demain matin. Une exécution normale déclencherait ses gènes immortels, et il se réveillerait en tant qu'Hydraien au petit matin. Tout comme elle.

Non. C'était une idée inacceptable. *Mais logique.*

Amelia se couvrit les oreilles avec les mains pour tenter de faire taire cette partie sombre d'elle-même, mais en vain.

C'est un novice. Il est destiné à être ressuscité en Hydraien. Tu donnerais simplement un coup de pouce au futur.

Et s'il n'est pas vraiment un novice ?

Ne sois pas idiote. Tu sais que c'est le cas. Il est la copie conforme de son père, qui est à cent pour cent Ichorien.

Elle n'arrivait pas à croire que ce débat avait lieu dans son esprit. Envisageait-elle sérieusement de le faire ? Tirer sur Tom pour le neutraliser temporairement afin de s'enfuir ?

— Bon sang, chuchota-t-elle, atterrée.

Il lui avait sauvé la vie et c'était de cette manière qu'elle comptait le remercier ?

— J'ai fini, dit-il dans son dos.

Elle avait passé tout ce temps à observer fixement le canapé et à décider de son sort.

Je suis bonne pour l'enfer. Non, tu t'apprêtes à t'en échapper.

— Je vais me coucher, annonça-t-elle, en le contournant sans lever les yeux.

Il ne tenta pas de l'arrêter ou de dire quoi que ce soit quand elle ferma la porte de la chambre. Dieu soit loué car elle ne se faisait pas confiance pour lui parler. Amelia s'écroula sur le lit et pressa un oreiller sur son visage, priant pour que son subconscient cesse ses remontrances. Elle ne s'était jamais sentie aussi tiraillée de toute sa vie. Son seul but il y a encore quelques semaines était de le descendre, mais tout était différent désormais.

Elle l'aimait bien. Ce trou du cul avait fini par se faire une place dans son cœur et comptait désormais pour elle. Il lui avait enseigné des choses que personne d'autre n'avait jamais envisagé de lui apprendre et la traitait comme son égale. Les hommes de sa vie lui avaient toujours indiqué qu'elle n'avait pas besoin d'apprendre ceci ou cela car ce ne serait jamais un problème. Non. Elle se montrait injuste. Issac avait essayé de lui apprendre quelques trucs, mais Eli le décourageait toujours avec un bref « je m'en occupe ». Eh bien il ne s'en était pas chargé. Et il était mort.

Amelia se frotta la poitrine. Ce n'était pas la première fois qu'elle blâmait son ancien amant pour l'avoir mise dans cette situation. Oh, ça n'avait jamais été son objectif, et elle le savait bien, mais s'il lui avait enseigné quelques méthodes de défenses, peut-être que les choses se seraient passées autrement. Ou peut-être pas. Ils avaient tous les deux fait confiance à Jonathan, et aucun d'eux n'avait envisagé sa trahison avant qu'il ne soit trop tard.

Un peu comme Tom qui ne verra pas ton tir arriver…

Amelia grogna. Son esprit logique convenait bien que

le fait de lui tirer dessus était un plan valide. Il se réveillerait le lendemain en colère, mais vivant, et elle se serait de son côté rapprochée de son frère. Franchement, elle rendrait service à Tom en sortant de sa vie. Il disposait manifestement des moyens et connaissances requis pour prendre soin de lui-même, alors qu'elle représentait un bagage encombrant. Il l'avait dit lui-même au chalet, continuer sans elle serait bien plus simple. Elle pourrait le soulager tout en tirant son épingle du jeu par la même occasion. Chacun y trouverait son compte.

Sa tête la faisait souffrir quand elle prit enfin une décision, et un coup d'œil à l'horloge lui suffit pour comprendre qu'elle tergiversait depuis déjà bien trop longtemps. Aucune lumière ne filtrait sous la porte, indiquant que Tom avait dû se coucher. C'était maintenant ou jamais. Amelia récupéra le flingue sur le chevet aussi discrètement que possible puis se faufila jusqu'à la porte. Elle se figea momentanément, la main sur la poignée, pour guetter le moindre bruit qui émanerait de l'autre côté de la paroi, sans rien percevoir. Après une grande inspiration pour se calmer, elle fit tourner la poignée, tira la porte, et examina la pièce plongée dans une pénombre presque absolue.

Tom avait tiré les rideaux, mais une lueur douce émanant de la fente entre les pans illuminait un chemin jusqu'à son corps allongé au sol. Il dormait sur le dos, un bras glissé sous sa tête et l'autre étalé à côté de lui.

C'est vraiment un bel homme.

Des pommettes saillantes, des cils fournis, une mâchoire solide et un nez légèrement recourbé. Son visage lui manquerait. Sa main tremblait quand elle leva l'arme et visa son torse.

Appuie sur la gâchette, l'encouragea la part logique de son esprit. *Avant qu'il se réveille.*

Amelia hésita, l'estomac secoué par son agitation. Elle pensait avoir pris sa décision dans la chambre, mais le doute s'était immiscé en elle quand elle l'avait aperçu innocemment endormi. Comment pouvait-elle lui faire ça après tout ce qu'ils avaient vécu ensemble ? Geôlier ou non, il ne lui avait jamais fait de mal. Et il n'avait apparemment jamais souhaité la retenir captive ; seul son père était responsable. Lui faire payer les péchés de Jonathan lui paraissait injuste. Amelia tomba à genoux à côté de lui quand ses jambes lui firent défaut. Sa visée n'en fut pas impactée et elle tenait toujours son cœur en joue.

— Vas-y, chuchota Tom, la faisant sursauter.

Elle croisa son regard hésitant et sentit une partie de son cœur se briser. C'était trop dur d'y lire son renoncement. Quand il attrapa ses épaules pour l'attirer plus près, elle le suivit car elle ne pouvait pas l'affronter. Pas comme ça. Il enroula son autre main autour du poignet d'Amelia, mais au lieu de la désarmer, il guida le canon vers sa cage thoracique.

— Tire, l'encouragea-t-il. Si c'est ce dont tu as besoin, alors fais-le.

Une larme glissa du coin de son œil puis le long de sa joue. Elle ne se rappelait pas des dernières larmes qu'elle avait versées ; elle pensait avoir perdu la capacité de pleurer sous les coups de Jonathan. La paume posée sur son épaule fila à l'arrière de son cou alors que Tom achevait de l'attirer contre lui avant d'inverser leurs positions et de la faire rouler sous son corps. Il n'avait pas relâché sa prise sur son poignet et le flingue restait pointé sur sa poitrine. Amelia trembla quand ses hanches s'insinuèrent entre ses jambes puis ferma les yeux quand il caressa sa bouche du bout des lèvres.

— Je comprendrais, Amelia. Je sais que c'est ce que je mérite.

Mais ce n'était pas le cas. Pas du tout. Et elle le savait au fond d'elle. C'était pour ça qu'elle n'avait pas pu le tuer. Il se percha en équilibre sur son coude à côté de sa tête mais garda sa bouche proche de la sienne. Le tremblement dans son ventre fila plus bas et se transforma en quelque chose de bien plus chaud. Une autre larme s'échappa de son œil, en parfaite contradiction avec les sensations qui naissaient en elle. Elle fut une nouvelle fois enveloppée par l'obscurité, mais cette dernière possédait cette fois-ci un attrait différent. Un aspect torride qui lui donnait envie de faire des choses qu'elle n'avait jamais envisagé de faire avec un autre homme qu'Eli. Elle tenta de relâcher la prise de ses doigts sur l'arme qui gisait entre eux, mais la poigne de Tom était ferme.

— Non, chuchota-t-il. Ou je vais faire quelque chose que je ne devrais pas.

Amelia frémit.

— Comme quoi ?

— Ça.

Il captura sa bouche en un baiser implacable qui lui coupa le souffle. Leur étreinte dans le cinéma avait été un simple avant-goût de ce qu'il lui faisait en ce moment-même. Toute sa concentration et son assurance déferla de sa bouche vers celle d'Amelia et attisa ses plus profonds désirs.

Elle ne pouvait ni bouger, ni penser, ni respirer… Il consumait tout son être, liquéfiant chaque cellule de son corps. Elle désirait tellement mêler sa langue à celle de Tom, mais il souhaitait visiblement avoir le dessus, et Amelia céda. Il resserra sa prise autour de son poignet tout en appuyant intimement ses hanches contre les siennes. Son excitation était ferme et chaude entre ses cuisses.

Mon Dieu…

— Demande-moi d'arrêter, murmura-t-il contre sa bouche. Arrête-moi.

Non.

Amelia combla l'écart qui les séparait et tenta à nouveau de lâcher l'arme. Si elle lui tirait accidentellement dessus, elle ne se le pardonnerait jamais. Mais sa prise était toujours aussi solide alors qu'il capturait sa bouche. Quand il insinua sa langue entre les lèvres d'Amelia, elle gémit et perdit tout semblant de contrôle. Aucun homme ne l'avait jamais embrassée de cette manière. Tom la traitait comme une femme et non une fille, sans la moindre retenue. Ses hanches rencontrèrent une nouvelle fois les siennes et leur échange dégénéra. Le flingue disparut, Tom l'ayant déposé sur le sol loin d'eux, et l'une de ses mains vint caresser son sein. Elle attrapa l'arrière de son cou et se cambra contre lui avec une force dont elle ne se savait pas capable.

À quoi joue-t-il ? Tout était si différent, si délicieux.

— Amelia, souffla-t-il. Putain, j'ai envie de toi.

Sa main glissa jusqu'à son cou et il la maintint en place avant de la dévorer de nouveau. Elle enroula ses bras autour de ses épaules et glissa ses doigts dans sa chevelure. Son grognement approbateur fit vibrer sa poitrine et Amelia gigota. Ce grognement lui plaisait bien. Les nerfs dans son bas-ventre tremblèrent d'anticipation en réponse à ce son, et une vague de désir engloutit son entrejambe. *Je suis excitée*, réalisa-t-elle avec surprise. *Bel et bien excitée.* Avait-elle imaginé ressentir ceci à nouveau ? Avec un autre homme qu'Eli ?

Penser à son ancien amant aurait dû gâcher le moment, mais cela ne fit au contraire que le renforcer. Les émotions que lui inspirait Tom étaient si différentes de ce qu'elle avait connu. Elle avait l'impression d'être une nouvelle femme dans ses bras, choyée et protégée certes, mais aussi adorée et respectée. La manière dont il la dominait avec son corps était exactement ce dont elle avait besoin. Une échappatoire à la réalité, similaire à son antre ténébreux, mais tellement meilleure. À cet instant, elle pouvait ressentir, se laisser aller, et profiter du moment présent.

La paume qui aggripait son cou descendit jusqu'à sa poitrine puis jusqu'à l'ourlet de son débardeur. Sa peau nue se réchauffa au contact de la main qui parcourait son flanc. Amelia frémit sous son corps et savoura la sensation de ce contact délicieux. Cela faisait si longtemps.

— Dis-moi que c'est ce que tu veux, souffla-t-il. J'ai besoin de savoir que tu as envie de ça, mon ange.

Ce petit nom fit palpiter son cœur. Elle adorait la manière dont il s'était échappé des lèvres de Tom pour se poser sur les siennes. Amelia essaya de capturer sa bouche, mais fut maintenue à distance par la paume posée entre ses seins. Il la couvait du regard avec une intensité qui exalta son pouls. Jamais le désir ne lui avait semblé si attrayant sur le visage d'un homme. Et dire qu'elle avait cru qu'il ne voulait pas d'elle. *Comment ai-je pu être si aveugle ?*

— Embrasse-moi, supplia-t-elle. J'ai besoin que tu m'embrasses.

— Je désire bien plus qu'un baiser, Amelia.

L'avertissement dans sa voix la fit frissonner. Elle déglutit.

— Alors prends ce que tu veux.

— Un seul mot et je m'arrête. Dis-moi non si tu veux que je cesse.

Jamais.

— Embrasse-moi, répéta-t-elle. S'il te plaît.

— J'ai envie de goûter chaque centimètre de ton corps, chuchota-t-il près de ses lèvres.

Il attaqua avec sa langue, capturant sa bouche avec une possessivité qui lui coupa le souffle. Un incendie se déclencha dans son bas-ventre et diffusa sa chaleur dans toutes ses terminaisons nerveuses. Ses vêtements étaient étouffants. Elle avait besoin qu'ils disparaissent et fit mine de retirer son débardeur, mais Tom captura ses deux mains et les plaqua au-dessus de sa tête. Ses lèvres carressèrent la peau de son cou jusqu'à sa clavicule, ou il mordilla sa peau sensible.

Elle se trémoussa sous son corps, prise d'un besoin désespéré d'en avoir plus, mais il continua sa torture sensuelle en léchant le bombé de ses seins. Quand il plongea vers son soutien-gorge pour remonter ensuite, Amelia manqua de succomber à son désir. Cela faisait trop longtemps qu'elle n'avait pas ressenti les sensations qui avaient envahi son abdomen. Et elle n'avait jamais été touchée comme il le faisait. Aucune crainte ou hésitation, de la pure assurance. Cet homme savait comment s'occuper d'une femme, connaissait ses désirs et la manière de les combler. Il empoigna son haut à l'aide de sa main libre et le tira par-dessus la tête d'Amelia avant de le lâcher au niveau de ses coudes pour dégrafer son soutien-gorge.

— Tu es parfaite, murmura-t-il, attisant son désir.

Un téton disparut entre ses lèvres quand il le suça et le corps d'Amelia s'arqua loin du lit de fortune en réponse. L'épaisse masse de son désir la heurta juste là où elle le souhaitait quand il la repoussa au sol avec ses hanches. Ses jambes convulsèrent et Amelia trembla de désir. Tom changea de sein et suça son autre bourgeon entre ses lèvres. La douleur se mêla au plaisir et provoqua une vive réaction dans le bas de son abdomen.

— Tom…

Elle reconnut à peine sa voix rauque, mais il l'avait manifestement entendue. Il glissa plus bas le long de son corps, embrassant et mordillant tour à tour son abdomen avant de crocheter ses doigts dans l'élastique de sa culotte sous son pantalon de pyjama. Il maintint son regard en tirant le tissu le long de ses cuisses, par-dessus ses genoux, jusqu'à ses chevilles, la laissant entièrement nue sous ses yeux. Il la balaya paresseusement du regard et admira chaque centimètre de son corps exposé. Ses pupilles étaient dilatées par le désir et les cuisses d'Amelia se contractèrent en réponse.

— Tes joues rouges sont adorables, mon ange. Je me demande à quel point je peux te faire rougir, songea-t-il en rampant sur son corps, entièrement habillé, pour se figer à la jonction de ses jambes.

Amelia ouvrit la bouche pour répondre, mais il fourra son nez contre son entrejambe et chassa toute pensée cohérente de son esprit. Ses mains suivirent la ligne de ses cuisses pour les écarter et sa bouche trouva son clitoris. Aucun avertissement ou prélude, juste un geste franc, direct et incroyable. Les sensations qui l'assaillirent lui arrachèrent un gémissement alors que la chair de poule envahissait ses bras. Le plaisir la submergea et chassa de son esprit toute pensée qui ne se rapporte pas à la langue de Tom contre sa peau moite. Un coup de langue profond et les orteils d'Amelia se crispèrent, puis Tom attira le petit bouton d'Amelia entre ses dents.

Le temps cessa de s'écouler tandis qu'une véritable vague d'extase déferlait à travers elle, prenant naissance dans son centre pour venir éclater dans chaque cellule de son corps. Un cri fut arraché à sa gorge alors qu'elle continuait de palpiter sous Tom. La main de ce dernier l'ancrait dans la réalité alors même qu'il continuait l'assaut de sa langue. Les lumières qui vacillaient derrière ses paupières lui donnèrent le tournis et elle nota à peine le parcours de Tom qui remontait son corps. Il affichait un sourire de mâle satisfait quand elle réussit finalement à se concentrer sur lui.

— Le plaisir te va bien, chuchota-t-il contre sa bouche. Les joues rouges, l'air étourdi et complètement satisfaite. J'aimerais le voir une nouvelle fois, mais cette fois-ci après avoir enfoncé ma queue au plus profond de toi.

Un nouvel afflux de désir l'atteignit en plein ventre quand elle goûta son propre plaisir sur la langue de Tom. Il l'embrassa sauvagement, laissant sa marque sur l'âme d'Amelia.

— Est-ce que tu veux que je m'arrête, Amelia ? souffla-t-il contre son oreille. Où est-ce que tu en veux encore ?

Sa bouche s'assécha.

—J'en veux plus, murmura-t-elle. Tellement plus.

CHAPITRE DOUZE

TUER N'EST PAS SI FACILE

CES MOTS ATTISÈRENT la passion de Tom. Ses bourses se serrèrent péniblement alors même que son sexe palpitait. Il était connu pour se maîtriser mais avait lui aussi ses limites. Les iris d'Amelia virèrent au bleu profond de l'océan, dénotant le désir qui enflammait ses pupilles. Il connaissait bien cette expression, en avait été témoin à maintes reprises au fil des ans sur le visage de nombreuses femmes, mais la trouver sur celui d'Amelia lui parut inédit. Un cadeau exclusif qu'il avait l'intention de déballer afin de savourer le prix qu'il dissimulait.

Tom tira son t-shirt par-dessus sa tête et sourit quand elle tenta de lever les mains pour le toucher. Son débardeur était délicieux, ainsi enroulé autour de ses avants-bras. Elle n'avait pas réalisé qu'il l'avait accroché au bouton du coussin sur lequel elle reposait. Sur un coup de tête, un simple mouvement de ses doigts l'avait joliment ligotée pour le plus grand plaisir visuel de Tom. Évidemment, il lui avait laissé assez de mou pour se libérer si elle le souhaitait. Un coup sec suffirait lui aussi à la décrocher, mais elle semblait trop captivée par son abdomen pour essayer.

Son regard brûlant tomba sur son jogging quand Tom

tira sur le cordon pour le détacher. Il y avait des avantages à lui offrir un strip-tease. Tom ne se lassait pas du spectacle qu'offrait une sublime femme nue affalée devant lui, rouge de désir alors qu'il exposait progressivement son corps. Mais avec Amelia, l'expérience était dix fois plus intense. Elle le dévora du regard quand Tom libéra son sexe et se débarrassa de ses derniers vêtements, et ses mains tressaillirent. Il se pencha en avant pour lui arracher son débardeur, curieux de voir comment elle réagirait. Elle caressa ses bras et pectoraux du bout des doigts, puis les laissa parcourir son estomac pour s'arrêter juste au-dessus de l'endroit où il la désirait le plus.

— Touche-moi.

Le désir qui épaississait sa voix donna à sa requête l'apparence d'un ordre. Il la désirait plus qu'il n'avait jamais voulu une femme, mais il n'avait pas la moindre intention d'agir à l'encontre de ses désirs.

— S'il te plaît, parvint-il de justesse à supplier.

— Où ?

Sa réponse innocente lui fit marquer un temps d'arrêt. Cela aurait dû sembler évident à Amelia, mais il ne comptait pas la brusquer.

— Où tu veux.

Les sourcils de la jeune femme se hissèrent et une pointe d'excitation gagna son sourire.

— Où je veux ? répéta-t-elle. Vraiment ?

Amelia ne pouvait pas être vierge. Eli et elle avaient été amants pendant des siècles, et il n'y avait aucune chance pour que le défunt Ancien ne l'ait pas attirée dans son lit. À moins que son toucher létal ne l'ait empêché de se montrer aussi affectueux qu'il aurait pu le souhaiter. La vision qui apparut derrière les paupières de Tom lui arracha un grognement sourd. L'idée que qui ce soit d'autre ne vénère cette femme lui fit voir rouge. *Non.* Il s'efforcerait d'éliminer le souvenir de tous ceux qui l'avaient précédé et de laisser un souvenir impérissable à Amelia.

— Où tu veux, Amelia, murmura-t-il en réajustant sa position pour s'allonger à côté d'elle, sur le lit improvisé à l'aide de coussins et de couvertures.

Amelia se hissa sur son coude et se lécha les lèvres.

— J'ai le droit de te goûter ?

Putain. Ces simples paroles manquèrent de le faire défaillir. Il était connu pour sa retenue, et pourtant cette femme était capable de le pousser à bout à l'aide de quelques mots innocents.

— Oui.

Sa voix était rauque quand il répondit mais l'expression d'Amelia suggérait que cela lui avait plu. La bouche de la jeune femme était faite pour pécher, mais ce sourire ? Dieu qu'il aimait ce sourire. Il faisait palpiter son sexe avec impatience et contractait ses boules. Amelia dessina les contours de son abdomen avec ses ongles, l'air hésitant. Quand elle atteignit la ligne de poils qui descendait jusqu'à son entrejambe, Tom ne put réprimer son grognement et sentit sa main qui disparaissait malgré ses yeux fermés.

— Si ton but est de me tuer, mon ange, tu es sur la bonne voie.

— Tu aimes ça ?

Il lui jeta un coup d'œil.

— J'aimerais que tu en fasses beaucoup plus.

De préférence avant qu'il ne déraille complètement et la plaque au sol pour la baiser. Si son confort n'était pas si important aux yeux de Tom, c'est exactement ce qu'il ferait.

— Plus ?

Elle appuya avec sa main sur la zone juste au-dessus de son sexe.

— J'aime l'idée d'en faire plus.

Ses mèches de cheveux soyeuses dansèrent sur la poitrine de Tom quand elle posa sa bouche sur son sternum. Il glissa ses doigts dans les cheveux de la jeune femme en signe d'encouragement alors qu'elle traçait un chemin avec sa langue vers le centre de son torse, où elle avait posé sa main, avant de continuer plus bas. Tom eut le souffle coupé quand Amelia fit glisser son sexe entre ses lèvres sans le moindre avertissement. *Merde.* Cette chaleur moite était presque impossible à supporter, mais il ne put se résoudre à la repousser. Surtout pas quand elle l'avala plus profondément et émit un petit soupir d'approbation venu du fond de sa gorge, alors même que ses lèvres caressaient chaque centimètre. Amelia enroula ses doigts à la base du manche de Tom tout en faisant tournoyer sa langue autour de son extrémité. Ses hanches se fléchirent et il ne put réprimer un juron. Amelia s'interrompit, comme si elle avait été surprise par cette réaction, et il croisa son regard quand il baissa les yeux.

— Putain, grogna-t-il.

C'est tellement sexy. Le désir de la jeune femme était visible dans son regard et il fut impossible pour Tom de détourner les yeux quand elle fit une nouvelle fois glisser son sexe entre ses lèvres et le suça. Fort. Une autre succion de ce genre lui ferait perdre pied, et il n'était pas prêt à jouir dans sa bouche. Pas ce soir. Pas après des semaines de tension sexuelle et d'abstinence. Il avait besoin d'être en elle. Empoignant ses cheveux, il l'obligea à le relâcher avant de la faire rouler sous son corps. Son sexe ferme vint se loger contre le sexe moite d'Amelia et envoya une décharge électrique dans les veines de Tom.

—Je n'avais pas terminé.

Sa réprimande manquait de ferveur.

— Tu pourras me lécher minutieusement plus tard, chuchota-t-il avant de capturer sa bouche en un baiser fougueux.

Le gémissement qu'elle lui retourna l'embrasa.

— J'ai besoin de toi, Amelia. J'ai besoin de toi maintenant.

— Prends-moi.

Ces deux mots prononcés contre sa bouche eurent raison de lui et ses hanches se cambrèrent.

Son fourreau étroit lui allait comme un gant et son sexe se raidit en réponse, mais il n'aimait pas la manière dont elle s'était contractée. Emporté par son enthousiasme, il s'était précipité, et le corps d'Amelia n'était pas prêt pour un homme de sa taille. C'était une erreur de débutant. Tom laissa tomber sa bouche contre le cou de la jeune femme tandis qu'elle s'acclimatait à son intrusion. Il déposa de petits baisers réconfortants en suivant la ligne de sa gorge, puis de sa mâchoire, jusqu'à son oreille.

— Désolé, mon ange.

— Ça va.

Elle se détendit et entreprit finalement de bouger contre lui. Quand elle enfonça ses ongles dans les épaules de Tom, il tenta une petite poussée, et Amelia grogna son nom en réponse. Elle resserra sa prise sur lui quand il recommença et enroula ses jambes autour de sa taille pour lui offrir un accès plus profond. Tom se laissa aller juste un peu et s'enfonça plus brusquement. Elle le récompensa par un petit son guttural qui l'atteignit en plein ventre. Tom explora et mémorisa son corps et ses envies en variant ses pénétrations et découvrit qu'elle préférait un rythme brusque et irrégulier. Les ongles d'Amelia écorchèrent sa peau quand il s'enfonça complètement en elle et ses jambes tremblèrent autour de lui.

Il trouva sa bouche avec la sienne et la ravagea avec sa langue. Elle était parfaite dans ses bras, comme si elle avait été faite pour ça, exprimant son adoration à chaque coup de hanche. Quand il sentit ses parois humides se resserrer autour de lui, Tom caressa le centre nerveux de son plaisir et tressaillit quand elle jouit en réponse. Il suivit ses mouvements, prolongeant son orgasme, et réprima un juron quand il la suivit enfin dans l'abîme.

Un sentiment d'extase déferla depuis son sexe jusque dans ses nerfs quand il se vida en elle. Toutes ces conneries qu'il avait entendues sur les avantages de la frustration avaient désormais un sens, car cette expérience était complètement différente de ce qu'il avait connu jusqu'à présent. Malgré les tremblements de son corps, le sexe de Tom était toujours raide et prêt pour un deuxième tour. Cette explosion à couper le souffle ne lui avait pas suffit. Il lui en fallait plus. Tellement plus.

Amelia relâcha la prise de ses jambes autour de sa taille mais garda les bras enroulés autour de son cou alors qu'il l'embrassait avec une férocité qu'il ne pouvait contrôler. Il mémorisa chaque recoin de sa bouche à l'aide de sa langue avant de se retirer. Amelia l'observait à travers ses paupières tombantes et lui adressa un sourire taquin qui fit palpiter son membre. Tom l'embrassa une nouvelle fois et entama de lents mouvements langoureux contre elle, savourant la sensation de leur connexion intime. Elle le surprit en répliquant ses coups de hanche.

— Fais gaffe, mon ange, je pourrais prendre ça pour une invitation.

— Peut-être que tu devrais, murmura-t-elle.

Mais ses muscles froissés confirmèrent à Tom qu'il était temps de faire une pause. Il s'enfonça une dernière fois puis se retira doucement avant que son désir ne prenne le pas sur sa raison.

— J'aimerais d'abord te tenir dans mes bras.

Il roula sur son flanc et glissa un bras autour de sa taille pour l'attirer contre lui. Son derrière rebondi s'en trouva pressé contre son entrejambe, mais ce fut le petit rire d'Amelia qui lui procura le plus de satisfaction. Elle avait ri en sa compagnie à plusieurs reprises, mais jamais de cette manière. Tom sourit dans ses cheveux et déposa un baiser contre son crâne. Ils faisaient bien la paire allongés ainsi sur le sol à côté du canapé, affalés sur les coussins et la couverture. Il la porterait jusqu'au lit une fois que son excitation serait un peu redescendue. S'il l'y emmenait maintenant, il ne pourrait s'empêcher de la prendre une nouvelle fois, et elle n'était pas prête pour ce qu'il avait en tête.

Le corps subitement raidi d'Amelia l'alerta. Il suivit aussitôt son regard et se détendit en notant la présence du flingue à quelques mètres d'eux. Il l'avait entendue s'immiscer dans le salon et n'avait pas été surpris qu'elle soit armée. Sa propre réaction l'avait en revanche bien étonné. Plutôt que de se concentrer sur l'aspect comique de la situation, il s'était senti résigné. Il ne l'aurait pas stoppée si elle avait ressenti le besoin de le tuer pour obtenir satisfaction. Étant le fils de Jonathan, il était la personne idéale à qui faire payer les péchés que ce dernier avait commis à l'encontre d'Amelia. Il comprenait cela mieux que quiconque, même si son cœur s'était brisé d'être la cible de son arme. Mais maintenant qu'il était conscient de ses sentiments, il ne la laisserait pas partir sans se battre, et il ne lui offrirait certainement pas sa reddition sur un plateau une nouvelle fois. Elle méritait mieux que ça. Tom resserra ses bras autour d'elle et déposa un baiser dans le creux de son cou.

— Si tu envisages à nouveau de me tirer dessus, réfléchis-y à deux fois, p'tit Atout. Je suis peut-être chaud comme la braise, mais mes réflexes sont les mêmes que je sois nu ou habillé de la tête aux pieds.

Son humour s'évapora quand il remarqua ses tremblements en réponse. Il la guida sur le dos pour plonger son regard dans ses yeux écarquillés et emplis de larmes. Le désir y avait laissé place au chagrin. Tom brûlait d'envie de détruire ce qui lui avait causé tant de peine.

— Parle-moi, Amelia.

Il repoussa ses cheveux de son visage et les glissa derrière son oreille avant de prendre sa joue en coupe.

— Qu'est-ce qui ne va pas ?

Elle frémit et murmura :

— Je ne sais plus qui je suis.

Tom fronça les sourcils.

— Pourquoi ?

— J'ai… j'ai tiré sur des gens, je t'ai menacé avec une arme, je porte des jeans et des débardeurs, et je déteste la soie. Et je ne sais pas ce que tout ceci signifie. Je ne sais pas si quiconque me reconnaîtra.

Des larmes coulaient désormais le long de ses joues, et ce n'était pas ainsi que Tom avait envisagé la fin de leur soirée. Soudain, la première chose qu'elle avait dit le frappa de plein fouet. *Bien sûr.*

— C'était la première fois que tu tuais quelqu'un hier.

Cela expliquait sa crise de nerfs. Tom n'avait même pas envisagé cette possibilité, car sa première fois remontait à bien longtemps. Mais bien sûr que ça l'avait affectée. Ce n'était jamais simple d'appuyer sur la gâchette, mais encore moins pour une civile.

— Je n'ai même pas hésité, chuchota-t-elle. J'ai juste réagi.

— Anita a eu ce qu'elle méritait, Amelia.

Tom essuya ses larmes avec son pouce et l'embrassa.

— Je ne sais pas ce qui s'est passé au laboratoire, mais

j'ai bien compris que c'était effroyable. Et si elle est venue derrière mon dos, je n'ai pas le moindre doute que c'est parce qu'elle avait prévu une session abominable. C'était de la légitime défense.

— Elle a menacé d'appeler Jonathan et de devenir ma geôlière.

— Parce que tu déambulais en toute liberté quand elle est arrivée ?

Amelia hocha la tête et enfouit son visage contre le torse de Tom. Il enroula ses bras autour d'elle et déposa un baiser sur sa tête. Cette crise émotionnelle paraissait moins sévère que celle de la veille, ce qui le soulagea quelque peu. Peut-être que le fait d'en parler la soulagerait.

— Pourquoi détestes-tu la soie ? demanda-t-il en attaquant un sujet moins sensible.

Elle ne répondit pas immédiatement, comme si elle avait été surprise par son changement de sujet.

— C'est trop doux, dit-elle finalement. Mais j'adorais ça avant.

— Et ce n'est désormais plus le cas ?

Elle secoua la tête.

— J'aimais aussi beaucoup les jupes et les robes et je ne portais jamais de jeans. Mais les matières douces me mettent maintenant mal à l'aise. Je préfère les tissus plus robustes et durables.

— Eh bien, les jeans sont plus pratiques, mais tu changeras peut-être d'avis en retrouvant tes affaires.

Elle se raidit une nouvelle fois en entendant sa réponse.

— Tu souhaites toujours rentrer chez toi, n'est-ce pas ?

Est-ce le cas ? Amelia n'en était pas certaine.

— J'ai peur qu'ils ne me reconnaissent pas ou ne veuillent plus de moi.

Les bras de Tom se resserrèrent autour d'elle en un geste rassurant qui lui réchauffa le cœur. La vision du flingue sur le sol lui avait rappelé ses projets et elle avait aussitôt été envahie d'un sentiment de culpabilité. Elle était prête à lui tirer dessus. *Qu'est-ce que je suis devenue ?*

— Bien sûr qu'ils voudront de toi, Amelia. Il faudrait qu'ils soient fous pour ne pas t'apprécier.

— Mais je ne suis plus celle que j'étais.

Il ne pourrait jamais comprendre. Celle qu'elle avait été s'était sentie épanouie sur Hydria, s'occupant d'organiser des événements en bonne mondaine qu'elle était. Organiser des soirées entre amis ne l'intéressait plus comme avant.

— Peut-être, peut-être pas.

Tom appuya sa joue contre le dessus de sa tête et soupira.

— Tu es une femme sublime, forte et intelligente qui a survécu aux pires atrocités. S'ils ne réussissent pas à apprécier cette version de toi, alors ils ne te méritent pas.

— Forte ? répéta-t-elle.

Personne n'avait jamais dit ça d'elle avant.

— Tu penses que je suis forte ?

— Oui.

Il se recula pour la regarder.

— Tu m'épates un peu plus chaque jour.

Amelia sourit malgré les larmes qui remplissaient de nouveau ses yeux.

— Merci.

— Tu vois ? Tu es magnifique.

Il caressa sa bouche du bout des lèvres, faisant naître un frisson d'excitation dans son bas-ventre. Faire l'amour avec lui avait été si différent de tout ce qu'elle avait connu avec Eli. L'assurance naturelle de Tom était tout aussi présente au lit, et son contrôle autoritaire avait enflammé ses sens. Elle adorait la manière dont il s'occupait d'elle, sans la moindre crainte de lui faire du mal. C'était inédit, et sexy, et tellement délicieux.

— Mmm, murmura-t-il. Pas tout de suite. Nous n'avons pas fini notre conversation. Tu as peur qu'ils ne te reconnaissent pas, mais nous n'avons pas encore abordé le sujet tabou.

Amelia fronça les sourcils.

— Tabou ?

Quel sujet pourrait bien être tabou dans cette situation ?

— Ton don de métamorphose, Amelia.

Son sang ne fit qu'un tour.

— Je n'ai pas envie de parler de ça.

— Et qu'en est-il de ton deuxième talent ? Il a un lien avec les renseignements, n'est-ce pas ?

Amelia plissa le front. Tous les Hydraiens héritaient d'un don de chacun de leurs parents, et il en avait été de même pour elle. Son père, Aidan, lui avait transmis une aptitude intellectuelle, mais personne ne l'avait jamais interrogée à ce sujet car elle faisait pâle figure comparée à ce dont il était capable. Un Ichorien vieux de plusieurs millénaires, la plupart des gens le considérait comme omniscient. Son frère Luc avait hérité du même talent, faisant d'eux le duo stratège père-fils idéal. Elle s'était toujours sentie inadéquate car elle était seulement capable de transmettre sa sagesse alors qu'ils étaient similaires à des dieux omniscients.

— Que veux-tu dire ? demanda-t-elle.

— Tu peux transmettre des connaissances par le toucher, non ?

— En quelque sorte. S'il s'agit d'un sujet que je

maîtrise, comme une langue étrangère, je peux offrir ce savoir à quelqu'un. Mais je dois moi même connaître le sujet, ce qui rend ce talent inutile. Si je possédais les capacités intellectuelles de Luc et Aidan ? Dans ce cas-là, il s'agirait d'une toute autre histoire.

Tom s'appuya sur son coude à côté d'elle et Amelia se laissa tomber sur le dos pour le regarder.

— Quelles langues parles-tu ?

Ce n'était pas la question à laquelle elle s'attendait.

— Anglais, français, et grec. Un peu d'espagnol et d'allemand aussi, mais pas très bien. Pourquoi ?

— Hmm.

La paume de Tom était chaude sur sa hanche quand il glissa une jambe entre les siennes.

— J'ai appris le grec pour des raisons évidentes, mais jamais le français.

— Est-ce que c'est Jonathan qui t'a appris le grec ?

— Non, cela faisait partie d'un des nombreux programmes qu'il m'a assigné lorsque j'étais enfant. Je n'ai pas exactement bénéficié d'une éducation standard.

Le trouble dans ses yeux démentait son ton nonchalant.

— Dis m'en plus.

— Je préférerais que tu m'apprennes le français.

Sa manière d'éluder le sujet la fit sourire.

— Vraiment ? Le français?

Eli avait trouvé ça inutile, mais peu de choses attiraient son attention. La conséquence de plusieurs millénaires d'existence. Il avait vécu tant d'expériences, et elle si peu. C'était peut-être pour cette raison qu'il n'avait pas trouvé d'intérêt à lui enseigner des sujets pratiques, comme l'autodéfense.

— Pourquoi pas ? répliqua Tom. Je parle une demi douzaine de langues et seulement un tout petit peu de français. Ajoutons-le à mon répertoire.

— Si je t'apprends le français, tu m'en diras un peu plus au sujet de ton éducation en échange.

Parce qu'elle avait envie de tout apprendre à son sujet, de mieux comprendre ce qui avait pu le pousser à lui venir en aide plutôt que de rester aux côtés de son père. Le regard de Tom s'assombrit et tomba sur sa bouche.

— Apprends-moi le français et je te raconterais comment j'ai appris le grec.

— Non, tu m'as déjà dit que ça faisait partie de ton programme. Je préférerais quelque chose de plus conséquent.

— Hmm.

Il s'attarda sur sa bouche puis sourit de toutes ses dents.

— Il n'y a pas grand chose à raconter. Mon père m'a envoyé à l'académie militaire à dix ans – il l'embrassa à nouveau – et payait quelqu'un pour me servir de gardien pour être libre de se concentrer sur le FHC. Je ne le voyais pas beaucoup, et quand cela arrivait, c'était généralement lors de mes examens.

— Jonathan assistait à tes examens ?

Cela ressemblait bien à l'homme qu'elle connaissait. Il avait assisté à plus d'un des examens d'Amelia.

— Apprends-moi le français et je t'en dirais plus.

— Allumeur, l'accusa-t-elle.

Mais elle ne pouvait que sourire. Ses techniques de négociation futées correspondaient bien à l'homme qu'elle avait appris à aimer.

— Okay, d'accord.

Amelia appuya sa paume contre la joue de Tom et ferma les yeux pour se concentrer. Le transfert de connaissances ne demandait pas beaucoup d'effort sur le plan psychique, mais cela faisait bien longtemps qu'elle n'avait pas recouru à cette partie d'elle-même. C'était un peu comme de faire du vélo après une décennie assise sur une chaise. Elle se murmura à elle-même quelques mots clés en français et sourit en sentant ce brin de connaissance affluer au premier plan dans son esprit.

— Ça va peut-être picoter, l'avertit-elle en reliant ces deux fils mentaux ensemble.

— Picote-moi, mon ange.

Avec un sourire, elle transféra la trame psychique de ses doigts jusque dans l'esprit de Tom. Il ne lui fallut pas plus d'une minute pour s'assurer que la greffe avait pris. *C'est exactement comme joindre deux pièces d'un puzzle complexe.* L'expression émerveillée de Tom quand elle retira sa main fit palpiter son cœur.

— *C'est génial,* murmura-t-il en français. *Ça dure combien de temps ?* continua-t-il dans la langue.

— Pour toujours, si c'est ce que je décide.

Ce qu'elle avait fait dans son cas. À quoi bon apprendre une langue de manière temporaire ?

— Donc tu peux aussi transmettre des connaissances pendant une durée limitée ?

— Oui, mais je ne l'ai fait qu'une ou deux fois. Si par hasard quelqu'un me demande quelque chose, c'est en général pour en bénéficier à long-terme.

— J'en déduis que tu ne t'en sers pas très souvent, n'est-ce pas ?

— Eh bien non, ce n'est pas comme si je disposais des mêmes connaissances qu'Aidan et Luc. Je peux juste transmettre des connaissances que j'ai moi-même acquises, ce qui ne mène pas loin quand on côtoie des Hydraiens deux ou trois fois plus vieux que soi.

De plus, elle avait passé le plus clair de son temps en compagnie des Anciens, qui dépassaient ses trois siècles d'expérience de plusieurs millénaires. Apprendre quelque chose d'aussi simple que le français n'était rien à côté du grec ancien ou du copte. Tom se lova contre elle et déposa un baiser dans son cou.

—Je crois que tu ne réalises pas vraiment la portée de ce don Amelia. Il n'est pas entièrement vrai que le savoir équivaut au pouvoir. Les expériences personnelles comptent bien plus, et tu n'en manques pas.

Amelia fronça les sourcils. Pourquoi diable déciderait-elle de transmettre son vécu à quelqu'un d'autre ? Surtout ses souvenirs les plus récents au sein du FHC. Personne n'aurait envie d'étudier ces événements.

—Mais plus important encore…

Tom se recula pour croiser son regard.

— Tu viens juste de te servir d'un de tes dons Hydraiens, ce qui suggère que tu peux accéder aux deux vu qu'ils sont génétiquement liés.

Amelia cilla, n'ayant pas entièrement intégré son explication. Enfin, le sens de ses paroles la frappa de plein fouet. Il l'avait incitée à se servir de son talent pour vérifier s'il fonctionnait ou non. Une vague de chaleur la submergea, et pas du genre positif.

—Espèce de salaud.

Et si elle avait échoué ? N'avait-il donc pas réalisé ce que cela lui aurait fait ?

—Oui, mais au moins tu es fixée…

—Non ! Ce n'était pas à toi de prendre cette décision !

Amelia tenta de le repousser, mais Tom ne bougea pas d'un pouce. La jambe qu'il avait glissée entre ses cuisses l'empêchait de se dégager de sous son corps.

—Amelia…

—Tu ne comprends pas !

Ses yeux s'emplirent de larmes tandis qu'elle luttait en vain pour lui échapper.

—Espèce de conn….

Les lèvres fermes de Tom capturèrent sa bouche et lui

coupèrent le souffle. Elle mordit sa lèvre inférieure brutalement et enfonça ses ongles dans ses épaules, tout cela dans le but de se distraire du désir qui l'envahissait progressivement. Mais leur baiser n'en devint que plus fougueux. Au diable cet homme charmant et sa langue talentueuse. Il saisit ses joues et ajusta la position de sa tête pour faciliter l'assaut de ses lèvres. Amelia frémit sous son corps, vaincue. Cette sensation était tellement meilleure que ce qu'elle ressentait en se laissant tomber dans le néant de son trou noir. Il était capable de lui faire oublier quoi que ce soit à l'aide de quelques caresses sensuelles.

— J'essayais de t'aider, souffla-t-il contre ses lèvres. Je suis désolé.

Il l'embrassa une nouvelle fois avant qu'elle ne réponde, la séduisant jusqu'à obtenir sa reddition. Il s'installa entre ses cuisses et la fit captive en appuyant ses coudes de chaque côté de sa tête, et Amelia ne put résister à la tentation d'enrouler ses bras autour de lui pour l'attirer plus près. Elle avait passé si longtemps sans le moindre contact physique réconfortant que les caresses de Tom embrasèrent sa peau. Il avait agi comme un salaud en lui jouant un tel tour, même si cela partait d'une bonne intention. Elle avait besoin qu'il comprenne pourquoi elle se sentait blessée, pourquoi elle détestait avoir été manipulée, afin qu'il ne recommence jamais.

— Mes dons font partie de moi. Imagine un instant que quelqu'un t'ampute des deux jambes et t'oblige à marcher.

Les mots ne souhaitaient pas s'échapper de sa gorge, mais Amelia s'efforça de lui expliquer.

— Pas une seule fois, ou même deux, mais encore et encore. Et que peu importe tes efforts, tu n'en sois pas capable. Que cette partie de toi ait disparu à jamais et que tout ce qu'il te reste soit le rappel permanent que tu vaux moins qu'avant. Souhaiterais-tu essayer une nouvelle fois de te lever ?

— Bon sang, Amelia.

Une lueur sombre hantait son regard alors qu'il la regardait fixement.

— Pourquoi ne m'as-tu jamais rien dit ?

— Qu'est-ce que j'aurais pu dire ?

Il travaillait pour le monstre responsable de sa captivité. Comment aurait-elle pu imaginer un instant qu'il lui viendrait en aide ?

— Je n'avais pas de certitudes, juste des soupçons. C'est pour ça que je jetais souvent un œil sur toi.

Toutes ces bouteilles d'eau. Elle s'en était tout d'abord méfiée, mais la déshydratation était une motivation puissante, et elle avait fini par craquer. N'ayant pas subi le moindre effet secondaire, elle avait accepté les autres sans jamais comprendre les raisons de sa visite. Il n'avait jamais dit grand-chose, sauf lors de sa dernière visite.

— Tu étais tellement en colère la dernière fois que tu as visité ma cellule. Pourquoi ?

— Pourquoi ? répéta-t-il en haussant les sourcils. Tu es sérieuse ?

Amelia plissa le front.

— Eh bien, oui. Tu t'étais montré poli lors de tes autres visites, mais tu étais complètement furieux cette dernière fois.

— Parce que je t'ai trouvée au sol en train de vomir du sang.

— Ah oui. Jonathan aussi détestait ça.

Il l'avait obligée à le lécher à chaque fois que cela s'était produit. Une punition pour avoir osé saigner en sa présence. Le sang d'un Hydraien était toxique pour un Ichorien, ce dont elle était parfaitement consciente et avait imaginé utiliser à son profit chaque jour. Si seulement elle avait pu le forcer à en ingérer...

— J'étais furieux que mon père t'ait rouée de coups sans la moindre raison valable, bien qu'il n'y ait aucune excuse pour battre une femme.

Il pinça ses lèvres.

— Pourquoi crois-tu que nous avons atterri dans un chalet dans le nord de l'État ? Mon père était furieux contre moi et a décidé que te surveiller serait une punition parfaite, surtout vu que l'idée de te transférer venait de moi.

Amelia fronça les sourcils.

— Je croyais qu'il s'agissait d'une suggestion de Stark.

C'était ce qu'il avait sous-entendu lors de leur dernière session de soins, n'est-ce pas ?

— Non, il était d'accord avec moi, c'est... Attends, comment est-ce que tu es au courant ?

— Il me l'a dit.

— Stark t'as dit que le transfert au chalet était son idée ?

— D'un certaine manière, oui. Il a mentionné que la situation n'était pas si manichéenne que je le pensais.

Ses souvenirs étaient un peu flous à cause des médicaments qu'il lui avait administrés, mais c'était ce qu'il lui semblait avoir entendu.

— C'est un homme étrange.

Et aux pouvoirs étranges.

— Eh bien, il s'agissait de mon idée, mais mon père a seulement donné son aval car Stark approuvait. Et parce que cela offrait à mon père une chance de me réprimander. Je parie qu'il regrette sa décision à cet instant.

La pointe d'humour qui dansait dans ses yeux attira la curiosité d'Amelia.

— Dis m'en plus au sujet de ces examens.

C'était ce dont ils avaient convenu avant que Tom ne détourne son attention à l'aide de baisers torrides et de tours exaspérants. Son expression hilare fut en partie estompée par la requête d'Amelia.

—Je suppose que c'est de bonne guerre.

Il poussa un long soupir et secoua la tête.

— Mon père s'est chargé de certains de mes examens. Pas les tests académiques, mais les épreuves pratiques.

— Je ne suis pas sûre de comprendre. C'est quoi une épreuve pratique ?

— Quand j'avais treize ans, il m'a déposé à un pâté de maisons de l'Arcadia un soir de Conclave, m'a donné un flingue doté de huit balles incendiaires, et m'a finalement demandé de rentrer par mes propres moyens à la maison.

Amelia en resta coite. Elle n'avait jamais participé à un Conclave mais en avait entendu parler. Et déposer un novice à proximité de tous ces Ichoriens ? Un novice aussi notoire que Tom ? C'était une condamnation à mort.

— C'est affreux.

— J'ai à peine survécu, et il m'a récompensé en me renvoyant à l'école dans la foulée. Mon entraînement privé aux arts martiaux a débuté la semaine qui a suivi car mon père n'avait pas été impressionné par mon chrono.

Il haussa les épaules.

— Comme je te l'ai dit, je n'ai pas bénéficié d'une éducation normale, mais si j'ai appris une chose, c'est qu'il faut parfois appuyer sur la gâchette pour survivre.

—Je n'avais pas imaginé.

Jonathan était tellement fier à chaque fois qu'il mentionnait Tom. S'agissait-il d'une énième mascarade, ou bien d'autre chose ?

— On fait la paire alors, car je n'avais pas non plus

imaginé à quel point tu souffrais jusqu'à, eh bien, très récemment.

Le visage de Tom s'assombrit.

— Tu t'es montrée bien plus clémente envers Anita que je ne l'aurais été, Amelia. Il n'est jamais facile de tuer quelqu'un, et tes scrupules sont la preuve de ton humanité.

L'intensité de son regard manqua de la faire défaillir.

— Appuyer sur la gâchette ne fait pas de toi une mauvaise personne, mon ange. Il y aurait seulement de quoi s'inquiéter si tu y prenais plaisir.

Amelia déglutit, troublée par la justesse de ses propos.

—Je ne veux plus penser à ça.

Le regard de Tom tomba sur ses lèvres.

—Je me ferais un plaisir de te distraire.

— Fais-moi oublier, Tom.

Elle glissa ses doigts dans ses cheveux et l'attira vers elle.

— Aide-moi à tout oublier.

Tom mordilla sa lèvre inférieure et réajusta ses hanches pour les aligner avec les siennes. Malgré leur conversation troublante et la frustration qui la tiraillait, elle était prête pour lui. Ce qui apparut évident quand il se frotta contre son sexe moite. Cet homme lui faisait un tel effet. Elle ne savait pas si c'était sain ou non, mais cela lui plaisait néanmoins. Sa capacité à lui faire oublier la réalité en l'entrainant dans un monde de plaisir où seuls eux existaient était une chose à laquelle elle pourrait s'habituer.

— Embrasse-moi, murmura-t-elle.

Il captura sa bouche en un baiser enivrant. Il irradiait tellement d'assurance, de passion, de chaleur, qu'elle ne pouvait que lui succomber. Un gémissement échappa à Amelia quand il engloba son sein avec sa main et taquina son téton. Elle adorait la manière dont il s'occupait d'elle, à la fois confiant et dominant, et pourtant si doux et attentionné. Le plaisir prit le pas sur la réalité avec chacune de ses caresses jusqu'à ce que lui seul existe aux yeux d'Amelia.

Oui, c'est ça que je veux. Pour toujours.

Quand il se glissa en elle, Amelia poussa un soupir. Son rythme lent et affectueux était exactement ce dont elle avait besoin. Un véritable incendie s'était déclenché dans son bas-ventre et chacun des coups de hanches de Tom l'attisa jusqu'à ce que cette sensation sauvage envahisse chacun de ses membres, le corps d'Amelia pris de tremblements irrépressibles. Tom glissa sa main entre leurs corps, se dirigeant automatiquement vers son clitoris grâce auquel il déclencha son orgasme d'une simple caresse. Amelia cria son plaisir, ses ongles enfoncés dans le dos de Tom, répétant son prénom tel une litanie. Il ne jouit pas avec elle mais continua son rythme décontracté et l'embrassa comme si la marche du temps n'avait aucune prise sur lui.

— Encore, supplia-t-elle, avide de plaisir.

Ses yeux sombres plongèrent dans ceux d'Amelia tandis qu'une moue amusée retroussait ses lèvres généreuses.

—Je peux faire ça toute la nuit, mon ange.

Trou du cul arrogant.

— Prouve-le.

Son sourire viril était parfaitement confiant.

— C'est une requête dangereuse, mais comme tu veux.

CHAPITRE TREIZE

PROJECTILES INCENDIAIRES

— N'as-tu donc pas trop chaud avec ça ? demanda Amelia en indiquant à sa veste en cuir

— J'ai vécu dans le désert pendant trois ans. Crois-moi, je vais survivre à une journée d'été new-yorkaise, même habillé ainsi. Et puis ça cache mes flingues.

Il lui donna un bref aperçu des armes accrochées à ses hanches et elle grimaça.

— Sont-elles vraiment nécessaires ?

Ils se rendaient aux bureaux de son frère, pas à l'Arcadia.

— Oui.

Son ton était sec et ne laissait pas de place aux questions.

— Issac ne va pas te faire de mal.

Elle ne le laisserait pas faire. Pas après tout ce que Tom avait fait pour elle.

— Ce n'est pas ton frère qui m'inquiète.

Ah oui. Ils étaient dans une ville débordant d'Ichoriens et de Sentinelles, et Tom ne portait pas de déguisement. Il ne lui avait pas non plus demandé de se métamorphoser, ce dont elle lui était silencieusement reconnaissante. Leur discussion de la veille semblait avoir porté ses fruits. Elle réussirait peut-être à se transformer, mais elle ne se sentait pas encore prête à essayer. Amelia fit la grimace en enfilant son jean. Il ne plaisantait pas quand il s'était vanté de pouvoir tenir toute la nuit. Quand elle s'était réveillée cet après-midi, la tête de Tom entre ses cuisses, elle n'avait pas cru possible de jouir une nouvelle fois, mais il lui avait donné tort avant de la prendre brusquement dans la douche. *Impressionnant* suffisait à peine à le décrire. Elle pouvait toujours le sentir entre ses jambes. La lueur satisfaite tapie dans les yeux de Tom quand elle boutonna son pantalon suggérait qu'il en était conscient. *Petit prétentieux.*

— Continue de me regarder ainsi et je repousserai nos plans de quelques jours.

Sa voix grave la fit frissonner. Elle battit des cils en un geste innocent qui tranchait avec le brasier consumant son bas-ventre.

— Je ne vois pas de quoi tu veux parler.

— Ah non ?

Oh, ce regard signifie forcément que… Amelia se précipita en arrière pour lui échapper mais heurta le mur. Elle pressa ses paumes contre son torse et dit :

— Okay, mais...

Il l'interrompit avec un baiser fougueux qui la fit frémir.

— Est-ce que tu comprends mieux désormais ? murmura-t-il sombrement contre sa bouche.

Elle dut s'éclaircir la gorge pour répondre.

— Peut-être un peu.

— Super. Alors, on reste ou on y va, mon ange ?

Tom lui avait demandé ce qu'elle souhaitait faire aujourd'hui après leur câlin dans la douche. Retrouver Issac avait été sa priorité et le demeurait, mais Tom représentait une alternative séduisante. Il lécha sa lèvre inférieure.

— Mmm, je préférerais rester ici une ou deux semaines de plus, se faire livrer à manger par le service d'étage, et passer le reste du temps à me perdre en toi.

Ses mots lui donnèrent la chair de poule. Du genre plaisant.

— Mais ce serait égoïste de ma part et irait à l'encontre de mon entraînement. Nous ne pouvons pas rester ici, et ton frère est le plus apte à assurer ta survie.

— Tu veux dire la nôtre, le corrigea-t-elle.

Issac les aiderait tous les deux.

— Bien sûr.

Elle avait bien perçu le sarcasme dans sa voix mais ne prit pas la peine de protester. Son frère donnerait tort à Tom et elle n'aurait plus qu'à le narguer avec un *je te l'avais bien dit*. Tom la relâcha après un tendre baiser et partit vérifier le contenu de son sac tandis qu'elle enfilait un t-shirt et des chaussures. Elle noua ses cheveux en queue de cheval qu'elle glissa dans l'attache de la casquette qu'il lui avait fourni. Il en avait enfilé une identique ainsi que des lunettes de soleil.

— J'aimerais tellement avoir un appareil photo, chuchota-t-il. Tu es mignonne avec ta tenue des Yankees.

Amelia leva les yeux au ciel.

— Si c'est ta manière de te venger, ça n'a rien de drôle.

— Nous sommes en plein milieu de la saison de base-ball, et à New York. J'essaye juste de t'aider à passer inaperçue.

— Mais bien sûr.

Amelia s'efforça d'imiter Tom en quittant l'hôtel, détournant son regard dès qu'il le faisait tout en évitant les caméras dans l'ascenseur et le hall d'entrée. Une fois dehors, il glissa ses doigts entre les siens et la garda près de lui. Il lui offrit des remarques au sujet des bâtiments et de la météo, agissant comme s'il s'agissait d'un rencard. Mais malgré son attitude nonchalante et sa posture décontractée, elle savait qu'il était hyper conscient de ce qui les entourait et étudiait le moindre détail. Quand ils entrèrent dans le métro, il lui tendit un ticket et lui rappela de garder la tête baissée.

— Il y a des caméras partout, murmura-t-il. Et le FHC à accès à tous les systèmes de cette ville.

Quand ils quittèrent finalement le métro, l'estomac d'Amelia était noué. Leur destination se trouvait à quelques pâtés de maisons. Elle avait l'impression de traîner un boulet à ses chevilles à chaque pas en essayant de trouver les mots pour parler à Issac. Accepterait-il cette nouvelle version d'elle-même, ou s'attendrait-il à ce qu'elle redevienne celle qu'elle était ?

— Est-ce que ça te dit un déjeuner rapide ? demanda Tom, ce qui la surprit.

Ils s'étaient fait livrer à manger dans la chambre peu de temps avant leur départ. Comment pouvait-il déjà avoir faim ?

— Peut-être ici ?

Il choisit une pizzeria sur leur gauche et ouvrit la porte.

— Les dames d'abord.

— D'accord.

Avait-il perdu la tête ?

— Asseyons-nous pour regarder le menu.

Il attrapa une pile de menus sur le comptoir de commande et choisit une table à l'arrière, l'encourageant à s'asseoir dans le coin. Il déposa son sac entre eux puis s'installa à côté d'elle.

— Pourquoi sommes-nous… ?

Ses mots se turent dans sa gorge quand la clochette au-dessus de la porte retentit, signalant l'entrée de deux hommes costauds manifestement curieux. Tom les salua d'un geste de la main depuis leur box et glissa son bras autour des épaules d'Amelia.

— Tu les connais ? murmura-t-elle, les sourcils froncés.

Ce n'étaient pas des Sentinelles qu'elle reconnaissait.

— Messieurs.

Il salua le duo avec un sourire.

— Vou avez envie d'un morceau ?

— Une Sentinelle qui se balade en ville en plein jour ? Je n'aurais jamais cru voir ça, annonça l'intrus aux cheveux sombres.

Ses paroles lui glacèrent le sang. *Des Ichoriens*. La lueur affamée dans leur regard ne laissait aucun doute, surtout quand ils se tournèrent vers elle. La rumeur courait que le sang des Hydraiens était une sorte d'aphrodisiaque pour leur espèce. Une méthode de séduction naturelle pour les attirer vers leur mort. Issac n'avait jamais semblé affecté, mais son frère n'était pas du genre à succomber à ses faiblesses facilement.

— Dites-moi les mecs, vous n'allez quand même pas provoquer une scène en public, si ? siffla Tom. Ce serait mal poli.

— Et si tu nous suivais dehors, et en échange, la brunette garde la vie sauve ?

C'était cette fois-ci le plus petit des intrus qui était intervenu. Sa luxuriante chevelure blonde ondulée était ébouriffée et contrastait terriblement avec l'expression cruelle sur son visage.

— Vous savez quoi, je crois que je vais passer mon tour. Je lui ai promis la véritable expérience new-yorkaise, et ça comprend la pizza. Mais hé, si vous attendez un peu, je pourrais peut-être répondre à votre invitation dans, oh, disons, jamais ? Ça vous irait ?

— Tu es aussi arrogant qu'on le dit, mais je ne vois pas ce qui fait flipper tout le monde.

Le plus costaud des deux croisa les bras.

— Peut-être qu'on devrait les ramener à notre Maîtresse pour qu'elle joue avec. Vivants.

— Selon toi, lequel des deux flambera en premier ?

— Oh, la fille, c'est certain. Pour le forcer à regarder.

— Ça pourrait être amusant.

Plus les intrus débattaient de leur sort, plus Tom eut l'air de s'ennuyer. Combien de temps faudrait-il aux Ichoriens pour la reconnaître ? La plupart des immortels y parvenaient immédiatement, mais peut-être que ses nouveaux goûts vestimentaires masquaient son identité. Le fait qu'elle soit présumée morte ne pouvait que l'aider.

— Je suis bien tenté par la pepperoni, lui murmura Tom. On prend un supplément sauce ?

As-tu perdu les pédales ? lui demanda-t-elle d'un simple regard. Il haussa les épaules.

— Okay, okay. On peut faire moitié fromage.

Il tambourina sur le menu avec ses doigts.

— Les garçons, vous désirez quoi que ce soit avant qu'on commence ?

— J'ai cent dix-huit ans, répliqua, M. Costaud. Plus franchement un garçon.

— Félicitations, répondit Tom d'une voix traînante. j'ai vingt-sept ans, mais mon anniversaire n'est que dans quelques mois. Je vous envoie une invitation à la soirée ?

— Non mais t'y crois, toi ? demanda Costaud.

Le blond secoua la tête, incrédule.

— Incroyable.

Tom quitta le box pour leur faire face.

— Ok, rappelez-vous, je vous ai d'abord invités à déjeuner.

— Qu'est-ce que tu...

Tom envoya son poing dans la mâchoire de son opposant le plus baraqué, l'interrompant au passage, et attaqua l'autre d'un coup de genou dans l'entrejambe. Un éclair métallique lui indiqua que l'un d'eux avait dégainé un couteau, mais Tom s'en empara d'un geste trop rapide pour qu'Amelia l'assimile. Elle était inquiète à l'idée qu'un des autres clients du restaurant appelle la police ou tente d'interrompre la bagarre, mais l'employé se contenta d'observer la scène tandis que le couple installé près de la fenêtre les observait avec curiosité. Amelia sursauta quand l'armoire à glace s'écrasa contre sa table. Elle aperçut le blanc de ses yeux avant qu'il ne s'effondre au sol, inconscient, le blond ne tardant pas à le rejoindre.

— Mon sac, lui demanda Tom, imperturbable, en lui tendant la main. On doit y aller. Maintenant.

Amelia poussa le bagage dans sa direction et il le saisit aussitôt.

— Sont-ils morts ? demanda-t-elle en se redressant malgré ses jambes chancelantes.

— Non, juste inconscients.

Il fit glisser les bretelles sur ses épaules et enjamba les deux corps massifs étalés au sol.

— Hé, v-vous n'irez nulle part, bredouilla l'employé avant de leur barrer la route, un téléphone à la main.

Son corps maigrichon et ses cheveux bouclés accentuaient son jeune âge, probablement pas plus de vingt ans. Tom soupira.

— Écoute, petit, ces deux connards nous ont suivis sur deux pâtés de maison avant de balancer des horreurs au visage de ma copine. Je suis désolé pour le bazar, mais ils méritent ce qu'ils ont reçu.

Le jeune homme fronça le sourcils puis tourna son attention vers Amelia.

— C'est vrai ?

Elle hocha la tête. *Techniquement, oui.* Le couple dans le coin suivit son exemple. Elle soupçonnait que c'était simplement pour ne pas contredire Tom. Qui oserait le faire après une telle performance ?

— Je ne sais pas, mec. Je devrais probablement appeler les flics, murmura le serveur avant de se gratter la tête.

— Tu devrais, acquiesça Tom. Et pendant que tu y es, demande-leur d'arrêter ces deux salopards. Mais pendant ce temps, je compte escorter ma compagne hors d'ici.

Son ton ne laissait aucune place au débat, et l'employé s'écarta dès que Tom reprit son chemin.

— Pour le désordre, ajouta la Sentinelle après avoir déposé quelques billets sur le comptoir.

Amelia se glissa sous son bras pour sortir et accepta la main qu'il lui tendait.

— Il faut qu'on se dépêche, dit-il en la traînant sur le trottoir. Les guignols ont appelé des renforts avant de pénétrer dans le restaurant.

— Comment le sais-tu ? demanda-t-elle, perplexe.

Avant de l'attirer dans la pizzeria, il n'avait rien laissé paraître qui aurait indiqué la présence d'ennemis à leurs trousses.

— Parce que je les ai vus.

— Ou ça ?

— Dans le métro. C'est pour ça que j'ai choisi cet arrêt plutôt que celui situé à proximité des bureaux de ton frère.

Elle n'avait même pas remarqué. Elle n'avait pas le moindre repère dans cette ville.

— On passe au plan B, lui dit Tom en tournant à gauche dans une allée. Nous disposons de peu de temps avant que le FHC découvre ma présence en ville, donc nous devons filer d'ici de toute urgence et nous n'avons pas le temps de retourner au Pierre.

— Okay.

Elle suivit son rythme empressé mais se figea brusquement quand une petite femme aux courts cheveux bruns entrava leur passage. Ses doigts jonglaient de manière agile avec une lame affûtée alors qu'elle les détaillait de la tête aux pieds.

— Vous savez, j'ai jamais accroché avec Bobby. J'ai toujours pensé que c'était un crétin et je n'ai jamais compris pourquoi Lucinda le garde dans les parages, mais Sam est un de mes amis.

Son visage s'assombrit en prononçant ces derniers mots.

— Et vous venez juste de l'assommer.

Une autre Ichorienne. Il y avait une raison pour laquelle le traité indiquait que les Hydraiens s'aventurant à New York le faisaient à leur propre péril. Hydria représentait le même danger, mais pour les Ichoriens cette fois-ci. Amelia donnerait tout pour se trouver sur l'île en ce moment.

— D'un coup sur le crâne, gronda une autre voix derrière eux.

Amelia sursauta, à l'inverse de Tom qui n'avait pas réagi, probablement parce qu'il avait déjà détecté la présence du deuxième intrus. L'homme barbu qui se tenait derrière eux devait bien faire dans les un mètre quatre-vingt et avait de larges épaules mais un ventre rebondi qui indiquait clairement son appétit pour les petites douceurs américaines. Oh, et il les fusillait du regard. Génial. Il ne manquait plus que ça. Pour quelle raison Tom avait-il suggéré New York, déjà ? Parce que personne ne s'attendrait à ce qu'ils s'y rendent ? Elle commençait à comprendre pourquoi ; il fallait être suicidaire pour souhaiter visiter cette ville.

— Elle sent bon. Trop bon, murmura la fille.

— Aussi bon qu'une Hydraienne, répliqua l'homme.

La petite brune pencha la tête à la manière d'un oiseau et cligna des yeux.

— Oui. Je crois que tu as raison, Steve.

Un frisson lui parcourut l'échine. Dès qu'il la reconnaîtrait, la situation dégénérerait. Les descendants d'Aidan étaient bien connus. Étant donné l'admiration que lui vouait une partie de son espèce par égard pour son âge, ils seraient obligés de les traîner vivants devant le Conclave. Osiris la tuerait alors pour s'amuser car c'était un connard sadique qui adorait la torture, mais ce serait encore pire pour sa famille. Aidan et Issac seraient obligés de regarder.

Il n'y avait qu'une règle : Ne pas s'approcher de New York. *Oups.*

Être découvert par deux des sbires préférés de Lucinda ne faisait pas partie de son plan. Ils avaient sans doute été attirés par le physique d'Amelia et peut-être aussi son odeur, mais avaient posé leurs regards défiants sur Tom l'instant d'après. Et la partie d'échec avait alors commencé quand Tom avait placé sa reine en sécurité et laissé tomber ses pions dans le piège du roi. Sauf qu'il n'avait pas compté sur l'apparition si rapide de deux chevaliers supplémentaires. Heureusement, il avait emporté plus d'un flingue avec lui pour cette mission.

La jeune femme menue faisait preuve d'une assurance discrète qui trahissait son rôle de chef d'orchestre dans cette ambuscade. Deux ou trois autres ichoriens étaient sûrement en chemin, et peut-être même Lucinda elle-même. Tom était un homme mort si elle débarquait. Ses réflexes et ses flingues ne lui seraient alors d'aucune aide pour s'extirper de cette situation délicate, ce qui signifiait qu'il devait se dépêcher d'en finir avec cette confrontation le plus rapidement possible. Il n'avait aucune envie de devenir le nouveau jouet de cette garce sadique. Elle possédait une affinité pour le feu et le sang, et pas nécessairement dans cet ordre.

Il fit un pas sur le côté vers Amelia, ce qui l'obligea à reculer contre le mur à côté d'eux. Son dos tourné vers la jeune femme, Tom pouvait désormais observer ses deux adversaires en même temps.

— J'ai cet apriori à l'idée de cogner une femme, expliqua-t-il à la petite brune, donc je peux patienter le temps que tu te retires si tu le souhaites.

La lueur de rage qui embrasa son regard indiqua qu'il avait touché une corde sensible. *Et dire que j'essaye juste d'être galant.* Okay, non, il retirait ce qu'il avait dit. Elle jeta sa lame avec une précision qu'il aurait admiré si elle n'avait pas visé son torse. Ses réflexes étaient tout ce qui protégea son cœur. Il pivota sur le côté et eut à peine le temps d'entraîner Amelia avec lui. Elle tomba au sol en soufflant. Il laissa tomber un flingue sur ses genoux avant d'engager le combat avec la jeune femme chétive à mains nues. La taille pouvait se montrer trompeuse, car cette nana possédait une sacrée droite qui l'étourdit brièvement quand elle heurta sa mâchoire.

Merde, qu'est-ce qu'elle est rapide. Il se demanda si c'était son talent alors qu'il s'accroupissait pour crocheter ses jambes. Elle sauta et tenta d'envoyer un coup de pied contre son visage, ce qui le fit reculer d'un pas, les mains levées.

— C'était un coup bas, la réprimanda-t-il.

Les blessures au visage dépassaient les bornes, mais les Ichoriens n'étaient pas connus pour jouer franc-jeu. Il n'aimait pas l'idée de tuer une femme, mais comme il l'avait dit à Amelia la veille, c'était soit appuyer sur la gâchette, ou bien risquer d'être lui même blessé, ou pire,

Amelia. Le regard glacial de la jeune femme l'aida à prendre sa décision, tout comme son lien avec Lucinda. Quiconque travaillait pour cette salope méritait un sort funeste.

Il bloqua un autre coup et l'esquiva alors qu'elle tentait d'atteindre ses bijoux de famille. *Ah, non, certainement pas.* Lors de son coup suivant, Tom dégaina son flingue de sous sa veste et tira une balle entre ses yeux vacants. Une balle standard l'assommerait juste au lieu de la tuer. Il finirait peut-être par le regretter, mais pour le moment, sa mission était accomplie.

Sa bagarre lui avait semblé prendre plusieurs minutes mais n'avait probablement pas duré plus de quinze secondes. Amelia se balançait d'avant en arrière au sol tandis que le gros barbu la regardait fixement. Quel que soit le don psychique dont il se servait, il ne devait pas être si puissant si cela lui demandait tant de concentration. Tom lui asséna un coup solide dans le dos pour le distraire et fit mine de tirer une balle, mais Amelia le coiffa au poteau. Elle tira un coup dans le torse du type tout en criant. Tom haussa les sourcils, surpris par les jurons salés qui s'échappaient de ses lèvres. Il n'était pas conscient qu'elle en était capable.

— Ça fait un mal de chien !

Elle souligna son annonce d'une autre balle dans la tête du gars et Tom fit la grimace. Ces munitions incendiaires n'étaient pas données, il ne pourrait pas non plus en acheter de nouvelles en armurerie, et elle venait juste d'en gaspiller cinq ou six sur un Ichorien bel et bien mort.

Tom tendit la main pour l'arrêter quand elle le visa une nouvelle fois.

— Il est mort, mon ange. Très, très mort.

Elle grogna et frappa du pied au sol.

— Il a fait quelque chose avec le vent qui m'a fait mal aux oreilles.

— Un élémentariste, conjectura Tom. Plutôt minable au demeurant si tout ce dont il était capable, c'était de manipuler ton ouïe.

Son regard noir lui indiqua clairement que ce n'était pas la meilleure chose à dire.

— Mais tu l'as bien eu. Bien joué, mon ange.

Elle observa l'homme au sol, fronça les sourcils en regardant le pistolet qu'elle tenait toujours, puis reporta son attention sur Tom.

— Il est mort ?

— Oui, et on le rejoindra vite si on ne file pas d'ici. D'autres sont en route.

Il soupçonnait que leurs deux victimes faisaient partie de l'équipe de secours et ne tenait pas à affronter leur escadron de choc.

— Mais seul le feu ou le sang Hydraien peuvent tuer un Ichorien, en dehors de la décapitation, je veux dire.

— Oui, mais il ne s'agit pas d'un flingue standard.

Le FHC l'avait conçu pour tirer des balles qui s'embraseraient au contact. D'où le grésillement et la fumée qui s'échappaient du barbu. Une balle dans le cœur mettrait le feu au circuit sanguin d'un Ichorien, le tuant instantanément.

— C'est le pistolet que tu m'as donné la nuit dernière.

— Oui, au cas où on serait attaqués par des Ichoriens. On peut y aller ?

Une lueur incendiaire éclairait ses yeux bleus quand elle avança sur lui. Ce regard le cloua sur place. Elle ressemblait à une déesse enragée.

— J'ai failli te tirer dessus avec ce flingue.

Elle l'agita sous son nez. *Putain.*

— Est-ce que tu tiens vraiment à discuter de ça maintenant ?

Parce que ce n'était pas vraiment le moment.

— J'ai manqué de te *tirer* dessus. Je croyais que tu te réveillerais, mais avec ces balles ? Tu serais *mort*. Pour de bon !

— C'est vrai, mais...

Elle le gifla si fort que ses mots se turent dans sa gorge. Son visage passait un sale quart d'heure.

— Amelia...

— Non ! J'ai failli te tuer ! Je veux dire, tu serais vraiment, vraiment mort !

Ses yeux s'emplirent de larmes et la poitrine de Tom se serra.

—Je n'ai pas...

Il s'éclaircit la gorge puis reprit la parole.

—Je ne comptais pas te barrer la route si tu souhaitais partir, Amelia.

Quand il avait vu ce flingue dans ses mains, toute l'excitation liée à un défi s'était envolée, laissant la place au chagrin. C'était peut-être lié à la fatigue, mais cela avait bien plus eu l'air d'un abandon. La mort avait frappé à sa porte plus de fois qu'il ne pouvait compter. Il avait appris à traiter sa propre survie de manière cavalière, exposant peut-être quelques tendances suicidaires.

— Tu es vraiment un trou du cul de m'avoir fait ça. Je ne pourrais pas. Je ne...

Elle heurta son épaule, sans grand enthousiasme. Quand elle frappa son sternum, Tom l'enveloppa de ses bras et elle nicha son visage contre sa poitrine. Debout dans cette allée, ils faisaient une proie idéale pour les Ichoriens, mais elle ne lui serait d'aucune aide dans cet état. Il devait la calmer et repousser leur dispute à plus tard.

— Je te hais, chuchota-t-elle.

Ses mots l'atteignirent en plein cœur, le blessant plus qu'il ne l'aurait imaginé. Elle n'était pas la première femme à lui dire cela, mais c'était la première à l'atteindre. Il déposa un baiser sur sa tête et la serra dans ses bras.

— Pourquoi m'as-tu fait ça, Tom ? Pourquoi ?

— J'ai cru que c'était ce dont tu avais besoin, admit-il. Des représailles contre mon père. Une manière d'obtenir satisfaction pour tous ses péchés à ton égard. Qui de mieux pour te venger que le fils de l'homme qui t'a torturé ?

Son raisonnement lui semblait désormais ridicule après tout ce qu'il avait appris, mais une partie sonnait toujours juste. Tom *était* sa meilleure option pour se venger, si c'était ce qu'elle souhaitait. Elle avait le pouvoir de le détruire car il ne lui opposerait pas la moindre résistance. Jamais. Amelia resta silencieuse un long moment.

— J'y ai songé une fois. Au début, je veux dire. Mais je n'ai jamais pu...

Elle trembla et resserra sa prise sur lui.

— Chut, tout va bien. Je m'attendais à ta haine, Amelia. Je veux dire, je suis le fils de John, et après tout ce que le FHC t'a fait subir...

Il s'interrompit pour prendre une grande inspiration. *Ce n'est pas le moment pour ça.*

— Je ne t'aurais jamais mise dans cette situation la nuit dernière si j'avais su. Je suis désolé. J'ai cru que ça t'aiderait.

— Pas du tout.

Elle l'implora du regard.

— Ça ne m'aiderait *en rien*.

— Je le sais désormais.

— Vraiment ? Parce que si tu me refais ça une seule fois, je te tirerai réellement dessus. Je me servirai juste d'un flingue et de balles classiques.

Tom ne put réprimer son sourire.

— C'est une promesse ?

— Non, ne souris pas comme ça. Je suis toujours fâchée contre toi.

— Je sais. Mais est-ce que tu veux bien me réprimander plus tard ? demanda-t-il à voix basse. Une fois que nous aurons quitté la ville sains et saufs ?

— Tu ne serais plus en vie si je t'avais tiré dessus, marmonna-t-elle. Mais tu as raison. Je ne tiens pas à mourir.

— Moi non plus.

Il caressa ses lèvres avec les siennes et fut légèrement soulagé quand elle le lui retourna.

— On peut y aller ?

Elle hocha la tête et recula. Il attrapa le flingue qu'elle lui offrait et le rengaina, puis glissa ses doigts entre les siens et s'élança d'un pas vif dans l'allée. L'un des avantages de son boulot ? Il connaissait tous les recoins de la ville et disposait d'un plan d'évasion. Il tourna à gauche dans une rue plus bondée, puis à droite, et trouva sa cible.

— Que faisons-nous ici ? demanda-t-elle alors qu'ils pénétraient dans un parking.

— J'ai besoin que tu me rendes un petit service, répondit-il. Tu vois le type là-bas ? demanda-t-il en indiquant le service de voituriers, où un homme était assis derrière le comptoir. J'ai besoin que tu le distraies.

— Le distraire ? répéta-t-elle. Comment, en lui tirant dessus ?

Tom pouffa en continuant son chemin.

— En effet, c'est une méthode, mais non. Je pensais que tu pourrais t'y rendre tranquillement et te montrer charmante pendant que je pique un trousseau de clés. À moins que tu ne préfères me voir jouer une nouvelle fois avec des câbles ?

Elle cligna des yeux.

— Tu veux que je flirte avec lui ?

— Oui.

Tom s'arrêta quelques mètres plus loin et plongea derrière un pilier.

— Fais comme si tu t'étais perdue et que tu avais besoin de l'aide du valet pour retrouver ta voiture. S'il te demande ton ticket, fais mine de l'avoir perdu et essaye de gagner du temps.

Amelia le regarda bouche bée.

— Tu n'es pas sérieux.

— Tu préfères que je trafique un véhicule ?

Elle avait l'air adorable avec son front plissé.

— Oh, d'accord, mais tu as intérêt à faire vite.

— Je te le jure, murmura-t-il en souriant.

Elle secoua la tête.

— D'accord. Mais je t'en veux toujours.

— Très bien. Maintenant, va t'occuper de lui.

— Oui, monsieur.

Au diable son sarcasme, Tom adorait le son de ce mot dans la bouche d'Amelia. *J'y réfléchirai plus tard.* Il l'observa approcher le valet et entamer une discussion avec le jeune homme souriant. Le type croisa les bras sur le comptoir et se pencha vers Amelia alors qu'elle faisait mine de fouiller dans ses poches. *Ça marche à merveille.* Tom s'avança discrètement vers la boîte à clé derrière eux et en sélectionna plusieurs, histoire d'avoir le choix. Il s'insinua ensuite dans la cage d'escalier et prit la direction des niveaux souterrains du parking où il cliqua sur différents boutons afin de trouver un véhicule approprié. Il cessa ses recherches quand une moto racée attira son attention.

— Salut, ma belle.

Il troqua sa casquette de base-ball contre le casque accroché à une des poignées et en attrapa un autre sur une moto garée à proximité pour Amelia. Il s'installa ensuite sur l'assise sportive, inséra la clé, et fit vrombir le moteur.

— Oh, ouais. Tu feras l'affaire.

Le garage disposait d'un niveau autonome en plus du service de voituriers et il put donc quitter le parking en toute discrétion. Il ne lui restait plus qu'à récupérer sa compagne pour filer. Il guida son nouveau véhicule jusqu'au bureau du valet où il l'avait laissée et se gara au bord du trottoir. Amelia écarquilla les yeux quand elle l'aperçut, et en resta bouche bée.

— Tu ne crois quand même pas que je vais monter sur ce truc, lâcha-t-elle alors que le type derrière le bureau l'observait, les sourcils froncés.

Je ne fais que piquer une moto, gamin. Y'a rien à voir.

— Si, répondit Tom. Grimpe.

Elle secoua la tête.

— Hors de question.

— T'es sérieuse ? Après tout ce que nous avons vécu, c'est la moto qui te pose un problème ?

Ne s'étaient-ils pas accordés à filer sans se bagarrer ?

— C'est un engin mortel.

— Et rester ici à discuter alors qu'une horde d'Ichoriens est à nos trousses ne l'est pas, peut-être ? demanda-t-il, abasourdi.

Elle se mordit la lèvre et secoua une nouvelle fois la tête. *Quelle tête de mule.*

— Tiens.

Tom lui tendit le casque, et elle haussa un sourcil de défi en retour. Ils n'avaient vraiment pas le temps pour ça.

— Enfile ça et grimpe. On doit y aller. Maintenant.

— Je préférerais une voiture, répondit-elle succinctement.

— Et je préférerais filer d'ici. Enfile le putain de casque, Amelia.

— Vous connaissez ce type ?

Le valet dégingandé avait décidé de jouer au héros et lamentablement échoué. Un simple coup d'œil avait suffi à le remettre à sa place, et Tom en profita pour reporter son attention sur l'Atout rebelle.

— Je ne compte pas te le demander une nouvelle fois, mon ange.

Amelia lui lança un regard noir et lui arracha le casque. Elle sembla prendre un malin plaisir à jeter sa casquette des Yankees au sol. *Mégère.*

— On parlera de ça plus tard.

Le grondement dans sa voix le fit sourire.

— J'attends ça avec impatience.

— Trou du cul, marmonna-t-elle en grimpant derrière lui.

— Accroche-toi, Atout.

Il attendit que ses bras soient enroulés autour de sa taille avant de quitter le garage. Le valet s'apercevrait du vol de la moto quand il mettrait la main sur les clés manquantes, et Tom soupçonnait que cela ne leur prendrait que quelques heures. D'ici-là, ils auraient quitté les limites de la ville depuis longtemps et seraient en route vers son plan de secours : les Hamptons.

La dernière visite de Tom au manoir Wakefield était née de son désespoir. Son trajet le long de l'allée après avoir sonné à l'interphone était plutôt similaire, si ce n'était pas pire. Il était risqué de venir ici pour différentes raisons. Le FHC envisagerait cet endroit comme un possible lieu sûr, mais Tom comptait sur l'amour-propre de son père. John Fitzgerald s'attendrait à ce que Tom épuise toutes ses options avant de chercher de l'aide auprès de son ennemi.

Mais dans le cas présent, son père avait mal évalué jusqu'où Tom était capable d'aller pour protéger Amelia. Apparemment, il était prêt à risquer sa vie puisqu'il était probable qu'Issac l'exécute à vue.

Telle mère, tel fils.

La tension d'Amelia lui brisa le cœur. Il ne comprenait que trop bien son hésitation, car il ressentait la même chose à chaque fois qu'il se rendait au chalet. *La mort rôde ici.* Le père de Tom avait trahi Amelia de la pire des manières sur ce domaine. Il avait assassiné son amant, Eli, puis l'avait capturée. Ces deux péchés impardonnables étaient sans doute au cœur de ses pensées en ce moment-même.

— C'était la meilleure alternative aux bureaux de ton frère, dit-il, se sentant mal pour elle.

Elle ne devait pas plus avoir envie de se trouver ici que lui, et surtout pas en compagnie d'un Fitzgerald. Peu importait qu'il n'ait pas joué le moindre rôle dans ce crime ; son sang le rendait coupable par association. Elle hocha la tête dans son dos et posa sa tête contre son épaule. Il plaça sa main sur les siennes et les serra alors qu'il se garait devant la maison d'invités. Un homme corpulent en sortit aux côtés d'une femme âgée, une lueur curieuse au fond des yeux.

— Comment peut-on vous aider ?

Il semblait courtois, et pourtant, il avait dû reconnaître le nom que Tom lui avait donné au portail. Il était impossible qu'il ait travaillé si longtemps pour les Wakefield sans se douter de l'immortalité d'Issac.

— Pas moi.

Tom retira son casque et secoua ses cheveux.

— Elle.

Les bras d'Amelia étaient soudés autour de sa

taille, donc Tom serra une nouvelle fois sa main tendrement.

— Tu vas y arriver, mon ange, lui murmura-t-il discrètement. Je suis là si tu as besoin de moi.

Elle hocha à nouveau la tête contre son dos et relâcha un peu sa prise. Tom suspendit son casque à la poignée et promena ses doigts le long des mains et des avants-bras de la jeune femme pour tenter de l'apaiser. Le couple les observait avec des expressions inquiètes, et Tom remarqua le téléphone dans la main du vieil homme. Quelqu'un d'immortel arriverait d'ici peu car il n'y avait aucune chance qu'il ait appelé les flics. Si ce n'était pas son frère, ce serait l'un des Hydraiens. Ils possédaient dans leurs rangs un téléporteur notoire aux capacités inimaginables.

Ça c'est un talent intéressant.

—Je peux le faire, chuchota-t-elle.

— Oui.

— Okay.

Les paumes de la jeune femme glissèrent le long de son abdomen jusqu'à ses flancs et elle se servit de lui comme soutien pour descendre de la moto. Elle décrocha son casque et le retira doucement avant de le lui tendre. Elle quitta ensuite ses lunettes de soleil et le couple poussa un petit cri de surprise.

— Amelia ? demanda le vieil homme, derrière la main qui masquait sa bouche.

— Salut, Robert. Cherie.

— Oh mon Dicu…

Chapitre Quatorze

Un paisible retour au pays

Amelia refusa de pénétrer dans la bâtisse principale. Elle ne pensait pas que son cœur y survivrait car cette maison renfermait trop de souvenirs pour elle, aussi bons que terribles. Elle était donc assise au bord de la piscine et dégustait le sandwich que Cherie lui avait apporté pendant que Tom faisait les cent pas. Robert leur avait dit qu'Issac serait là sous peu, ce qui aurait dû lui faire plaisir, mais il était impossible de ressentir une telle joie dans ce manoir.

La lune était basse dans le ciel et lui rappela cette nuit-là ; un dîner entre amis qui s'était achevé en les laissant dans deux camps opposés. Inviter Jonathan à dîner était devenu une habitude. Elle l'avait connu toute sa vie, le considérait comme un oncle au vu de sa relation avec son père, et ne s'était jamais attendue à sa trahison. Son simulacre d'affection familiale avait disparu à l'instant où il avait dégainé une arme et tiré une balle dans la poitrine d'Eli sans sourciller.

Amelia frissonna malgré la suffocante chaleur estivale. Les mains de Tom posées sur ses épaules l'encouragèrent à croiser son regard. Son regard réconfortant était à la fois soucieux et bienveillant. C'était exactement ce dont elle avait besoin à cet instant précis. Elle se leva et enroula ses bras autour de son cou. Il déposa un baiser sur le sommet de son crâne puis posa sa joue sur sa tête.

— Ça va aller, mon ange.

— Je sais, chuchota-t-elle. Mais cet endroit… je ne peux pas passer la nuit ici.

— Son histoire te hante.

Elle appuya son menton sur sa poitrine et leva les yeux vers lui.

— T'a-t-il dit… ?

Elle ne put terminer sa phrase et s'interrompit. Bien sûr que Jonathan avait parlé de cette nuit-là à son fils. Il la considérait comme l'une de ses plus grandes victoires, la nuit où il avait descendu Eli l'Ancien, l'un des plus puissants Hydraiens, d'une simple balle dans la poitrine.

— J'en sais assez, mais ce n'est pas ce que je voulais dire. Ce poids qui serre ta poitrine finira par se dissiper avec le temps, mais je ne sais pas s'il disparaîtra un jour. En tout cas, le mien est toujours là. En partie, en tout cas.

Elle réfléchit à ses paroles, se demanda de quel souvenir il pouvait bien parler, quand elle réalisa soudainement ce à quoi il faisait référence. La manière dont il avait réagi dans la chambre après la première visite d'Anita au chalet, la manière dont il avait juré et pris la fuite comme s'il avait vu un fantôme, et ce sang sur les photos dans son placard. Bien sûr. Le meurtre d'Anna. Cela s'était produit au chalet. Elle avait un vague souvenir d'un coup de fil d'Issac où il lui avait dit avoir proposé son aide à Jonathan, mais être arrivé trop tard.

— Pourquoi est-ce que tu gardes ce chalet ? demanda-t-elle.

— Ma mère me l'a laissé, et mon père a insisté pour le garder. Je ne veux pas m'en occuper, donc ma tante s'en charge en mon absence.

— Pourquoi m'avoir envoyée là-bas avec toi ?

— C'était une sorte de punition.

Tom avait mentionné ça la nuit dernière mais sans jamais s'expliquer.

— Une punition pour quoi ?

Il souffla en réponse.

— C'est une longue histoire, mais en gros, j'ai agi dans le dos de mon père pour informer une amie de la vérité au sujet des Ichoriens, et elle a failli mourir. Bien sûr, il profite maintenant du résultat car il est en train de la former comme Sentinelle.

— Une femme Sentinelle ?

— Ouais, et à ce propos. Elle est aussi la copine de ton frère, et c'est pour ça que...

— Attends.

Ses mains tombèrent le long de son corps tandis qu'elle levait les yeux vers lui.

— Mon frère a une copine ?

Pas possible. Issac n'allait jamais au-delà d'un premier rencard. Jamais.

— Apparemment.

— Quand tu dis mon frère, tu parles d'Issac ?

L'homme qui avait repoussé chaque femme qu'elle lui avait jamais présentée ? Qui ne ressentait aucun intérêt pour des relations au-delà d'une nuit ? *La monogamie vous convient peut-être à toi et Eli, mais ce n'est pas pour moi.* Combien de fois lui avait-il rappelé cela ?

— Tu es sûr qu'on parle du même homme ?

— Malheureusement, ouais. Définitivement le même type.

Elle ne savait pas quoi penser de ça. Combien de décennies avait-elle passé à jouer les entremetteuses, en vain ? Tom se raidit contre son corps, serrant les poings alors qu'il fermait les yeux. Alarmée, elle observa ses joues pâles.

— Tu vas bien ?

— Ton frère, lui dit-il à travers ses dents serrées. Il est ici.

Elle fit volte-face alors même que les bras de Tom tombaient le long de ses flancs et étudia la terrasse vide. Des guirlandes lumineuses éclairaient les recoins que le clair de lune n'atteignait pas, tandis qu'une douce lueur émanait de la piscine.

— Je ne le vois pas.

— Crois-moi, grogna-t-il, le corps rigide. Il est à proximité.

Elle fronça les sourcils, mais son front se lissa quand elle comprit ce qu'il voulait dire.

— Il est dans ta tête.

Issac était capable de manipuler les récepteurs visuels de manière psychique, de manière similaire et pourtant si différente à la méthode par laquelle Amelia transformait son apparence humaine. Ils avaient hérité de leurs talents liés à l'image de leur mère. Si son frère pouvait accéder aux pensées de Tom, il pouvait en faire de même avec elle. Elle chercha dans les méandres de son esprit un souvenir d'enfance au cours duquel leur mère leur avait fait la leçon concernant la manière de soigner ses invités. Un papillon bleu voleta au milieu de l'image alors même qu'elle revivait ce moment, et le cœur d'Amelia s'emballa.

— Il est là, murmura-t-elle.

Ses yeux s'emplirent de larmes, et pour une fois, ce n'était pas par tristesse. Elle plaqua ses mains contre sa bouche et se retourna pour faire face à Tom.

— Mon frère est vraiment arrivé.

— Ouais, et il se comporte comme un con, marmonna Tom en observant la terrasse avec un regard noir.

Il ne semblait plus souffrir, mais il avait l'air prêt à en découdre.

— Qu'est-ce qu'il a fait ?

Il secoua la tête.

— Disons juste qu'il ne s'agissait pas de remerciements.

— Toutes mes excuses, Thomas. Est-ce que je te dois vraiment un merci ?

La voix de son frère flotta sur la brise nocturne et lui donna la chair de poule. Elle serait incapable d'oublier ce ton tranchant. *Il est là.* Amelia tourna et le regarda avancer d'un pas nonchalant au détour de la maison, accompagné de Tristan. Ils ressemblaient à des anges ténébreux en costume et arboraient des expressions belliqueuses assorties. Elle se pinça le flanc, une habitude née de ses nuits passées à rêver de ce moment, tout cela pour se réveiller dans une pièce vacante. Quand Issac ne disparut pas, ses genoux flanchèrent. *Serait-ce possible ?*

— Tu es là, murmura-t-elle. Je n'arrive pas à croire que tu sois là.

Un sanglot se logea dans sa gorge alors que le rêve qu'elle n'avait jamais imaginé voir se réaliser prenait vie sous ses yeux. Les bras solides d'Issac l'enveloppèrent et l'attirèrent dans une étreinte implacable. *Est-ce réel ?* Elle inspira le parfum frais du tissu de sa chemise et soupira, envahie par un sentiment de familiarité. *Mon frère.* Des larmes coulèrent le long de ses joues tandis que son amour et son dévouement déferlaient sur elle par vagues entêtantes. Elle n'avait pas besoin d'un talent empathique pour le sentir ; sa chaleur et sa force lui suffirent.

— Tu es vivante, souffla-t-il, en la tenant encore plus fort. Je suis désolé, Amelia. Je suis tellement désolé.

Elle l'étreignit avec la même férocité et sanglota contre sa poitrine solide. Bon sang, mais qu'est-ce qu'il lui avait manqué. Les deux ou trois dernières années avaient atténué le sentiment de vide qui l'habitait, mais sa proximité lui suffit pour réveiller tous ses souvenirs d'espoirs brisés et de résignation. À un certain moment, elle avait fini par cesser de croire en lui, et c'était cet instant qui l'avait fait le plus souffrir. *Mais il est là. Il est réel.* Elle s'accrocha à lui en guise de support quand ses jambes menacèrent de lui faire défaut. *Je suis finalement libre.*

— J'ai cru que tu étais morte.

Sa voix se brisa sur ces mots et il enfouit son visage dans ses cheveux.

— Je serais venu à ton secours, Amelia. Je suis tellement désolé de ne pas l'avoir fait.

Le chagrin dans sa voix lui brisa le cœur. Bien sûr qu'il s'en voulait. Son frère avait un cœur de chevalier et avait toujours cherché à la protéger des fléaux de ce monde. Si elle avait appris une chose pendant sa captivité, c'était que les méchants existaient sous des formes variées. *Et les héros aussi,* chuchota son cœur en songeant à Tom. Il se tenait silencieusement derrière elle, un mur protecteur et chaleureux qui apaisait son âme.

— Trouver tes cendres a été la pire journée de ma vie, continua son frère. Bon sang, Amelia, tu m'as tellement manqué.

Son agonie résonna en elle et lui fendit le cœur. Son frère, qui affichait rarement ses émotions, était en train de s'effondrer. Et il rejetait la faute sur lui-même pour un événement sur lequel il n'avait pas eu le moindre contrôle.

— Je te pardonne, chuchota-t-elle, consciente que c'était ce qu'il avait besoin d'entendre.

Je ne t'en veux pas, mon cher frère. Jamais je ne te tiendrais responsable.

— Jonathan nous a tous bien eus.

Issac se raidit et son armure habituelle l'enveloppa aussitôt, sa détermination lui redressant l'échine. *Le voilà le frère que je connais et que j'adore.* Une preuve supplémentaire qu'il ne s'agissait pas d'une hallucination. Combien de jours et de nuits avait-elle passé à rêver de ce moment ? Peut-être pas avec la présence de Tom comme témoin, mais sa présence lui semblait appropriée. *Je suis chez moi.*

— Je l'exécuterai pour ça.

Une promesse soulignée par la conviction que seul son frère pouvait communiquer. Les Ichoriens étaient tristement célèbres pour leurs scènes de crime macabres, et Issac avait participé à plus d'une reprise. Il y avait une raison pour laquelle son espèce le tenait en si haute estime. Ils avaient peur de lui.

— Si quelqu'un mérite de se venger de mon père, c'est Amelia. Et pas toi.

La gaieté avait laissé place au défi dans la voix de Tom et Amelia se demanda ce qu'elle ignorait de leur passé commun. Ou bien était-il fâché à cause du jeu de visions ?

— Est-ce que tu veux que je lui coupe la parole, Issac ? demanda Tristan.

— Ce ne sera pas nécessaire. Pas pour le moment, en tout cas.

Issac garda un bras autour de ses épaules et l'attira contre son flanc alors qu'il se tournait pour faire face à Tom, le visage dénué de toute expression. Son frère avait toujours su contrôler ses émotions en un clin d'œil.

— Dis-moi pourquoi je devrais t'épargner, Thomas.

Amelia poussa un petit cri.

— Issac !

— Peut-être que tu ne devrais pas, répliqua Tom en haussant les épaules.

— Okay, non, tu ne vas pas recommencer avec ça.

Amelia repoussa le bras de son frère et s'avança devant son amant suicidaire.

— Si tu lui fais du mal, Issac, je ne te le pardonnerai jamais.

Les sourcils de son frère se hissèrent sur son front.

Il jeta un coup d'œil à Tristan, qui semblait tout aussi choqué. L'ancienne Amelia n'aurait jamais répondu de la sorte à moins qu'ils aient commis un faux pas social. En vérité, elle avait matière à affirmer que menacer de mort un invité était une infraction majeure, mais elle n'en serait pas beaucoup plus avancée.

— Amelia, je suis…

La voix d'Issac s'estompa quand son téléphone se mit à sonner. Il porta l'appareil à son oreille.

— Oui, Mateo ?

Il hocha la tête.

— Très bien. Oui, s'il te plaît.

Il empocha le mobile et posa les yeux sur l'homme qui se trouvait derrière elle.

— Le bruit court chez les Sentinelles qu'ils sont en chemin ici pour une mission de reconnaissance. Tu peux développer ?

— Bien sûr. Connaissant mon père, il essaye de couvrir ses arrières. Le manoir Wakefield est le dernier endroit où il s'attend à me trouver, mais cela ne m'a jamais freiné par le passé, donc il a dû envoyer des hommes surveiller ta propriété. Selon moi, il est plus inquiet à l'idée que tu découvres qu'Amelia est en vie que préoccupé par l'idée de m'attraper.

— Parce que cela ruinerait l'illusion, murmura Issac avec un geste du menton.

Son regard saphir s'adoucit en tombant sur elle.

— Jacque est en route. Est-ce que tu veux te changer avant qu'on y aille ?

Amelia trifouilla son T-shirt des Yankees.

— Mes vêtements sont toujours ici ?

— Oui.

Aucune élaboration. Du grand Issac.

— Tu n'as pas remodelé la suite pour ton usage personnel ?

— C'est seulement ma deuxième visite au domaine depuis ton, euh, départ.

Amelia écarquilla les yeux.

— Tu n'es venu que deux fois depuis… ?

Son regard intense troubla son estomac presque autant que sa question inachevée. Elle sut avant qu'il n'ouvre la bouche que ses mots seraient douloureux.

— Jonathan a laissé Eli dans la salle de bal avec un vase contenant tes cendres. Dire que cet endroit me file des cauchemars est un véritable euphémisme.

Son portrait cru fit ployer ses genoux. Elle retomba contre Tom qui l'enveloppa automatiquement avec ses bras. S'il était intimidé par le regard noir que lui jeta son frère, il n'en laissa rien paraître. Il l'étreignit pendant qu'elle tremblait et lui offrit le support dont elle avait tant besoin. Cette nuit-là défila derrière ses paupières comme si elle avait eu lieu la veille. Jonathan avait pointé son arme sur elle après avoir tiré sur Eli et lui avait offert un choix. *Obéis ou meurt.* Elle avait choisi d'obtempérer à l'époque, mais n'avait pas réalisé ce que cela signifierait au final. Quelle erreur elle avait commise ce soir-là.

— Je le détruirai, siffla Issac, manifestement témoin des scènes qui avaient défilé dans son esprit.

Elle tenta de mettre fin à ce défilé, mais en vain. Cet endroit l'accablait. Tous ses souvenirs de sa vie avec Eli étaient contaminés par cette seule soirée et ce qui s'était produit par la suite. Elle se retourna dans les bras de Tom et enfouit son visage contre sa poitrine pour inspirer son parfum masculin. L'obscurité la menaçait, menaçant de l'engloutir, mais sa force l'enveloppait et la protégeait alors qu'elle en avait le plus besoin.

— Il faut lui faire quitter cet endroit. C'est trop pour elle.

— Tu te prends pour une expert quand il s'agit de ma sœur ?

— Oui.

Une réponse monosyllabique qui ne laissait pas de place au débat.

— Nous verrons.

La voix glaciale d'Issac flotta au-dessus de sa tête comme dans un rêve.

Oh non. Elle reconnaissait cette sensation, cette somnolence qu'on ressent juste avant de s'endormir. Sauf qu'elle n'avait rien de naturel, pas à cet instant. Elle ne souhaitait pas se séparer de la chaleur de Tom, mais Issac ne lui laissa pas le choix. Son don pour la manipulation visuelle s'étendait jusqu'au domaine des rêves, ce qu'il avait activé et appliqué sur elle. Cela partait d'un bon sentiment, comme toujours avec lui, mais l'Amelia qui acceptait son réconfort par le passé n'était pas présente. Elle désirait un autre genre d'échappatoire désormais, une distraction qui impliquait une certaine Sentinelle blonde.

Elle ouvrit la bouche pour protester, mais aucun son ne lui échappa. Une sensation engourdie s'installa sur ses épaules, son dos, et plus bas encore. Les mains de Tom étaient tout ce qui l'empêchèrent de tomber quand ses jambes cédèrent. Son juron en réponse lui parut si lointain.

Nous reparlerons de ça, mon cher frère.

DES DRAPS soyeux s'emmêlèrent autour des cuisses d'Amelia quand elle roula sur le matelas trop moelleux. Elle se réveilla en sursaut et cligna des yeux en apercevant le soleil couchant à l'extérieur de ses fenêtres. L'océan s'étalait à l'horizon et des vagues venaient s'écraser sur du sable noir. *Oh mon Dieu.* Sa main vola vers sa bouche. *Je suis piégée dans un rêve.* Cela se produisait si souvent ces derniers temps, surtout après l'un des passages à tabac de Jonathan. Des souvenirs la torturaient à chaque fois qu'elle fermait les yeux. Elle se réveillait habituellement dès qu'elle commençait à croire qu'ils étaient réel, et c'était alors que la douleur de son existence la heurtait de plein fouet, lui coupant le souffle.

Non. Plus jamais. Elle retira à la hâte son débardeur et son short fragiles, refusant de laisser quelque chose d'aussi délicat toucher sa peau, et s'apprêtait à arracher les draps en soie du lit quand un homme se racla la gorge. Vêtue d'un simple string, elle croisa un regard chocolat qui n'existait que dans des souvenirs lointains. *Il était temps que Balthazar me rende visite en rêve.*

— Tu veux dire que je n'y figure pas régulièrement ? demanda-t-il avec un sourire malicieux. Je me sens blessé, vraiment.

Oh, super, son talent de télépathe fonctionne aussi ici. Bien sûr, il s'agissait de son rêve, et elle pouvait donc le lui retirer. Mais en quoi cela serait-il amusant ? Amelia s'assit sur le surmatelas et le contempla. Personne ne la jugerait pour ça. Balthazar était un dieu vivant, et il en était parfaitement conscient. Une mâchoire carrée, un nez parfait, des pommettes saillantes, des cils sombres que des femmes tueraient pour avoir, et un corps ciselé fait pour pécher. Elle l'avait vu torse nu à maintes reprises, et pourtant il portait un jean et un t-shirt. Dommage qu'il ne soit pas apparu dans son lit prêt à la séduire. Elle aurait apprécié une distraction. Elle fronça les sourcils. Non. Ce n'était pas de plaisir dont elle avait envie pour le moment. Pas avec lui en tout cas. Elle désirait une certaine Sentinelle, celui qui chassait l'obscurité...

— Oh, bon sang.

Le rouge lui monta aux joues.

— Je ne suis pas en train de rêver.

— Non, tu es bien éveillée, et presque nue.

Elle attrapa le drap et l'enroula autour d'elle comme une robe alors que des souvenirs la submergeaient. Ils se terminèrent avec Issac qui l'avait endormie pour ce qui lui paraissait désormais avoir duré des jours. *Je suis enfin, réellement rentrée à la maison.* Alors pourquoi cela lui paraissait-il si étrange et inconfortable ? Elle s'assit sur le matelas et tressaillit. *C'est trop doux.* Balthazar se redressa du chambranle de la porte et posa un mug sur le chevet avant d'installer son corps massif sur le lit, à côté du sien. Il était capable de séduire une femme d'un simple regard, mais une lueur inquiète assombrissait présentement ses yeux et tiraillait la commissure de ses lèvres charnues.

— Viens par là, mon coeur.

Elle s'exécuta volontiers et rejoignit son étreinte avant de poser sa tête contre son torse. En tant qu'Ancien, mais aussi l'un de ses plus vieux amis, il la connaissait bien. Dans son ancienne vie en tout cas.

— Mon Dieu, c'est tellement bon de te tenir dans mes bras, murmura-t-il. Quand Issac nous a dit que tu étais en vie, j'ai eu du mal à y croire.

— Tu m'as manqué aussi, B.

Son surnom lui échappa sans réfléchir mais la mit mal à l'aise. Comme tout le reste. Le lit était trop réconfortant, il faisait trop chaud dans la maison, et le soleil couchant était trop vif. Il glissa ses doigts dans ses cheveux et soupira.

— Je peux t'aider.

Elle comprit aussitôt ce qu'il voulait dire mais ne put supporter cette idée.

— Non.

— Je ne t'y forcerais jamais.

— Et c'est pour ça que je t'aime.

Elle le pensait sincèrement. Il paraissait peut-être arrogant et effronté, mais au fond de lui, il se sentait concerné. Ses capacités à contrôler les émotions et lire dans les esprits faisaient de lui un maître dans l'art de la manipulation. Il pourrait noyer toutes ses inquiétudes et l'envelopper dans une mare de plaisir, mais ce ne serait pas réel. Elle avait besoin de sentir, de se souvenir, ou elle deviendrait une simple coquille vide. L'obscurité serait une meilleure alternative. Quand elle se sentait dépassée, elle savait vers qui se tourner, à moins que...

Un sentiment de panique naquit dans sa poitrine et la força à se dégager de l'étreinte de son vieil ami.

— Où est Tom ?

Elle s'était endormie dans ses bras, mais Jacque l'avait visiblement téléportée ici. Et Tom ? Était-il parti sans lui dire au revoir ? Était-il toujours à New York ? Et où était son frère ? Ils allaient devoir discuter de ses actions. La bouche de Balthazar prit un air renfrogné inhabituel.

— La Sentinelle est ici.

— Sur Hydria ?

— Oui.

Soulagée, ses épaules s'affaissèrent et son cœur trembla. Il ne l'avait pas quittée.

— Est-ce qu'il est ici en ce moment ?

Elle soupçonnait que non, ou alors il serait dans la pièce, et non Balthazar. À moins que les Anciens ne l'aient occupé. Ils pouvaient se montrer bavards à l'occasion, surtout avec les visiteurs. Et le statut de novice de Tom attirerait l'attention de Luc.

— Non.

La réponse monosyllabique de Balthazar lui fit froncer les sourcils. Sa présence d'esprit bien connue semblait avoir disparu dans un brouillard de frustration.

— Qu'est-ce que tu me caches ? demanda-t-elle.

— Il est indisposé pour le moment.

— Et qu'est-ce que tu entends par *indisposé* ? Dis-moi ce qui se passe.

Il l'observa de la tête aux pieds.

— J'aime bien ce nouveau côté féroce chez toi, Amelia. C'est assez sexy.

— N'essaye pas de changer de sujet ou de me distraire avec du sexe. Où est Tom ?

Toute trace du séducteur disparut de son visage et l'Ancien en lui fit son apparition sous la surface.

— Je ne vais pas prétendre que je n'ai pas compris ce qui s'était passé entre vous, mais crois-moi quand je te dis que c'est terminé.

Elle se hérissa. Tous les Anciens, à l'exception d'Eli, l'avaient traitée comme une petite sœur, et cela n'avait manifestement pas changé en son absence. Elle s'était habituellement sentie choyée, mais ce n'était pas le cas aujourd'hui.

— Désolée, mais cette décision ne te revient pas.

— Tu as raison. Elle revient à Luc et sa parole fait loi.

Il se leva et glissa ses doigts dans ses cheveux sombres.

— Je comprends que tu trouves cela difficile, et j'en suis désolé, mais nous faisons ce qu'il y a de mieux pour toi. Cet homme t'a retourné le cerveau, et pas de manière saine.

— Incroyable.

Elle se leva pour se mettre à son niveau et ne se soucia pas de l'allure ridicule qu'elle devait avoir, ainsi vêtue d'un drap en soie.

— Tu n'as pas la moindre idée de ce qu'il a fait pour moi ou de ce que j'ai traversé ou même de vos torts.

Tom ne l'avait jamais maltraitée ni ne lui avait donné l'impression d'être insignifiante. Au contraire, il la traitait comme son égale, lui avait appris à se défendre, et l'ancrait quand elle en avait besoin. Comme cette nuit-là dans la baignoire ou encore quand elle n'avait pu se résoudre à appuyer sur la gâchette.

Elle se remémora sa première visite dans sa cellule, la surprise dans son regard qu'elle avait par erreur prise pour un sale tour quand il lui avait demandé si elle allait bien. À l'époque, elle l'avait qualifié de gentil flic, mais il était sincère. Il se souciait sincèrement d'elle. Toutes ces bouteilles d'eau et ces visites occasionnelles étaient sa manière à lui de veiller sur elle, ce qu'elle comprenait désormais. Et la douleur dans ses yeux quand il avait réalisé que la visite d'Anita au chalet avait été déplaisante, ça aussi c'était réel. Ce qu'ils partageaient était unique et neuf et certainement pas quelque chose que qui que ce soit l'empêcherait de poursuivre, parce qu'elle avait besoin de lui. Et d'après le peu d'informations qu'elle avait recueillies ces derniers jours, lui aussi avait besoin d'elle. Parce que cet homme souffrait visiblement de pulsions suicidaires.

Une expression curieuse avait recouvert le visage de Balthazar, indiquant qu'il avait épié ses pensées. Il ne contrôlait peut-être pas les émotions au gré de ses humeurs, mais il écoutait toujours les pensées qui l'entouraient. Même quand il ferait mieux de s'abstenir.

— Il est enfermé, mais en vie. C'est tout ce que je peux te dire.

— Enfermé ? répéta-t-elle, abasourdie. Pour quelle raison est-ce que Luc l'enfermerait ? C'est un novice, l'un des nôtres.

— Cette Sentinelle n'est *pas* l'un des nôtres, Amelia. Il a passé la majeure partie de sa courte existence à massacrer des immortels, et cela inclut des Hydraiens. Il est autant le bienvenu ici que son père.

Amelia en resta coite.

— Tu ne peux pas le comparer à Jonathan.

— Oh, que si, je peux. Tu ne le connais pas comme nous.

— Je pourrais en dire de même !

Elle n'avait pas eu l'intention de lui crier dessus, mais cela lui semblait dingue qu'ils aient enfermé Tom après tout ce qu'il avait fait pour elle. Ils auraient dû l'accueillir à bras ouverts. Les novices ne couraient pas les rues, et un homme doté de ses talents pourrait leur être d'une grande utilité.

— Tu ne sais rien de lui, ajouta-t-elle d'un ton normal.

— Si c'est vrai, alors nous sommes sur le point d'en apprendre bien plus.

Son sang ne fit qu'un tour.

— Qu'êtes-vous en train de lui faire ?

Il souffla et frotta l'arrière de sa nuque.

— Rien. Pour le moment.

Amelia fronça les sourcils en percevant l'irritation dans sa réponse. Elle ne semblait tournée vers elle, mais vers quelqu'un d'autre.

— Dis-moi ce qui se passe, B.

— Non.

Il ne se montrait plus du tout enjoué, et elle comprit qu'il ne céderait pas. C'était désormais l'Ancien qui lui faisait face, et non son grand frère ou son ami. Ses lèvres tremblèrent à l'idée d'être une étrangère, mais elle s'y était attendue. Elle n'était pas la femme qu'ils avaient adorée, et Balthazar s'en apercevait mieux que quiconque.

— Je t'aimerai toujours, Amelia, chuchota-t-il, une fissure apparaissant dans son masque. Ne crois pas le contraire.

Elle savait qu'il répondait directement à ce qu'il avait lu dans son esprit.

— Pourquoi refuses-tu de me dire ce qui lui arrive ?

— Laisse-nous un peu de temps pour comprendre ce qui se passe, okay ?

Elle se mordilla la lèvre tout en y réfléchissant. Si Balthazar refusait de lui parler, personne ne le ferait, sauf peut-être Issac. Et elle doutait que même lui intervienne dans cette situation après la manière dont il avait traité Tom la veille. Ils pensaient bien faire et souhaitaient la garder en sécurité, mais l'ignorance n'était pas toujours une bénédiction. Ses amis et sa famille se souvenaient de l'Amelia qui se serait inclinée sans réagir. Elle comptait bien leur présenter la nouvelle version rapidement, mais pas tout de suite.

— Très bien.

Balthazar plissa les yeux, ayant manifestement entendu ses dernières réflexions, mais il n'insista pas. Le connaissant, il préférerait sans doute se servir de ses dons d'observation pour découvrir ce qu'elle voulait dire. Il la toisa des pieds à la tête et croisa les bras.

— Sache que ces draps que tu as tenté de détruire sont loin d'être bon marché, et aux dernières nouvelles, tu adorais la soie. C'est pour ça que j'ai fait le lit avec, pour toi.

Ses mots la poussèrent à observer ce qui l'entourait. Elle n'avait pas vraiment prêté attention aux tons chauds, au mobilier masculin, ou au lit colossal, jusqu'à ce qu'il les lui fasse remarquer.

— Pourquoi est-ce que je suis chez toi ?

— Parce que ta maison a été transformée après l'incident en maison d'invités pour les novices. Luc a pensé que ce serait la meilleure manière d'honorer ta mémoire.

Amelia frissonna. *Honorer ma mémoire.* Parce qu'ils avaient tous cru qu'elle était morte. C'était un sentiment surréel, même si elle trouvait que l'idée de transformer sa maison en refuge pour novices était un bel hommage.

Amelia avait servi de cheftaine à plusieurs futurs Hydraiens, leur enseignant le fonctionnement de la vie immortelle sur l'île et servant aussi de coordinatrice sociale. Deviendrait-elle à nouveau cette femme ? Rien que cette idée lui soulevait l'estomac. Comment pourrait-elle servir de guide dans cet état ?

— Hé, murmura Balthazar en posant sa main sur son épaule exposée. Ne te préoccupe pas du futur. Concentre-toi sur l'instant présent. Et souviens-toi que tu n'es pas seule. Nous t'aimerons peu importe ce qui arrive, Amelia. Nous n'avons pas la moindre attente. Est-ce que tu comprends ?

Elle se mordit la lèvre. Il pensait bien faire, mais il ne comprenait pas à quel point elle avait changé, à quel point son expérience l'avait altérée. Six ans, pour un immortel avec son expérience, cela ne représentait rien, mais pour elle, cela avait tout changé. Jonathan lui avait volé son innocence, avait détruit sa foi, et lui avait arraché tout espoir. Comment réussirait-elle même à leur expliquer cela ?

Il a fait la même chose à Tom, murmura sa conscience. Ce qui expliquait le lien qui les unissait. De toutes les personnes qu'elle connaissait, Tom était la seule qui comprenait ce que cela faisait d'être manipulé et détruit par un être cher. Aucun d'eux n'avait eu le choix ; ils étaient juste retenus en captivités dans des cages différentes. Et maintenant, il était enfermé dans une cellule quelque part sur l'île. Elle comptait bien faire quelque chose à ce sujet.

— J'ai besoin de vêtements, dit-elle à Balthazar. Et si possible, autre chose qu'une robe.

Qui aurait cru qu'elle préférerait porter le t-shirt et le boxer de Tom en ce moment ? Ils lui allaient mieux que ses anciens vêtements. Balthazar haussa un sourcil.

— Je ne sais pas si je ferais mieux de répondre à ton petit plan, ou aux paroles que tu as prononcées à voix haute. Mais à en croire ton expression, il vaudrait mieux pour moi que j' évite de dire quoi que ce soit dans les deux cas.

Une lueur amusée vacillait dans son regard quand il prit une nouvelle fois sa mesure.

— Oh, j'aime bien ce nouvel aspect de ta personnalité. Luc va être ravi. Wakefield, aussi.

— Les vêtements.

— Oui, madame.

Il se dirigea vers l'une de ses commodes pour fouiller dans ses tiroirs. Il se retourna et lui tendit un t-shirt et un boxer, une lueur espiègle au fond des yeux.

— Mes affaires seront peut-être un peu plus grandes que celles de la Sentinelle, mais ça devrait faire l'affaire. Rends-moi juste un petit service et assure-toi que je suis dans les parages la première fois qu'Issac te verra dans cette tenue, d'accord ?

Certaines choses ne changeaient pas.

— Est-ce que vous continuez de vous bagarrer comme des gamins ?

Il posa une main sur son cœur.

— Moi ? Jamais.

— Mais bien sûr. Je suis surprise qu'Issac ait accepté de me laisser chez toi.

Son frère et Balthazar avaient une relation pénible comme le trahissait la confiance qu'ils s'accordaient à contrecœur. Il lui aurait semblé plus logique de se réveiller chez Luc que chez Balthazar, même si elle ne s'en plaignait pas.

— Tes frères sont préoccupés par un autre problème en ce moment.

L'humour qu'elle lisait dans ses yeux attisa sa curiosité.

— Quel autre problème ?

— Oh, je les laisserai t'expliquer ça.

— Okay.

Elle enfila le t-shirt sous ses yeux puis laissa tomber le drap pour enfiler le short.

— Tu te souviens que je dispose d'une salle de bain équipée dotée de tous les produits qu'un homme ou une femme pourrait désirer, n'est-ce pas ?

— Oui.

Son hospitalité notoire satisfaisait plus d'un partenaire de jeu. Il était insatiable, mais traitait ses partenaires avec respect et les traitait comme des dieux. Ou du moins, c'était ce qu'on lui avait dit. Pour autant qu'ils soient des amis proches, ils n'avaient jamais franchi cette ligne, et ne le feraient jamais. Eli comptait trop à leurs yeux pour y songer.

— Il me manque, murmura Balthazar, ayant capté le fil de ses pensées.

Son sourire triste tira sur sa corde sensible.

— Cette nouvelle version de toi-même le choquerait complètement, mais de manière positive.

Son estomac se noua en entendant cela et une sensation de malaise l'envahit.

— Je ne suis plus la femme qu'il aimait, B.

— Peut-être pas, acquiesça-t-il. Mais il aurait aimé cette version. Il était complètement dingue de toi.

Un sentiment de culpabilité pesa sur sa conscience alors que le visage d'Eli apparaissait derrière ses paupières. À chaque fois qu'elle pensait à lui, un nouveau détail était absent. Cette fois-ci, c'était la couleur sombre de ses iris, un gris unique qu'elle ne trouvait plus aussi attirant qu'avant. Un brun succulent lui faisait face à la place. Amelia ne pouvait plus aimer Eli comme elle l'avait fait, pas après tout ce qui était arrivé. Il aurait toujours une place privilégiée dans son cœur, mais elle avait besoin de quelqu'un qui la considère comme une partenaire, pas une princesse, et son Eli ne serait jamais cet homme. Pas parce qu'il était mort. Mais parce qu'il insisterait pour la placer sur un piédestal sur lequel elle n'avait plus sa place. Elle souffrait de réaliser cela, mais les bases de leur relation étaient fondées sur son inexpérience et sa pureté, des qualités dont elle était désormais dépourvue. Jonathan avait détruit cette part d'elle et créé une nouvelle femme. Une femme qu'elle n'était pas certaine qu'Eli pourrait adorer, en tout cas, pas comme il l'avait fait un jour.

— Eli souhaiterait que tu sois heureuse, chuchota Balthazar.

Je sais. Et cela ne faisait que la déprimer un peu plus. C'était un homme si bon, qui méritait mieux que ça. Mais une partie de son âme qui l'avait toujours aimé avait disparu avec lui ce jour-là, laissant derrière elle un gouffre qu'elle n'avait jamais imaginé combler. Jusqu'à ce qu'elle rencontre Tom. Il s'était frayé un chemin en elle et avait semé les graines de l'espoir, suggérant qu'elle serait peut-être un jour capable d'aimer à nouveau. Enfin, si elle le trouvait à temps.

— Avant de partir en vadrouille sur l'île, je dois te prévenir qu'il y a une fête organisée ce soir. Et tu en es l'invitée d'honneur.

Saisie d'effroi, elle se sentit nauséeuse.

— Une fête ?

— Comme c'était ton passe-temps favori, les autres ont cru que ce serait le meilleur moyen de fêter ton retour à la maison. Jacque et Lara s'en occupent.

Elle s'assit une nouvelle fois sur le lit, les mains sur les genoux.

— À quelle heure ça commence ?

— Dans une heure. C'est du chocolat chaud, au fait.

Il indiqua le chevet d'un geste de la main.

— J'y ai même ajouté des mini chamallows.

C'était sa boisson préférée avant, et il la préparait toujours de zéro en se servant de chocolat noir. Une petit gorgée ne lui ferait pas de mal et l'aiderait peut-être à se sentir mieux. Elle attrapa le mug et laissa l'arôme riche taquiner ses narines.

— Tu essayes de m'acheter avec des douceurs.

Ce qui ne marcherait pas. Ou pas bien longtemps, en tout cas.

— Nous ne prendrons pas de décision au sujet de la Sentinelle ce soir, ajouta-t-il à voix basse.

Elle savait que son *nous* faisait référence aux Anciens, dont Balthazar faisait partie.

— Laisse-nous te choyer ce soir, Amelia. Nous en avons presque autant besoin que toi.

Peut-être que se plonger dans son ancienne vie l'aiderait à remonter d'anciennes parties de sa personnalité à la surface. Elle se devait bien d'essayer pour sa famille et ses amis, non ? Et Balthazar avait raison. Elle désirait leur affection et leur approbation, surtout maintenant, car elle avait besoin de savoir qu'elle comptait toujours pour eux malgré ce qu'elle avait subi ou les actes qu'elle avait commis. Tout ce qu'elle avait souhaité ces six dernières années, c'était de rentrer à la maison. Il fallait qu'elle en profite.

— Il est en sécurité ? demanda-t-elle en faisant référence à Tom.

— Oui, sain et sauf.

Balthazar ne mentait jamais. La confiance et l'honnêteté étaient trop importantes à ses yeux pour ça. Elle prit une gorgée de chocolat et gémit dans la tasse. Ça avait un goût de paradis et de péché et fila avec détermination droit dans son estomac vide. Issac l'avait assommée pendant au moins douze heures ; elle en avait la certitude.

— D'accord, je vais aller à cette fête, mais j'ai besoin d'une tenue appropriée et d'un repas pour commencer.

Et de voir Tom par moi-même. Le défi, ce serait de le trouver et de contourner les mesures de sécurité instaurées par les Anciens. Balthazar semblait manifestement amusé et un sourire retroussa le coin de ses lèvres. S'il avait entendu ses pensées, il ne fit pas de commentaire.

— Bon, eh bien, va te rafraîchir et je m'occupe du reste.

Ils avaient cuisiné ensemble à de nombreuses reprises et elle ne doutait pas qu'il lui préparerait quelque chose d'excentrique. Elle se débarrassa de sa tasse, se leva, et déposa un baiser sur sa joue.

— Merci.

Il enroula un bras dans le bas de son dos et la serra contre lui.

— Ne me remercie pas, Amelia. Nous aurions dû venir à ta rescousse, et je ne crois pas qu'aucun de nous réussisse à se pardonner de t'avoir crue morte toutes ces années.

— Je ne vous en veux pas, murmura-t-elle.

— Tu n'as pas besoin de le faire, ma belle. Nous nous tenons nous-même responsables.

Il embrassa ses cheveux et y déposa sa joue.

— Je n'ai pas la moindre idée de ce que tu as traversé, mais je serai là quand tu seras prête à en discuter.

Amelia déglutit.

— Je ne suis pas prête pour le moment.

Et je ne le serai probablement jamais. Certaines horreurs méritaient de rester enfouies.

CHAPITRE QUINZE

BIENVENUE À HYDRIA

TOM S'ADOSSA au mur en béton, les mains dans les poches et les jambes croisées au niveau des chevilles. Un groupe d'Hydraiens prenait part à un débat houleux dans le couloir de l'autre côté de la porte verrouillée de sa cellule, mais il avait cessé d'épier leur conversation depuis un moment. Ils avaient confisqué ses flingues et couteaux et l'avaient laissé seul dans une petite pièce dotée d'une chaise, d'une table, d'un peu de nourriture et d'une bouteille d'eau. Étant donné que sa seule préoccupation était le bien-être d'Amelia, il n'avait touché à aucun de ces effets et patientait en attendant que quelqu'un lui donne des nouvelles. Personne ne semblait souhaiter lui parler, ce à quoi il s'était attendu. Ce n'était pas comme s'il s'était fait beaucoup d'amis immortels en tant que Sentinelle.

La voix féminine qui s'éleva devant sa porte piqua sa curiosité. Il ne s'agissait pas d'Amelia, mais elle lui parut familière ; et furieuse. La poignée s'agita mais resta fermée et quelque chose de lourd vint heurter le bois. Il se redressa et se décala sur le côté juste à temps pour éviter une collision quand la porte céda. Une blonde familière apparut la seconde d'après et Tom en resta bouche bée.

— Stas ? Qu'est-ce que tu fiches ici ? demanda-t-il, abasourdi.

—Je t'ai dit qu'il allait bien.

Le ton glacial de Wakefield précéda son apparition dans la pièce juste après Stas. Les yeux verts fougueux de la jeune femme étaient plissés en direction de l'Ichorien hautain, mais elle tourna finalement son attention vers Tom. Elle l'étudia des pieds à la tête et parut soulagée de le découvrir en un seul morceau. Il lui retourna la faveur et remarqua ses bras et ses jambes musclés, recevant un regard d'avertissement du connard debout à côté d'elle au passage. *Un peu trop possessif, non ?* La jeune femme était la meilleure amie de Lizzie, et par conséquent, comme une sœur pour lui. Il ne l'avait jamais considérée autrement que de manière platonique. Il ne pouvait pas en dire autant d'Amelia.

— J'aimerais passer une minute seule avec lui, murmura Stas.

— Non.

— Ce n'était pas une question, Issac.

— Et je n'ai pas l'intention de discuter, Astasiya.

Elle croisa les bras et fusilla du regard l'homme soigné. Même sur Hydria, il portait un costume. *Connard prétentieux.*

— Tu tiens vraiment à ce que je te persuade de partir ? l'interrogea Stas.

Wakefield pencha la tête sur le côté alors qu'un sourire étirait ses lèvres. L'adoration visible dans son regard alors qu'il l'étudiait était manifeste, et elle surprit Tom. Il n'aurait jamais imaginé l'Ichorien capable de ressentir de telles émotions pour une femme pendant plus de quelques heures. Ce n'était pas surprenant que John ait souhaité intégrer Stas au rang des Sentinelles. Elle était dans une position idéale pour servir d'agent double, ce qui la rendait très dangereuse dans cette situation. Si elle rapportait au

FHC qu'Amelia et Tom se trouvaient ici, la situation dégénérerait. Non pas que cela le préoccupe ; après tout, son père méritait de payer pour ses péchés. Il était plus inquiet à l'idée que Stas devienne une victime collatérale, mais elle s'était mise en danger le moment où elle avait accepté d'espionner les Ichoriens.

— Hmm, murmura Wakefield.

Il prit la joue d'Astasiya dans le creux de sa main et caressa ses lèvres avec son pouce.

— Tu gagnes cette manche, ma petite complication préférée. Mais je compte bien te rendre la pareille un peu plus tard.

Stas rougit, trahissant le sens des paroles de son petit ami. Même si Tom l'aurait compris simplement grâce à son intonation. Il leva les yeux au ciel devant cette démonstration futile de possessivité quand Wakefield l'embrassa pour accentuer son propos. *Pour ta gouverne, mec, c'est ta sœur qui m'intéresse, et non la fille que je considère comme la mienne.*

— Thomas, dit Wakefield après s'être détaché des lèvres de Stas. Ta mort est imminente, mais je m'assurerai qu'elle soit atroce, si tu ne songes même qu'un instant à faire du mal à mon Aya. C'est compris ?

Stas frappa le bras de son copain avant que Tom ne puisse répondre à cette menace explicite.

— Sa mort n'est *pas* imminente.

— Si tu le dis, mon cœur.

Il recula avant qu'elle ne le frappe une nouvelle fois et quitta la pièce avec un petit sourire enjoué.

Ce type a perdu les pédales à cause d'une femme. Un peu comme Tom, qui avait perdu ses esprits à cause d'Amelia. *Et merde.* Il n'aurait jamais cru que le jour arriverait où il se trouverait un point commun avec Wakefield. À part la mort de la mère de Tom, évidemment. Il n'avait jamais questionné Amelia à ce sujet. Il ne souhaitait pas être témoin de sa réaction. Et si elle était au courant de l'implication de Wakefield dans le meurtre ? Que dirait-elle ? Stas interrompit le fil de ses pensées en claquant la porte derrière l'Ichorien. Tom haussa un sourcil.

—J'en déduis que tu es *Aya* ?

C'est super ça, comme première question, mec. C'était quand même un surnom étrange. Il préférait Stas.

— Apparemment, grommela-t-elle avant de pousser un long soupir.

Son inquiétude se lisait dans son regard quand elle l'examina.

— Est-ce que tu vas bien ?

— Mieux que jamais. Pourquoi ? demanda-t-il, feignant la naïveté.

Elle posa les mains sur ses hanches et plissa les yeux.

— T'es sérieux ? Il y a un tas d'Hydraiens enragés dehors qui veulent ta peau, et ça ne te préoccupe pas plus que ça ?

— C'est à peu près ça.

Il s'était douté qu'ils souhaiteraient sa mort. Peu importait qu'il n'ait jamais blessé d'Hydraien ou que ce soit son père qui prenne les décisions ; il était coupable par association. Il se demanda ce qu'Amelia pensait de sa peine de mort. Était-elle au courant ? Cela lui importerait-il ? Sa poitrine se serra à l'idée qu'elle soit indifférente à son sort, mais il ne lui en tiendrait pas rigueur. Quelqu'un devrait payer pour les péchés de son père, et il serait le candidat idéal dans cette situation. Mais seulement dans une certaine mesure. Il se battrait s'il avait à le faire.

— Est-ce que tu m'écoutes ? demanda Stas, interrompant ainsi sa réflexion.

Non.

— Bien sûr. Est-ce que mon père sait que je suis ici ?

— Oui.

Merde.

— Donc tu lui as parlé de moi et Amelia.

Il ne s'agissait pas d'une question, mais d'une affirmation.

— Je suis venue ici poser les questions, et non pas y répondre.

Il l'invita à continuer.

— Pose tes questions, Sentinelle Stas.

Il se sentit mal de se conduire ainsi envers elle, mais il connaissait le but de cette discussion. Elle ne souhaitait pas qu'il révèle son statut d'agent double aux autres. S'il le faisait, ils la tuerait. Le fait même qu'elle ressente le besoin de lui demander ce service l'enragea. Si elle n'avait toujours pas compris à quel point elle comptait pour lui, elle ne le ferait jamais. Il ne la mettrait jamais en danger de cette manière, mais il lui conseillerait de rentrer à la maison et de cesser ses conneries avant de finir dans un sac mortuaire. Le fait que les Hydraiens l'autorisent à visiter leur territoire signifiait qu'ils avaient confiance en elle, ou au minimum, qu'ils avaient foi en l'opinion d'Issac. Si elle ne mettait pas fin à cette mascarade rapidement, elle se ferait tuer, ou pire.

— Pourquoi le docteur Fitzgerald a-t-il transféré Amelia hors du sous-sol du FHC ?

Il cligna des yeux. Ce n'était pas ce à quoi il s'attendait.

— Quoi ?

Comment diable était-elle au courant de ça ? Amelia lui en avait-elle parlé ?

— Tu m'as bien entendue. Pourquoi l'a-t-il transférée ?

Si Amelia avait parlé de ce transfert aux Hydraiens, elle leur aurait aussi expliqué pourquoi. Ce qui signifiait que Stas avait obtenu ces informations d'une autre manière.

— Comment sais-tu qu'elle a été transférée ?

Elle fit la moue.

— Tu te souviens du jour où Issac m'a déposée au FHC ? Pour rencontrer ton père ?

— Évidemment.

C'était quelques jours après qu'il avait commis la plus grosse erreur de sa vie ; envoyer Stas à l'Arcadia.

— Est-ce que tu te souviens t'être précipité dans le bureau de ton père, complètement furieux, pour qu'il te traîne ensuite dehors afin de discuter ?

Tom se raidit à ce souvenir.

— Oui.

Il avait failli tuer son père ce jour-là. Ce salopard s'était défoulé sur Amelia et l'avait laissée brisée au sol. Et c'était techniquement à cause de Tom que son père était énervé, ce qui n'avait fait qu'empirer la situation.

— J'ai trouvé Amelia alors que vous discutiez. Est-ce que c'est pour ça qu'il l'a transférée ?

Tom la regarda bouche bée.

— Attends, tu étais au courant pour Amelia ?

Pourquoi n'avait-elle rien dit ?

— Je viens de te le dire. Maintenant, réponds à ma question.

— Mon père l'a transférée afin que tu ne découvres pas sa présence.

Les yeux de Stas s'écarquillèrent.

— Quoi ?

Il se frotta le visage avec une main et commença à faire les cent pas pour éliminer son énergie superflue. Repenser à cette nuit-là lui donnait toujours envie de frapper quelqu'un, de préférence son père.

— Quand tu as accepté la position de Sentinelle, j'ai suggéré qu'on bouge Amelia pour que tu ne la trouves pas. Je pensais que tu le prendrais mal.

Mais il s'était apparemment trompé, car cela lui avait

été complètement égal.

— Et tu l'as amenée à Issac ? demanda-t-elle, incrédule.

Il souffla avant d'éclater de rire.

— Ouais, eh bien, cela ne faisait pas du tout partie de la mission, mais tu dois bien le savoir.

Stas fronça les sourcils à ce moment.

— En fait, je ne sais rien de cette affaire. Docteur Fitzgerald – pardon, ton père – ma dit que tu étais en mission secrète à l'étranger, et Stark m'a, du reste, bien occupée.

Son air renfrogné lui indiqua clairement ce qu'elle pensait de ça.

— Nous étions dans le nord de l'État de New York, dans le chalet de ma mère, mais attends un peu.

Il se tourna pour l'étudier, à la recherche du moindre signe de mensonge.

— Si tu n'a pas été informée, alors tu n'as pas pu rapporter ma présence ici.

Elle maintint son regard.

— Le docteur Fitzgerald pense que je suis partie en week-end romantique avec Issac.

— Pourquoi lui mentirais-tu ?

Ou essayait-elle de maintenir sa couverture ? Les Hydraiens pouvaient-ils écouter leur conversation ?

— Parce que je le déteste.

Le venin dans sa voix était une nouveauté. Il n'avait jamais entendu Stas parler ainsi, et elle dut lire sa surprise sur son visage.

— Pourquoi as-tu emmené Amelia jusqu'à Issac ?

Il frotta l'arrière de sa nuque et réfléchit à sa réponse. Dire la vérité lors d'un interrogatoire allait à l'encontre de tout son entraînement, mais il ne s'agissait pas d'une situation normale.

—Je n'ai pas de réponse simple à t'offrir.

À un moment, il avait fini par développer des sentiments pour Amelia. Jusqu'où ils allaient demeurait un mystère qu'il craignait de résoudre. S'il admettait son amour, il risquerait d'y laisser son cœur. Il choisit donc de prétendre s'être senti concerné par son sort, dans une certaine mesure. Cela lui parut plus sûr.

— Tu veux savoir pourquoi j'ai déboulé comme une furie dans le bureau de mon père ce jour-là ? lui demanda-t-il en détournant la conversation sur un sujet auquel il pouvait répondre.

Elle le regardait de manière incrédule.

—Oui.

— À cause de ce que j'avais trouvé dans la cellule d'Amelia. Tu prétends l'avoir vue, donc tu dois bien savoir ce qui m'a mit dans une telle rage. Il l'avait rouée de coups à cause de ce que je t'avais fait.

Son air se renfrogna.

—Je ne te suis plus.

— L'Arcadia, Stas. Il était furieux que je t'y ai envoyée et il a cru que je t'avais fait tuer. Alors que j'étais à ta recherche, il se défoulait sur elle, et je n'en avais pas la moindre idée. Quand je l'ai trouvée dans cet état...

Il dut s'interrompre pour ravaler le grondement qui naissait dans sa gorge.

— Eh bien, disons juste que j'ai perdu les pédales. Puis tu as accepté son offre d'emploi, et j'ai sauté sur l'occasion pour l'éloigner de lui. Je lui ai suggéré de la transférer, Stark a soutenu ma proposition, et mon père m'a envoyé avec elle pour lui servir de babysitter. C'était ma punition pour t'avoir parlé des Ichoriens.

Choquée, sa bouche s'entrouvrit, un tic qui indiqua à Tom que tout ceci lui était inédit. Donc Amelia n'avait pas encore parlé à qui que ce soit. C'était un détail intéressant.

Où es-tu, mon ange ? se demanda-t-il pour la énième fois. Être séparé d'elle l'embêtait bien plus qu'il ne souhaitait l'admettre. Leur proximité constante ces dernières semaines avait laissé des traces. Elle lui manquait.

— Alors, dis-moi quelque chose, continua-t-il, intrigué. Si tu l'as vue ce jour-là, pourquoi n'as-tu rien dit ? Cela ne t'a pas dérangée de comprendre que le FHC retenait une femme captive ? Surtout une jeune femme rouée de coups par le PDG de l'entreprise seulement quelques minutes avant ton arrivée ?

Il ne put entièrement masquer sa colère, qui était donc perceptible dans sa voix. Elle n'avait pas réagi du tout, et cela l'intriguait. Il s'attendait à autre chose de sa part.

— Oh, bien sûr que ça m'a dérangée. Et je n'ai rien dit parce que je ne tenais pas à me retrouver à mon tour enfermée dans une cellule.

Tom cligna des yeux.

— Mon père ne t'infligerait jamais ça.

— Vraiment ? Parce que vu tout ce qu'il m'a fait subir, je crois bien que si. Tu sais, entre le meurtre d'Owen, l'empoisonnement avec du poison Nizarin, et, oh, n'oublions pas sa tentative de faire porter le chapeau à Issac pour ce dernier événement pour me retourner contre lui.

Tom la regarda bouche bée. Ça faisait trop d'informations d'un coup.

— Owen ?

Il creusa dans ses souvenirs à la recherche d'un souvenir et fronça les sourcils.

— Ton ami qui a été assassiné juste avant la remise des diplômes ?

— Oui, c'était aussi un Hydraien.

Les yeux de Tom s'écarquillèrent.

— Vraiment ? Mais qu'est-ce qu'il foutait à New York ?

C'est ce qui s'appelait provoquer la chance.

— Tu n'étais pas au courant ?

— Comment aurais-je pu l'être ?

— Parce que c'est ton père qui a commandité son exécution.

Tom cligna une nouvelle fois des yeux.

— Reviens un peu en arrière. Quand, comment et pourquoi ?

Et avait-elle bien mentionné un empoisonnement avec du venin Nizarin qui avait manqué de la tuer ? Cela n'était létal que pour les novices comme lui, et non les mortels. Et il n'y avait aucune chance que Stas soit autre chose qu'humaine.

— J'espérais que tu pourrais m'éclaircir à ce sujet.

— Je n'en ai pas la moindre idée. Owen ne causait pas de problème et n'avait fait de mal à personne, n'est-ce pas ? Le FHC pourchasse uniquement les immortels hors-la-loi qui ont blessé des humains d'une manière ou d'une autre. Stark aurait déjà dû t'expliquer ça.

— Il l'a fait, mais ça ne change rien au fait que ton père a ordonné la mort d'Owen. À cause de moi.

— Je ne comprends pas.

En quoi serait-elle responsable ?

— Pourquoi assassinerait-il quelqu'un à cause de toi ?

— J'imagine que c'est la même raison qui l'a poussé à m'injecter avec du poison Nizarin. Pour me tester.

— Te tester, répéta-t-il. Pour vérifier que tu n'étais pas une novice ? supposa-t-il.

Son père ne lui avait jamais fait part de soupçons concernant un potentiel statut de novice pour Stas, mais peut-être qu'il testait toutes les nouvelles recrues ?

— Peut-être.

Elle mordilla sa lèvre une seconde puis soupira.

— Tu n'en savais rien, hein ?

— Bien sûr que non. Tu penses vraiment que je

l'aurais laissé te blesser délibérément ?

— Franchement ? Je n'en étais pas certaine.

— Waouh.

Il rit machinalement et secoua la tête.

— Je n'ai rien à répondre à ça, Stas. Vraiment rien.

Bon sang, apparemment, les femmes de sa vie n'avaient pas foi en lui. Génial. Il n'avait pas la moindre idée qu'il passait pour une telle enflure.

— C'est dur de savoir à qui faire confiance, murmura-t-elle. Tu n'as pas la moindre idée de qui je suis ou ce que je...

La porte s'ouvrit à ce moment et mit fin à leur conversation. Un homme qu'il connaissait seulement de réputation franchit le seuil, les mains derrière le dos. Son regard émeraude se posa d'abord sur Stas, puis s'attarda sur Tom. Il provoqua aussitôt son malaise. *Âgé* était bien loin de décrire le roi des Hydraiens. Oh, il ressemblait à un homme de trente-quatre ans avec ses courts cheveux blonds et sa carrure musclée, mais son regard semblait contenir toute la sagesse du monde.

Lucian, aussi connu sous le nom de Luc. Tom l'admirait en tant que dirigeant, contrairement à l'autre frère d'Amelia. Wakefield était un connard prétentieux qui tuait pour s'amuser, tandis que Luc était un homme d'honneur connu pour son impartialité. Tom ne pouvait que respecter ces deux qualités, même si elles ne joueraient pas en sa faveur aujourd'hui.

— Tom, le salua le roi. Tu veux bien nous laisser une minute, Stas ?

Son regard s'étrecit, mais l'expression sur le visage de Luc la découragea de parler.

— Je sais ce que tu veux faire, et je te déconseille fortement d'agir ainsi. Ou tu en subiras les conséquences.

— Très bien, lâcha-t-elle entre ses dents. Mais la

confiance fonctionne dans les deux sens, Luc. Si tu tiens à ce que je rejoigne volontairement tes rangs un jour, je te suggère d'évaluer la situation avec précaution.

Tom haussa un sourcil en réponse à son audace. Ne réalisait-elle pas l'identité du nouvel arrivant ? Il pourrait la tuer d'un simple geste de la main, et personne ne protesterait à cause de son statut de Sentinelle. Sortir avec Wakefield n'avait fait qu'accroître son assurance, mais ce n'était peut-être pas si sain.

— J'analyse toujours les pour et les contre dans n'importe quelle situation, répondit Luc de manière succincte. J'en ferai de même dans ce cas. Amelia est peut-être ma demi-sœur, mais la logique l'emporte sur les obligations familiales. Il me semble que tu es familière avec ce concept.

Okay, j'ai clairement raté quelque chose. Ne s'agissait-il donc pas du premier voyage de Stas à Hydria ? Cela ne gênait-il personne qu'elle travaille pour le FHC ? Oh, et en parlant d'eux, pourquoi travaillait-elle pour son père si elle le détestait ? Surtout en tant que Sentinelle. Ses actions semblaient illogiques. *À moins qu'elle ne soit une actrice formidable ?*

— Très bien, répliqua Stas. Je vais aller faire un tour.

— Merci.

Luc observa Tom alors que Stas quittait la pièce et fermait doucement la porte derrière elle.

— Je pense qu'il est temps que nous ayons une conversation, novice.

<small>Balthazar avait trouvé</small> un jean et un débardeur pour Amelia, ainsi que des sous-vêtements. Elle ne connaissait pas leur origine ou la manière dont il avait déterminé ses

tailles sans lui demander, mais les vêtements lui allaient comme un gant. Rien ne pouvait la surprendre quand il s'agissait de B, et elle ne put réprimer un sourire en quittant sa maison. Il lui avait manqué plus qu'elle ne l'avait réalisé, et cela lui donna l'espoir que la vue des autres lui offrirait encore plus de bonheur. Mais elle souhaitait d'abord voir ses frères.

À l'inverse de la demeure de Balthazar, la maison de Luc était située sur une colline, loin de la plage. Cette position lui offrait un point de vue imparable sur l'ensemble de l'île, et Amelia savait que c'était un aspect dont il profitait et qu'il préférait. Elle était aussi située dans un endroit reculé, ce qui lui offrait un peu de répit du reste des habitants. En tant que dirigeant de leur espèce, il disposait rarement de temps libre.

Son cœur se réchauffa quand Issac ouvrit la porte avant qu'elle ne frappe. Son soulagement se lisait dans son regard alors même qu'un sourire enfantin retroussait ses lèvres. Toute la frustration qu'elle ressentait au sujet de la nuit précédente s'évapora face à ce regard. Elle n'était jamais restée fâchée contre lui bien longtemps, même quand c'était mérité. *Je suis vraiment chez moi.* Elle avait rêvé de ça tellement de fois au fil des ans, songeant en permanence à ce jour où Issac viendrait à son secours. Elle avait prié pour qu'il détecte sa présence, qu'il se lance à sa recherche, mais tout ça en vain. Parce qu'il la croyait morte. *Mais il est avec moi maintenant.* Qu'il soit son sauveur ou non, il resterait à jamais son grand frère, et elle l'adorait.

— Tu me brises une nouvelle fois le cœur, ma chérie, chuchota-t-il en l'attirant dans ses bras.

Elle avait manifestement télégraphié une partie de ce qu'elle ressentait sur son visage ou à travers ses pensées.

— Désolée.

Elle retourna son étreinte et ferma les yeux.

— J'ai juste... Je n'imaginais pas te revoir un jour.

Ses bras se resserrèrent.

— Je suis là. Je ne laisserai personne te faire une nouvelle fois du mal. Je te le promets.

Amelia réfléchit à ses paroles et fronça les sourcils. Même si elle appréciait ses bonnes intentions, elle ne souhaitait pas dépendre de lui pour assurer sa sécurité. C'était ainsi qu'elle était tombée dans le piège de Jonathan la première fois ; en comptant sur les hommes de sa vie pour la protéger. Cette expérience avait mis en relief les défauts d'une telle logique. Elle recula et maintint son regard.

— J'ai commencé à apprendre des méthodes d'autodéfense.

Tom avait déclenché les processus, et elle souhaitait le poursuivre. Son cœur se serra quand elle pensa à lui. Elle brûlait d'envie de le revoir mais personne ne l'y autoriserait. C'était une partie du problème. Ils souhaitaient tous la protéger et prendre les décisions à sa place. Elle ne pouvait pas vraiment leur en vouloir car l'ancienne Amelia avait apprécié cet arrangement. Mais cela devait changer. Elle avait besoin qu'ils l'entraînent, qu'ils l'aident à prendre son envol, afin qu'un autre monstre comme Jonathan ne puisse jamais la retenir en captivité à son tour. *Je préférerais mourir au combat que de subir ça une nouvelle fois.* Issac lui jeta un regard vif et intense puis hocha la tête.

— D'accord.

— D'accord ? répéta-t-elle, surprise.

Elle s'attendait à un refus, ou en tout cas à rencontrer un peu de résistance, mais certainement pas à obtenir son approbation si facilement. Il sourit brillamment et prit sa joue dans le creux de sa main.

— Amelia, mon cœur, j'ai passé ces dernières décennies à tenter de t'enseigner des gestes de défense, mais Eli insistait à chaque fois que c'était inutile, et tu étais d'accord avec lui. Tu t'en souviens ?

Parce qu'Eli me traitait comme une demoiselle sans défense.

Elle ne le détesterait jamais à cause de ça, car elle comprenait. Il était le fruit d'une période de l'histoire au cours de laquelle le rôle d'un homme était de protéger sa femme, et même s'ils ne s'étaient jamais mariés officiellement, ils avaient partagé une relation monogame pendant des siècles. Eli considérait qu'il était de son devoir de la protéger et ne souhaitait pas qu'elle se préoccupe de ça. Étant la fille d'une duchesse, il n'avait pas été difficile pour Amelia d'accepter ce mode de vie. *Mais...*

—J'ai changé d'avis.

—Je vois ça.

Le coin de ses yeux se plissa.

— Et je connais la partenaire d'entraînement idéale pour toi.

— C'est vrai ?

— Oui.

Il se retourna quand une jeune femme blonde ouvrit brusquement la porte en soufflant avant de la claquer.

— Tu vas avoir du mal à croire à ce que Luc vient de me dire...

La voix de la nouvelle venue s'estompa quand elle les remarqua dans le salon.

— Oh.

Les doigts d'Amelia volèrent contre sa bouche pour masquer son petit cri quand elle la reconnut. Elle la *connaissait* et ce n'était pas parce qu'il s'agissait d'une de ses congénères Hydraiennes. Cette femme lui avait rendu visite dans un rêve. Ou en tout cas, Amelia avait cru qu'il s'agissait d'un songe.

— Tu es réelle.

Si elle existe, ça signifie que Stark a vraiment disparu dans une brume. Elle fronça le sourcils. *Pourquoi avait-il gardé sa conversation avec la blonde pour lui-même ? Ou l'avait-il mentionnée à Jonathan ?*

Était-ce la raison derrière son transfert au chalet ? Elle ouvrit la bouche pour interroger la nouvelle venue, mais le comportement d'Issac la stoppa dans son élan. L'adoration qu'il vouait à la jeune blonde se lisait dans son regard alors qu'il l'accueillait avec un baiser, suivi de paroles chuchotées qui la firent rougir. Quand il nicha son visage dans son cou en souriant, Amelia se retrouva bouche bée.

Qui est cet homme et qu'a-t-il fait de mon frère ? Ça doit être la femme que Tom a mentionnée.

Celle qu'Issac avait vue à plus d'une reprise depuis leur premier rendez-vous. *Comment est-ce arrivé ?*

Des larmes emplirent ses yeux alors qu'une vague de sentiments contradictoires déferlait en elle. La joie que son frère ait finalement trouvé quelqu'un, la tristesse de savoir que cela s'était produit en son absence, mais aussi de la confusion concernant les raisons qui avaient poussé son frère à choisir une femme à la solde de Jonathan.

— Amelia, voici mon Aya, murmura Issac. Mais elle préfère qu'on l'appelle Stas.

La blonde sourit en réponse à son explication.

— Je ne crois pas t'avoir déjà entendu te servir de mon surnom.

— C'est parce que je considère Aya comme ton surnom, répliqua-t-il en caressant sa mâchoire avec ses phalanges.

— Tu lui a donné un surnom ? demanda Amelia, complètement ébahie. Tu ne t'adresses même pas à Luc avec l'appellation qu'il préfère, et c'est ton frère.

Cela suffit à lui faire comprendre ce qu'il ressentait pour cette femme.

Il l'aime. Mon frère est amoureux.

— Il me semble que vous vous êtes brièvement rencontrées au FHC, continua Issac, son visage s'assombrissant au passage. Aya portait une caméra ce jour-là. C'est ainsi que nous avons découvert ta survie.

Stas s'éclaircit la gorge, l'air mal à l'aise.

— Ouais, j'ai accepté de travailler comme Sentinelle dans l'espoir de découvrir un moyen de t'aider, mais tu vois à quel point ça a été utile.

Amelia cligna des yeux.

— Tu es devenue une Sentinelle pour m'aider ?

Cela expliquait ce qui avait poussé Issac à accepter l'emploi de Stas sans sourciller. Issac l'étreignit et déposa un baiser sur sa tempe.

— Aya est formidable, même si elle se montre parfois imprudente.

La jeune blonde lui donna un coup de coude, ce qui le fit sourire. Amelia déglutit, ne sachant pas quoi répondre. *Incroyable* lui semblait insuffisant.

— Merci, murmura-t-elle, même si cela lui semblait inadapté au vu des circonstances.

Cette femme a risqué sa vie pour moi. Elle lui devait bien plus que ce simple mot, mais que pouvait-elle lui offrir de plus ? Stas s'esclaffa.

— Ce n'est pas comme si j'ai fait grand chose. John t'a transférée avant même que je ne puisse te parler une deuxième fois.

Amelia hocha la tête.

— Oui, il a suivi les recommandations de Tom.

— Alors c'est bien vrai ? Il t'a aidée ?

Une note d'espoir hantait la voix de la jeune femme et

Amelia se demanda quelle sorte de passé ils avaient en commun.

— Oui, à bien des égards.

Elle regarda son frère.

— Tu m'as endormie avant que je n'aie le temps de m'expliquer hier soir.

Et il l'avait ensuite maintenue inconsciente pendant près de vingt-quatre heures. Ce n'était pas surprenant qu'elle se soit sentie abrutie au réveil et qu'elle ait cru vivre un autre rêve. Elle avait dormi trop longtemps.

— D'ailleurs, ne recommence jamais ça sans ma permission.

Issac haussa un sourcil.

— Tu as toujours adoré mes rêves, Amelia.

— Oui.

C'était pour cette raison qu'elle pouvait excuser son geste de la veille.

— Mais j'ai besoin que tu demandes mon autorisation à l'avenir.

L'idée que quelqu'un manipule sa vision après toutes ces années passées à subir de nombreuses hallucinations et tourments la rendait nauséeuse. Issac ne lui ferait jamais de mal, elle en était certaine, mais elle avait besoin d'espace. Pour l'instant. Il l'étudia avec un regard intense, puis acquiesça lentement.

— C'est entendu.

— Merci. Bon, j'aimerais voir Tom, maintenant, annonça-t-elle, se sentant plus assurée. B m'a déjà expliqué que vous n'accepteriez pas, et c'est pour ça que je suis venue ici à la rencontre de Luc.

— Il est momentanément indisposé, répliqua Issac avec son habituel ton dédaigneux. Et Balthazar a raison. Nous n'accéderons pas à ta requête.

— Elle a le droit de le voir, protesta Stas.

— Et pourtant ce matin tu étais d'accord pour qu'on s'en débarrasse.

La jeune femme plissa les yeux.

— Non, j'ai dit qu'il devrait avoir le choix entre quitter l'île ou y rester. Bien essayé.

Il haussa les épaules.

— Donc tu maintiens ton ordre.

— En effet.

— Génial.

Son sarcasme n'était pas passé inaperçu aux oreilles d'Amelia.

— De quoi est-ce que vous parlez tous les deux ? Et qu'est-ce que tu entendais par « pour qu'on s'en débarrasse » ?

— Une exécution, répondit simplement Issac. Mais ma petite complication ici présente s'est servi de son talent de novice de coercition contre les Anciens et moi-même, ce qui rend un jugement impossible.

Les yeux d'Amelia s'écarquillèrent.

— Une novice ?

— Oui, répondit-il.

Oh, Issac. Son frère était tombé amoureux d'une femme qu'il ne pourrait jamais garder, pas vraiment en tout cas. Une fois morte, elle ressusciterait en Hydraienne, et une relation entre eux serait alors impossible. Au-delà des questions politiques, ils ne pourraient jamais être ensemble physiquement. Une simple goutte de sang suffirait à le tuer. Le risque serait bien trop grand. Son cœur se brisa pour lui alors qu'elle tentait de trouver les mots pour lui répondre. Il lui jeta un coup d'œil qui indiquait qu'il avait manifestement suivi le fil de ses pensées et l'encourageait à ne pas commenter. Sa Stas ne réalisait-elle donc pas l'étendue de cette complication ? Ou bien se voilaient-ils tous les deux la face ?

— Je ne compte pas le réfuter, annonça Stas. Personne sur cette île ne peut le toucher.

— Les Anciens attendent de voir combien de temps ton ordre va tenir, surtout Lucian. Tu as de la chance qu'il soit plus fasciné qu'agacé.

La réprimande à peine voilée fit sourire la jeune femme.

— Je souhaitais d'abord écouter sa version des choses.

— Et as-tu réussi ?

— Oui, et il n'était pas au courant pour Owen.

— Owen ? répéta Amelia. Notre Owen ?

Le regard d'Issac se troubla et il éclaircit sa gorge.

— Oui. Je ne sais pas comment te l'annoncer autrement que franchement… Jonathan a ordonné son assassinat il y a quelques semaines à New York.

— Quoi ? Bon sang, pourquoi ? Il ne représentait sûrement pas une menace.

Elle connaissait bien l'Hydraien. Son rire contagieux et sa joie de vivre constante l'assistaient dans sa quête permanente de contact social sur l'île. Tout le monde l'adorait.

— Pour me tester, chuchota Stas.

— Aya et Owen étaient proches, ajouta Issac. Nous nous sommes d'ailleurs rencontrés sur la scène de son meurtre. Ce n'est pas franchement l'histoire la plus romantique, si ?

La vision d'Amelia s'assombrit en périphérie. *Qu'est-ce que j'ai raté d'autre toutes ces années ?* Elle tituba jusqu'à la table pour s'asseoir avant que ses jambes ne lui fassent défaut. C'en était trop. Elle tenta de chasser de la main la douleur qui serrait sa poitrine et envisagea de laisser tomber sa tête sur la table pour la reposer. Owen n'avait pas mérité ce sort. C'était une infraction de plus à ajouter au casier déjà bien rempli de Jonathan. Un verre d'eau apparut dans son champ de vision alors même que son frère s'installait en face d'elle.

— Je sais que ça fait beaucoup, mon cœur, chuchota-t-il. Je suis désolé. Mais nous allons nous en sortir.

Elle acquiesça machinalement.

— Qui d'autre avons-nous perdu ? l'interrogea-t-elle, même si elle n'était pas certaine de désirer une réponse.

— Seulement Eli, répondit-il à voix basse.

Elle ferma les yeux et inspira profondément par le nez. C'était une annonce qu'elle pouvait supporter. Son cœur ne se serrait plus comme il l'avait fait au début quand elle avait pensé à lui. Maintenant, son cœur la peinait pour une autre raison. *Tom.* Un lien s'était tissé entre eux ces dernières semaines, un lien qui lui semblait à la fois si fragile et pourtant si solide. Elle désirait l'explorer, mais trop d'obstacles lui barraient désormais la route. Le premier étant ses frères.

— Qu'a fait Tom pour que vous lui en vouliez autant ? demanda-t-elle.

— Tu veux dire mis à part le fait qu'il est la progéniture de Jonathan ?

— Toi plus que quiconque devrait savoir qu'on ne juge pas un homme par son ascendance, Issac.

Cela reviendrait à condamner un Hydraien pour les péchés de son père Ichorien. Et il y en avait tant parmi eux qui ne disposaient pas de la moindre once d'humanité. Une conséquence de leur âge et de leurs traditions. Leur père avait réussi à déjouer ce sort en créant un réseau de soutien familial et amical qui l'ancrait. Mais parfois, elle détectait dans les yeux d'Aidan une lueur distante, une pointe de folie résultant d'une trop vaste expérience. Il en allait de même avec Luc. Elle se demanda si cela avait empiré en son absence.

— Il est le fils de son père, Amelia. Jonathan l'a

façonné en un pantin ambulant tireur d'élite.

— C'est plutôt sévère.

Même si c'était quelque peu correct. Tom avait lui-même dit qu'il n'avait pas d'autre choix que d'obéir aux ordres de son père, mais il était quand même allé à l'encontre des souhaits de Jonathan pour la réunir avec Issac.

— Dis-moi pourquoi tu le soupçonnais d'avoir tué Owen.

Elle avait utilisé le passé car Stas avait clairement annoncé qu'il n'était pas impliqué, mais elle se demanda pourquoi Issac avait même envisagé sa culpabilité.

— Parce qu'il n'a rien désiré d'autre que l'amour et l'affection de son père de toute sa vie. Thomas risquerait sa vie pour cet homme, ce qui, par hasard, arrivera peut-être.

Elle secoua la tête.

— Tu aurais dû l'entendre lui parler ces dernières semaines, Issac. Il n'avait rien d'un garçon en quête d'affection, et tout d'un homme rebelle.

— Ou bien…

Issac saisit sa main et la serra tout en maintenant son regard.

— Ou bien il s'agit d'un homme qui manipule une femme fragile. Un homme qui a cherché à obtenir sa confiance, pour être invité dans un endroit comme Hydria, où il pourra servir d'espion avant de faire son rapport à son père.

Il la laissa y réfléchir avant de continuer :

— Il s'agit du parfait soldat pour une telle mission, mon cœur. Un novice sans domicile, sans lieu sûr où se rendre sauf ici, et qui pourrait être autorisé à rester grâce à ton approbation.

— Un autre jeu, chuchota-t-elle.

Non. Il ne pouvait pas s'agir d'un autre piège concocté

par Jonathan. Sauf que, combien de fois s'était-elle demandé quand est-ce que la charade s'achèverait ? Combien de fois avait-elle douté des intentions de Tom ? Chaque jour, pendant des semaines, jusqu'à ce qu'il risque sa vie pour elle. Elle n'avait pas douté de lui depuis cet après-midi au chalet, et cela ne datait que de quelques jours...

Non. Elle secoua la tête, niant cette possibilité. *Je le connais.* Mais était-ce réellement le cas ? C'était un excellent menteur au parfait masque nonchalant. La blesserait-il ainsi ? *Il m'a réconfortée cette nuit-là.* Cela faisait-il aussi partie de l'illusion ? S'agissait-il d'une tentative pour gagner sa confiance ? Cela avait fonctionné à merveille. Mais qu'en était-il du flingue ? Elle aurait pu le tuer. À moins que... elle n'avait pas vérifié s'il était chargé. Avait-il retiré les munitions avant de le poser sur le chevet ? Si oui, il s'était montré sacrément rusé. Et avait par conséquent réussi à l'attirer dans son lit. Issac essuya une larme de sa joue avec son pouce et encadra son visage avec ses mains.

— Je ne fais que spéculer, mais tu devrais envisager cette option, mon cœur.

Elle mordit sa lèvre pour réprimer ses tremblements. La possibilité qu'il ne s'agisse que d'un jeu pour Tom lui serra le cœur. Avait-elle craqué pour un maître dans l'art de la manipulation ? C'était quelque chose dont elle savait Jonathan capable. Il avait toujours cherché à la briser, et ce serait le meilleur moyen d'y parvenir. Envoyer son fils la séduire et devenir son confident et son amant avant de la trahir de la plus effroyable des manières. Une autre larme tomba, mais elle s'occupa de la chasser par elle-même.

— Si c'est vrai, chuchota-t-elle, j'aimerais avoir mon mot à dire concernant sa peine.

Car même si Tom s'avérait coupable, elle refusait de laisser les Anciens le tuer. Elle ne pourrait jamais lui faire de mal, pas comme ça. Elle demanderait à ce qu'il soit relâché sain et sauf à la place.

— Mais c'est faux, intervint Stas, le front plissé. Je le connais depuis près de sept ans, Issac. Ce n'est pas un homme terrible, et il n'avait pas la moindre idée que son père était responsable de la mort d'Owen. J'ai bien vu sur son visage aujourd'hui. Il ne mentait pas.

Issac étudia la jeune femme d'une manière sérieuse dont Amelia avait rarement été témoin. *Il respecte son jugement*, réalisa-t-elle. Comme c'était intéressant. Il fallait généralement des décennies pour acquérir ce niveau de confiance avec son frère, mais Stas avait réussi à l'obtenir malgré la brièveté de leur relation.

— Peut-être, chuchota-t-il. Nous ne prendrons pas de décision ce soir. Je n'arrive pas à croire que je m'apprête à suggérer ceci, mais allons à la plage. Je pense que ça te fera du bien d'être entourée par ta famille, et je préférerais éviter que Jacque n'apparaisse ici avec ses yeux de chien battu.

Amelia aurait tellement voulu sourire, mais la douleur dans sa poitrine rendait cela impossible. Elle n'était pas du tout emballée par l'idée d'une soirée plage, mais elle se devait d'essayer pour sa famille. Et peut-être qu'elle se sentirait mieux une fois enveloppée par leur soutien et leur amour. Il n'y avait qu'un moyen de découvrir la vérité, et elle réfléchirait à la potentielle trahison de Tom plus tard.

Il ne te ferait pas ça, murmura sa conscience. *Il chasse les ténèbres.* Elle frémit. *Je dois lui parler.* Ce serait le seul moyen pour elle de savoir s'il s'agissait ou non d'une ruse, et continuer d'en débattre mentalement ne la mènerait à rien. Elle était enfin libre, et ne comptait pas broyer du noir au lieu d'en profiter. Jonathan ne gagnerait pas. Il ne gagnerait plus jamais.

— Allons-y.

CHAPITRE SEIZE

DES DÉSIRS INÉDITS

CETTE FÊTE qui avait pourtant commencé si calmement vira en rave une fois toutes les formalités achevées. Amelia appréciait ce changement qui avait détourné l'attention des convives centrée sur elle au profit de la fête. Jaque, accompagné de Stas, était en charge de la musique. Il essayait manifestement de lui apprendre à se servir des commandes, sous le regard amusé d'Issac.

— C'est bizarre, hein ? chuchota Jayson, qui grillait un chamallow au-dessus du feu de camp qui crépitait devant eux.

Elle avait choisi de s'asseoir en compagnie des Anciens plutôt que de se joindre aux danseurs sur la plage. Ils étaient trop nombreux et elle était jalouse de son espace. Son frère lui avait offert de se joindre à elle, mais elle ne souhaitait pas l'accaparer au dépens de sa compagne.

— Il est heureux, dit Amelia avant de sourire, en observant Issac enrouler ses bras autour de Stas par derrière.

— Ça va mal se terminer.

Le ton détaché d'Alik s'alliait parfaitement à son air blasé. Il était assis à côté de Jayson, le dos tourné vers les convives. Comme d'habitude. Il l'avait toutefois saluée avec un petit sourire, plus tôt dans la soirée ; une occasion rare avec cet Ancien, ce qui l'avait d'autant plus touchée.

— Tu t'y prends mal, marmonna Luc en s'effondrant dans une chaise en face d'eux.

Elle l'avait aperçu en train de danser avec Mya et Lara quelques minutes auparavant, l'air heureux, mais son attention était désormais rivée sur le chamallow de Jayson.

— Il va prendre feu.

— Et c'est comme ça que je les aime, répliqua Jayson quand la confiserie s'enflamma.

Luc secoua la tête.

— C'est du blasphème. Tu as détruit un parfait cylindre.

— Il n'y a que toi pour te soucier de la forme plus que du goût.

Jayson se pencha en avant pour glisser le chamallow carbonisé entre un biscuit et un carré de chocolat. Ce n'était pas le plus sain des desserts, mais il n'y avait pas une once de gras sur son corps. Il en allait de même pour tous les Anciens. Alik était le plus petit du trio avec sa carrure athlétique élancée, alors que Luc et Jayson possédaient des physiques similaires aux joueurs de rugby. Grands, musclés, les cheveux courts, des visages séduisants. Ils étaient les meilleurs amis d'Eli, les hommes qu'il avait aimés comme ses frères et connus depuis presque toujours. Ils étaient aussi les doyens de leur espèce, d'où leur surnom. C'était plaisant d'être assise à leurs côtés, même si cela lui semblait quelque peu surréaliste.

Elle avait souvent pensé à eux, et n'avait pas oublié le moindre petit détail, tel que les adorables fossettes de Jayson, la ride permanente entre les sourcils de Lucian, ou la grimace caractéristique d'Alik. C'était incroyable qu'elle puisse se souvenir de ces traits mais que la couleur des yeux d'Eli lui échappe. Tout ce qu'elle percevait désormais, c'était un brun délicieux qui ne lui appartenait pas. *Tom.*

Jayson lui tendit la brochette de chamallow et Amelia l'offrit à Luc. L'idée de manger un dessert lui retournait l'estomac. En dépit de ses bonnes intentions, Tom ne cessait de faire irruption dans ses pensées. Des remarques et souvenirs décousus hantaient son cœur et son esprit. La manière dont il l'avait étreinte après sa crise d'hystérie, son baiser enivrant et son toucher addictif, mais plus que tout, la sincérité dans son regard. Chaque fois qu'elle fermait les yeux, elle le visualisait parfaitement, cette lueur soucieuse qui l'avait fait fondre tapie au fond de son regard. Ses décisions et ses mots ne dépeignaient pas un traître, mais Amelia ne pouvait pas disputer la pointe de logique dans les commentaires d'Issac.

Un morceau de chocolat apparut sous son nez et la rappela à la réalité. Jayson haussa un sourcil et agita la friandise.

— Tu sais que c'est ce que tu veux, Amelia, la taquina-t-il. Du chocolat noir, directement importé d'Argentine. Ton préféré.

Son entrain la fit sourire et elle lui piqua sa petite douceur.

— Tu n'as pas du tout changé, Jay.

— Et je n'y tiens pas, A.

Les Anciens avaient un faible pour les surnoms. Ça rendait Issac dingue, mais Amelia adorait cette habitude.

— Vous m'avez manqué les gars, admit-elle, ce qui lui valut une brève étreinte de Jay et un baiser à distance de Luc.

Le regard sombre d'Alik rencontra momentanément le sien, une lueur de compréhension visible dans ses pupilles, avant qu'il ne reporte son attention sur les flammes. Elle grignota son chocolat et tenta de réprimer un gémissement. C'était celui que Balthazar avait utilisé plus tôt pour préparer son chocolat chaud. Ces hommes la connaissaient trop bien, et pourtant, une partie d'elle-même se sentait mal à l'aise malgré leur accueil chaleureux et réconfortant.

Ce n'est pas ce que tu ressens avec Tom. Le chocolat lui laissa un goût amer en bouche. Elle se sentait mal d'être ici et de faire la fête alors qu'il était enfermé Dieu sait où. Il avait été là pour elle quand elle en avait eu désespérément besoin, et en retour, elle prenait du bon temps dehors alors même qu'il souffrait. Ce n'était pas juste. Une main atterrit sur son épaule et la fit sursauter jusqu'à ce qu'elle réalise à qui elle appartenait. Balthazar la dévisageait et Amelia perçut la question dans ses yeux.

— Tu veux aller te balader ? demanda-t-il. Rattraper un peu le temps perdu ?

Tu t'es encore plongé dans mes pensées, B. La tristesse de son expression répondit à son interrogation. Il caressa son cou à l'aide de son pouce de manière apaisante et Amelia ne put refuser sa proposition.

— D'accord, murmura-t-elle avant de se lever.

— Ne t'éloigne pas trop, A.

L'émotion dans la voix de son frère lui serra le cœur. Leur relation était différente du lien qu'elle partageait avec Issac, surtout parce qu'elle n'avait pas grandi aux côtés de Luc, mais elle l'aimait. Même quand elle désapprouvait ses choix, comme sa décision d'enfermer Tom. Il se leva alors qu'elle s'avançait vers lui et l'attira contre lui pour lui faire un câlin.

—Je ne vais pas m'envoler, chuchota-t-elle.

—Je sais

Il déposa un baiser sur ses cheveux et l'étreignit plus longtemps qu'il ne l'avait jamais fait, comme s'il craignait qu'elle disparaisse une nouvelle fois sous ses yeux.

— Viens me voir demain pour discuter. Je ferai des gaufres.

Balthazar pouffa à côté d'eux.

— N'importe quoi.

— Ignore-le, répliqua Luc en la relâchant. Les pancakes sont plats et difformes, alors que les gaufres sont géométriquement délicieuses.

Amelia sourit quand il relança ce débat familier.

— C'est bon de voir que certaines choses n'ont pas changé ici.

— Les pancakes peuvent prendre de nombreuses formes, protesta Balthazar.

— Mais est-ce qu'ils forment des petites poches pour le sirop d'érable ?

— Nous ne sommes pas tous obsédés par l'idée de créer des portions équitables.

Luc haussa un sourcil de manière prétentieuse.

— Ce n'est pas une réponse.

— Bon sang, marmonna Alik. Faites que ça s'arrête.

Jayson éclata de rire et secoua la tête.

— B, tu n'étais pas censé aller te balader, mec ?

— Si, répondit-il en offrant son bras à Amelia. Viens avec moi que je puisse t'expliquer les nombreuses raisons pour lesquelles les pancakes sont un plat supérieur.

Elle enfila son bras dans le creux du sien et sourit.

— Tu réalises que j'ai déjà assisté à ce débat à de multiples reprises, n'est-ce pas ?

Il regarda Luc et s'adressa à lui plutôt que de répondre à Amelia.

— Je t'ai donné tort une bonne douzaine de fois à ce sujet.

Ses yeux s'étrécirent.

— Ça marche. Le week-end prochain. Je choisis le Brésil. Okay. Oui, le sirop d'érable est autorisé. La chantilly aussi. Toutes les garnitures, Luc. Ça aussi, et oui, je choisis Jay. C'est d'accord.

— Pour quel défis pervers viens-tu de me recruter ? demanda Jayson.

— Luc t'expliquera ça pendant que je me promène avec Amelia.

Elle pouffa.

— Tu agis comme si j'étais une jeune mariée.

Elle savait que Balthazar et Luc passaient leur temps engagés dans une joute verbale, et que cela impliquait la plupart du temps des frasques sexuelles quelconques. Apparemment, il était cette fois-ci question de petit-déjeuner, de brésiliennes, et d'équipes. *Je ne tiens pas à en savoir plus.*

—Je finirai par te corrompre un jour, mon cœur, sourit Balthazar. Ne t'inquiète pas.

— Mmh Mmh.

Cela faisait des siècles qu'il chantait le même refrain sans jamais passer à l'action. Sa relation avec Eli l'avait rendue intouchable, ce qui lui allait parfaitement. Elle adorait Balthazar, mais ne souhaitait pas franchir cette ligne. Ils se baladèrent un moment le long de la plage, bras dessus bras dessous, et s'éloignèrent de la musique assourdissante et des immortels déchaînés vers une zone plus calme de l'île, située près des docks. Des touristes venus d'Athènes s'arrêtaient occasionnellement pour visiter, mais il n'y avait aucun hôtel pour les accommoder le soir, et le dernier départ de ferry avait lieu chaque jour avant le dîner.

Les voitures et les motos étaient interdites sur l'île, afin de limiter la pollution selon Luc, mais il était possible de louer des vélos. Les Hydraiens vendaient aussi des œuvres d'art en plus de gérer deux bistrots pour touristes. Les revenus servaient à couvrir une partie des coûts de la vie sur Hydria, même si la majorité des fonds provenaient des immortels qui possédaient des emplois à temps plein.

Luc avait mis en place tout un système, et chacun y tenait un rôle. Le sien avait été d'encadrer les jeunes Hydraiens et de servir d'hôtesse lors de différentes fonctions mondaines. Elle se demandait quel serait son rôle désormais. *Tom leur serait utile,* songea-t-elle. Si Luc acceptait de lui donner une chance.

— Tu sais, je me souviens du jour où tu as rencontré Eli, murmura Balthazar, interrompant sa réflexion.

— Ah oui ? retourna-t-elle avec un petit sourire.

Amelia s'en souvenait aussi. Le jour de ses dix-huit ans, elle avait rencontré les Anciens pour la première fois, y compris son frère Luc. La technologie était alors peu avancée et les réseaux de transport internationaux n'existaient pas. Jacque n'était pas encore né, mais plus encore, Aidan avait tenu à dissimuler son existence aux yeux du monde surnaturel. La guerre entre les immortels était sur le point d'éclater, la tension entre les Ichoriens et les Hydraiens ayant atteint son apogée. Il avait donc résidé en Angleterre avec Issac et leur mère, la riche veuve d'un duc, et l'avait protégée jusqu'au jour où il avait laissé les Anciens assumer la responsabilité de sa sécurité.

— Ça a été le coup de foudre, songea Balthazar. Cet homme aurait remué ciel et terre juste pour te faire sourire.

Ils avaient enfin abordé la raison derrière cette balade. Elle n'avait pas que deux frères. Elle en avait cinq, et ils avaient tous adoré Eli. Sortir avec qui que ce soit d'autre serait inacceptable pour eux, surtout si c'était avec un homme qu'ils haïssaient déjà.

— Cela m'a d'abord choqué, mais je suis heureux qu'il t'ait rencontrée, continua-t-il. Tu lui as offert trois siècles de bonheur, Amelia. Il aurait certainement souhaité profiter de plus de temps avec toi, comme nous tous, mais je suis certain qu'il ne t'en voudrait pas de chercher à être heureuse sans lui.

Il se glissa devant elle et entrava sa route, la toisant avec une expression intense qui excita son rythme cardiaque.

— Eli a été ton premier amour et l'homme idéal pour celle que tu étais à cette époque, mais les gens changent. Nos expériences déterminent nos opinions, nos rêves, nos désirs.

Ses yeux chocolat brillèrent avec ces dernières paroles, lui arrachant un éclat de rire. Il était incapable de rester sérieux bien longtemps.

— Qu'est-ce que tu essayes de me dire, B ?

Ses paroles donnaient peut-être l'impression qu'il tentait de la séduire, mais malgré son attitude séductrice constante, elle savait qu'il ne s'intéresserait jamais à elle de cette manière.

— Parfois, ce dont nous avons besoin change de manière inattendue, qu'il s'agisse de quelqu'un ou de quelque chose. Eli était l'homme parfait pour toi. Vous avez assuré votre bonheur mutuel et vécu une belle vie ensemble. Mais il est mort et ne reviendra jamais, et même s'il le faisait, je ne suis pas sûr qu'il serait le bon partenaire pour toi aujourd'hui. Il t'enfermerait dans une tour et tuerait quiconque tenterait d'y pénétrer sans sa permission, mais ce n'est pas ce dont tu as besoin.

Il l'étudia avec un sourire triste.

— J'ai fait attention, Amelia, j'ai bien tendu l'oreille. Ça ne me plaît peut-être pas, mais Tom est parfait pour toi, en tout cas pour le moment. C'est pour ça que je vais t'aider.

Elle le regarda bouche bée. Elle ne s'était pas du tout attendue à ça, malgré tous les scénarios qu'elle avait pu concocter.

— Vraiment ?

— Oui. Il est là.

Balthazar pointa son doigt en direction d'une petite cabane utilitaire en retrait de la plage et Amelia la regarda, hébétée. Cette petite bâtisse était deux fois plus petite que sa cellule au FHC. Ses pieds se mirent en mouvement sans son accord, et Balthazar agrippa son épaule.

— Ash monte la garde.

Amelia se figea.

— Vous l'avez laissé seul avec une élémentariste avec une prédilection pour le feu ?

Les talents pyrotechniques de cette femme faisaient d'elle l'un des atouts les plus redoutables d'Hydria, mais aussi l'un des plus terrifiants.

— Elle a reçu l'ordre formel de ne pas le tuer, et tu sais qu'elle prend son travail très au sérieux.

Oh, elle le savait parfaitement. Cette femme faisait partie de la garde rapprochée de Lucian à chaque fois qu'il quittait l'île, et donnait un nouveau sens à l'adjectif protectrice.

— Elle ne quittera jamais son poste.

Balthazar agita ses sourcils et sourit de toutes ses dents.

— Tu sais que j'adore relever des défis, Amelia. Laisse-moi m'en occuper.

Tant d'arrogance pour un seul homme, mais si une personne y avait droit, c'était bien lui. Ash n'aurait pas la moindre chance face à un assaut sensuel de Balthazar.

— Super. Alors, merci.

Qu'y avait-il d'autre à répondre ?

— Reste cachée à l'abri des regards jusqu'à notre départ. Je m'assurerai que la porte soit déverrouillée. Une fois à l'intérieur, descend les escaliers, et tu le trouveras dans la première pièce sur la gauche.

Ses sourcils se hissèrent sur son front. Cette petite hutte

ressemblait à un cabanon de jardin, et pas à une maison dotée de multiples pièces.

— Ça fait longtemps que ce petit cabanon-qui-n'en-est-pas-un existe ?

— Luc l'a construit quand nous avons fondé l'île. C'est une sorte de prison, et avant que tu ne poses la question, nous ne t'en avons pas parlé car « une dame n'a pas besoin de savoir ces choses-là ».

— Je ne parle pas ainsi.

Toutefois, cela ressemblait à quelque chose qu'elle aurait pu dire, en tout cas au sujet de cet aspect particulier de la société Hydraienne. Une prison, où les événements qui se déroulaient dans un donjon, n'attireraient jamais son attention.

— Oh que si, mon cœur.

Il embrassa sa joue.

— La relève de la garde aura lieu dans trois heures. Je te suggère d'être partie avant.

Tom faisait les cent pas dans la pièce étriquée, les mains dans les poches. *Fébrile* ne suffisait pas à décrire son état d'esprit actuel. *Stas est une novice.* Et plus important encore, elle était capable de soumettre quiconque à sa volonté. Comment diable avait-il pu louper ce détail ? Le fait que Luc ait mentionné ce détail n'augurait rien de bon pour lui. Ses paroles étaient plus proches d'une menace que d'une simple anecdote. *Une fois que sa coercition aura cessé, nous déciderons de ton sort. Jusque là, profite bien de notre hospitalité.*

Le roi des Hydraiens lui avait laissé une assiette de nourriture, une autre bouteille d'eau, une pile de couvertures, et un oreiller. Il était capable de dormir au sol, mais pas ici. Pas quand sa vie était en jeu. La fuite était l'option la plus logique, mais il se sentait mal à l'idée d'abandonner Amelia. Elle était parfaitement en sécurité ici, et pourtant il ressentait bêtement l'envie de rester pour elle.

Un gloussement retentit dans le couloir, suivi d'une voix masculine grave, et d'un petit coup sourd.

C'est quoi ça ? Bon sang. Est-ce qu'ils sont en train de ? Oh, ouais.

Des Hydraiens s'apprêtaient à passer à l'action juste derrière sa porte. C'était ridicule. S'il souhaitait s'échapper, c'était le moment idéal. Les charnières de la porte étaient solides, mais s'il ajustait bien son coup de pied, il réussirait à l'enfoncer, et ses gardes seraient trop distraits pour réagir immédiatement. Tout ce dont il avait besoin, c'était d'une arme et ils seraient hors d'état de nuire. Bien sûr, il serait alors piégé sur une île peuplée d'immortels aux pouvoirs surnaturels variés. *Super. Quand on parle de défi.*

Sauf que l'idée ne le tentait pas autant qu'elle aurait dû. Il n'aurait attendu que ça avant, mais Amelia avait tout changé. Son mode opératoire caractéristique, on s'aime puis on se quitte, ne fonctionnait pas pour elle. Il l'avait dans la peau et elle lui avait retourné le cerveau, dictant désormais toutes ses décisions et ses gestes. Comme le fait de volontairement se rendre à Hydria. Car il aurait pu neutraliser Issac et Tristan avec deux tirs alors que leur attention était rivée sur Amelia au manoir, mais il avait choisi de ne pas le faire. Il avait voulu la suivre et avait ignoré les conséquences.

Un petit cri féminin lui fit lever les yeux au ciel. Les gardes Hydraiens manquaient d'entraînement si c'était le genre de conneries auxquelles ils s'adonnaient lors de leurs tours de garde. Il serait si facile de leur donner une leçon, mais Tom s'abstint de le faire. Les Anciens souhaitaient déjà sa mort, il n'avait aucun intérêt à les encourager. *Je te l'avais bien dit, fiston*, railla la voix de son père. *Tu aurais dû jouer le jeu.* Ses mains se crispèrent.

Tom ne regrettait pas sa décision d'être venu en aide à Amelia, mais il s'en voulait d'avoir laissé l'espoir germer dans son cœur. À un moment donné, le doute avait fini par s'insinuer en lui, et il s'était demandé quel sort lui réservaient précisément les Hydraiens. Les novices étaient rares, et son répertoire unique de capacités pourrait s'avérer utile, mais Lucian lui avait clairement annoncé aujourd'hui qu'il n'était pas le bienvenu ici. La poignée s'agita et le tira de ses pensées.

Il se dirigea de l'autre côté de la pièce pour s'adosser au mur de béton, les mains dans les poches, et un masque blasé sur le visage tandis que quelqu'un déverrouillait le cadenas. La porte s'entrouvrit et la tête d'Amelia apparut dans l'interstice. Son soulagement était visible quand elle le repéra.

— Tom.

Son nom sur ses lèvres éclaira sa journée. Merde, il égaya son existence. Il dut tout donner pour ne pas s'avancer, l'envelopper dans ses bras et la prendre contre le mur. Mais il était certain qu'elle n'était pas venue seule. Il n'y avait aucune chance pour que les Anciens ou ses frères la laissent lui rendre visite sans supervision.

— Salut, mon ange.

— Salut.

Elle pénétra dans la pièce, ferma la porte derrière elle, s'y adossa, puis mordilla sa lèvre inférieure.

— J'avais besoin de voir que tu étais sain et sauf.

C'était une tournure de phrase intéressante considérant qu'elle semblait incapable de lever les yeux du sol.

— Ça va.

Elle hocha la tête.

— Super.

Le silence entre eux était pesant. Qu'était-il arrivé à son Amelia confiante, celle qui questionnait la moindre de ses décisions et adorait se bagarrer au sujet de broutilles telles que le base-ball et les motos ? Il s'écarta du mur mais fronça les sourcils quand elle se raidit en réponse.

— Qu'est-ce qui cloche, Amelia ?

N'ayant pas obtenu de réponse, il se rapprocha d'elle et se pressa contre elle. Il s'attendait à ce que la porte s'ouvre à la volée pour laisser place à un Hydraien enragé, mais rien ne se produisit.

— Parle-moi, mon ange.

Ses yeux bleus sublimes se levèrent dans sa direction à travers ses cils fournis.

— Ils pensent que tu joues à un jeu avec moi, chuchota-t-elle. Ils croient que Jonathan t'a envoyé en mission pour infiltrer Hydria en tant que novice, et que tu te sers de moi pour le faire.

— C'est une estimation logique.

Il posa son avant-bras au-dessus de sa tête et son autre main contre le mur au niveau de sa hanche. Son frisson l'encouragea.

— Et que crois-tu, Amelia ? murmura-t-il. Suis-je un espion ?

— En es-tu un ? demanda-t-elle en le regardant avec ces yeux candides. Est-ce que tu te joues de moi ?

Oh, je vais bel et bien jouer avec *toi.* En partie parce qu'il était furieux qu'elle ait besoin de lui poser la question, et en partie parce qu'il était blessé. Elle était capable de l'achever à l'aide de simples paroles, mais il ne la laisserait pas s'en rendre compte. Si les expériences qu'ils avaient traversées ensemble ne lui suffisaient pas pour avoir foi en lui, alors ils étaient voués à l'échec. Il ne pourrait rien faire pour lui faire changer d'avis. Il resterait à jamais le fils de

Jonathan et partagerait le fardeau des péchés d'un autre homme. *Merci, papa.*

— Qu'en penses-tu, Amelia ?

Parce que si elle avait besoin de demander, c'est qu'elle ne lui faisait pas confiance, et aucune discussion ne changerait ça.

— Est-ce que ce qui s'est produit entre nous était un mensonge ?

Son regard tomba sur sa bouche.

— Je ne serais pas...

— Tu ne serais pas quoi ? l'encouragea-t-il à voix basse.

— Je ne serais pas ici si je n'avais pas confiance en toi.

— Alors pourquoi me poser la question ?

— Parce que Jonathan n'a pas cessé de tenter de me briser malgré ses échecs. Mais si tout ceci n'était qu'une mascarade ?

Elle leva les yeux vers les siens et ce qu'il lut dedans le blessa.

— Cela me briserait.

— Tu crois que je pourrais te faire ça ?

— Avant, oui, admit-elle. Je pensais que tout n'était qu'un énième jeu de plus, tout cet entraînement, le fait que tu me donnes une arme, les boutades… Et je pense que c'était le cas, dans une certaine mesure, mais pas à cause de Jonathan. Tu te caches derrière ton insolence pour te protéger, mais au fond, tu te sens seul. Tu ne te sens à ta place nulle part car l'homme que tu admirais le plus t'a bourré le crâne avec des mensonges.

Ce n'était pas que des mensonges, songea-t-il de manière hébétée. Les Hydraiens le détestaient réellement. Elle posa sa main contre sa joue et soupira.

— Jonathan nous a tous les deux altérés de manière irrévocable, mais ce qu'il t'a fait est bien pire.

— Désolé de te contredire, mai...

Elle l'interrompit en pressant son pouce contre sa bouche.

— Laisse-moi finir.

— Okay, acquiesça-t-il quand elle retira sa main.

— Je me suis juré que si je réussissais un jour à m'échapper de ce purgatoire, je ne dépendrais plus jamais de quiconque pour quoi que ce soit. Mais tu es le seul qui m'offre un sentiment de réconfort et de paix, et ça me terrifie. Je ne veux pas dépendre de toi, Tom. Mais je ne peux apparemment pas m'en empêcher.

Ses mots lui réchauffèrent le cœur autant qu'ils le glacèrent d'effroi. Il retira sa main du mur pour saisir sa joue dans le creux de sa main, et sentit une partie de ses frissons se dissiper quand elle répondit à sa caresse.

— Dépendre de quelqu'un ne signifie pas que tu es faible, mon ange. Je comprends où tu veux en venir ; tu souhaites être capable de te protéger.

Il ressentait la même chose, c'était pour cela que les sentiments qu'il avait pour elle le troublaient autant. À chaque fois qu'il avait songé à quitter le FHC, il avait seulement songé à protéger ses arrières, mais elle avait tout changé. Une vie solitaire n'avait plus le moindre attrait à ses yeux.

— Grâce à toi, je me sens forte, aussi, lui dit-elle. En plus de cette paix et de ce réconfort, je veux dire.

— Ah ouais ?

Elle hocha la tête.

— Et tu m'apprends des choses. Il s'agissait peut-être simplement d'un divertissement pour toi au début, mais je pense que tu as apprécié me former.

Son sourire lui échappa de manière automatique.

— Oh, j'ai fait plus qu'apprécier.

Il avait complètement adoré ça.

— Qu'est-ce que tu as préféré ? demanda-t-elle, un sourire dans la voix.

C'était tellement mieux que la tristesse qui la hantait juste avant. Il adorait jouer avec Amelia quand elle était d'humeur taquine.

— Tout.

Des leçons de posture pour le tir aux combats à mains nues au sol, il avait profité de chaque instant. S'il mourait bientôt, ce seraient ces souvenirs qui lui manqueraient le plus. Et la nuit explosive qu'ils avaient passé ensemble.

— D'accord, mais qu'as-tu préféré m'apprendre ?

Il fit glisser son pouce sur la lèvre inférieure de la jeune femme.

— Les gestes d'autodéfense, même si tu as failli me tuer.

— Qu'est-ce que tu veux dire ?

Le coin de ses lèvres s'affaissa, et il le caressa avec le bout de son pouce.

— « *Chevauche-moi encore fois* » cita-t-il. Répète ça une fois, et je te chevaucherai bel et bien.

Le désir assombrit son regard.

— Je crois que j'aimerais ça.

— Je doute que tes frères soient d'accord.

Et il n'avait pas besoin de les énerver plus qu'il ne l'avait déjà fait. Même si ça en vaudrait la peine, dans ce cas.

— Ils n'ont pas à le savoir, et Balthazar ne leur dira rien.

— Balthazar ? répéta-t-il, les sourcils froncés.

— Il a distrait le garde pour moi.

— Vraiment ?

Un Ancien l'avait aidée à le rejoindre ?

— Pourquoi ferait-il ça ?

— Parce qu'il pense que tu me fais du bien, même s'il déteste l'idée.

Il ne savait pas comment interpréter ça. Luc avait laissé entendre que sa mort était imminente, mais il s'agissait peut-être simplement de sa technique d'interrogation. Tom ne lui avait pas fait part de toutes ses connaissances, mais il lui en avait offert assez pour lui faire comprendre son utilité. Il n'avait pas mentionné le statut d'agent double de Stas, même s'il suspectait désormais qu'elle était en fait un agent triple et rapportait à Issac des informations concernant le fonctionnement du FHC. C'était un retournement de situation intéressant. Amelia déposa un baiser impatient sur ses lèvres qui l'amusa.

— Est-ce que tu es venue ici pour jeter un œil sur moi ou pour que je t'aide une nouvelle fois à oublier ?

— Et pourquoi pas les deux ?

Son air espiègle le fit dérailler et il fut difficile de se souvenir pourquoi c'était une idée terrible.

— Ce n'est pas franchement romantique comme endroit.

Je suis sûre qu'il y a une autre raison.

— Ce n'est pas le romantisme que je cherche.

Elle crocheta son doigt dans un passant de sa ceinture et tira dessus.

— J'ai envie de toi.

Ces mots entre ses lèvres étaient la tentation incarnée.

— Attention, mon ange.

Ou je serai tenté d'accepter ta proposition. Il s'agissait peut-être de sa dernière nuit. Autant en profiter.

— Ça ne m'intéresse pas plus de faire attention.

— Qu'est-ce que tu veux ? chuchota-t-il, ayant besoin de l'entendre de sa bouche.

Il ne pouvait pas y avoir le moindre malentendu entre

eux. Seulement la vérité. Elle pressa sa bouche contre la sienne, mais il recula.

— Dis-moi ce que tu veux, Amelia.

— Embrasse-moi.

— C'est tout ce que tu veux ?

Il souffla sa question contre sa bouche. Elle frémit et tira une nouvelle fois sur son pantalon.

— Non. Je tiens à te chevaucher en bonne et due forme. Complètement nue.

Il saisit l'arrière de sa nuque et l'attira pour l'embrasser, un baiser empli de désir aussi refoulé qu'ardent. La journée avait été sacrément longue et il ne désirait rien d'autre que de se perdre en elle. Mais il avait besoin qu'elle comprenne ce que ça impliquerait. Ce ne serait pas comme l'autre nuit, et il le lui expliqua à l'aide de sa langue. Il mémorisa chaque recoin de sa bouche à l'aide de caresses dominatrices, et elle se liquéfia contre lui. Oh, elle allait bien le chevaucher, mais pas comme elle l'avait imaginé.

— Ça va être rapide et brutal, Amelia.

Ces mots s'échappèrent dans un murmure guttural contre son cou. Il accentua son avertissement avec une morsure tendre à la base de sa gorge, et elle se cambra contre lui en réponse. Il sourit contre sa peau douce. Elle semblait apprécier ce traitement. Super. Car il ne pourrait pas la consumer lentement ce soir. Ils ne disposaient pas du temps nécessaire. Il empoigna l'ourlet de son débardeur et resserra la prise de son autre main autour de son cou pour attirer son attention.

— Tu tiens toujours à me chevaucher, mon ange ?

— Oh, oui.

Ses joues rouges et ses lèvres ravagées par leur baiser manquèrent de le faire défaillir. Mais c'étaient ses mots qui lui firent perdre pied. Il tira brusquement son débardeur par-dessus sa tête et jeta son soutien-gorge au sol. Elle promena le bout de ses doigts autour de la ceinture de son pantalon, sous son t-shirt, et il aurait pu juré qu'un courant électrique caressait sa peau dans son sillage. Son sexe se raffermit contre sa braguette, la suppliant de descendre plus bas et de lui offrir une caresse, mais elle continua ses légères caresses taquines.

Il se vengea en aspirant son téton entre ses lèvres avant de le sucer. Fort. Les mains d'Amelia volèrent jusque dans ses cheveux, son jean manifestement oublié. Il mordilla le petit bourgeon qu'il avait ainsi maltraité, et elle renversa la tête en arrière contre la porte en gémissant.

— Détache mon pantalon, Amelia.

Il lui infligea ensuite une autre morsure, avant de se focaliser sur son autre mamelon. La tête de la jeune femme basculait d'avant en arrière et ses mains tremblantes se contractèrent dans ses cheveux plutôt que d'atterrir là où il les désirait. Il sourit contre son sein. Ce n'était pas un geste de défi, mais simplement celui d'une femme qui avait perdu ses moyens sous l'emprise du plaisir. Il attrapa un de ses poignets et attira sa main en haut de sa cuisse, et enfin, contre son entrejambe. La brume de désir qui s'était emparée d'elle avait dû se dissiper un peu car elle empoigna le jean et s'y agrippa fermement. Il la récompensa avec un coup de langue qui lui arracha un autre gémissement.

Ses boules se serrèrent quand elle s'attaqua à sa fermeture éclair avant de faire sauter le bouton et de faire descendre le vêtement jusqu'à ses genoux. Il acheva de le retirer et le repoussa d'un coup de pied avant de retirer son t-shirt. Elle étudia le renflement dans son boxer et se lécha les lèvres.

— J'ai vraiment très envie de te goûter une nouvelle fois.

— Putain.

Tom empoigna sa chevelure et embrassa sa bouche de pécheresse jusqu'à obtenir sa reddition. Il avait besoin de s'enfoncer en elle, que son sexe mémorise chaque centimètre de son fourreau chaud et mouillé. Ils pourraient alors se goûter mutuellement. Il fit disparaître le jean d'Amelia, puis sa culotte et son boxer à lui, tout en baisant sa bouche avec sa langue. Elle verrouilla ses bras autour de ses épaules et l'étreignit comme si elle ne pouvait pas se passer de lui. Les femmes collantes anéantissaient généralement son désir, mais il adorait le désespoir d'Amelia car il rivalisait avec le sien.

Il adorait cette femme, sacrifierait sa vie pour elle, ce qui se produirait certainement maintenant qu'il avait choisi de rester ici alors qu'elle lui avait offert une occasion idéale de gagner sa liberté. Mais il ne désirait qu'elle. Elle l'enivrait comme il n'aurait jamais cru pouvoir l'être, et il aimait ça. Peut-être même qu'il l'aimait elle.

Il saisit ses hanches et la souleva contre le mur. Elle enroula ses jambes autour de sa taille alors qu'il pressait son sexe contre son centre humide. C'était ainsi qu'il souhaitait être chevauché par Amelia. À chaque fois. Il attrapa une de ses fesses et se retira un peu avant de se glisser dans son sexe chaud qui était prêt à l'accueillir.

— Plus fort, demanda-t-elle avant d'enfoncer ses ongles dans ses épaules pour l'encourager.

Il enroula les doigts de sa main libre autour de son cou et l'embrassa brutalement. Elle le mordilla en retour, lui arrachant un sourire.

— Qu'est-il arrivé à ma douce et obéissante Amelia ?

— Elle t'a rencontré.

Oh, c'était bien joué.

— Et je suis bien heureux que ce soit arrivé.

— Génial. Maintenant, bouge.

— Oui, madame.

Il s'enfonça profondément en elle et captura sa bouche pour étouffer son cri. Son corps mouillé et avide l'étreignit et envoya une décharge électrique le long de son échine. Si elle continuait à bouger de cette manière, il ne tiendrait pas longtemps, malgré sa maîtrise phénoménale. Amelia le faisait dérailler avec son énergie féroce et sa force, et sa seule réponse fut de se perdre en elle. Ses cris se transformèrent en gémissements d'approbation quand il accéléra sa cadence et pivota ses hanches de manière à stimuler son clitoris. Quand ses jambes se mirent à trembler, il savait qu'elle était prête à jouir, et d'un dernier coup de hanche puissant et profond, lui fit atteindre son orgasme.

Prise de spasmes autour de lui, elle serra son sexe de manière délicieuse et ne lui laissa d'autre choix que de la suivre dans son extase. La force de son orgasme fit trembler ses genoux, et il la pressa plus fermement contre le mur en réponse tout en resserrant sa prise.

— Amelia, souffla-t-il, avant de nicher son visage dans son cou.

Elle l'étreignit avec une férocité qui le complétait. Personne ne l'avait jamais tenu ainsi dans ses bras avec autant d'affection. Il n'avait peut-être jamais laissé quiconque s'approcher ainsi de lui, mais Amelia était différente. Un simple regard d'elle avait suffi pour qu'elle se fraie un chemin dans son cœur. Il pensait souvent à elle et avait associé ça à l'inquiétude qu'il arborait concernant son traitement. Mais ça allait en fait bien plus loin que ça. Son âme touchait la sienne.

La suggestion qu'il avait faite à son père de la transférer n'avait rien à voir avec Stas mais concernait seulement la sécurité d'Amelia. Il n'avait pas souhaité servir de babysitter car il craignait leur connexion intrinsèque. Et tout son entraînement était dans le but de la rendre plus forte, car ce qu'il désirait plus que tout était une partenaire qui soit son égale. Il déposa un baiser contre sa gorge et laissa tomber ses mains jusqu'à sa taille pour l'éloigner de la porte. Il allait devoir se contenter de sa pile de couverture, car il comptait bien lui faire l'amour pendant des heures.

Tom s'agenouilla malgré les jambes d'Amelia qui encerclaient toujours sa taille et s'allongea sur elle sur la pile de couvertures sans rompre le contact entre leurs hanches. Elle répondit de façon sensuelle à son baiser langoureux, traçant la ligne de ses lèvres du bout de la langue avant de la glisser de nouveau dans sa bouche pour s'abandonner avec délice à leur étreinte. Il captura son visage entre ses mains et entama des mouvements lents, savourant leur connexion profonde. Ses lèvres se retroussèrent en un sourire mais se figèrent quand elle perçut les bruits de pas dans le couloir.

Oh, merde.

Il recula et jeta une couverture sur Amelia à l'instant même où on enfonça la porte.

CHAPITRE DIX-SEPT

LE BAISER DE LA MORT

TOM RESTA ACCROUPI, les mains croisées sur ses genoux, nu comme un ver. *C'est pas du tout gênant.* Trois paires d'yeux le toisaient, une seule d'entre elles le mettant réellement mal à l'aise.

— Stas, la salua-t-il.

Ses yeux écarquillés allaient et venaient entre lui et Amelia. Une lueur de compréhension éclaira finalement son regard, et elle se jeta aussitôt devant son petit ami furieux.

— Issac, arrête.

— Comme si je pouvais faire quoi que ce soit, cracha Wakefield. Ça n'a rien de drôle, Amelia.

Son ton tranchant fit grimacer Tom.

— Ne lui parle pas comme ça, dit-il au même moment ou quelqu'un d'autre répondait quelque chose de similaire avec une voix identique à la sienne.

Il jeta un coup d'œil sur sa gauche et croisa le regard de son jumeau. *Bon sang.*

— Tu t'es métamorphosée.

— Bien tenté, mon ange, répliqua Amelia avec une voix absolument identique à celle de Tom. Elle n'a pas besoin d'assister à ça, Wakefield. Fais-la sortir d'ici.

Tom la regarda bouche bée, puis réalisa finalement ce qu'elle tramait.

— Oh putain, non. Elle ment.

Son jumeau leva les yeux au ciel. *Note à moi-même : ne plus jamais faire ça car j'ai l'air d'un idiot.*

— Donnez-moi un flingue que je vous montre qui ment.

Wakefield tenta de s'avancer mais Stas le repoussa.

— N'essaye même pas de le toucher ou de le blesser, Issac.

— Crois-moi, ce n'est pas le moment de me faire ça, Astasiya. Pas maintenant.

Stas maintint sa position, les mains posées sur son torse, comme une barrière entre eux. À la décharge de Wakefield, il ne tenta pas de la repousser, même si toutes les lignes de son corps vêtu d'un costume étaient tendues et prêtes à en découdre.

Le troisième membre de leur groupe était adossé au mur, les bras croisés, une expression curieuse dans ses yeux qui sautaient d'un Tom à l'autre. Le roi des Hydraiens était manifestement amusé. *Sans doute occupé à planifier une exécution haute en couleurs.* Sauf qu'il y avait deux Tom parmi lesquels choisir, ce qui mettait sérieusement la vie d'Amelia en danger. Il ne la laisserait jamais souffrir à sa place.

— Okay, ça suffit.

Tom attrapa une couverture, l'enroula autour de sa taille et se leva, les yeux rivés sur ceux de Wakefield.

— Je peux prouver que c'est bien moi.

Et se remémora comme si c'était hier la nuit où il avait accidentellement envoyé Stas au Conclave. Son visage était blanc comme un linge quand elle avait quitté l'Arcadia. Il avait souhaité l'approcher, mais l'Ichorien à côté d'elle avait rendu cela impossible. Wakefield plissa les yeux, puis hocha la tête.

— C'est Tom.

— Quoi ? Non. C'est moi Tom.

— Bien tenté, mon ange, murmura le vrai Tom, lui renvoyant ses propres mots au visage. Mais je suis heureux de constater que ton talent fonctionne de nouveau.

Amelia retrouva sa forme habituelle en soupirant et pressa sa couverture contre sa poitrine sans quitter sa position au sol.

— S'il vous plaît, ne lui faites pas de mal. C'est de ma faute. Vraiment.

— Ne pas lui faire de mal ? répéta Wakefield. Ma chère sœur, cet homme – si on peut le qualifier ainsi – a songé à m'assassiner plus d'une fois en ma présence. Pourquoi devrais-je m'abstenir de lui retourner la faveur ?

Tom pouffa.

— Autant finir ce que tu as commencé, n'est-ce pas, Wakefield ?

Ce dernier lui jeta un coup d'œil offensé.

— Et qu'est-ce que ça veut dire ces conneries ?

— Tu sais parfaitement bien ce que ça veut dire.

Et Tom était furieux que l'Ichorien prétende le contraire.

— Je t'assure que non, répliqua-t-il, les bras croisés et un sourcil haussé. Éclaire-moi, Sentinelle ?

— Oh, tu veux qu'on en parle ?

Parce qu'il n'en avait pas du tout envie. Cette nuit-là le hantait. Pendant des mois, il n'avait rien voulu d'autre que de rentrer chez lui, de trouver du réconfort dans les bras de sa mère et de la supplier de ne pas le renvoyer dans cet endroit terrible ; tout ça pour trouver sa dépouille macabre sur son lit. Cette vision s'afficha derrière ses paupières par elle-même, et ses poings se serrèrent. Seule une poignée d'Ichorien connaissait l'existence d'Anna, et l'un d'eux se tenait devant lui, faisant mine de ne rien savoir de cette nuit-là.

— Pourquoi est-ce que tu me montres ça ? demanda Wakefield, les sourcils froncés.

— Ça ne te rappelle rien ? cracha-t-il à travers ses dents serrées. Ça ne signifiait donc rien pour toi ?

Juste un énième meurtre vide de sens. C'était pour cette raison qu'il détestait les Ichoriens. Ils étaient dépourvus de cœur et d'humanité. Un air surpris s'empara du visage de Wakefield.

— Tu penses que je suis responsable ?

— J'en suis sûr.

— Vraiment ? Et comment le sais-tu, Thomas ? Étais-tu présent ?

— Non, mais j'ai vu ce que tu as fait juste après.

— Je vois. Et Jonathan m'a fait porter le chapeau. Comme c'est pratique.

Tom s'avança d'un pas mais se figea quand Luc se redressa de sa position avachie. Ah oui. Deux contre un, aucune arme et nu, c'était loin d'un combat à la loyale. Il était temps de contrôler ses émotions.

— T'as raison de me tuer, Wakefield. Autrement, c'est moi qui t'aurai.

Le petit cri d'Amelia l'atteignit comme une flèche en plein cœur. Il n'avait pas eu l'occasion d'expliquer sa version des choses ou la raison pour laquelle son frère méritait de mourir, et maintenant elle resterait sans réponse. Car il reconnaissait bien le regard noir que lui avait jeté Wakefield. Ses minutes étaient comptées.

— Aimerais-tu connaître ma version des événements de cette soirée ou préfères-tu mourir ignorant ?

Amelia se leva d'un bond et s'immisça entre eux.

— Je te supplie de ne pas le faire, Issac. Il n'est pas là sous les ordres de son père. Je le sais.

— Alik, fut la réponse de Wakefield.

Un frisson glissa le long de la colonne de Tom quand le plus petit des Anciens s'avança nonchalamment dans la pièce. Cet Hydraien était une légende. Il était capable de mettre à genoux une pièce remplie de personnes à l'aide d'une simple pensée et en moins d'une seconde. Tom n'avait jamais vu de photo de cet immortel notoire mais reconnut tout de même ses traits sombres et son air placide. Il préférait mourir que de passer une soirée en compagnie de ce type, mais Wakefield en avait manifestement décidé autrement.

— Amelia, murmura Alik. Tu veux bien m'accompagner dans le couloir ?

— Je ne vais nulle part.

Alik soupira et s'avança pour attraper un de ses bras, poussant Tom à intervenir, mais un simple regard du nouveau lui fit comprendre que ce serait une mauvaise idée.

— J'ai dit non, protesta Amelia.

— Je t'ai entendue, répliqua Alik en l'encourageant à se décaler. Donc nous resterons ici le temps que Wakefield et la Sentinelle terminent leur conversation.

— Vous ne pouvez pas faire ça, chuchota Amelia. Je ne vous le pardonnerai jamais.

— Le temps efface toutes les transgressions, lui répondit Luc. Fais-moi confiance.

Ses yeux s'emplirent de larmes et brisèrent le cœur de Tom. Comme si elle n'avait pas déjà assez souffert, elle allait maintenant assister à son procès ? Non. Il ne le permettrait pas.

— Faites ce que vous avez à faire sans tergiverser, annonça-t-il en se concentrant sur Wakefield. Pour elle.

Les épaules de Stas se raidirent.

— Issac, ne fais pas...

— Thomas, pour ta gouverne, je n'ai pas tué ta mère. J'étais à l'autre bout de l'État dans une école militaire quand ça s'est produit, occupé à sauver la vie d'un jeune novice qui était la copie conforme de son père. Peut-être que tu en rêveras.

Le craquement d'une balle et le hurlement d'Amelia précédèrent la douleur. Il s'était toujours demandé ce que ça faisait de mourir. *Il s'avère qu'on ne ressent rien.* Ses yeux se fermèrent sur cette dernière pensée, et le monde fut réduit au silence autour de lui.

AMELIA S'EFFONDRA, les mains sur la bouche et son cœur volant en éclats dans sa poitrine. Voir Tom s'effondrer sans vie au sol avait été plus terrible que tout ce que Jonathan et Anita lui avaient jamais fait subir. Ça avait été plus douloureux que la mort d'Eli. Ce dernier avait au moins vécu une longue existence, mais Tom ? Sa vie avait été abrégée par l'homme qu'elle appelait son frère.

Comment as-tu pu faire ça, Luc ? Je te faisais confiance.

Son corps se mit à trembler d'une manière trop familière. L'obscurité l'appelait, et cette fois elle se laisserait consumer. Pourquoi lutter ? Sa pseudo famille l'avait trahie de la plus cruelle des manières. Apparemment, Jonathan aurait le dernier mot, au final. *Je suis brisée.*

Leur conversation flottait autour d'elle, mais elle était trop engourdie pour s'en soucier. Leurs paroles n'avaient aucun sens pour elle. Ils ne comprendraient jamais. Ils ne s'étaient jamais sentis concernés. La vengeance importait plus à leurs yeux.

— Apparemment, l'ordre de Stas s'est dissipé, remarqua Luc.

Sa voix la fit tressaillir. Elle ne souhaitait plus jamais l'entendre. Quand elle avait remarqué l'arme qu'il tenait, elle avait tenté de s'interposer, mais Alik l'en avait empêché. *Je les hais.*

— Pourquoi me regardes-tu ainsi ? demanda Luc.

— Ce n'était pas ce dont nous avions convenu, répliqua sèchement Issac. Tu as complètement brûlé les étapes.

— Stas t'avait à nouveau ordonné de ne pas le blesser, ce qui faisait de moi la seule option viable. Ou as-tu oublié qu'Amelia est aussi ma sœur ? De plus, la logique veut qu'en tant que roi des Hydraiens, je me charge de régler la question des novices comme il me chante. C'est ce que j'ai fait.

Amelia aurait voulu pleurer mais en était incapable. Les larmes demandaient trop d'énergie. Tout ce dont elle avait besoin, c'était de se faufiler jusqu'à son havre obscur pour ne plus jamais le quitter. Cela faisait bien longtemps qu'elle l'avait créé, et elle s'y était fréquemment réfugiée lors des tests. Elle avait apparemment créé un refuge éternel pour son esprit. Peut-être qu'elle y mourrait. Cela ne la préoccupait plus. Une bien triste réalité quand on songeait à la lutte acharnée qu'elle avait menée toutes ces années.

Tom ne voudrait pas que tu fasses ça, la réprimanda sa conscience.

Eh bien, il n'est plus là pour protester, si ?

Elle frémit ; elle se sentait seule et frigorifiée. La chaleur de Tom était désormais un lointain souvenir. Son cœur souffrait de son absence. *Je suis si faible.* L'opinion de Tom selon laquelle elle était devenue plus forte était un mensonge. Elle avait juré de ne plus jamais dépendre de qui que ce soit, mais il l'avait ancrée d'une manière qu'elle était incapable d'expliquer. Tous les fantômes qu'il avait chassé par sa présence refirent leur apparition, la harcelant jusque dans les tréfonds de son esprit et l'attirant toujours plus loin dans le néant.

— Bon sang !

Un voix grave s'infiltra à travers les vagues de son esprit. Elle continua de se noyer tandis que la conversation flottait au-dessus des eaux sombres.

— Mais qu'est-ce qui vous est passé par la tête de faire ça devant elle ?

Une sensation de chaleur l'enveloppa, mais elle lui parut étrange et inconfortable. *Ce n'est pas Tom.* Elle lutta pour y échapper, mais quelque chose de solide s'enroula autour d'elle et submergea ses veines de chaleur. C'était douloureux, mais ça l'engourdissait en même temps. Amelia lutta corps et âme pour chasser cette sensation, mais le talent s'infiltra à travers ses défenses et l'obligea à regagner la réalité. Ses paupières lui parurent lourdes quand elle les ouvrit, et sa bouche était desséchée. Finalement, le flou se dissipa et l'expression inquiète de Balthazar emplit son champ de vision. *Comment ai-je atterri sur ses genoux ?* Mais la réponse la heurta de plein fouet.

— *Non.*

— Oh, que si. Désolé mon cœur, mais tu avais besoin de moi.

Elle tenta de le gifler mais ses bras refusèrent d'obéir.

— Espèce de salaud, choisit-elle finalement de répondre, s'efforçant d'exprimer le mépris qu'elle éprouvait à son égard en sachant qu'il s'était servi contre elle de son talent pour la manipulation des émotions. Je te déteste.

— Je sais.

Il avait l'air contrit quand il repoussa une mèche de cheveux trempée du front d'Amelia.

— Il va s'en sortir, Amelia.

— Il est mort, répondit-elle d'un ton monotone.

Intérieurement, elle brûlait de crier, mais Balthazar avait étouffé ces émotions de manière superficielle. Elle avait l'impression d'être assise au milieu d'un brouillard de sensations étrangères alors que ses véritables émotions étaient enfermées à double tour dans un coffre. Dont elle ne possédait pas la clé.

— C'est un novice, A. Il se réveillera dans douze heures avec un sacré mal de tête et une nouvelle paire de gènes immortels.

Luc lui jeta un coup d'œil par-dessus l'épaule de Balthazar.

— Nous ne l'avons ni décapité ni brûlé, et j'ai utilisé une balle normale, Amelia. Et j'ai visé son crâne pour qu'il souffre le moins possible. Il sera ressuscité en Hydraien dès demain.

Elle fusilla du regard le roi des Hydraiens.

— Tu es un fichu connard.

— Et pourtant je viens de rendre un sacré service à ma sœur. Nous avons choisi une mort humaine en guise de peine. Quand il se réveillera, il sera l'un des nôtres. Et une addition utile, qui plus est.

— Tu aurais dû lui expliquer ça avant d'appuyer sur la gâchette, gronda Balthazar sur un ton qu'Amelia n'avait jamais entendu de sa part auparavant.

Quand ses yeux chocolat croisèrent les siens, ils étaient emplis d'effroi et de compréhension. Il était conscient qu'elle avait été proche de franchir une limite dont elle n'aurait pas pu revenir.

— Ah oui, eh bien le plan de départ, c'était que je me charge de le tuer. Et non Lucian.

Issac s'accroupit à côté d'elle et caressa la joue d'Amelia avec ses phalanges.

— Je suis désolé, mon cœur. Je ne l'apprécie toujours

pas, et ce ne sera probablement jamais le cas, mais je ne chercherais jamais à vous blesser de manière intentionnelle, toi ou Aya.

— Je suis quand même furieuse contre toi.

La voix de Stas provenait de l'autre côté de la pièce et elle avait l'air enragée.

— Vous tous. À part B.

Balthazar afficha un sourire narquois.

— Tu entends ça, Wakefield ? La seule personne qu'elle apprécie en ce moment, c'est ton rival. Devrais-je m'en servir à mon avantage ?

Il agita ses sourcils en direction d'Issac et Amelia grogna. Elle ne souhaitait pas assister à cette conversation. Balthazar la lâcha quand elle gigota pour aller s'allonger à côté du corps sans vie de Tom. Il avait l'air paisible, et quelqu'un avait installé un oreiller sous sa tête.

— Lucian, est-ce que je peux t'emprunter ton flingue ? demanda Issac. J'aimerais que Balthazar ait lui aussi mal au crâne.

— Non, dit Stas les bras croisés. Plus de flingues. Plus de tirs. Plus *rien* du tout.

Issac soupira :

— Aya...

— Non. Tu viens de tuer mon ami. Pardon, pas toi, mais Luc. Mais ne comprends-tu donc pas ? Tom n'a pas eu le choix de devenir un Hydraien. Tu l'as empêché de prendre cette décision, et c'est inacceptable. Si *jamais* tu me fais ça, et ça vaut pour chacun de vous, je vous promets que vous le regretterez. Vous n'avez pas le droit de voler une vie par caprice ou en guise de punition stupide. Ce n'est pas un jeu. Et surtout pas pour moi.

Elle quitta la pièce comme une furie sans un regard en arrière.

— Putain, marmonna Issac en se frottant la nuque.

Balthazar siffla.

— Ouais, bon courage pour arranger ça.

— Comme toujours, tes commentaires ne me sont d'aucune aide.

Issac se lança à la poursuite de Stas, mais s'arrêta un instant pour observer Amelia. La douleur manifeste dans ses yeux saphirs la soulagea un peu. Tant mieux s'il se sentait mal, car si Luc n'avait pas appuyé sur la gâchette, Issac s'en serait chargé. Mais elle détestait le conflit qui hantait son regard. Il ne savait pas qui choisir. Elle ne ferait jamais entrave à l'amour, et surtout pas le sien.

— Va la rejoindre, lui dit-elle. Ça va aller.

Et elle ne resterait pas fâchée contre lui. Quelque chose lui disait que Stas se chargerait bien assez de le punir. Issac étudia Balthazar et l'Ancien hocha la tête dans sa direction. Puis Issac disparut dans le couloir. Ils avaient une relation tellement bizarre, à se bagarrer une minute pour ensuite agir comme de grands amis. Une main se posa sur son épaule et la fit tressaillir. Luc la regardait, les yeux chargés d'émotions.

— Une fois que Tom sera réveillé demain matin, demande-lui de te raconter notre conversation. Après ça, on verra si tu penses toujours que ce que j'ai fait est aussi terrible que vous le prétendez avec Stas.

Sur ce, il tourna les talons. Alik, qui avait gardé le silence dans un coin de la pièce, lui emboîta le pas sans un mot.

— Super. Laissez-moi tout nettoyer seul.

Balthazar se leva et essuya ses paumes sur son pantalon.

— Installons Tom dans ma chambre d'amis. Ce sera plus confortable pour lui demain matin, et tu pourras rester avec lui.

— Est-ce que tu étais au courant de ce qu'ils avaient prévu ? demanda-t-elle.

— Oui.

Il lui offrit une main pour l'aider à se lever et elle l'accepta.

— Pourquoi ne m'as-tu rien dit ?

— Tu le sais parfaitement, Amelia.

Ça ne concernait que les Anciens. Ils prenaient rarement de décisions pour les Hydraiens, mais quand c'était le cas, leurs ordres restaient privés à moins qu'il soit approprié de les partager.

— Mais tu m'as aidée à m'insérer en douce ici.

— Oui, pour lui donner l'opportunité de choisir son destin, et il t'a choisie.

Elle ne comprenait pas ce qu'il voulait dire.

— Quoi ?

— Réfléchis, mon cœur. Ta présence lui a offert une opportunité idéale pour fuir, mais il ne l'a pas saisie. Et pourquoi pas ? Parce qu'il désirait ta compagnie plus que sa liberté. Certains considéreraient cela comme un gage d'amour.

Elle le regarda bouche bée.

— Tout ceci n'était qu'un test ?

— Non, il s'agissait d'un choix. S'il avait choisi de fuir, nous l'aurions laissé partir. Mais il a choisi de rester, et Lucian a donc fait de lui un immortel. Est-ce qu'on peut rentrer chez moi, maintenant ? Je suis épuisé après avoir creusé au cœur de ton psychisme, et j'aimerais me reposer.

Oh. Elle mordilla sa lèvre inférieure.

— Au sujet de ce que tu as vu…

— Stop. Tu n'es pas prête à t'aventurer sur ce terrain, A.

Il prit sa joue dans le creux de sa main.

— Mais quand tu le seras, je serai là pour toi, d'accord ?

Elle acquiesça.

— D'accord.

— Emmenons-le chez moi, qu'on puisse se reposer, et on se retrouvera au petit-déjeuner demain matin. Je ferai des pancakes. Tu pourras narguer Lucian avec pour te venger.

— Je ne suis pas sûre que lui jeter des pancakes au visage me suffise.

— Écoute ce qu'il t'a dit et parle avec Tom demain. Tu seras peut-être plus apte à lui pardonner après ça.

— J'en doute.

Il haussa les épaules.

— Alors fais-toi plaisir et force Luc à avaler une assiette de pancakes.

Elle secoua la tête, perplexe.

— Toi et ton petit-déjeuner.

— C'est lui qui est obsédé par les gaufres.

— C'est ça.

Balthazar enveloppa une couverture autour de Tom, avant de le soulever avec une tendresse qui la surprit. Il avait plus l'air endormi que mort. C'était tant mieux car cela sous-entendait que Luc avait dit la vérité au sujet de la balle. L'esprit de Tom fonctionnait toujours pour assurer les fonctions vitales de son corps le temps que ses gènes immortels prennent le dessus. Il y en avait même qui juraient que le cœur continuait de battre un peu au cours du processus de transformation. Il faudrait qu'elle vérifie si c'était vrai. Balthazar lui jeta un coup d'œil amusé.

— Ça ne me gêne pas personnellement, mais tu veux bien t'habiller avant de sortir d'ici ? Je ne voudrais pas faire une scène en sortant d'ici coincé entre toi à poil et le novice inconscient.

Elle étudia ses jambes exposées et réalisa que quelqu'un l'avait couverte avec le t-shirt de Tom à un moment donné. *Okay.* Parce qu'elle était nue sous la couverture quand ils étaient entrés. Ses années en tant que cobaye l'aidaient à ne pas se sentir pudique. Ce furent les traces de leur étreinte entre ses cuisses qui la firent rougir. Il n'y avait aucune chance qu'elles soient passées inaperçues. Surtout auprès de Balthazar. N'ayant pas envie de porter ses vêtements, elle enfila le boxer de Tom, récupéra leurs vêtements éparpillés au sol, et suivit B dehors. *Au moins, il est vivant.*

TOM PLISSA les yeux dans la pénombre et s'efforça de chasser le burin qui martelait son cerveau, mais en vain. La douleur logée entre ses sourcils se diffusait de manière agonisante tout autour de son crâne. *Merde.* Quelle putain de gueule de bois. Sauf qu'il ne se rappelait pas de la dernière occasion où il avait abusé de la boisson. L'ivresse pouvait se montrer fatale dans sa profession. Il fronça les sourcils. *Fatale.* Il bondit brusquement hors du lit et le regretta à l'instant où il fut gagné par le vertige.

— Putain, marmonna-t-il avant de palper le centre de son front du bout des doigts.

Il ne trouva rien d'autre que sa peau lisse quand il aurait pu jurer que quelque chose l'avait heurté à cet endroit.

— Tom ?

La voix rauque d'Amelia l'atteignit droit dans le bas-ventre. Elle bailla et s'étira sur le lit qu'il venait juste de quitter, clignant de ses yeux ensommeillés dans sa direction. *Mais qu'est-ce qui a bien pu se passer la nuit dernière ?* Car le soleil dehors indiquait clairement que la matinée était bien entamée. Il lutta pour se souvenir des événements, mais un brouillard épais recouvrait ses souvenirs. Il l'avait apparemment prise contre un mur avant d'essayer de lui faire l'amour sur une pile de couvertures, dans une pièce qui ne ressemblait en rien à celle où ils se trouvaient actuellement. Un bref examen de la pièce lui suffit à noter le mobilier en bois foncé, le lit à baldaquin, et le balcon avec vue sur la plage.

— Bon sang, qu'est-ce qui s'est passé la nuit dernière ? demanda-t-il.

Amelia s'éclaircit la gorge.

— Euh, tu ne t'en souviens pas ?

Il étudia le pantalon de pyjama qui recouvrait ses jambes.

— C'est le pantalon de qui que je porte ?

Parce qu'il n'était clairement pas à lui.

— Balthazar l'a trouvé pour toi. Nous sommes dans sa chambre d'amis. Apparemment, une jeune femme nommée Eliza vit dans mon ancienne maison.

Son sexe palpita quand elle étira ses bras au-dessus de sa tête. Ses seins apparaissaient sous leur meilleur jour dans ce débardeur fin.

— Ça ne me gêne pas vraiment, continua-t-elle. Ce serait bizarre de loger là-bas, et d'après ce que j'ai compris, elle en a plus besoin que moi.

Tom toucha une nouvelle fois son front et fit la grimace. S'était-il cogné contre quelque chose ? C'était peut-être ça qui l'avait réveillé. Non. Une poussée d'adrénaline l'avait réveillé en sursaut, suivie de ce fichu mal de crâne. Il surprit Amelia qui le dévisageait avec admiration et haussa un sourcil.

— Tu m'as déjà vu torse nu, mon ange. Même si ton admiration ne me gêne pas le moins du monde.

Elle sourit de toutes ses dents.

— Tu n'as pas la moindre idée, n'est-ce pas ?

— Mmm, à quel sujet ? murmura-t-il en rampant sur le lit pour recouvrir son corps.

Une autre partie de son anatomie commençait à palpiter, et il connaissait la solution idéale. Une lueur espiègle illuminait les yeux bleus d'Amelia.

— Ça, c'est amusant.

— Ah oui ?

Il s'installa entre ses cuisses et lui fit sentir le poids de son désir.

— Vous savez, les perturba une voix grave, j'adore l'exhibitionnisme. Le voyeurisme aussi, évidemment, mais je crains que ce ne soit pas le cas de toutes les personnes présentes dans la maison en ce moment.

Tom jeta un coup d'œil par-dessus son épaule et trouva Balthazar appuyé contre le chambranle de la porte, les bras croisés. Il avait rencontré l'Ancien avant d'être interrogé par le roi des Hydraiens. *Était-ce hier ? Pourquoi est-ce que tout me paraît flou ?*

— Parce que Luc t'a tiré une balle en pleine tête, répondit le télépathe. Bienvenue à Hydria – officiellement, je veux dire. Les pancakes sont prêts.

Il se redressa et tourna les talons, une lueur malicieuse tapie au fond des yeux. Tom garda les yeux rivés sur l'espace désormais vacant une minute de plus avant de reporter son attention sur Amelia.

— Je suis devenu un Hydraien ?

Il ne se sentait pas différent. Juste bien reposé malgré sa migraine épouvantable.

— Est-ce que tu es fâché ? chuchota-t-elle.

— Fâché ? répliqua-t-il. Pourquoi est-ce que je serais fâché ?

— Parce que mon frère t'a volé ta mortalité sans te demander ton autorisation?

— Pas tout à fait.

Il fronça les sourcils.

— Il m'a demandé mon opinion au sujet de la transformation en Hydriaen lors de mon interrogatoire. J'ai cru qu'il cherchait à déterminer mon opinion au sujet de son espèce, et non qu'il envisageait de me changer. Qu'est-ce que ça signifie ? Pourquoi ne suis-je pas mort ?

Et pourquoi ai-je l'impression d'être toujours le même ? Il devrait disposer de deux talents surnaturels, comme le talent de métamorphose d'Amelia et sa capacité à transmettre son savoir. Et pourtant il ne ressentait rien de particulier. *Suis-je défectueux ?*

— Luc a dit que ta mort humaine était ta punition, même si je ne comprends toujours pas pourquoi c'était nécessaire, et il te considère désormais Hydraien. Et utile, si mes souvenirs sont corrects.

Ceci le fit sourire. Tom avait mentionné son potentiel au roi des Hydraiens plusieurs fois au cours de leur discussion. Pas dans l'espoir qu'il épargne sa vie, mais pour offrir aux Anciens des raisons pratiques qui justifieraient sa survie. Il leur avait offert quelques détails au sujet du FHC mais avait gardé les plus importants pour lui. Certains souvenirs de la nuit précédente déferlèrent dans son esprit, et ses yeux s'écarquillèrent.

— Tu t'es transformée.

Amelia piqua un fard.

— En effet.

— Tu t'es changée en mon jumeau.

Elle hocha la tête et se mordit la lèvre.

— Ton petit tour l'autre soir était peut-être cruel, mais il a fonctionné. Je n'ai même pas réfléchi avant de me transformer.

Ses lèvres se retroussèrent.

— Donc je t'ai aidée ?

— Peut-être, admit-elle, les pupilles dilatées. Tu veux bien m'aider avec… ? lui demanda-t-elle avant de s'interrompre, le visage déformé par une grimace. Laisse tomber. Issac est arrivé. Il a rempli mon cerveau de papillons.

— Est-ce que je tiens à savoir ce que ça veut dire ?

— Je crois que c'est sa manière de s'excuser pour la nuit dernière. D'ailleurs – son regard s'étrécit – quand comptais-tu me parler de tes intentions envers mon frère ? Qui, par ailleurs, n'a pas tué ta mère.

Son sang ne fit qu'un tour, et ce qui restait de son érection partit en fumée. Il ne souhaitait pas parler de ça. Pas avec elle. Elle ne comprendrait jamais. Il roula hors du lit.

— Est-ce que mon t-shirt traîne dans les parages ? Ou y en a-t-il un que je puisse emprunter ?

— T'es sérieux ? Tu comptes changer de sujet et puis filer ?

Elle bondit hors du lit à son tour et s'avança devant lui, les mains sur les hanches.

— Nous devons parler de ça.

— Pourquoi ?

— Parce que tu penses à tort que mon frère a tué ta mère, et que tu ne me l'as jamais mentionné.

Il croisa les bras.

— Ah ouais ? Et à quel moment est-ce que j'aurais dû mettre ça sur la table ?

— Tu as eu plus d'une occasion au cours des dernières semaines.

— Dans quel but ? Pour lire sur ton visage la même expression moralisatrice que celle que tu affiches en ce moment ? Non, merci.

Il tenta de la contourner, mais elle entrava son chemin.

— Il s'agit de mon frère, donc évidemment que je vais

le défendre, mais dans le cas présent, c'est parce qu'il est innocent. Il l'a annoncé lui-même la nuit dernière.

Elle posa sa main sur son cœur.

— Mais ce n'est pas tant pour lui que pour nous, Tom. Rien ne fonctionnera si on ne communique pas.

Nous. Quel mot étrange et fantastique. Tom n'était pas opposé à la monogamie ou aux relations durables, mais il n'avait jamais envisagé d'en entamer une à cause de son travail. Il y avait bien eu une copine par-ci par-là à la fac, même si elles avaient toutes fini par partir après avoir compris que ses aspirations professionnelles étaient son premier et unique amour. Mais avec Amelia, il aimait l'idée d'un *nous*.

— C'est ce que nous sommes ? Un couple ? demanda-t-il d'une voix tendre. Est-ce ce que tu désires ?

Elle l'observa un moment en silence. Puis déglutit.

— Quand Luc t'a tiré dessus, je…

Elle s'interrompit pour s'éclaircir la gorge.

— Je l'ai vraiment mal supporté. Tu m'as dit que le fait de s'appuyer sur quelqu'un ne me rendrait pas faible, mais pourtant, c'est ce qui s'est passé hier. Ce lien, ou peu importe la nature de ce qu'il y a entre nous, ça me terrifie.

Ses paupières tombèrent alors même qu'elle levait les yeux vers lui.

— Mais l'idée de te perdre m'effraie encore plus. Je suis restée à tes côtés toute la nuit, terrifiée à l'idée que tu ne te réveilles pas, même si je savais au fond de moi que c'était impossible. Comment qualifier ça ?

C'est impossible. Il n'y avait pas de mots, juste des sentiments. Il enroula sa main autour de son cou et l'attira pour la gratifier d'un long baiser dévastateur. Elle glissa ses bras autour des épaules de Tom et se hissa sur la pointe des pieds pour se rapprocher de lui. Quand il se recula pour plonger son regard dans le sien, le souffle d'Amelia était complètement saccadé.

— Tu avais raison l'autre soir, admit-il. J'ai toujours été seul. Je ne suis pas habitué à avoir quelqu'un en qui avoir confiance et à qui je peux me confier. Ça ne va pas être simple, mon ange.

— Rien de ce qui en vaut la peine n'est facile, chuchota-t-elle.

Il frotta son nez avec le sien.

— C'est ce que je veux – ça, avec toi – plus que tout ce que j'ai jamais désiré. Et ça me terrifie aussi. C'est pour ça que je n'ai pas mentionné ton frère. Je ne voulais pas te perdre.

— Ça n'arrivera pas, jura-t-elle. Mais il faut que tu discutes avec lui.

Il grogna.

— Je savais que tu dirais ça.

Tom préférerait se faire arracher toutes ses dents plutôt que de parler à Wakefield.

— Tu veux bien me dire pourquoi tu penses qu'il a tué ta mère ?

— Parce que Jonathan lui a dit que c'était le cas, annonça une voix raffinée depuis le seuil.

Apparemment, les chambres chez Balthazar n'étaient pas considérées comme des espaces intimes.

— Amelia, tu veux bien nous laisser un moment ?

Oh, super. Apparemment cette conversation va avoir lieu maintenant. Si ses talents surnaturels pouvaient apparaître à cet instant, Tom serait ravi. Ils pourraient s'avérer utiles lors de sa discussion avec le frère d'Amelia. *Est-ce que ça va aller ?* semblèrent lui demander les yeux d'Amelia. Il soupira. Ce n'était pas comme s'il avait le choix, si ? Les commentaires d'Amelia au sujet de la nuit passée avaient ravivé le souvenir des dernières paroles de Wakefield.

« J'étais à l'autre bout de l'État dans une école militaire quand ça s'est produit, occupé à sauver la vie d'un jeune novice qui était la copie conforme de son père. »

Cette nuit le hantait depuis. L'appel qu'il avait reçu de sa mère pour lui dire de fuir, la horde d'Ichoriens qui l'avait encerclé et avait cherché à le tuer, et un homme dans l'ombre qui lui avait sauvé la vie. Son père avait prétendu être son sauveur, mais Tom n'avait jamais compris pourquoi il n'arrivait pas à visualiser son visage correctement. Tout le reste lui paraissait si clair, sauf la personne qui lui était venue en aide. Son père avait répondu que son état de choc en était la cause. C'était ainsi qu'il avait expliqué le trou de mémoire de Tom entre son départ de l'école et son arrivée au chalet, trop tard pour sauver sa mère. Les mots de Wakefield le poussèrent à se demander si ce n'était pas tant le choc qu'une manipulation de sa vision qui était responsable.

— Tom ? murmura Amelia, qui attendait toujours une réponse à son interrogation silencieuse.

Il la laissa partir d'un geste du menton et sortit sur le balcon dallé. L'air humide n'aidait en rien à rafraîchir la peau échauffée de son cou, bien que l'Ichorien en pantalon à ses côtés ne semble pas affecté.

— Tu ne possèdes donc pas de short ? l'interrogea Tom.

Wakefield étudia son chino et son polo.

— C'est une tenue acceptable pour un séjour sur une île.

— Si tu le dis, mec.

Il croisa les bras sur la rambarde et admira la mer Égée. Les petites vagues cristallines venaient s'abattre sur le sable noir de la plage en contrebas, apportant à la scène un aspect apaisant qui soulagea son âme tourmentée. Il comprenait finalement la décision des Hydraiens de rester ici. Ce n'était peut-être pas la plus viable des solutions d'un point de vue économique, mais la tranquillité qu'offrait cet endroit était un luxe qui n'avait pas de prix.

— J'admirais beaucoup ton père, Thomas. Aidan le considérait comme un membre de la famille, malgré le fait qu'il soit la progéniture d'un autre Ichorien.

Tom connaissait l'histoire. Son père avait été jugé trop faible par son sire à son réveil, et celui-ci l'avait laissé pour mort. Être capable d'obtenir la vérité de n'importe qui n'était pas un talent particulièrement en vogue chez les Ichoriens, mais Aidan l'avait tout de même pris sous son aile et lui avait appris à se défendre.

— En conséquence, je le considérais moi-même comme ma famille. Amelia aussi, continua-t-il. Donc quand il m'a appelé ce jour-là et m'a demandé de l'aider à sauver son fils, j'ai accepté sans hésitation.

Il s'adossa à la rambarde, le dos tourné vers la mer et le regard fixé sur Tom.

— Imagine ma surprise quand je suis tombé sur un jeune soldat de douze ans occupé à repousser des Ichoriens deux fois plus grands que lui. Ils auraient fini par gagner, évidemment, même si je peux t'avouer aujourd'hui que tu m'as beaucoup impressionné.

— Fais gaffe, Wakefield, ça a presque l'air d'un compliment.

Il eut un sourire en coin.

— Ça l'est. Je n'ai pas besoin d'apprécier un homme pour admirer ses capacités. Mais ce que je voulais dire, c'est que le seul lien que j'ai eu avec la mort d'Anna, ça a été de t'escorter jusqu'au chalet. C'est ton père qui était couvert de sang, vraisemblablement après avoir tenté de sauver sa vie, mais je me suis toujours interrogé sur la véracité de son récit. Et je trouve cela particulièrement opportun de sa part de m'avoir fait porter le chapeau. Si tu veux mon avis, je dirais qu'il essayait de te monter contre les seuls alliés dont tu aurais potentiellement pu dépendre un jour.

Pour que je reste à jamais solitaire et dépendant de lui.

Une manipulation parfaite. Combien d'autres mensonges lui avait racontés son père au fil des ans ? Son admission sur Hydria avec l'approbation de Luc démentait l'une des principales menaces de son père, et maintenant ça ? Tom secoua la tête. *Quelle entourloupe.* Un brouhaha à l'intérieur de la maison attira son attention.

— Que se passe-t-il ?

Issac fronça les sourcils, les yeux perdus dans le vide.

— Je n'en suis pas tout à fait sûr. Ils semblent s'être amassés autour de la télévision pour regarder un flash info. Une histoire d'attaque terroriste déjouée dans le nord de l'État de New York, dans ce qui semble être un hôpital.

Son sang se glaça dans ses veines.

— Quelle partie de New York ?

Issac lui donna le nom puis cligna des yeux.

— S'agit-il de la ville d'origine de ta mère ? C'est près du chalet.

— Non. C'est la où vit et travaille ma tante. J'ai besoin d'un téléphone.

CHAPITRE DIX-HUIT

RELATIONS FAMILIALES

— DEUX HEURES et cinquante sept minutes ? Je suis déçu, fiston. As-tu déjà oublié tout ton entraînement ?

Tom ignora la pique de son père et alla droit au but.

— Qu'as-tu fait ?

John siffla.

— Mais enfin, Tom, ce n'est pas ce que j'ai fait qui est important, mais ce que je vais faire. À moins que tu ne coopères.

Ses poings se serrèrent, mais il s'efforça de parler d'une voix calme.

— Que veux-tu ?

— L'Atout, évidemment.

La tension dans la pièce était palpable alors que tous les yeux tombaient sur le téléphone posé au milieu de la table dans la salle à manger. Tom avait mis son père sur haut-parleur, non pas parce qu'on le lui avait demandé, mais parce qu'il souhaitait faire preuve de transparence. La confiance se méritait, et il avait du chemin à parcourir pour se faire pardonner. Permettre aux Anciens, Stas, et Amelia d'écouter cette conversation n'était que le début. Tout le monde se tenait debout autour de la table, mais personne ne dit rien à part Tom.

— Ouais, ça ne risque pas d'arriver, John. Elle est partie.

Un moment de silence. Et puis :

— Et où est-elle allée ?

— Chez elle.

— Si c'était vrai, j'aurais reçu, au minimum, un appel de l'un de ses frères – ou peut-être même de son père. Essaye encore.

Wakefield et Luc haussèrent tous les deux les épaules, comme pour dire « Il a pas tort ». Ce qui était faux, mais il avait simplement oublié de prendre en compte le fait qu'ils se soucieraient plus de reconnecter avec Amelia que de se venger. Et à en juger par ce que Tom savait des deux hommes, ils étaient du genre à réfléchir avant de passer à l'action. Autrement, ils auraient tué Tom sans hésitation. Un gémissement retentit de l'autre côté de la ligne, suivi d'un craquement.

— Silence, cracha son père. Ne vois-tu donc pas que je suis en pleine conversation ? Toutefois, je dois bien admettre, Rosalie, qu'elle ne se déroule pas en ta faveur. Il semblerait que Tom préfère son nouveau jouet à sa tante.

Un accès de fureur chassa son attitude nonchalante.

— Rosalie n'a rien à voir avec tout ça.

— Eh bien, c'était elle ou Lizzie, et cette dernière aurait bouleversé Stas. Mais franchement, fiston, c'est de ta faute. Si tu te l'étais juste tapée une bonne fois pour toute avant de rentrer à la maison, rien de ceci ne serait arrivé. Hélas, nous en sommes là.

— Tu es un homme mort, ragea Tom, absolument sincère.

— Ah, le voilà ! Je me demandais si tu finirais par retirer ton masque. Super. Et si nous allions droit au but, hein ?

Connard. C'était ce qu'il avait tenté de faire dix minutes avant.

— Oui.

— Désolé, peux-tu répéter ? Je ne t'ai pas bien entendu.

Je vais te massacrer.

— Oui, monsieur.

Tom visualisa le sourire triomphal de son père et réprima son envie de tout casser.

— Très bien, alors. Je te propose un échange : ta seule parente vivante du côté de ta mère, en échange de l'Atout

Une balle en plein cœur serait moins douloureuse, mais il refusa de le laisser paraître. John appréciait une bonne partie d'échecs, et il s'était assuré que son fils en devienne un maître.

— Tout ce que tu veux en échange de Rosalie, c'est l'Atout ? D'accord. Ça marche. Mais je souhaite obtenir ma liberté.

Luc afficha un petit sourire suffisant, ayant manifestement compris sa stratégie, alors qu'Issac haussait un sourcil et qu'Amelia lui jetait un regard offensé. Il l'attire contre son flanc et déposa un baiser contre les rides d'inquiétude sur son front. Comme s'il accepterait un jour de l'abandonner.

— Donc tu admets qu'elle est avec toi ?

L'arrogance de Jonathan se lisait dans sa voix.

— Où pourrait-elle être autrement ?

— Tu as dit qu'elle était chez elle.

— J'ai menti. Tu sais que je peux le faire au téléphone.

Les pouvoirs de son père ne fonctionnaient qu'en personne, un fait établi qu'il semblait pourtant déterminé à changer même si cela faisait plus de mille ans qu'il en était ainsi. Il avait peut-être réussi à fonder une petite armée, mais les talents Ichoriens n'évoluaient pas avec le temps.

Pas de manière naturelle en tout cas. Tom ne serait pas surpris de découvrir que certains projets du FHC étaient dédiés à l'amélioration des talents immortels.

— Où et quand souhaites-tu récupérer l'Atout ? demanda-t-il d'un ton blasé.

— Tu es prêt à faire l'échange ?

— Oui.

Il répondit succinctement afin d'attiser sa curiosité.

— Je m'attendais à ce que ce soit plus difficile, répliqua John, manifestement déçu.

— L'Atout en échange de Rosalie et de ma liberté. C'est moi qui suis gagnant, pourquoi est-ce que je protesterais ?

Il imagina les sourcils froncés de son père alors que ce dernier évaluait ses propos.

— Et où iras-tu ?

— Eh bien, John, c'est tout l'intérêt d'être libre. Je n'aurai plus à obéir, ni à toi, ni à qui que ce soit d'autre.

Silence.

— Je vois.

— Marché conclu ? l'encouragea Tom.

— Non.

Il sourit de toutes ses dents.

— Non ?

— Je laisserai partir Rosalie si tu acceptes de rentrer et d'être réhabilité. Volontairement.

Échec et mat.

— Mais tu viens juste de dire...

— Je sais ce que j'ai dit, et j'ai changé d'avis. Ta réhabilitation volontaire et l'Atout en échange de la libération de ta tante, ou alors il n'y aura pas de marché.

— Donc tu me veux moi en plus de l'Atout ? Ça me semble cher payé pour une seule parente.

Il s'en voulait de dire une horreur pareille, surtout

quand il était conscient qu'elle entendait leur conversation. Mais il fallait qu'il joue son rôle, ou John ferait pression sur lui.

— Surtout une parente qui sera morte d'ici quelques années alors que je vivrai éternellement.

— Tu n'as pas tort, reconnut Jonathan. Je suppose que je vais devoir rendre ce marché plus intéressant en y ajoutant une personne dotée de gènes immortels à laquelle tu tiens. Comme, disons, Lizzie ? Bien sûr, je ne sais pas quel genre d'immortelle elle est, mais je suis certain que mes scientifiques se feront un plaisir d'étudier la question et de tester ses limites, ne crois-tu pas ?

Un frisson glissa le long de sa colonne et le cloua sur place. Stas croisa son regard, les yeux à la fois emplis d'horreur et de rage. Il dut avaler le nœud dans sa gorge avant de reprendre la parole.

— Je t'écoute.

— Vraiment ? Parfait.

Le sourire dans la voix de son père lui donna envie de tirer sur quelque chose.

— Alors je laisse Lizie tranquille, pour le moment, et je relâche ta tante...

— Saine et sauve, ajouta Tom.

— Bien sûre, pas plus blessée qu'elle ne l'est déjà, continua John, et en échange, tu te rends en compagnie de l'Atout. Il me semble que c'est un échange splendide.

Tom regarda fixement le téléphone, incertain de la marche à suivre. Adieu l'échec et mat. Un mouvement à la lisière de son champ de vision attira son attention vers Luc, qui hocha la tête.

Oui à quoi ? Au marché ?

Luc acquiesça une nouvelle fois, ayant manifestement détecté la question dans son regard. Il continua avec un geste l'invitant à se *dépêcher*, que Balthazar répéta à côté de lui. *Vous voulez que j'accepte ?* demanda-t-il au télépathe. Celui-ci répondit de manière affirmative. *Je ne vais pas la lui ramener.* Balthazar lui jeta un regard qui criait, *Non vraiment,* et pointa le téléphone d'un geste impatient du doigt.

— Est-ce que je t'ai perdu, fiston ? demanda Jonathan, d'un ton victorieux. Ou bien souhaiterais-tu une démonstration de ce qui arrivera à Lizzie ? Ta tante n'y survivra probablment pas, mais cela ne semble pas vraiment t'importer de toute façon.

Putain de connard.

— Je vais le faire.

— Excuse-moi, tu peux répéter ?

Oh, il l'étriperait à la seconde où il le verrait.

— J'accepte vos conditions, monsieur.

— Parfait. Dis-moi, es-tu loin du chalet de ta mère ?

Luc leva sept doigts et mima en silence, *Heures.*

— Il va me falloir au moins sept heures pour y parvenir.

— Je t'en laisse six. Ramène l'Atout et viens tout seul.

— Qui d'autre pourrais-je amener ?

Son père s'esclaffa.

— Ce n'est pas faux. À bientôt, fiston.

Tom mit fin à l'appel avec un peu trop de force, attrapa le téléphone, et l'envoya valser contre le mur. Il se brisa en une douzaine de morceaux.

— Tu sais, les téléphones intraçables ne sont pas donnés, lui dit Jayson sur le ton de la conversation, depuis sa position dans la cuisine. Et il se trouve que j'apprécie particulièrement ce modèle.

— C'est vrai que tu n'en a pas dix de plus éparpillés dans la maison, répliqua Balthazar.

— Je parlais de qualité, pas de quantité, et c'est une question de principe. On ne casse pas les affaires des autres. c'est malpoli.

— Ah ouais, et combien de lits as-tu...

— Ça suffit.

Le ton autoritaire de Luc captura l'attention de tout le monde.

— Tom, parle-moi de Lizzie.

— Oui, exactement, insista Stas, l'air sombre.

— Okay.

Il s'éclaircit la gorge.

— Je ne sais pas grand chose. Mon père a sous-entendu, il y a environ dix ans, que nous étions peut-être biologiquement liés quand il nous a trouvés dans une position quelque peu compromettante.

Face au sourcil haussé de Stas, il s'expliqua.

— Elle a tenté de m'embrasser. Il ne s'est rien passé.

Elle hocha la tête pour l'encourager à continuer.

— Enfin bref, j'ai supposé qu'il avait eu une liaison avec Lillian jusqu'à ce que je découvre quelques dossiers du FHC concernant Lizzie, il y a quelques mois de ça. Je n'ai pas réalisé qu'ils la concernaient au début, juste quelqu'un nommé Cobaye Quatre-Sept, mais l'un des chercheurs a laissé échapper son nom. Quand j'ai interrogé mon père à ce sujet, il m'a dit de ne pas m'inquiéter, qu'il me tiendrait au courant du moindre développement.

Quoiqu'il ait voulu dire par là.

— Tout ce que j'ai pu glaner, c'est qu'elle possède une sorte de gènes immortels, et je ne crois pas qu'elle les ait obtenus naturellement.

— Cela confirme ce que l'on soupçonnait, murmura Wakefield. Elizabeth ne ressemble pas à ses parents, et elle est mystérieusement apparue il y a environ sept ans.

— Y avait-t-il des dossiers concernant le sujet Quatre-Sept dans les fichiers de Mateo ? demanda Stas.

— Seulement une page de couverture dénotant son génotype comme non-humain.

Le regard de Luc semblait lointain quand il s'exprima à nouveau.

— Le nom du projet était *Renaissance*.

Les yeux verts de Stas s'écarquillèrent.

— Donc ce que tu dis, c'est que Lizzie – ma meilleure amie – n'est pas du tout humaine ?

— Elle est autre chose qu'une mortelle, et je suis presque certain que le FHC continue d'expérimenter sur elle, même si ce n'est pas dans un laboratoire.

Tom saisit l'arrière de son cou, envahit par un sentiment de malaise.

— Une fois, mon père a mentionné à George quelque chose au sujet d'une dose mensuelle dont elle aurait besoin. Je n'y ai pas prêté attention à l'époque, mais je me demande désormais s'il parlait d'une forme de traitement médical.

Luc se gratta le menton.

— C'est intéressant. As-tu la moindre idée du nombre de personnes impliquées dans ce projet ?

— Connaissant mon père, il est le seul à disposer de toutes les information et n'a partagé que le strict nécessaire avec les autres.

John ne divulguait jamais assez d'informations pour trahir sa position, un coup de force qui lui permettait de garder le contrôle.

— Il a même refusé de m'en parler, et il me considérait comme son héritier.

Ses dossiers étaient classifiés au plus haut niveau, au-delà de l'habilitation de Tom, et les techniciens avaient refusé de discuter de son fichier. Il avait tenté sa chance à plusieurs reprises, sans succès. Luc acquiesça.

— C'est une stratégie intelligente qui le rend plus utile vivant que mort, et qui coïncide avec nos propres découvertes. Mateo a piraté le FHC il y a quelques mois, mais toutes les informations de haut niveau étaient superficielles.

— Ça ressemble à ce que ferait mon père, marmonna Tom. Il ne fait confiance à personne.

Même pas à son propre fils.

— Hmm, oui, dans ce cas, la question devient : que vaut vraiment Lizzie Watkins ? songea Luc, ses traits expressifs suggérant qu'il s'affairait déjà à établir une liste de pour et de contre.

Tom se hérissa.

— Si tu crois que je vais croiser les bras et la laisser souffrir aux mains de Jonathan, détrompe-toi. Elle ne compte peut-être pas pour toi, et je ne suis peut-être pas le meilleur des amis, mais j'aime cette femme comme si nous étions du même sang, et je ne vais pas sacrifier sa vie en échange de ma liberté.

— Tout à fait, gronda Stas.

— Du calme, ma chérie, chuchota Wakefield, en enroulant un bras autour de ses épaules.

— Je crois que Lucian essaye de déterminer si oui ou non les Hydraiens devraient se pencher sur le cas de d'Elizabeth.

— C'est exact. Et d'après ce que j'ai entendu, elle est importante pour Tom et Stas, et présente donc un intérêt à mes yeux. Je lui offrirais bien l'asile, mais les commentaires de Tom concernant sa dose mensuelle m'inquiètent. Tant que nous n'en saurons pas plus, je ne pourrai pas l'aider.

— Qu'est-ce que tu proposes ? demanda Wakefield, les yeux plissés.

— On garde Stas en position au FHC tandis que quelqu'un d'autre s'infiltre dans la vie de Lizzie d'une manière plus intime.

— Euh, coucou ? appela Stas en agitant sa main. Je suis sa colocataire et meilleure amie.

— Mais tu vas aussi cesser ton entraînement de Sentinelle. Compte tenu des récents événements, c'est trop dangereux, ajouta Wakefield.

Tom acquiesça. *Tu m'as retiré les mots de la bouche, mec.*

— C'est ma meilleure amie, Issac. C'est à moi de choisir.

— As-tu entendu ce que Jonathan vient de menacer de faire à Elizabeth à l'instant ? Ce serait pire pour toi, Aya. Surtout s'il pense pouvoir nous contrôler ainsi, moi ou Thomas. Maintenant qu'Amelia est rentrée à la maison, c'est un environnement trop instable. Jonathan...

— J'ai une idée à ce sujet, l'interrompit Luc. Une solution qui assurerait la sécurité de Stas, ou en tout cas le même niveau de sécurité que jusqu'à présent, et qui protégerait Amelia et Tom. De plus, elle nous permettrait de garder Jonathan en vie pour le moment.

Tom fronça les sourcils.

— Pourquoi souhaites-tu le garder en vie ?

Il avait supposé qu'ils chercheraient à le massacrer. Brutalement. Ou au moins à le torturer pour ce qu'il avait fait. Le petit garçon en lui qui avait aimé son père de manière inconditionnelle souffrait à cette idée, mais l'homme qu'il était devenu comprenait que Jonathan méritait d'être puni. Même si cela le faisait souffrir.

— J'aimerais savoir pour qui travaille Jonathan, répliqua Luc.

— Mon père travaille pour son propre compte.

Il était trop égocentrique et arrogant pour rendre des comptes à quelqu'un d'autre.

— Ah oui ? Alors comment ton père a-t-il obtenu les fonds pour construire le Fond Humanitaire pour les Catastrophes ?

Luc marqua un temps d'arrêt pour créer un effet avant de reprendre :

— En moins d'un an, il a réussi à ouvrir sa propre fondation humanitaire alors qu'il dépendait financièrement d'Aidan avant ça. Il a ensuite miraculeusement créé une arme secrète de soldats surhumains pour combattre les Ichoriens et les Hydraiens presque du jour au lendemain. C'est une sacrée réussite pour un homme dont le seul talent est d'obtenir la vérité. J'aimerais savoir comment il y est parvenu.

Le FHC avait été créé avant la naissance de Tom, donc il ne savait pas grand-chose à ce sujet.

— J'ai cru qu'Aidan lui avait prêté les fonds, tout comme il l'avait fait pour Wakefield.

Wakefield s'esclaffa.

— Est-ce ainsi qu'il t'a expliqué mon parcours d'entrepreneur ? Comme c'est charmant.

Encore un mensonge ? Génial.

— Okay, mais mon père n'a jamais mentionné travailler pour quiconque.

— C'est la raison pour laquelle j'ai malheureusement besoin de le garder en vie, répliqua Luc. Et j'ai besoin qu'il se sente à l'aise, pour qu'il baisse la garde.

Okay, je me lance.

— Tu sembles avoir un plan en tête. Qu'est-ce que tu suggères ?

Luc sourit de toutes ses dents.

— J'ai cru que tu ne me le demanderais jamais. Commençons par parler de tes nouveaux dons Hydraiens et de la manière de s'en servir.

Le chalet n'avait pas changé. Paisible, reculé, et hanté de souvenirs. Tom frissonna à l'idée d'y pénétrer. Il désirait le réduire en cendres et ne jamais revenir. Et si le plan de Luc fonctionnait, c'était exactement ce qu'il aurait la chance de faire.

— Ça va ? chuchota Amelia.

Il déglutit et acquiesça. Elle se tenait à côté de lui vêtue d'un jean et d'un débardeur, tandis qu'il portait sa veste en cuir préférée pour dissimuler toutes ses armes. Son père lui demanderait de les lui remettre, mais il serait déjà trop tard. Wakefield était adossé à un arbre à environ cent mètres de leur position, les mains dans les poches. Il disparaîtrait à l'arrivée de son père, tout comme Tristan, Mateo, et les Hydraiens qui avaient choisi de se joindre à eux pour cette mission. Jacque avait téléporté tout le monde jusqu'ici sans broncher. Un véritable témoignage de son potentiel. Tom le surprit en train de longer le toit et d'admirer le ciel nocturne.

Son horloge biologique était complètement déréglée, à cause de son réveil immortel et tous les voyages. Mais il se sentait plus vivant que jamais, surtout maintenant qu'il comprenait ses dons. La comparaison d'Amelia l'autre soir s'était avérée juste. Se servir de ses talents était aussi naturel que de marcher, mais sans passer par la phase d'apprentissage comme les enfants. Il ne les avait pas remarqués plus tôt car ils étaient comme une seconde nature pour lui, une simple amélioration de capacités qu'il possédait déjà en tant qu'humain. Le plan reposait sur ses nouveaux talents, ce qui aurait dû l'inquiéter, mais ce n'était pas le cas. Tom n'avait qu'une seule inquiétude : les boucliers magiques.

Les boucliers magiques, ou symboles cryptiques, étaient ce qui assurait la sécurité du siège du FHC dans une ville d'Ichoriens, même s'il n'avait jamais compris leur fonctionnement ou leur origine. Tout ce qu'il savait, c'était qu'ils bloquaient les dons surnaturels et empêchaient les immortels de pénétrer dans le complexe du FHC sans invitation. Les chercheurs de son père essayaient de trouver un moyen d'appliquer ces boucliers à des unités mobiles, mais n'avaient pas encore réussi à résoudre ce problème. Du moins, Tom espérait que c'était toujours le cas, car s'ils avaient trouvé un moyen de les appliquer sur une personne plutôt que sur un bâtiment, alors tout son plan serait réduit à néant.

Quand Tom avait mentionné son inquiétude à Luc, le géant avait haussé les épaules et répondu :

— Dans ce cas là, on passera au plan B.

Mais ils n'avaient pas eu le temps de lui expliquer ce qu'il entendait par là.

— Alik dit qu'ils arrivent, chuchota Amelia, interrompant sa réflexion.

— Je n'avais pas la moindre idée qu'il était télépathe avant que Lucian n'explique son plan.

Tom était au courant de sa capacité à torturer mentalement, mais il ne s'était jamais renseigné au sujet de son autre pouvoir. Cela importait peu comparé à sa capacité à neutraliser une pièce emplie de personnes d'une simple pensée.

— Il ne s'en sert pas à moins que ce soit nécessaire.

— Eh bien, je suppose que c'est une bonne chose. Et que peut faire Jayson, alors ? Je veux dire à part contrôler le métal.

Il semblait être le plus insouciant des Anciens, mais un air de danger l'entourait indéniablement. Il y avait une raison pour laquelle les quatre Hydraiens avaient survécu si longtemps et étaient considérés comme les chefs de leur espèce. Chacun d'eux était doté de dons mortels qui les rendaient difficiles à éliminer. Mais de tous les Anciens, le dossier de Jayson au FHC contenait le moins d'informations, et Tom s'était toujours demandé pourquoi. Amelia sourit brillamment.

— Tu ne sais pas ?

— Il n'y a pas beaucoup d'informations à son sujet, à part le fait qu'il est vieux et possède une affinité pour le métal. De plus, son apparence varie selon les rapports.

— Et il y a une raison derrière ça. Il est capable d'altérer la perception visuelle et la mémoire, ce qui explique que personne ne puisse se souvenir de son apparence à moins qu'il ne les y autorise.

Tom fronça les sourcils.

— Donc son don est similaire à celui de ton frère ?

— Pas vraiment. Jayson contrôle seulement la mémoire visuelle de sa propre apparence, pas de ses environs. Il influence plus ou moins la manière dont quelqu'un se souvient de lui, mais sans modifier les environs ou même le lieu de la rencontre.

— En d'autres termes, c'est l'espion idéal, songea Tom.

— Oui, il...

Le crissement de pneus sur le gravier interrompit la fin de la réponse d'Amelia. Trois 4x4 remontaient l'allée dans leur direction. Tom garda une posture décontractée avec ses mains dans ses poches, tandis qu'Amelia dansait d'un pied sur l'autre à côté de lui.

— Tu es prête ? demanda-t-il.

— Ouais.

Elle était manifestement confiante, et Tom se sentit fier.

— J'ai tellement envie de t'embrasser.

— As-tu aussi envie de me chevaucher ?

Friponne. Il ravala son sourire. La dernière chose qu'il souhaitait, c'était de paraître amusé à l'approche de son père. John s'attendrait à ce qu'il fasse preuve de soumission et de pénitence, et non d'excitation. Le flirt dans la voix d'Amelia ne se lisait pas sur son visage, elle ne laissait paraître que sa détermination. Son père interpréterait cela comme du défi, ce qui servirait bien leur plan.

— Bonsoir, fiston, le salua John qui s'avançait d'un pas tranquille vers eux, vêtu d'un de ses costumes caractéristiques.

Une demi-douzaine de Sentinelles l'encadrait de chaque côté, tous d'anciens amis de Tom. Stark brillait par son absence, ce qui signifiait que le rôle de Stas dans leur plan avait fonctionné.

— Monsieur, répondit Tom.

Je vois que ton arrogance a déteint sur l'unité. Aucun d'eux n'avait d'arme à la main. Son père avait dû leur dire que ce serait inutile. *Erreur numéro un.*

— Ah, je suis presque déçu de constater la disparition de ton attitude présomptueuse, mais c'est la première étape de ta réhabilitation.

Putain de connard. Il était impatient dans finir avec ce cinéma, mais il fallait tout d'abord qu'il voit sa tante.

— Où est Rosalie ?

— Ah oui. Notre échange.

John fit un geste par-dessus son épaule, et Blake sortit du rang pour retourner vers l'un des véhicules. Son regard bleu vacilla brièvement en direction de Tom avant qu'il n'ouvre la portière arrière. L'apparence de Rosalie le choqua. Il s'était attendu à la retrouver dans un état similaire à celui d'Amelia, au lieu de quoi elle était apprêtée comme pour un rendez-vous galant, avec une petite robe noire, des talons, et une coiffure sophistiquée. *Quelque chose ne tourne pas rond...* Elle avança tranquillement dans leur direction pour rejoindre son père, puis posa une main sur son épaule.

— Salut, Tom.

Le sourire qu'elle lui envoya lui retourna l'estomac. Si

familier, et pourtant il y détecta une pointe de cruauté. Son père s'était-il arrangé pour créer un double qui avait pris sa place ? Cette femme sophistiquée ne ressemblait en rien à la tante terre à terre qu'il connaissait.

— Qu'est-ce que c'est que ça ? Nous avions un accord, ma vie et l'Atout en échange de Rosalie.

Et cette doublure n'était manifestement pas sa tante.

— Et j'ai rempli ma part du contrat d'une certaine manière. Nous avons convenu de sa liberté, ce qui est bel et bien le cas, mais elle a choisi de rester à mes côtés.

John regarda l'étrangère à côté de lui.

— Souhaites-tu lui raconter, ou dois-je m'en charger ? demanda-t-il.

— Oh, je pense que tu devrais. Tu es son père, après tout.

Sa voix le glaça d'effroi. *Elle parle comme Rosalie.*

— En effet.

Des yeux bruns foncés, semblables aux siens, épinglèrent Tom.

— Rosalie et moi avons une sorte d'accord. Ça a commencé à l'époque où j'ai rencontré ta mère, et continue depuis, jusqu'à, eh bien, euh, aujourd'hui. Elle m'a aidé à garder un œil sur toi, et avant toi, sur ta mère.

Tom était incapable de parler mais s'efforça de présenter un visage dénué de toute expression. Visiblement, John souhaitait lui raconter une histoire, et la lueur malicieuse dans ses yeux trahissait clairement son souhait de le heurter. Une forme de punition, sans aucun doute.

— Tu sais, j'aimais bien ta mère. C'était une femme douce, et sublime aussi, mais elle avait pris une décision qui ne me convenait absolument pas. Elle avait prévu de t'envoyer chez les Hydriaiens, ce qui, pour des raisons évidentes, n'était pas dans ton intérêt, et m'a donc poussé à régler le problème.

La mâchoire de Tom lui faisait mal à force de la serrer. Il n'avait pas la moindre réponse à offrir. Son père n'avait pas terminé, mais le but de cette leçon d'histoire était clair. Il désirait lui expliquer les circonstances de la mort d'Anna. La véritable histoire. Et il semblerait que sa tante soit impliquée, ce qui l'obligerait à adapter la partie de son plan où il avait prévu de sauver la vie de Rosalie. Elle était peut-être une relation, mais si elle avait volontairement collaboré avec son père dans la moindre mesure, aux dépens de sa mère, alors il n'aurait d'autre choix que de la laisser aux bons soins de Jonathan.

S'il te plaît, dis-moi qu'il ment, Rosalie. Dis moi qu'il s'agit d'une plaisanterie cruelle. Mais l'affection manifeste sur son visage alors qu'elle écoutait le récit de John apportait de la crédibilité à ses paroles. S'agissait-il bien de sa tante ? La femme en qui il avait confiance , La femme pour laquelle il avait envisagé de sacrifier sa vie il y avait à peine quelques heures ? *Mais qu'est-ce que j'ai été con.*

— Tu étais trop jeune pour comprendre à l'époque, continua John, mais je suis sûr que tu vois désormais pour quelle raison elle devait mourir. En ce qui concerne Rosalie, eh bien c'est elle qui m'a informé des projets de ta mère et qui m'a aidé à résoudre le souci. C'était parfait, franchement, comme elle t'a ensuite offert un soutien maternel tout m'assurant sa loyauté. J'ai soupçonné que quelque chose se tramait avec l'Atout, évidemment. C'est pour ça que j'ai demandé à Rosalie d'organiser un dîner avec toi. Si j'avais réalisé que la situation dégénérerait, je m'y serais pris autrement.

— Ce n'est pas de ta faute, mon chéri, le réconforta sa tante. Nous avons tous les deux sous-estimé sa loyauté.

Tom n'arrivait pas à choisir lequel des deux lui servirait

de cible en premier ; John ou Rosalie. Le sourire dans les yeux de sa tante faisait d'elle la candidate idéale à une balle en pleine tête, même si Tom serait incapable de passer à l'acte. Mais bon sang, il brûlait de leur faire du mal. Elle l'avait volontairement distrait pour qu'Amelia soit torturée ? Et elle avait trahi sa propre sœur pour son père ? Ces péchés étaient impardonnables à eux seuls. Qu'elle aille au diable. Elle avait creusé sa propre tombe avec John et semblait visiblement très heureuse de son choix.

Bon sang. Comment avait-il pu rater ce lien évident entre son père et sa tante ? À chaque fois qu'il la rencontrait, elle commentait leur ressemblance. Il n'avait pas réalisé qu'ils étaient toujours en contact, et encore moins qu'ils se connaissaient si bien. Mais elle le mentionnait à chaque fois qu'ils discutaient. Comme une litanie hypnotique le rappelant à l'ordre, mais d'une autre manière que son père. *Putain.*

Il dut faire appel à toute son énergie pour ne pas réagir et pour maintenir le rythme de sa respiration. À l'intérieur de lui, un prédateur furieux faisait rage, mais en surface, il s'efforça de maintenir une attitude calme. Il ne pouvait pas en dire autant d'Amelia, qu'il pouvait voir se hérisser du coin de l'œil. Son père avait lui aussi dû remarquer car il porta son attention sur elle.

— J'ai perdu une chercheuse brillante à cause de toi, Amelia. Je vais désormais devoir trouver quelqu'un d'autre pour la remplacer, mais nous pourrons toujours nous servir de toi pour l'induction des employés. Je me demande si le remplaçant d'Anita sera capable de songer à de nouveaux tests ? Hmm, peut-être que c'est finalement une bonne chose, un nouveau regard sur ton dossier. Je m'excuserais bien pour tes souffrances à venir, mais tu ne peux t'en prendre qu'à toi-même.

Amelia sourit.

— Je suis complètement sincère quand je te dis d'aller te faire foutre, Jonathan.

Durant tout ce temps passé ensemble, Tom l'avait seulement entendue utiliser *trou du cul* et *bon sang.* Jamais un *va te faire foutre.* Elle l'avait prononcé avec tant de vigueur qu'il ne put réprimer une pointe de satisfaction. *Ça c'est ma copine.* Et elle venait juste de tenir tête à son père au lieu de battre en retraite. Cela lui offrit la distraction dont il avait besoin pour se recentrer. Réagir aux révélations de son père ne les avancerait pas, et il avait besoin d'assurer la sécurité d'Amelia une bonne fois pour toute. Il pourrait digérer la vérité au sujet de la mort de sa mère plus tard et, un jour, la venger. Mais ce ne serait pas aujourd'hui. Il y avait trop de pions inconnus dans cette partie pour qu'il fasse échec et mat à cet instant.

— Donc la menace contre Rosalie était un piège pour m'attirer à la maison. Bien joué, monsieur.

Tom garda un ton calme, quelque peu blasé.

— J'apprécie quand même le sentiment, Tom.

Rosalie lui offrit un sourire indulgent, le même que celui qu'elle arborait alors qu'il se confiait à elle au sujet de ses études pendant son adolescence.

— Tu comptes pour moi aussi, tu sais. Nous essayons de faire ce qu'il y a de mieux pour toi.

Il ne pouvait pas lui répondre. Sa trahison était trop récente, trop profonde, et elle menaçait sa concentration. Il se reposa sur sa capacité inhérente à ignorer ses propres troubles, quelque chose que son père lui avait inculqué enfant en le rouant de coups. *Bien joué, John. Tu m'as bien formé.*

— Et pour ma mère, continua Tom, tu avais probablement raison. Les Hydraiens ne m'auraient jamais accepté.

Il tissa un peu de son pouvoir dans ces paroles, se

concentrant sur John, en se servant de toute sa volonté pour que son père le croit sincère.

— Personne ne le ferait. C'est pour ça que je suis ici, papa. Tu es le seul pour qui je compte. Je n'ai nulle part où aller.

Il insista sur son impuissance tout en tissant ses notes de persuasion. *Crois-moi.* Il semblerait que toutes ces années à chercher des moyens pour lui mentir s'étaient transformées en un talent unique que Luc avait jugé particulièrement utile dans ce scénario. Le talent de Tom n'était pas le même que Stas car il n'obligeait pas les gens à le croire, il les encourageait simplement à prendre ses mensonges pour la vérité.

— Il y a juste une chose, continua Tom. Je ne pense pas que nous ayons besoin d'Amelia. Elle ne peut plus se transformer, et elle est franchement instable. J'ai envisagé de la livrer à son frère pour m'amuser, mais évidemment, je me suis ravisé. À la place, je suggère que l'on se débarrasse d'elle convenablement et qu'on en finisse avec ce merdier. Ça évitera que Stas ou Wakefield ne découvrent la vérité.

Ces mots manquèrent de l'achever, mais ils faisaient partie du plan. Il glissa sa coercition derrière chacune de ses paroles, encourageant John à accepter la véracité de ses sentiments. Les Sentinelles et Rosalie étaient inclus dans le tissu de mensonges, mais il avait épargné tous les autres individus présents dans les parages. Ceux installés dans les voitures ne pouvaient pas l'entendre, et il ne tenait pas à malencontreusement provoquer l'un des immortels. Il était stupéfait de pouvoir utiliser son don si facilement ; il lui suffisait d'y penser, et les filaments psychiques se mettaient en place.

— Alors aucun des immortels n'est au courant de sa survie ? demanda John.

Une question précise, ce qui signifiait que Tom ne pouvait pas mentir. Mais il pouvait la détourner.

— À quels immortels est-ce que j'aurais bien pu en parler, monsieur ? Et m'auraient-ils permis de revenir avec l'Atout en échange de ma tante mortelle ?

Son talent se mêla naturellement à chaque mot, gravant ses propos dans la pierre. *Je dis la vérité, John.* Son père acquiesça.

— En effet, où irais-tu ? Je suis heureux que tu sois revenu à la raison, fiston. Évidemment, ta réhabilitation reste nécessaire, et certains membres de ton unité souhaiteraient que tu sois puni.

— Bien entendu.

Qu'ils essaient un peu pour voir.

— Puis-je lui tirer dessus, maintenant ?

Un air surpris s'empara du visage de Jonathan.

— Tu souhaites la tuer ?

Une autre question directe qui nécessitait une diversion.

— Pourquoi pas ? Ne serait-ce pas un bon moyen de commencer ma thérapie ou, au minimum, de me punir pour avoir une nouvelle fois merdé ?

Dis oui, John.

— Tom…

La supplique dans la voix d'Amelia le fit tressaillir. Cela faisait partie du numéro, mais était-elle obligée de paraître aussi blessée ? Elle étudiait fixement son profil alors qu'il continuait d'éviter son regard. Son père se gratta le menton, l'air pensif, tout en les observant.

— Ce serait un bon début, oui. Dis-moi, que ressens-tu à l'idée de la tuer ?

Ah, enfin une question à laquelle je peux répondre honnêtement.

— L'idée même de la blesser me donne envie de m'arracher le cœur et de le réduire en cendre.

— Elle t'a bel et bien retourné le cerveau, fiston. Comment est-ce arrivé ?

— Nous avons passé beaucoup de temps ensemble.

Et j'ai adoré chaque minute, même quand elle a insulté mes précieux Yankees.

— Et j'ai commencé à éprouver des sentiments pour elle.

— Et tu réalises enfin que ces sentiments sont inappropriés ? demanda son père, l'air curieux.

Cette question était plus compliquée.

— J'ai réalisé ce que je devait faire à leur sujet, oui.

— Tu n'es pas sérieux, l'implora Amelia, en jouant parfaitement le jeu. Regarde-moi s'il te plaît.

Il croisa les bras et haussa un sourcil en direction de son père.

— Il faut en finir, monsieur. Et j'ai besoin de la descendre moi-même. C'est le seul moyen pour moi de faire mes preuves et de rejoindre vos rangs.

L'obéissance était une des faiblesses de son père. Il voulait que tout le monde se prosterne devant lui et le considère comme leur maître, et Tom s'était parfaitement exécuté, à la fois avec ses mots, mais aussi à l'aide de son langage corporel. Cela affaiblit les défenses de ce connard et permit au don de Tom pour la manipulation des mensonges de faire effet.

— Tu as tous les échantillons dont tu as besoin pour faire avancer ta recherche. La garder en vie est un gaspillage de ressources et d'espace, monsieur. Laissez-moi la tuer et vous prouver ma loyauté une fois pour toutes.

— Ce serait en effet une belle leçon, répliqua John, songeur. Et cela résoudrait le problème avec Stas tout en me permettant de négocier un contrat avec Issac. Mais j'ai toujours eu un souci avec l'idée de garder Amelia en captivité. Hmm.

Il s'avança et repoussa les Sentinelles qui avaient tenté de le suivre.

— As-tu quelque chose à ajouter, ma chère ? As-tu envie d'implorer ta survie ?

— De quel genre de vie s'agirait-il ?

La voix brisée d'Amelia était si différente du ton assuré qu'elle avait utilisé quelques minutes plus tôt que Tom faillit risquer un coup d'œil dans sa direction. Mais il savait que s'il succombait, il ne serait pas capable de réussir. La viser avec son arme serait bien assez difficile sans croiser son regard.

— Une existence douloureuse.

John eut presque l'air contrit, avant de sourire.

— Je ne suis pas sûr d'être prêt à te laisser partir, même si c'est la solution la plus logique.

Échec, songea Tom pendant que son père faisait un pas de plus vers eux. Il saisit la joue d'Amelia en faisant mine de tendresse.

— Mais Tom soulève un point intéressant au sujet de la loyauté. Peut-être que je pourrais te remplacer avec un autre Hydraien ?

— J'espère que tu brûleras en enfer, cracha Amelia, toute sa posture changeant brusquement alors qu'elle saisissait la main posée sur sa joue et laissait libre cours son deuxième talent.

Tout comme ils l'avaient prévu. John s'était attendu à ce qu'elle soit sans défense sans son talent de métamorphe, mais Tom lui avait rappelé à plusieurs reprises que l'expérience était une arme tout aussi puissante. Et elle la laissa enfin déferler sur son père, poussant six années de douleur et de tourments dans un percutant filament d'informations. Le PDG atterrit sur ses genoux en poussant un hurlement d'agonie, et les Sentinelles réagirent. Ils se précipitèrent en avant pour traîner John vers un endroit sûr tandis que Tom dégainait son arme, visait Amelia et appuyait sur la gâchette.

Deux fois. Une balle dans la tête et l'autre dans le cœur. Ou c'était du moins ce qu'ils verraient, grâce à l'intervention de Wakefield. En réalité, les deux balles avaient atterri dans le tronc d'un arbre à proximité, l'impact étouffé par Tristan. Avoir deux Ichoriens dotés de dons sensoriels en réserve était certainement utile, tout comme le nouveau talent de Tom de visée parfaite. Il n'avait pas été surpris de découvrir que son deuxième don Hydraien était lié à son talent de tireur. Tout ce qu'il avait à faire c'était de se concentrer sur sa cible, et il ne raterait jamais. Il était impatient à l'idée d'explorer cette capacité plus tard, comme Luc avait suggéré qu'elle concernait probablement plus que les armes à feu.

Tu pourrais probablement viser juste à chaque fois avec un couteau.

Tom chassa ces possibilités de son esprit et rengaina son arme avant de s'agenouiller à côté de son père, dont la respiration était sifflante.

— Papa ? Parle-moi.

Il s'efforça d'utiliser un ton paniqué malgré le sentiment victorieux qui l'emplissait.

— Qu'est-ce que t'as foutu, mec ? cria Blake après avoir réalisé que Tom avait tiré sur Amelia.

Elle gisait au sol sur le flanc, les yeux vacants. Son frère avait accepté de l'assommer temporairement afin de faciliter leur mascarade.

— Merde, mec. Tu as utilisé des balles incendiaires.

— Vous ne l'avez donc pas vue s'en prendre à John ? demanda Tom d'un ton agacé tout en surveillant la lente récupération du PDG.

Tu mérites encore pire pour tous tes péchés.

— Qu'est-ce que j'étais censé faire ?

— Te servir de balles normales, comme nous tous ? suggéra Blake d'un ton incrédule. Tu l'as *tuée*.

— J'ai fait ce qu'il fallait faire, protesta Tom en étudiant l'expression de son père.

De l'admiration et de la compréhension avaient pris place dans son regard vide. Il leva faiblement un bras pour tapoter le bras de Tom puis le laissa retomber au sol. Amelia ne lui avait manifestement pas transmis toute l'étendue de ses connaissances où il ne s'en serait pas remis si vite. *Il n'a pas assez souffert.*

— Bienvenue à la maison, fiston, parvint à siffler son père.

Et voilà. Échec et mat.

CHAPITRE DIX-NEUF

LA MORT, CETTE VIEILLE AMIE

— BIEN JOUÉ, fiston.

La satisfaction dans le regard de son père quand il leva les yeux de la dépouille présumée d'Amelia lui confirma que la manipulation de Wakefield avait fonctionné. Un poids invisible disparut des épaules de Tom. La première étape était terminée, ce qui signifiait qu'aucun bouclier magique n'était utilisé. Super. Il était temps de passer à l'étape numéro deux. Toutes les Sentinelles et Rosalie arboraient des expressions similaires à celle de son père à l'exception de Blake. Les lèvres de son vieil ami étaient pincées et ses épaules tendues. Avec un peu de chance, la Sentinelle garderait ses opinions pour lui-même, car le plan dépendait du mouvement de tous les pions sur les cases du plateau qui leur avaient été attribuées.

— Déposons-la dans le chalet et réduisons-le en cendres, suggéra Tom.

— Impatient d'effacer ton passé, fiston ?

— Oui.

Et tu es inclus dedans, connard. La fierté retroussait le coin des lèvres de son père.

— Parfait. Oui, le chalet fera l'affaire.

— Vous allez le brûler ? demanda Rosalie, faisant pour la première fois preuve d'hésitation.

Il était temps. Ça aurait été bien qu'elle réfléchisse ainsi la nuit où sa mère était morte, mais quelque chose lui disait qu'elle ne s'en était pas souciée. Son père l'avait clairement séduite, ce qui... Beurk. Penser à leur relation, quoiqu'elle implique, donnait à Tom l'envie de gerber. Il ferait mieux de penser à autre chose.

— Je peux m'occuper de l'Atout, dit-il en soulevant Amelia sans effort.

— Installons-la dans ton ancienne chambre, suggéra John d'un ton railleur.

Ce connard savait parfaitement à quel point Tom haïssait cette pièce, et qu'y ajouter un autre cadavre ne ferait qu'empirer la situation. Il ravala son grognement et parvint à répondre avec un « Oui, monsieur ».

— Attendez, on ne peut pas l'incendier, continua Rosalie alors que Tom s'élançait vers le chalet.

John le suivait, les Sentinelles Blake et Charlie sur les talons. Les autres restèrent dehors pour surveiller le périmètre, et quels merveilleux éclaireurs ils faisaient, si on considérait tous les immortels qui les encerclaient. Le fait que pas un homme du FHC n'ait détecté la douzaine d'Hydraiens et d'Ichoriens qui rôdait dehors en disait long sur leur entraînement et leur technologie. Évidemment, Wakefield avait chargé sa progéniture, Mateo, de s'occuper de cette dernière. Apparemment, l'Ichorien possédait une affinité pour la cybernétique et pouvait pirater n'importe quoi, avec ou sans ordinateur. C'était un talent fascinant.

Tom ne regarda pas autour de lui en traversant le chalet. Il se sentit bien jusqu'au moment où il pénétra dans la chambre et repéra les traînées de sang au sol. Les corps avaient disparu, mais la scène de leur meurtre demeurait.

Sa prise se resserra autour d'Amelia alors que le souvenir de la mort de sa mère surgissait dans son esprit.

Papa couvert de sang. Le corps de maman en lambeaux sur mon lit. Les jouets couverts de rouge. Les photos détruites. L'expression horrifiée dans les yeux de maman. Quelque chose cloche avec papa.

Tom frémit. Tout était si net, si clair, si réel. Ce moment l'avait changé de manière irrévocable. Il le hantait, lui rappelant chaque jour les dangers de ce monde. Sauf que cette nuit n'était qu'un mensonge. Une autre histoire que son père lui avait racontée pour lui faire peur et le façonner à son image. Et il se servait de cet endroit pour le railler. Une autre forme de manipulation pour le garder sous contrôle et s'assurer de son obéissance.

John Fitzgerald donnait un nouveau sens au terme de *monstre*. Il lui avait dit que les Hydraiens le rejetteraient, mais ils l'avaient accueilli. Il avait mentionné Wakefield comme l'assassin d'Anna mais avait plus ou moins admis ce soir qu'il avait menti. Il avait juré qu'il ne toucherait pas à Amelia mais l'avait tabassée quand Wakefield l'avait énervé. Il avait envoyé Tom en mission des centaines de fois, à la fois quand il était adulte, mais aussi lorsqu'il était enfant. Il aurait pu y rester à chaque fois et son père n'avait jamais sourcillé.

Je suis la reine sur son échiquier, réalisa Tom. Une pièce puissante à diriger, mais qu'il pouvait sacrifier selon ses désirs. Il n'y avait pas d'amour entre eux, seulement un passé violent. Et John se considérait comme le roi.

Tom déposa Amelia sur le lit et tira une couverture sur sa tête pour dissimuler l'absence de blessure par balle avant de faire volte-face et de croiser le regard amusé de son père. Encore un jeu manipulateur pour le tourmenter et ajouter de nouvelles failles à l'âme de son fils, mais pour la première fois, Tom était parfaitement lucide. La mort de sa mère avait été un soulagement, un moyen pour elle d'échapper à ce monde. Il en irait de même avec la mort de Tom.

— Vous ne pouvez pas brûler cette endroit, répéta Rosalie depuis le seuil, à côté de Jonathan. C'est le chalet de ma famille

— En fait, il appartient à Tom, la corrigea son père. Et cet endroit n'a pas de valeur pour toi, n'est-ce pas, fiston ?

— Aucune, acquiesça Tom, réalisant qu'il était sincère.

Il avait finalement transformé l'emprise macabre du chalet sur son passé en une nouvelle force, basée sur la vérité. Il avait passé des années à lutter contre les mauvais démons, quand le véritable coupable se tenait sous ses yeux pendant tout ce temps. Son père.

— N'ai-je donc pas mon mot à dire ? demanda Rosalie.

John pinça les lèvres et reporta son attention sur elle.

—J'ai bien peur que non, ma chère.

Il encadra son visage de ses mains d'un geste tendre qui souleva l'estomac de Tom.

— Tu t'es montrée utile toutes ces années, mais Tom et moi sommes sur le point d'entrer dans une nouvelle ère de nos vies où tu n'as pas vraiment ta place. Tom n'a plus besoin de figure maternelle, et je soupçonne qu'il n'aura plus envie de se confier à toi maintenant qu'il est conscient du rôle que tu as joué dans la mort d'Anna, donc tu ne me sers plus vraiment à grand chose, n'est-ce pas ?

— Qu'est-ce que tu veux dire ? demanda-t-elle, les yeux écarquillés.

Le soupir de John n'était que du pipeau.

— Tu vois, ma chère, c'est pour ça que j'ai du mal à supporter les femmes mortelles. Peu importe la manière dont je t'explique ça, tu ne comprendras jamais. Passe le bonjour à Anna pour moi.

L'écho de la balle fit sursauter Tom. Il avait été si focalisé sur sa tante qu'il n'avait pas remarqué l'arme accrochée à la taille de son père. Du sang commença à s'accumuler sur la poitrine de Rosalie tandis qu'une larme quittait ses yeux écarquillés. Elle s'effondra au sol avec un gargouillis qui dut agacer son père puisqu'il lui décocha une deuxième balle en pleine tête.

La bile grimpa dans la gorge de Tom devant cette scène, et il dut faire preuve d'un sacré effort pour maintenir son attitude nonchalante. Il se concentra sur sa respiration de la même manière qu'il le faisait quand il visait une cible avec son fusil et s'efforça de réfréner ses tremblements. Il ne pouvait pas se permettre de craquer maintenant alors qu'il était si près du but. Rosalie avait choisi son destin en s'alliant avec son père et en avait payé le prix.

— Il me semble que notre accord concernait la libération de Rosalie, monsieur.

Les mots étaient étranges dans sa bouche et amer sur sa langue. Il brûlait de fulminer contre son père et de le rouer de coups. Mais l'ordre de Luc de le garder en vie retentit dans son esprit. Il lui fallut une minute pour comprendre que la voix qu'il entendait était celle d'Alik, et pas la sienne. Comme s'il avait besoin du rappel.

— Eh bien, oui, c'est ce que j'ai fait. Elle a été libérée de sa mortalité.

John troqua son arme pour un mouchoir et essuya une tache de sang sur sa chemise.

— Bon, elle est fichue. Sentinelle Charlie, pouvez-vous lancer un feu dans la cuisine ?

— Oui, monsieur.

Le jeune homme blond fila obéir aux ordres de son maître. John laissa tomber le mouchoir souillé sur la dépouille de Rosalie et reporta son attention sur Tom.

— On y va ?

— Si je peux me permettre, *monsieur*, depuis quand est-ce que l'on assassine des femmes ? demanda la Sentinelle Blake, l'air furieux.

Tom tenta de l'avertir à l'aide d'un regard noir mais fut ignoré. Ça sentait mauvais.

— Parce que ces conneries ne faisaient pas partie du contrat. Je peux accepter le sort de l'Atout, car ça a mis fin à son agonie, mais la mortelle ? Ça dépasse les limites.

John réajusta sa cravate avant de se tourner pour s'adresser à la Sentinelle figée sur le seuil.

— Je n'apprécie pas votre ton, Sentinelle. Avez-vous oublié à qui vous vous adressez ?

La dernière partie du plan nécessitait que Tom rejoigne la porte d'entrée sans incident, mais son vieil ami Blake s'apprêtait manifestement à lui mettre des bâtons dans les roues.

— Certainement pas quelqu'un digne de respect, ça c'est sûr.

La Sentinelle plissa ses yeux et les posa sur Tom.

— Tu sais, mec, j'ai respecté ton choix de défendre tes opinions à contrecœur, mais ton retour au bercail la queue entre les jambes est peut-être bien la chose la plus pathétique que j'aie jamais vue. Tu as tué l'Atout sans sourciller. Je n'ai jamais été aussi dégoûté de toute ma vie.

Okay, aïe.

— J'ai fait ce pour quoi j'ai été créé, Sentinelle.

Maintenant, si tu pouvais bouger et cesser de parler avant de tout foutre en l'air, ce serait génial.

Son père hocha la tête en guise d'approbation.

— Sentinelle Blake, si vous avez un problème avec la manière dont les choses fonctionnent ici, je serai heureux d'accepter votre démission.

Oh, merde.

— Allons...

— Vous l'avez, annonça la Sentinelle Blake en coupant la parole à Tom.

Merde. Il était temps de passer à l'improvisation. Tom dégaina son arme et visa Blake avec. Il s'assura qu'il s'agissait bien de la même que celle dont il s'était servi plus tôt contre Amelia pour que tout le monde pense qu'elle contenait des balles incendiaires. Comme dans le plan de départ, qui était visiblement parti en vrille.

— Et si on sortait en discuter, Sentinelle. Avant que la maison ne soit réduite en cendres.

Parce que je dois rejoindre la porte d'entrée. Blake pointa son arme sur la tête de Tom.

— Je suis bien ici.

— Messieurs, les réprimanda son père. Nous perdons un temps précieux.

— Pourquoi ? Vous avez une autre femme à tuer ? siffla Blake.

Tom comprenait sa colère, mais il avait choisi le pire moment pour l'exprimer. La Sentinelle Charlie sifflait dans le couloir.

— Hé ! Le feu est parti. Allons-y !

Tom haussa les sourcils.

— Souhaites-tu vraiment mourir ainsi, Sentinelle ?

— Que ce soit ici ou dehors, nous savons tous les deux que c'est la seule issue.

Une pointe de tristesse hantait le regard de Blake. Tom ouvrit la bouche pour répondre, mais la situation dérapa. Des coups de feu éclatèrent, pas dans la chambre, mais dans le couloir, et Blake réagit. John hurla quand une balle heurta Tom en pleine poitrine. Elle le brûla et le bouscula sur le lit. Il lâcha son pistolet sous l'effet du choc et s'accrocha à sa veste.

Bon sang, qu'est-ce que ça faisait mal. Son sang était en

feu, consumant tout sur son passage depuis son cœur et jusque dans ses membres. Un cri se logea dans sa gorge, mais refusa de lui échapper, alors que sa vision devenait trouble. Le visage de son père apparut, une expression horrifiée ayant capturé ses traits.

— Thomas ! cria-t-il, mais le son lui parut distant.

Comme un rêve lointain. *Je suis mourant*, réalisa Tom. *Je suis vraiment en train de crever*. Et il n'avait même pas eu l'occasion d'exprimer ses sentiments à Amelia. Les yeux de la jeune femme emplirent son champ de vision, ces iris bleus sublimes, battant de manière innnocente dans sa direction alors qu'un petit sourire retroussait ses lèvres pulpeuses. Dieu que cette expression lui manquerait. Son plus grand regret serait de ne jamais la revoir.

— Fiston, mon fils, retentit la voix de son père dans son esprit.

La tristesse qui subsistait dans sa voix le hanterait jusque dans l'au-delà, car pendant un bref instant, il se demanda si c'était possible.

John Fitzgerald se sent-il finalement concerné ?

L'obscurité l'engloutit, l'abandonnant à sa dernière pensée consciente : celle que l'homme qu'il avait juré de haïr l'aimait peut-être après tout.

UNE SEMAINE PLUS TARD

Amelia flottait sur le dos dans la piscine, les yeux rivés

sur les étoiles, une expression songeuse sur le visage. C'était son nouvel endroit favori. Il lui apportait un sentiment paisible qui lui rappelait son hâvre obscur, mais avec assez de balises lumineuses pour guider ses pas.

— Tu m'en veux toujours ? demanda une voix désobligeante depuis le bord de la piscine.

Tom se renfrogna.

— Oui.

Alik haussa les épaules et attrapa la chaise à côté de la sienne.

— C'est une bonne chose que nous ayons l'éternité devant nous pour arranger ça.

— Si tu me répètes une fois de plus qu'il s'agissait de la seule solution, je jure de t'envoyer une balle. Et nous savons tous les deux que je ne te raterai pas.

— Tu seras à genoux avant même de penser à dégainer ton arme, répliqua Alik. Mais sérieusement, considère cela comme ton intronisation. On s'est tous joué des tours les uns aux autres à un moment donné. Tu as juste eu la malchance d'affronter trois d'entre nous en même-temps.

Wakefield, Tristan, et Alik. L'un d'eux avait joué avec sa vision, l'autre avait étouffé son ouïe, et Alik lui avait donné le sentiment de se consumer de l'intérieur. Tout cela pour lui faire croire à lui ainsi qu'au reste des individus présents dans le chalet qu'il avait été touché par une balle incendiaire. Si le chalet n'avait pas été en feu, ce tour n'aurait peut-être pas fonctionné, mais son père et les Sentinelles n'avaient pas eu l'occasion d'examiner la scène de trop près. Puis Jacque s'était téléporté dans la chambre, avait attrapé Amelia et Tom, et les avait transportés jusqu'à Hydria.

— Nous devions nous assurer que ça leur semble réel, avait expliqué Wakefield le lendemain.

Tom l'aurait cru plus facilement s'il n'arborait pas un sourire narquois.

— Tu as improvisé, alors nous aussi, avait été la version de Tristan.

Alik avait juste dit :

— Bienvenue à Hydria.

— Je maîtrisais la situation, annonça Tom pour la énième fois.

— Probablement, acquiesça Alik.

Il se pencha en avant, les jambes écartées, les bras posés sur ses genoux.

— Mais il y a une chose que tu dois savoir. Tu es l'un des nôtres, et on assure toujours mutuellement nos arrières. C'est l'avantage d'être un Hydraien. On est là les uns pour les autres, ce qui signifie qu'on ne te laissera jamais partir au combat en s'attendant à ce que tu te débrouilles seul. Il en allait de même pour le chalet incendié perdu au milieu des bois. Tu n'es plus tout seul, gamin. Fais avec.

Tom haussa un sourcil et se concentra sur la partie qu'il pouvait commenter sans malaise.

— Je ne suis pas un gamin.

— À mes yeux, si, répondit-il avant d'indiquer d'un geste du menton la beauté dans la piscine. Mais peut-être pas pour elle.

Tom croisa le regard luisant d'Amelia et sourit. *Certainement pas pour elle.* Alik se leva d'un bond, fit un pas, puis se figea.

— Oh, au fait…

— Oui ? demanda Tom, ses yeux rivés sur le regard intense de l'Ancien.

— Si tu lui fais du mal, ce qu'on t'a fait la semaine dernière sera un rêve heureux en comparaison. C'est compris ?

Et de quatre. Les autres Anciens l'avaient menacé plus tôt dans la semaine, de différentes manières. Tous au sujet d'Amelia.

— Elle a de la chance de compter aux yeux de tant de personnes, répliqua Tom. Et c'est très bien comme ça.

Alik signala son approbation d'un signe de tête puis partit.

— Il t'aime bien, dit Amelia en croisant les bras sur le rebord de la piscine.

— Il a une manière étrange de le montrer, marmonna-t-il.

— Alik est peu bavard, mais il vient juste de te faire la leçon au sujet de la famille et de ce qu'elle représente à nos yeux. Ça veut dire qu'il t'aime bien.

— Tu as râté la menace avant son départ ?

Elle sourit.

— Oh, non, je l'ai bien entendue. Le fait qu'il tienne à te prévenir est un autre signe de son affection.

— Ah oui, parce que c'est vraiment comme ça que je l'ai prise.

Ou pas. Amelia quitta le bassin et vint le chevaucher sur sa chaise. De l'eau s'accumulait entre eux mais il s'en fichait. Elle pouvait le tremper où et quand elle le souhaitait.Il repoussa des mèches trempées de son visage et captura une joue dans le creux de sa main.

—Je ne suis pas habitué à tout ça, admit-il.

Il ne parlait pas de la femme à moitié nue sur ses genoux ou de l'excitation qui pressait contre sa braguette, mais du sentiment d'appartenir à une famille. L'amour.

— Je ne sais pas comment l'accepter, ou plutôt, comment me l'autoriser.

Il était si difficile pour lui de dépendre de quelqu'un pour le tirer des ennuis. Il avait compris le sens des paroles d'Alik, mais les mettre en application lui demanderait un effort qu'il n'était pas certain de pouvoir fournir.

— Nous apprendrons ensemble.

Amelia caressa ses lèvres avec les siennes.

— Tu n'es pas le seul qui a du mal à faire confiance, Tom.

— Je te fais confiance, admit-il.

Elle était la raison de sa présence à Hydria, car l'idée de se débrouiller seul n'était pas un problème. Mais il ne souhaitait pas la quitter. Amelia sourit.

— Tu peux parler « d'amour », tu sais. Je ne prendrai pas la fuite.

Il s'esclaffa et posa sa main sur ses côtes pour la chatouiller.

— Ah, c'est donc là que se cache mon arrogance. Je me demandais qui me l'avait piquée.

Elle se tortilla et poussa un petit cri.

— Tom !

Il ne cessa de la chatouiller jusqu'à ce qu'elle soit sous son corps sur la chaise longue et qu'elle le chevauche comme il l'aimait. S'installer entre ses cuisses nues était comme d'atteindre le paradis. Jusqu'à ce qu'une toux n'interrompe leur moment. Il tourna la tête sur le côté et ses yeux tombèrent sur Wakefield et Stas, debout à côté de la piscine, entièrement vêtus de noir.

— Oh, génial, je vais finir par récolter cinq menaces, marmonna-t-il en reculant avant de tendre une main à Amelia pour l'aider à se lever.

Elle réajusta son bikini bleu puis attrapa une serviette dans laquelle s'enrouler.

— Salut, les salua Amelia, les joues rouges.

Elle ouvrit la bouche pour continuer mais s'interrompit quand Stas se jeta dans les bras de Tom et nicha son visage contre son épaule. Il retourna son étreinte tout en jetant un coup d'œil interrogateur à Wakefield.

— Nous revenons de ta cérémonie commémorative, expliqua-t-il. Je crois que ça lui a semblé un peu trop réel.

Stas hocha la tête, les épaules tremblantes.

— Ma cérémonie commémorative ? demanda Tom.

Il supposait que c'était compliqué d'organiser des funérailles sans dépouille à pleurer.

— Je parie que John en a bien profité.

— Oh, il a créé plusieurs fonds Fitzgerald en ton honneur, répondit Wakefield d'un air railleur. Et il m'a officiellement demandé d'accepter un partenariat avec Wakefield Pharmaceuticals.

— Non, vraiment. Qu'est-ce que tu lui a répondu ?

— J'ai accepté sous prétexte de faire plaisir à Aya, ce qui est le cas dans une certaine mesure, puisque je compte me servir de mes ressources pour creuser l'état de santé d'Elizabeth. Si Jonathan mène réellement des expériences sur elle, alors j'imagine qu'il pourrait être intéressé à l'idée d'obtenir certains vaccins ou médicaments que je possède.

Stas recula pour plonger son regard dans celui de Tom. Son inquiétude le troubla.

— Je te jure que je vais bien, Stas.

— Je sais. Oui, je sais.

Elle secoua la tête et le relâcha finalement avant de reculer d'un pas. Wakefield enroula un bras autour d'elle tandis qu'elle reniflait.

— Mais Lizzie non… Et je ne peux pas l'aider. personne ne veut que je l'amène ici.

Une partie de son cœur se brisa en constatant le chagrin de Stas, mais le deuil de Lizzie le blessa encore plus. Il aimerait trouver une autre solution, mais ils n'avaient pas d'autre choix que de la laisser dans l'ignorance pour assurer sa sécurité. Pour le moment.

— Elle pense que tu es mort à l'étranger. John a inventé cette histoire dingue, et il a inclus Blake dedans. Il a dit que vous étiez tous les deux de vrais héros.

Elle mordit sa lèvre et secoua la tête.

— C'est un putain de connard.

— Blake est en cours de réhabilitation, ajouta Wakefield. Ton père se sert de lui comme exemple, et prétend qu'il t'a piégé avant de te tuer.

Les poings de Tom se serrèrent contre ses flancs.

— Vous auriez pu le sauver.

— Pas sans annoncer notre présence, et tu le sais. Nous avons besoin que Jonathan vous croit morts, toi et Amelia pour que le plan fonctionne. Blake est un sacrifice nécessaire.

— Il ne le mérite pas.

— Peut-être pas, mais nous blâmer serait contreproductif. Jonathan est le seul coupable, et il finira par payer.

La promesse dans la voix de Wakefield n'apaisa pas franchement la tension qui agrippait les épaules de Tom.

— Parfois je me dis que ça aurait été plus simple de tuer ce connard, gronda-t-il.

— Ce serait certainement plus simple, mais patienter rendra sa mort plus significative. Nous avons besoin de déterminer qui tire ses ficelles et ce qu'il a fait à Elizabeth.

— Et c'est là que j'interviens, annonça Jayson, en s'avançant au bord de la piscine chargé d'une valise.

Il laissa tomber le bagage et croisa les bras. Wakefield le salua d'un geste du menton.

— C'était comment le Brésil ?

— Fabuleux.

L'expression satisfaite de Jayson était familière aux deux autres hommes. *J'en connais un qui s'est bien amusé.*

— Qui a gagné le challenge ? demanda Amelia.

— Allez, A. Tu sais bien que je ne partage pas mes exploits.

Amelia leva les yeux au ciel.

— D'accord. Comme tu voudras.

Jayson lui souffla un baiser puis regarda Tom.

— Des questions avant que je ne parte pour New York ?

Il avait offert de leur prêter sa maison, qui était équipée d'une piscine, pendant son absence. C'était une solution parfaite le temps que leur propre maison soit construite près de la plage, mais ça ne voulait pas dire que Tom approuvait la raison derrière ce voyage. L'idée de dépendre de quelqu'un d'autre pour protéger sa plus vieille amie lui tapait sur les nerfs. Mais il n'avait pas le choix. C'était soit ça, soit annoncer sa réincarnation, ce qui gâcherait tous leurs plans. Et comme l'avait souligné Luc, les talents de Jayson faisaient de lui l'homme idéal pour cette mission.

— Question de confiance, chuchota Amelia avant d'enrouler un bras autour de lui. Jay sait ce qu'il fait.

L'Ancien enfila une paire de lunettes de soleil malgré l'heure tardive ; il ressemblait à un ange déchu avec son costume, sa cravate, et ses cheveux ébouriffés.

— Ne t'inquiète pas, gamin. Mademoiselle Watkins est entre de bonnes mains.

— Est-ce qu'ils vont tous m'appeler comme ça ? marmonna Tom en faisant référence au terme de *gamin*.

Amelia sourit.

— Considère ça comme un petit nom.

— Comme *trou du cul* ?

— Oui, exactement.

— Comme tu voudras, Atout.

Il déposa un baiser sur sa tempe et l'attira contre lui. Wakefield sortit quelques objets de sa veste et les tendit à l'Ancien.

— Mateo a tout organisé, y compris ta nouvelle résidence dans son immeuble.

Jayson feuilleta les documents et arbora un sourire lumineux.

—Jayson Masters. En effet, ça me va bien.

— Les autres effets que tu as réclamés sont déjà dans l'appartement, y compris les couteaux.

L'Ancien acquiesça.

— Alors je suis prêt à partir.

Il regarda Amelia et Tom.

— Ne rentrez pas dans ma chambre. Vous n'êtes pas encore prêts à tester ce qui s'y trouve.

Sur ce dernier conseil, il attrapa son sac et disparut.

— Okay, laisse tomber. J'ai trouvé où mon arrogance avait disparu, remarqua Tom, jouant avec l'annonce qu'il lui avait faite plus tôt.

Amelia secoua la tête.

—Jay redonne un sens à la notion d'arrogance.

— Vous êtes certains que c'est une bonne idée ? demanda Stas, les yeux rivés sur son Ichorien. Il me semble un peu trop extraverti pour Lizzie, tu ne crois pas ?

— Oh, je suis sûr qu'Elizabeth pourra lui tenir tête. En fait, j'attends ça avec impatience.

Il tourna son attention vers Amelia.

— Dans le même registre, j'ai entendu dire qu'Aidan avait prévu de te rendre visite demain. Vas-tu lui présenter ta Sentinelle ?

Tom imagina tirer une balle dans le visage de Wakefield et sourit quand l'Ichorien tressaillit. *Merci du rappel, connard.* Rencontrer le père d'une amante était bien assez compliqué en tant normal, mais c'était tout autre chose lorsqu'il s'agissait d'un Ichorien vieux comme le monde doté d'omniscience. L'angoisse.

— Oui, il a mentionné quelque chose au sujet d'Osiris

et de ses préoccupations, et il m'a dit que c'était le bon moment pour organiser une visite.

L'excitation d'Amelia était palpable. Elle avait discuté avec son père à plusieurs reprises au cours des dernières semaines mais ne l'avait pas encore vu.

— J'ai hâte qu'il soit là, et il a promis d'amener Clara avec lui.

Stas se renfrogna en entendant ce nom et Wakefield s'esclaffa.

— Ne t'inquiète pas, Aya. Nous ne serons pas présents.

— Je n'ai rien dit.

— Non, mais le teint verdâtre ne te sied toujours pas, la taquina-t-il.

Elle tenta de le pousser dans la piscine mais il la souleva dans ses bras en riant alors qu'elle essayait de se libérer.

— Ce costume n'apprécierait pas le chlore, ma chérie.

— Je parie le contraire.

Elle se servit d'une manœuvre impressionnante qui manqua de les envoyer tous les deux dans la piscine, mais Wakefield la contra et enroula ses bras autour d'elle de manière à ce qu'elle ne puisse pas se dégager. Tom éprouva une pointe de respect pour lui. Ces coups ne laissaient rien à la chance, ce qui indiquait que Wakefield avait des connaissances en arts martiaux. Intéressant. Il nicha son visage dans le cou de Stas et la serra fort contre lui.

— Quand est-ce que tu es censée retourner au travail, ma chérie ?

— Environ douze heures, marmonna-t-elle, toujours en mouvement.

— Génial. Et si on allait à la plage pour une petite baignade ?

— Ce serait sympa.

Tom n'avait jamais vu Stas sourire ainsi auparavant. *Il la rend vraiment heureuse. Comment ai-je pu rater ça ?*

— J'aimerais avoir une conversation avec toi à mon retour, Thomas. Ne bouge pas.

Et d'un seul coup, il se moqua de savoir que l'Ichorien rendait son amie heureuse, et recommença à détester ce salaud.

— Oh, j'attends ça avec impatience, répliqua-t-il, ne s'efforçant pas de masquer son sarcasme.

La réponse de Wakefield fut d'assombrir sa vision pendant une seconde alors qu'il tournait les talons en compagnie de Stas.

— Ton frère est un trou du cul, et je ne dis pas ça avec affection.

Amelia gloussa et enroula ses bras autour de sa taille.

— Tu changeras d'avis un jour.

— J'en doute.

— Tu as bien changé d'avis à mon sujet.

— Ah bon ? répondit-il en souriant. Et à quel sujet ai-je changé d'avis ?

— Tu me fais confiance.

— Et je ne te faisais pas confiance avant ?

— Tu ne faisais confiance à *personne*.

— Hmm...

Elle n'avait pas tort.

— Tu sais ce que je ne ressentais pas non plus pour toi avant ?

Elle secoua la tête.

— Non. Quoi ?

Il mordilla son lobe d'oreille et chuchota :

— De l'amour.

— Et maintenant, oui ?

Il acquiesça.

— Pour toi, oui.

Son sourire lui coupa le souffle.

— Véritablement ?

— Véritablement, répéta-t-il en souriant de toutes se dents.

Son accent l'amusait beaucoup, surtout quand elle se servait d'expressions désuètes. Il glissa une mèche de cheveux humide derrière son oreille et s'efforça de lui exprimer son sérieux. Il préférait le geste à la parole, mais celle-ci était parfois nécessaire, et c'était le cas en ce moment.

— Grâce à toi je ressens des choses, Amelia. Auprès de toi, je suis chez moi.

Il n'avait pas d'autre manière de le décrire. Il n'avait jamais eu de sanctuaire ou de lieu sûr auparavant, pas avant de la rencontrer. Elle se hissa sur la pointe des pieds pour l'embrasser et soupira contre ses lèvres.

— Et je suis chez moi à tes côtés.

— Je sais.

Elle frapa son bras en riant et leva les yeux au ciel.

— Je vois que ton arrogance est de retour.

— Elle ne m'a jamais quitté, mon ange.

— Ah ouais ?

Elle se recula pour le détailler de la tête aux pieds.

— Chevauche-moi une nouvelle fois.

Les yeux de Tom s'étrécirent.

— Es-tu vraiment en train de m'inviter à m'entraîner avec toi en bikini et serviette de plage ?

Parce qu'il adorait cette idée.

— Peut-être.

— Il faut que tu en sois sûre, Amelia.

Elle mordit sa lèvre et arbora un sourire immense. L'effrontée.

— Tu vas d'abord devoir m'attraper.

— Une course, suivie d'une bagarre ?

Dieu avait manifestement créé cette femme pour lui, et rien que pour lui.

— Seulement si tu t'en sens capable.

Elle laissa tomber sa serviette et plongea dans la piscine avec un petit cri excité qui l'atteignit en plein ventre.

— Oh, c'est parti, mon ange.

L'histoire continue avec Cœur de Sang...

Cœur de Sang

Dossier de l'Atout 4-7 : Elizabeth Watkins
Patrimoine Génétique : Non-Humain

C'est la seule information dont dispose Jayson Masters au sujet de sa nouvelle mission. Pour en apprendre plus, il devra s'infiltrer dans sa vie de manière intime, mais sans trop s'attacher.

C'est parti.

Le nouveau voisin de Lizzie est bruyant, charmant, et incroyablement séduisant. Et il n'arrête pas de flirter avec elle. Malgré le décès récent d'un ami qui la hante, Lizzie accepte timidement son amitié dans l'espoir d'oublier son cœur brisé.

Les mensonges finissent toujours par être révélés.
Et l'amour ne suffit pas toujours.

Une guerre entre immortels se prépare, et elle en est la
clé...

L'ACTUALITÉ DE LA SÉRIE DE LA MALÉDICTION DES IMMORTELS

Cher lecteur,

Les aventures d'Amelia et Tom furent particulièrement difficiles à écrire en raison de leurs émotions négatives et du thème sous-jacent de la dépression. Cependant, le fait de les voir grandir en tant que couple et de se soutenir mutuellement après des années de tourment et de douleur fut une expérience gratifiante. J'espère que vous avez apprécié le récit de leur histoire. Ils seront des personnages clés dans les tomes à venir ; vous les retrouverez donc dans de futures publications et aurez l'opportunité d'assister au développement de leur relation à travers la série.

Le prochain livre, *Cœur de Sang*, mettra en avant Jayson et Lizzie. J'imagine que cette histoire sera aussi torride que riche en peines de cœur. Après tout, cette jeune femme vit un mensonge depuis toujours. Je doute qu'elle sera ravie de découvrir la vérité. Je suis tellement enthousiasmée par leur histoire, et j'espère que vous le serez aussi.

Le quatrième tome de la série, « Les liens des anges », aura de nouveau pour vedettes Issac et Stas, alors qu'ils continuent de renforcer et de tester les limites de leur relation. C'est tout ce que je peux vous en dire pour le moment comme je ne souhaite rien laisser fuiter.

N'hésitez pas à garder le contact. Je possède une newsletter mensuelle et des comptes Facebook, Instagram, et Twitter. Vous me trouverez fréquemment en ligne avec mon groupe de lecteurs, « Foss's Night Owls ».

Merci encore de m'avoir lue !

À plus,
Lexi

L'auteure à succès d'*USA Today* Lexi C. Foss est une écrivaine perdue dans le monde de l'informatique. Elle vit à North Carolina, avec son mari et leurs enfants à fourrure. Quand elle n'écrit pas, elle est occupée à cocher des cases sur sa liste de voyages à faire. On peut retrouver beaucoup des endroits qu'elle a visités dans ses écrits, notamment le monde mythique d'Hydria, inspiré d'Hydra, dans les îles grecques. Elle est excentrique, boit beaucoup trop de café et adore nager. Tchao !

https://www.lexicfoss.com/Français

Pour être au courant des dernières nouvelles et connaître les dates de publication, abonnez-vous à ma newsletter:
https://www.lexicfoss.com/la-newsletter-de-lexi

DE LA MÊME AUTEURE

La Malédiction des Immortels

Les Lois du Sang

Des Liens Interdits

Cœur de Sang

Les Liens du Sang

Les Liens des Anges

Alliance de Sang

L'Esclave du Vampire

Le Vampire Royal

La Triade de l'Alpha

Le Vampire Rebelle

Le Roi Vampire

Faë de l'Enfer

La Captive des Faë de l'Enfer

La Reine des Éléments

Livre Un

Livre Deux

Livre Trois

La Reine des Faë de Minuit

Livre Un

Livre Deux